Seit Jahren träumt Maddie von einem festen Job als Musicaldarstellerin. Jetzt bekommt sie die einmalige Chance, ihren Traum Wirklichkeit werden zu lassen. Doch um die Probezeit zu überstehen, darf sie sich nicht ablenken lassen. Dann verletzt sich ihre Nachbarin, und Maddie übernimmt vertretungsweise ihren Platz im Gemeinschaftsgarten »Grüne Freiheit«. Dort findet Maddie in der wilden Lila eine Freundin, mit der sie so offen sprechen kann, wie lange mit niemandem mehr. Und dann ist da noch Mo: Er und sein kleiner Sohn zeigen Maddie, wie befreiend das Gefühl von frischer Erde zwischen den Fingern ist, und wie sensationell selbstgezogenes Gemüse schmecken kann. Aber eigentlich hat sie gar keine Zeit für dieses neugefundene Glück. Maddie muss sich entscheiden, was ihr im Leben wirklich wichtig ist.

Lisa Kirsch, geboren 1987, ist mit ihren fröhlichen Liebesromanen stets am Puls der Zeit und auf der Suche nach den Dingen, die uns wirklich glücklich machen. Seien es Zufallsbekanntschaften in der S-Bahn (»Das Glück in vollen Zügen«) oder das Gärtnern umgeben von seinen Lieblingsmenschen (»Querbeet ins Glück«). Sie hat Europäische Literatur studiert und lebt mit ihrer tauben Hündin Rosali in einer Altbauwohnung in Berlin-Neukölln. Da sie sich gerne in verschiedenen Genres austobt, schreibt sie auch unter den Pseudonymen Miriam Georg und Mina Gold.

Weitere Informationen finden Sie auf www.fischerverlage.de

Lisa Kirsch

Querbeet ins Glück

Roman

FISCHER Taschenbuch

Aus Verantwortung für die Umwelt hat sich der S. Fischer Verlag zu einer nachhaltigen Buchproduktion verpflichtet. Der bewusste Umgang mit unseren Ressourcen, der Schutz unseres Klimas und der Natur gehören zu unseren obersten Unternehmenszielen.

Gemeinsam mit unseren Partnern und Lieferanten setzen wir uns für eine klimaneutrale Buchproduktion ein, die den Erwerb von Klimazertifikaten zur Kompensation des CO_2-Ausstoßes einschließt.

Weitere Informationen finden Sie unter:
www.klimaneutralerverlag.de

FSC www.fsc.org MIX Papier aus verantwortungsvollen Quellen FSC® C014496

Originalausgabe
Erschienen bei FISCHER Taschenbuch
Frankfurt am Main, März 2022

Dieses Werk wurde vermittelt durch Dorothee Schmidt,
Literaturagentur Hille & Schmidt, 10405 Berlin.

Satz: Pinkuin Satz und Datentechnik, Berlin
Druck und Bindung: GGP Media GmbH, Pößneck
Printed in Germany
ISBN 978-3-596-70641-9

Für Papa
(und seinen Fässchenkühler)

Einer der schönsten Wege zu uns selbst
führt durch einen Garten

1

Gabi fiel nicht einfach die Treppe hinunter. Nein, wie immer verlieh sie dem Ganzen eine Spur Extradramatik. Eine volle Kaffeetasse in der Hand stolperte sie über Opa, ihr Angorakaninchen, und segelte im Steilflug die Stufen hinab. Sie überschlug sich, spritzte mit dem Kaffee ein Picasso-würdiges Muster an die Wand, rammte zwei Stangen aus dem Altbaugeländer und landete mit einem dumpfen Knall im Stockwerk unter uns.

Von dem Ganzen bekam ich aber erst einmal nichts mit. Dafür war ich viel zu deprimiert. Das Kinn in die Hand gestützt saß ich vor meiner Kaffeetasse am Schreibtisch, schob mit der linken Hand Stifte in eine exakt parallele Position und fragte mich, ob ich mich schon einmal in meinem Leben so einsam gefühlt hatte. Mit der rechten Hand swipte ich mich durch Bumble und überlegte, ob ich mit Jochen ausgehen wollte, der Frauen am liebsten mit so wenig Schminke wie möglich mochte, oder mit Andre, der zwei Kinder hatte, in einer festen Partnerschaft war und etwas Unverbindliches suchte.

»Ja super, bekrittelt die Frauen noch vor dem ersten Date. Hundert Punkte für Jochen«, murmelte ich und drückte die App weg. Manchmal fragte ich mich, ob Männer nicht vielleicht wirklich von einem anderen Planeten kamen. Das würde zumindest so einiges erklären.

Als es unter mir rumpelte, nahm ich davon keine Notiz. In Berlin-Neukölln rumpelte es öfter mal seltsam, das hatte ich schon gelernt, obwohl ich erst wenige Wochen hier wohnte. Manchmal knallte es auch, besonders nachts, aber Gabi hatte mir erklärt, dass es fast immer Fehlzündungen oder Mülltonnendeckel waren und nur in einem von zehn Fällen ein Schuss. Das hatte mich zwar doch leicht beunruhigt, aber auf der Sonnenallee war es nachts ohnehin so laut, dass ich inzwischen mit Ohrenstöpseln schlief, um den Verkehr nicht zu hören. Andere Geräusche ließen sich schwerer ausblenden. Zum Beispiel, wenn das Pärchen unter mir sonntagabends seinen unverschämt lauten, perfekt terminierten Sex hatte, der immer auf die Tagesthemen um 22.45 Uhr folgte. Ich wusste das genau, weil ich da meistens bei Gabi auf dem Sofa saß und mich neidisch fragte, was eigentlich aus meinem eigenen Sexleben geworden war.

Als jetzt ein dumpfes Stöhnen ertönte, sah ich auf. Seltsam, dachte ich, drehte mich einmal auf meinem Bürostuhl um mich selbst und trank einen Schluck Kaffee. Es ist doch gar nicht Sonntagabend.

»Maddie. Du musst mir helfen.« Gabis Stimme drang aus dem Flur zu mir in die Wohnung. Sie schien außer Atem, und ich sprang sofort auf, froh über die Unterbrechung, die mich aus meiner Depristimmung holte. »Was ist los?«

Neugierig schlidderte ich auf meinen Wollsocken über die Dielen. Als ich ins Treppenhaus spähte und ans Geländer trat, sah ich sofort die stacheligen roten Haare meiner Nachbarin – und seltsamerweise einen Fuß, der neben ihr an der Wand lehnte.

»O Gott, beweg dich nicht.« Ich eilte die Stufen hinab. Gabi saß in verdrehter Position da und sah benommen zu mir auf. Das Bein, das neben ihr an der Wand lehnte, gehörte aber zum Glück nicht ihr, sondern einer Schaufensterpuppe, die nackt und in ihre Einzelteile zerschmettert um sie herum auf dem Boden lag.

Gabi schnaufte. »Wollte in den Keller. Hab Opa nicht gesehen!«

»Und du hattest dieses riesige Ding plus eine Kaffeetasse in der Hand?«, fragte ich skeptisch und betrachtete den braunen See und die Flecken an der Wand. »Warum wolltest du Heinz überhaupt in den Keller bringen?«

Heinz war besagte Schaufensterpuppe. Bisher hatte er bei Gabi im Wohnzimmer auf der Couch gesessen und Besucher erschreckt. Gabi passte ganz wunderbar zu Berlin, sie war schräg, eigenwillig und man erkannte ihren Charme hinter der rauen Fassade erst nach näherem Hinsehen. Genau wie bei unserem Altbau übrigens.

»Hab auf dem Flohmarkt was anderes fürs Sofa gefunden.« Gabi versuchte, sich aufzusetzen.

Ich konzentrierte mich darauf, mir nicht vorzustellen, welche neue Monstrosität sich hinter dieser vagen Beschreibung verbergen könnte, und packte sie am Oberarm. Aber als sie ihr rechtes Bein bewegte, öffnete Gabis Mund sich zu einem erstaunten O. Sie riss die Augen auf und gab ein Krächzen von sich.

»Tut es weh?«, fragte ich überflüssigerweise, und sie warf mir einen wenig freundlichen Blick zu. »Soll ich den Krankenwagen rufen?«

»Um Himmels willen, jetzt bleiben die Pferde mal aufm Teppich.«

»Lass mal sehen!« Ich ging in die Knie. Mit Fußverletzungen und Prellungen aller Art und Farbe kannte ich mich bestens aus – das war sozusagen Teil meiner Jobbeschreibung.

»Griffel weg, da ist nüscht!« Gabi schlug entschieden meine Hände beiseite und zog sich stattdessen an mir in die Höhe.

Ächzend half ich ihr die Stufen hinauf.

»Räum das eben kurz wech, ja?«, bat sie mich, als wir oben ankamen. »Und sammel Opa für mich ein. Der Arme hat einen ordentlichen Schrecken bekommen.«

Ich entdeckte den Hasen, der in einer dunklen Ecke auf der Türmatte der Sonntags-Sex-Nachbarn kauerte. Als ich ihn auf den Arm nahm, entfuhr mir ein leises Ächzen. Opa war ein Riesen-Angorakaninchen und wog gut neun Kilo. »Na, du Whopper. Jetzt bist du fürs Leben traumatisiert, was?«, flüsterte ich mitleidig in eines seiner Elefantenohren und presste ihn an mich, denn er begann sofort protestierend zu strampeln.

Ich schleppte Opa in Gabis Küche zurück, dann ging ich wieder nach unten und sammelte die Geländerteile und die Gliedmaßen der Puppe ein. Als ich die letzten Reste von Heinz und der kaputten Kaffeetasse zusammenfegte, hörte ich aus zwei der drei umliegenden Wohnungen Geräusche. Es war einfach typisch für diese Stadt: Niemand kam auf den Flur, um zu sehen, was passiert war. Denn dann müsste man ja vielleicht helfen. Hier kümmerte sich jeder nur um seinen eigenen Scheiß. »Als ob ihr den Knall nicht gehört hättet«, murmelte ich in Richtung Kehrblech. Sicher hatten alle kurz durch ihren Türspion geschaut und schon vorher entschieden, dass sie das nichts anging. Das machte Berlin mit einem. Es gab einfach zu viele Leute mit zu vielen Problemen.

Ich schmiss die Geländerteile in die Mülltonne und die Puppenteile im Keller auf einen Haufen alter Fahrräder. Als es hinter mir leise quiekte, rannte ich wieder nach oben und warf die Tür hinter mir zu. Wenn ich ehrlich war, ich machte drei Kreuze, dass Heinz endlich auszog. Er hatte mich immer ein bisschen gegruselt.

Meine Wohnung lag ganz oben im fünften Stock eines Berliner Altbaus, der vorne auf die Sonnenallee und hinten auf einen grauen, nach Urin stinkenden Hof hinausging. Wenn ich nach Hause kam, wusste ich manchmal nicht, was ich schlimmer fand, die hupende, überfüllte Straße oder den dunklen Hof. Das Haus aber mochte ich. Die ausgetretene Holztreppe ächzte bei jedem Schritt wie ein alter Mann, im Eingang empfingen einen verblasste Buntglasfenster und mitgenommene Fresken. Auf halber Treppe zwischen den Stockwerken befand sich jeweils eine kleine Tür in der Wand, hinter der sich eine uralte, zugemüllte Kloschüssel verbarg. Dieses glorreiche Ambiente aus vergangenen Zeiten setzte sich in den Wohnungen nahtlos fort – meine zwei Zimmer waren, gelinde gesagt, extrem marode. Doch mit den alten Dielen und den hohen Fenstern waren sie auch sehr gemütlich. Man durfte nur nicht zu genau hinsehen. Vor dem Winter hatte ich ein bisschen Angst, aber jetzt war April und die Einmalverglasung der Fenster noch kein Problem.

Eine Flügeltür verband meine Küche mit Gabis Wohnzimmer. Genau wie das Haus war auch Gabi ein Überbleibsel aus einer anderen Zeit, allerdings wusste ich nicht so genau, aus welcher. Wahrscheinlich den Sechzigern, von den Haaren her würde das passen. Sie lebte streng vegan, war seit vierzig Jahren treue Solariumsgängerin und ähnelte in mancher Hinsicht einem chinesischen Faltenhund. Ihr Gemüt war allerdings mehr Chihuahua. Gabis Berliner Kodderschnauze hatte mich anfangs immer wieder zusammenzucken lassen, aber man erkannte schnell, dass sie ein sehr großes, sehr weiches Herz hatte, mit einer rauen, bunten, faltigen Schale drum rum. Sie war seit zwanzig Jahren glücklich geschieden und hatte damals, wie sie mir gerne und oft erklärte, ihren nichtsnutzigen Mann postwendend zu seiner Mutter zurückgeschickt, wo er ihrer Meinung nach hingehörte.

Statt eines Mannes hatte Gabi jetzt Opa.

Über uns war nur noch der Dachboden, und so hatte sie dem Hasen auf dem Flur eine Art Außengehege eingerichtet, das er durch eine überdimensionale Katzenklappe erreichte, wenn es ihm in der Wohnung zu langweilig wurde. Ich vermutete, dass die Klappe eigentlich für Rottweiler oder Hunde ähnlicher Größe geschaffen worden war. Ein Zaun war nicht nötig, denn praktischerweise hatte Opa Angst vor Treppen. Das Gehege hatte den Nachteil, dass das ganze Haus nach Hase roch. Da es aber Gabis Haus war, konnte niemand darüber meckern. Wenn ich meine Wohnung verließ, musste ich aufpassen, dass ich Opa nicht quer durch den Flur schleuderte, falls er gerade in seinem Außengehege saß. Meistens war er aber eh drinnen unterwegs. Er presste sich gerne durch die Flügeltür und kam zu mir rüber. Das machte mir nichts aus, ein stinkender Riesenhase war immer noch besser als gar keine Gesellschaft. Und Opa war sehr umgänglich.

»Das wird blau!«, sagte ich fachmännisch, als ich zurück in Gabis Küche war, und drückte mit zwei Fingern vorsichtig gegen das geschwollene Fleisch. Sie zuckte zusammen, winkte aber ab. »Ne Schramme!« Als improvisierte Kühlung hatte sie eine Schokoeispackung in einen Lappen gewickelt, den sie gegen ihren Knöchel presste. In ihrem ersten Leben, vor ihrer Zeit als Hasenmutter, war Gabi im Osten Krankenschwester gewesen. Ich dachte manchmal, dass ich sehr froh darum war, diese Zeit nicht selbst miterlebt zu haben. Natürlich machte sie das zu der größeren Verletzungsspezialistin von uns beiden. In meinem Job waren Verletzungen eher eine Begleiterscheinung.

»Von Knochenbrüchen kann man sterben!«, prognostizierte ich munter und setzte Wasser auf. Ich wusste schon, dass das jetzt eine längere Prozedur werden würde. »Da läuft dann Flüssigkeit aus und gerät in deine Blutbahn und dann kriegst du eine Sepsis.«

»Hier ist nichts gebrochen. Dafür hab ich jetzt überhaupt keine Zeit«, erwiderte sie entschieden, als wäre die Sache damit geklärt.

»Ach so. Ja, na dann.« Ich lächelte wohlwollend und stellte Zucker und Hafermilch auf den Tisch. Gabi und ich hatten in den wenigen Wochen, die wir nun schon nebeneinander wohnten, eine eigenwillige Freundschaft entwickelt. Es bleibt nicht aus, dass man sich näherkommt, wenn die Tür, die eigentlich zwei Wohnungen voneinander trennen sollte, nicht ganz schließt. Wir waren beide froh über die Gesellschaft. Gabi war tagsüber fast immer in ihrem Gemeinschaftsgarten (oder im Solarium), und ich trainierte und hatte Gesangsstunden. Aber abends, wenn die Dunkelheit gegen die Fenster drückte, schob ich meist mit einer Packung Kekse unterm Arm die Flügeltür auf. Dann saß ich zwischen ihr und Heinz auf der Couch, sie löste Sudokus, ich aß Prinzenrolle oder strickte, und wir schauten eine seltsame Talkshow und lästerten über die Frisuren der Gäste. Wenn Gabi irgendwann über ihrem Rätselheft eingenickt war und ich in meine Wohnung zurückschlurfte, fragte ich mich oft, ob ich von nun an für immer meine Abende mit einer Frührentnerin und ihrem Hasen verbringen würde. Gabi war wunderbar, aber es sollte doch in jedem Leben einen Zwischenschritt geben, der Altersheim und Studium voneinander trennte.

Dass ich hier keine Freunde hatte und noch niemanden in Berlin kannte, hatte entscheidend dazu beigetragen, dass ich die baufällige, aber dennoch heißbegehrte Wohnung bekam. »Du erwartest nicht viel Durchgangsverkehr, oder?«, hatte Gabi gesagt und mich mitleidig angeschaut. »Genau das suche ich.«

Überhaupt keinen Verkehr, dachte ich jetzt traurig. In den Wochen, die ich jetzt schon in Berlin war, hatte außer mir, Gabi und dem Techniker, der die Therme in der Küche wartete, niemand einen Fuß in meine Wohnung gesetzt.

Wir tranken eine Tasse Krümelkaffee, und ich sah dabei zu, wie Gabi immer blasser wurde. Ich kannte sie noch nicht lange, aber ich wusste, dass sie sich erst mal aus Prinzip gegen alle guten Ratschläge, doch einen Arzt aufzusuchen, sträuben würde.

Also sagte ich nichts.

Wir plauderten vor uns hin, und ich beobachtete über meinen Tassenrand hinweg, wie sich ihr Gesicht von weiß zu grünlich färbte. »Tut's vielleicht doch weh?«, fragte ich irgendwann vorsichtig.

Aber Gabi war noch nicht so weit.

»Wir müssen den Rhabarber verarbeiten!« Sie zeigte auf eine Kiste neben der Tür, die überquoll mit der Aprilernte aus ihrem Garten.

Ich seufzte leise. Sie wollte also wirklich so tun, als ob nichts wäre. Wie stur konnte man sein?

»Vielleicht ein Kompott.«

»Kompott ist wunderbar.« Genüsslich trank ich einen Schluck Kaffee. Ich konnte warten.

Nach zwei Ibuprofen und einer längeren Diskussion darüber, ob Rhabarberkuchen oder Rhabarbermarmelade sinnvoller wären, gab sie zähneknirschend zu, dass sie sich höchstwahrscheinlich den Daumen gebrochen hatte und es vielleicht doch gar keine so schlechte Idee wäre, den Notarzt zu rufen. Dass einer ihrer Knöchel trotz der Eispackung auf die doppelte Größe angeschwollen war, gestand sie erst ein, als ich sie darauf hinwies, dass er aus ihrem Hausschuh herauszuplatzen drohte.

»Ihre Mutter?«, fragte der junge Sanitäter, der Gabi kurz drauf auf eine Trage verfrachtete.

»Zum Glück nicht.« Ich nahm meine Jacke vom Haken. »Fallen Sie nicht über den Hasen!«, rief ich, als die Männer Gabi aus der Wohnung trugen.

Nachdem ich fünf Stunden in einem eisigen Wartezimmer gesessen hatte, durfte ich zu ihr ans Bett. Sie sah immer noch bleich aus, ihr Bein hing in einer Schlaufe, der rechte Daumen war eingegipst. »Diese elenden Stümper. Ich muss in Reha. Hab mir die Hüfte verdreht. Hat man so was schon gehört?«

Betroffen ließ ich mich auf den Besucherstuhl fallen. Das

bedeutete für mich einsame Abende auf meiner Klappcouch und das Ende unserer Krümelkaffeepläuschchen.

»Und danach muss ich zu meiner Schwester. Sie sagen, es wird Monate dauern, bis ich wieder auf dem Dampfer bin. Wie soll ich da in den fünften Stock kommen.« Bekümmert presste sie die Lippen zusammen. »Hermine ist eine grauenvolle Köchin. Kauft ihr Gemüse beim Netto, kannst du dir das vorstellen? Wir werden uns gegenseitig zerfleischen.«

Ein Pfleger kam herein, und Gabi richtete sich zu voller Größe auf. »Verstehen Sie eigentlich, wie ungelegen das alles für mich kommt, junger Mann?«, schnauzte sie.

Er zuckte zusammen, sah erst sie, dann mich mit angstvoll geweiteten Augen an.

Ich hob hilflos die Schultern und er verließ rückwärts das Zimmer. »Äh, ich bringe gleich das Abendessen«, murmelte er und verschwand. Man konnte es ihm nachfühlen, wenn Gabi in schlechter Stimmung war, versteckte sich sogar Opa unterm Bett. Sie warf dann gerne mit saftigen Beschimpfungen um sich, die sich auf alles bezogen, was ihr in diesem Moment zwischen die Finger kam. Wutjekeife nannte man das wohl auf Berlinerisch.

»Unfähig, allesamt unfähig. Was hier rumläuft, kannste direkt in die Tonne kloppen. Wenn ich das mit früher vergleiche ...«

»In der DDR war alles besser«, erwiderte ich trocken, und sie gab mir einen spielerischen Klaps auf den Arm. »Na, det nun och nich jerade.« Seufzend ließ sie sich zurück in ihr Kissen fallen, und ich sah in ihrem Blick, wie traurig sie war.

»Ich kann auf Opa aufpassen«, versicherte ich, und sie nickte, als hätte sie nichts anderes erwartet. »Opa ist nicht das Problem. Er kommt klar.« Sie nahm meine Hand und sah mich eindringlich an. »Maddie. Du musst den Garten für mich machen!«

»Garten?« Entsetzt wich ich zurück. »Aber Garten kann ich nicht!«

Gabi hörte mir gar nicht zu. »Sie verlassen sich auf mich. Ich kann doch nicht monatelang einfach nicht kommen. Wie denkst du dir das?«

Ich wollte ihr sagen, dass ich mir gar nichts dachte, weil das nicht mein Problem war, aber sie sprudelte schon weiter. »Ich habe dem Ulli versprochen, dass wir zusammen das Immergrün umtopfen.« Bekümmert schüttelte sie den Kopf. »April ist so eine wichtige Zeit für die Bohnen. Wir haben doch so viel vorgezogen.« Plötzlich richtete sie sich wieder auf und hätte mir dabei mit dem Bein in der Schlinge beinahe eine Kopfnuss verpasst. »Pass auf, in drei Wochen müsst ihr umsetzen, vier spätestens. Merkst du dir das?« Eindringlich sah sie mich an. »Du packst einfach das Vlies ins Beet und dann die Ballen drauf. Und dazwischen den Mais, dann habt ihr eine gute Mischkultur.«

Ich blinzelte, zu schockiert, um etwas zu erwidern. Mein Exfreund Lennard hatte immer gesagt, dass ich mich von allen rumschubsen ließ, klarere Grenzen setzen musste. Ich biss mir auf die Lippen bei dem Gedanken, wie er gucken würde, wenn er jetzt hier wäre.

»Die Steckzwiebeln musst du einweichen. Über Nacht, das ist ganz wichtig. Zimmerwarm. Wenn es noch zu kalt ist, machst du das am besten daheim, sonst kannst du alles wegwerfen. Der Ulli zeigt dir das schon.«

Bei dem Gedanken an kübelweise Zwiebeln, die in meiner

kleinen Wohnung vor sich hin weichten, regte sich in mir stärkerer Widerstand. »Du weißt doch, dass es bald losgeht am Theater. Ich werde für nichts mehr Zeit haben«, setzte ich zaghaft an. Ich war einfach nicht gut mit Konfrontationen. Besonders nicht bei Menschen wie Gabi. Sie war wie eine rothaarige Dampflok.

Gabi machte eine wegwerfende Handbewegung. »Dann nach den Proben. Du hast doch ohnehin nichts vor am Wochenende. Du kennst doch hier niemanden. Und im Sommer sind die Abende lang. Es ist ja nicht oft, zwei- oder dreimal die Woche. Und vielleicht sonntags zum Gemeinschaftsessen. Höchstens.«

Was soll ich sagen. Lennard hatte schon recht gehabt. Ich konnte keine Grenzen setzen. Und es stimmte ja: Ich kannte hier niemanden.

Als ich mit der S-Bahn nach Hause fuhr und die Lichter der Stadt durch mein Spiegelbild im Fenster rauschten, zog ich mein Handy aus der Tasche und versuchte, Ella zu erreichen. Stirnrunzelnd betrachtete ich den auf und ab hüpfenden Hörer. Ich hatte sie heute schon zweimal angerufen, und bisher kein Mucks, nicht mal eine Nachricht bei WhatsApp. Klar muss auch eine beste Freundin nicht immer erreichbar sein, aber sie hatte sich in letzter Zeit wirklich nicht zerrissen, um in Kontakt zu bleiben. Genauso wenig wie die anderen. Eine Weile beobachtete ich mein durchsichtiges Ich in der dunklen Scheibe, dann öffnete ich unsere Mädelsgruppe. *Leute, haltet euch fest: Ich werde jetzt Kleingärtnerin!*

Als niemand reagierte, holte ich die Kopfhörer aus meiner Umhängetasche und machte einen Podcast an.

In meiner Wohnung angekommen zog ich als Erstes die Schiebetür auf, damit Opa rüberkommen konnte. Es war seltsam still ohne Gabi. Einen Moment starrte ich auf den Kaktus auf meinem Schreibtisch, der klägliche Versuch, etwas Farbe in mein Leben zu bringen. »Den kriegt niemand kaputt«, hatte die Verkäuferin im Blumen-Holländer gesagt. Ich trat näher, nahm den Kaktus hoch und beäugte ihn kritisch.

Er hatte braune Stellen.

Nachdem ich Opa drei Möhren gewaschen hatte, ging ich joggen, machte ein paar halbherzige Yoga-Verrenkungen und nutzte Gabis Abwesenheit, um unter der Dusche aus vollem Hals meine Stimmübungen herauszuschreien (nehmt das, Sonntags-Sex-Nachbarn!). Während ich Zähne putzte, holte ich den Kaktus und hielt ihn als Letzte-Hilfe-Maßnahme ein bisschen unter den Wasserhahn.

Später ging ich in ein Handtuch gewickelt und mit Creme im Gesicht in meinem Zimmer umher und räumte Sachen an ihren Platz, als mein Handy surrte. Es war Kira: *Echt jetzt? Aber alle deine Pflanzen sterben!*

Ich warf dem Kaktus einen Blick zu. *Nicht ALLE!*, schrieb ich zurück.

Noch war er ja nicht tot.

Hoffentlich gibt's nen heißen Gärtner in deinem Garten.

Ich schätze, der Altersdurchschnitt wird bei fünfundsechzig liegen, habe also große Hoffnungen, erwiderte ich.

Na, du stehst ja auf Oldies.

Die Lieder! Nicht die Männer!

Wir quatschten eine Weile, und an den blauen Pfeilen sah ich, dass auch Ella und Simone die Nachrichten gelesen hatten. Aber keine von ihnen schrieb etwas, und bald erstarb auch meine Unterhaltung mit Kira. Sie lernte nebenher und gab immer einsilbigere Antworten.

Das Alleinsein machte mich unruhig. Opa war herübergekommen und hatte sich neben mir ausgestreckt. Ich war froh, dass er mir Gesellschaft leistete, und streichelte ihm den haarigen Bauch. Alles fühlte sich so seltsam an. Die Stadt pulsierte draußen vor den Fenstern und machte meine Wohnung klein und dunkel. So weit oben schien mir mit einem Mal alles ganz weit weg. Ich ging umher und knipste alle Lampen an, dann kochte ich mir einen Pfefferminztee, setzte mich an meinen Küchentisch und schrieb meine Liste für den kommenden Tag. Sobald ich den Stift ansetzte, merkte ich, wie das Kribbeln in meinem Körper sich langsam beruhigte.

Irgendwann zwischen meinem neunzehnten und meinem zweiunddreißigsten Lebensjahr hatte ich gemerkt, dass ich Erwachsenwerden wahnsinnig überwältigend fand. So sehr, dass ich manchmal das Gefühl hatte, in meinen Ängsten und Sorgen zu ertrinken. Oft überkam mich dieses Gefühl nicht in Situationen, in denen andere sich überwältigt fühlen würden, sondern in Momenten wie diesem, in dem ich mit einem Hasen in meiner Wohnung saß, Tee trank und eigentlich nichts passiert war. Manchmal überforderten mich selbst Kleinigkeiten wie Staubsaugen. Meine Mutter nannte es »den Stress«. »Hast du wieder den Stress?«, fragte sie, wenn sie meinem Gesicht ansah, dass etwas nicht stimmte. Sie hatte Mitleid mit mir, nahm es aber nicht wirklich ernst. Wie sollte sie verstehen, wie es in diesen Momenten in mir aussah? Ich verstand es ja selber nicht. Es machte auf den ersten Blick keinen Sinn, dass ich Musicaldarstellerin war. Auf der Bühne performten wir vor Hunderten von Zuschauern. Aber auf der Bühne war ich nicht Maddie. Auf der Bühne war ich die Figur, die ich spielte.

Und das machte mich frei.

Im Alltag jedoch war ich eben doch bloß Maddie. Madita Wunderlich, zweiunddreißig Jahre alt, schlecht mit Pflanzen und ab und zu etwas überfordert mit ihrem Leben.

Ich hatte meine Methoden gefunden, um mit diesen Momenten umzugehen. Stricken zum Beispiel. Vor ein paar Jahren hatte ich damit angefangen und mich vollkommen im Flow der Maschen verloren. Eine Leidenschaft, die ich mit Ella teilte. Ich war süchtig. Den Beutel mit meinem aktuellen Projekt hatte ich immer und überall dabei, mein Instagram zeigte beinahe ausschließlich Strickbilder, der Korb neben meinem Bett quoll über von Wollknäueln und halbfertigen Pullovern, und ich hatte schon so manche Haltestelle verpasst, weil ich, einen Podcast auf den Ohren, beim Maschenzählen alles um mich her vergaß.

Die Listen waren ein anderer Weg, um den Stress ein wenig händelbarer zu machen. Wenn ich Dinge aufschrieb, verschwanden sie aus meinem Kopf. Ich hatte dann das Gefühl, die Welt ein bisschen besser im Griff zu haben, ein bisschen mehr Ordnung hineinbringen zu können. Wenn ich die Probleme aufs Papier bannte und in Kategorien aufteilte, konnten sie mich nicht überwältigen.

Nachdem ich eine Einkaufsliste gemacht hatte, eine Liste von Dingen, die in der Wohnung noch zu tun waren, und eine Liste von Sachen, die ich für Opa besorgen wollte (vornehmlich Möhren und Knabberstangen), ging es mir schon deutlich besser. Ich zog ein altes T-Shirt von Lennard an, das ich ihm nie zurückgegeben hatte, weil es so gemütlich zum Schlafen war, und öffnete kurz das Fenster, um ein wenig frische Luft ins Zimmer zu lassen. Natürlich war das sehr positiv gedacht. Was hereinkam, waren Hupen und Hundegebell. Aber irgendwie mochte ich es ja auch, dieses Brummen Berlins. Sosehr es eben meine Isolation betont hatte, sosehr gab es mir jetzt das Gefühl, weniger allein zu sein.

Ich kuschelte mich zu Opa, presste meine lackierten Zehennägel in sein warmes Fell und kaute an meinem Bleistift. Jetzt kam die wichtigste Liste. Ich schrieb sie jeden Abend vor dem Einschlafen. Eine Liste mit all den kleinen Dingen, die den Tag schön gemacht hatten. Sie half mir, mich auf das zu besinnen, was wirklich zählte. Manchmal, wenn ich alles in Frage stellte, holte ich mein Glücksheft heraus und blätterte es durch. Das beruhigte mich sogar noch mehr als Stricken. Heute allerdings musste ich ziemlich lange überlegen, bis mir überhaupt etwas einfiel.

Tagesglücke

Papa-Telefonat
Neuer Corall-Nagellack
Heinz ist endlich runter vom Sofa
Auflaufreste von gestern
Opa-Übernachtung
Mandarinenkuchen in der Krankenhaus-Cafeteria

Es war eine etwas klägliche Liste, das musste ich zugeben. Ich schrieb noch: *Vollmond* dazu, damit die Seite nicht so leer aussah. Dann blickte ich eine Weile zum Mond hinauf, der stumm über den Berliner Dächern stand, und schickte in Gedanken eine kleine Wunschliste zu ihm in den Nachthimmel. Ich bat darum, dass ich hier irgendwann ankommen würde. Dass mit meinem neuen Job alles klappte. Dass ich Freunde fand. Nicht mehr so verdammt alleine war in dieser riesigen Stadt, in der es unmöglich war, Menschen kennenzulernen.

Es war viel verlangt, aber vielleicht konnte der Mond da ja irgendwas drehen. Schließlich war er imstande, das Meer anzuheben, da sollten meine Wünsche doch eigentlich eine Kleinigkeit sein.

Ich seufzte und knipste das Licht aus. Dann knipste ich es wieder an, nahm mein Heft und schrieb: *Mein Kaktus lebt noch.*

Man muss schließlich positiv denken.

Natürlich gab es auch viele negative Dinge, die ich hätte aufschreiben können. Wie still es in der Wohnung war, zum Beispiel, jetzt wo ich Gabi nicht hinter der Schiebetür herumgehen hörte. Dass der Mond zwar schön war, mich aber auch traurig machte. Weil er da so einsam am dunklen Himmel herumwanderte und mich an mich selbst erinnerte und daran, wie allein ich war. Dass meine Beziehung kaputt war. Dass Ella nicht zurückgerufen hatte. Dass ich mich auf die Zeit am Theater freute, aber auch wahnsinnige Angst davor hatte. Dass mir ein Adoptivhase und ein Gartenjob aufgehalst worden waren und mich alleine der Gedanke an eine Meute von keifenden Berliner Kleingartenrentnern in Schweiß ausbrechen ließ.

Aber ich schrieb die negativen Dinge nie auf.

Wozu ihnen noch mehr Raum geben?

2

Ich mochte die Stadt. Doch wirklich, Berlin war toll. Voller Leben, bunt, laut, anders als alles, was ich kannte. Aber manchmal dachte ich, dass hier ausschließlich Irre wohnten.

Als ich aus dem Bus stieg, wurde ich beinahe von einem Fahrrad umgemäht. »Pass doch auf!«, brüllte der Mann mit den Avocado-Socken und den Dr. Martens, als ich panisch zurückhüpfte und dabei fast in die sich schließende Bustür gesprungen wäre. Das »blöde Schlampe« kam erst zwei Sekunden später hinterher.

Ich würde mich nie dran gewöhnen, wie biestig die Menschen hier waren.

»Pass halt selber auf!«, rief ich, allerdings etwas leiser, so dass die umstehenden Menschen sahen, dass ich mir nichts gefallen ließ, aber auch keine Gefahr bestand, dass er es hörte und vielleicht umdrehte.

In Berlin musste man genau schauen, mit wem man sich anlegte.

Ich hatte eine kleine Palette mit Stiefmütterchen vom Netto auf dem Arm und versuchte, mein Handy so darauf zu balancieren, dass ich die Blüten nicht zerquetschte und gleichzeitig dem kleinen blauen Pfeil von Google Maps folgen konnte. Gabi hatte mir schon gesagt, dass der Ort, zu dem ich hinmusste, nicht eingezeichnet war, da er offiziell nicht existierte. Aber die Gartenanlage nebenan schon. Ich hatte ein ungutes Gefühl bei der Sache. Natur war wunderbar, ganz klar. Aber städtische Kleingartenkolonien kannte ich noch von meinen Großeltern, und das strikte Regiment, das dort herrschte, war meiner Meinung nach das bisschen Grünzeug nicht wert. Der Gedanke an meine Großeltern ließ mich lächeln. Es war schon ein schräges Paralleluniversum, in dem sie da gelebt hatten. Das Karomuster der Hollywoodschaukel entsprach dem der Sonnenliegen, und die Mützen der Gartenzwerge wurden jeden Frühling neu lackiert. Aber sie hatten sich eine kleine grüne Ecke in der Welt eingerichtet und es dort geliebt. Die Erinnerungen an sie und ihren Garten gehörten einer längst vergangenen Zeit an, in die ich mich manchmal schmerzhaft zurücksehnte. Besonders jetzt. Echte Natur suchte man hier in Berlin umsonst. Es gab zwar viel Grün und jede Menge Parks, aber die beherbergten Generationen von Rattenfamilien und dienten als Klo für nächtliche Partyheimkehrer.

Es war ein lauer Frühlingstag und von den Parzellen drifteten Kinderlachen und Fetzen eines Helene-Fischer-Songs zu mir herüber. Offenbar war die Gartensaison trotz der frischen Brise bereits in voller Fahrt. Als ich die Pforte öffnete, blieb mein Blick an einem verglasten Kasten hängen. Ein Briefaushang des Berliner Kleingarten e. V.s: *Achtung: Heckenhöhenrückschnitt!* Der Text darunter ermahnte dringendst, sich an die im Pachtvertrag festgelegten Heckenhöhen zu halten. Ein anderer erinnerte daran, die Mülltonnen nicht mehr als einen Tag vor der Entleerung an die Straße zu bringen und sie auch ja zeitnah wieder abzuholen. Ein dritter betonte, dass auch

Rentner nicht von der zu verrichtenden Allgemeinarbeit ausgeschlossen waren und die Errichtung überdachter Freisitze nicht den unterschriebenen Pachtbedingungen entsprach.

Es hatte sich nichts geändert. Auch bei meinen Großeltern hatte es solche Anschläge gegeben. Der Rasen durfte eine Höhe von acht Zentimetern nicht überschreiten, sonst setzte es Bußgelder, und es gab einen Blockwart, der jeden Tag seine Runden zog und nachschaute, ob die Zucchini auch nicht in die falsche Richtung wuchsen.

»Seht ihr, deshalb ist das hier nichts für mich«, flüsterte ich in Richtung meiner Stiefmütterchen. »Ich hab schon genug Regeln in meinem Leben, an die ich mich halten muss.«

Ich mochte Regeln. Ähnlich wie meine Listen hielten sie das Leben in – geregelten – überschaubaren Bahnen. Aber wenn es zu viele wurden, kippte es ins Gegenteil und schnürte mir den Hals zu, dann war ich nur noch mit der Sorge beschäftigt, ob es mir gelang, sie alle einzuhalten. Mein Innenleben war kompliziert, man konnte es nicht anders beschreiben.

Der blaue Pfeil hatte mich bis hierher geführt, konnte mir nun aber nicht mehr weiterhelfen. Ich betrat die Gartenanlage und ging den ordentlich geharkten Weg entlang, der zwischen den Parzellen hindurchführte. Als ich auf einer der Terrassen eine Bewegung sah, winkte ich und rief: »Entschuldigung. Kennen Sie sich hier aus?«

Das war wohl eine etwas dämliche Frage.

Aber dämliche Fragen waren meine Spezialität.

»Tachchen!« Der Mann kam auf mich zu und schob seine Brille nach oben.

»Ich suche den Gemeinschaftsgarten«, erklärte ich. »Bin ich hier richtig?«

»Det Kollektiv?« Der Kleingärtner runzelte die Stirn und begutachtete mich von oben bis unten, als würde er finden, dass mein Äußeres nicht zu meinem Ziel passte. Sein Blick blieb etwas zu lang auf meinen nagelneuen, gelb glänzenden Gummistiefeln hängen, und ich trat nervös von einem Fuß auf den anderen. Als ich vor zwei Tagen über den Flohmarkt am RAW-Gelände geschlendert war, hatte ich die Stiefel mitgenommen, weil alle meine Schuhe mir für einen Garten unbrauchbar vorkamen. Aber nun fühlte ich mich in diesen steifen Dingern, die noch dazu bei jedem Schritt leise quietschten und irgendwie aussahen, als würde ich mit meiner Kindergartengruppe einen Ausflug machen, auch nicht so richtig wohl. Und seinem Blick nach zu urteilen, war das hier tatsächlich nicht der passende Dresscode.

»Die haben eigentlich ihren eigenen Eingang da hinten. Aber da wird momentan gebaut, jetzt muss man hier durch. Einfach umme Hecke da drum rum, dann läufst du geradeaus drauf zu.«

»Alles klar, vielen Dank.« Ich wollte mich schon umdrehen, aber der Mann öffnete plötzlich die Pforte und trat zu mir auf den kleinen Weg hinaus. Er trug beige Shorts und Adiletten. »Ich bin der Rainer. Dat sind ja prächtige Veilchen. Gibt's gerade bei Netto im Angebot, stimmt's? Wollte auch noch rüber und mir welche holen.«

»Veilchen?« Ich blickte auf meine Palette. »Sind das etwa gar keine Stiefmütterchen?«

Rainer hob die Augenbrauen. »Na, ich sach mal so: Stiefmütterchen sind Veilchen. Aber Veilchen keine Stiefmütterchen.« Er lachte schallend und entblößte dabei eine Reihe nicht sehr ansehnlicher Plomben.

Nun war es an mir, die Augenbrauen zu heben. »Aha«, erwiderte ich trocken.

Kleingartenhumor.

Genau mein Ding.

»Komm, ick zeich es dir.« Ehe ich wusste, wie mir geschah, schob er mich in seinen Garten hinein und an dem Gerüst einer Hollywoodschaukel und einer ganzen Batterie an Keramikzwergen in den seltsamsten Posen vorbei auf einen Kübel zu, der die Terrasse von der Wiese abtrennte. Er war zum Platzen gefüllt mit Stiefmütterchen. Rainer blieb davor stehen und man sah den Stolz in seinen Augen. »Sind alles Wittrockianas. Winterhart. Ist ja noch ein bisschen früh im Jahr für anderes, der Bodenfrost kann uns immer noch ein Schnippchen schlagen, aber mich prickelts immer in die Finger. Sobald wir den Weihnachtsschmuck wegräumen, will ich loswerkeln. Na, du kennst dat sicher. Schön, das Lila mit dem Gelb, nich? Meine Frau mag ja Geranien, aber ick sach immer, mit Veilchen kannste nichts falsch machen.«

Es folgte ein mindestens fünfminütiger Monolog über Balkonpflanzen und ihre Eigenarten, von dem ich nur die Worte »vollsonnig« und »Humusboden« im Kopf behielt. Als Rainer irgendwann Luft holte, quiekte ich hastig: »Wie interessant. Was man nicht alles über Balkonpflanzen lernen kann. Ich bin übrigens Maddie. Und muss leider weiter, sie warten drüben auf mich.«

Meine Ohren klingelten.

Rainer nickte ein wenig enttäuscht und brachte mich zur Pforte zurück. »Komm wieder vorbei, wir grillen ab Mai jeden Abend, Cordula und ich.«

»Das klingt toll!«, flötete ich und dachte, dass ich meinen

Wunsch nach Freunden vielleicht etwas hätte spezifizieren sollen. Offensichtlich hatte der Mond da was falsch verstanden.

»Ach Moment!« Plötzlich blieb Rainer stehen. »Dann kannst du ja gleich Inge mit rüber nehmen. Sie verliert immer die Orientierung und landet bei uns. Ich habe das Gerenne langsam satt, bin ja kein Postbote.«

Verdattert sah ich zu, wie er hinter dem kleinen Haus verschwand und stellte mir vor, dass er gleich mit einer verwirrten alten Frau am Arm wiederkommen würde.

Aber als er wenig später um die Ecke bog, hielt er ein Huhn in den Händen.

Ich trat zwei Schritte zurück. »Äh, Sie meinen doch nicht etwa, dass ich ...«, stotterte ich entsetzt, aber Rainer steuerte direkt auf mich zu. »So! Bitte schön.« Er setzte mir das Huhn mitten auf die Stiefmütterchen, und ich erstarrte vor Panik, als Inges kleine stechende Augen plötzlich nur Zentimeter von meinem Gesicht entfernt waren. »Bestell den Hippies nen Gruß. Das nächste Mal landet sie auf dem Grill.«

Ich starrte ihn wortlos an, und als ich nicht reagierte, wünschte er mir einen schönen Tag, wiederholte seine Einladung und stiefelte davon. »Ich muss unbedingt 'nen Maschendraht vormachen«, hörte ich ihn noch murmeln. »Toleranz jut und schön, aber irgendwann tanzen mir hier die Bettwanzen an der Decke!«

Ich hielt Inge so weit es ging von mir weg und brauchte ein paar Sekunden, um zu realisieren, wie ich in dieser seltsamen Situation gelandet war. Mitten in Berlin erwartete man doch wirklich nicht, plötzlich ein Huhn in den Arm gedrückt zu bekommen. »Okay ... Bitte hack mir nicht die

Augen aus«, flüsterte ich, während ich mit kleinen Schritten langsam rückwärtsging. »Braves Huhn, ganz braves Huhn!«

Eines war klar, ich würde diese Palette in hohem Bogen von mir schleudern, sollte Inge auch nur den kleinsten Mucks von sich geben. Hühner fand ich sehr idyllisch, wenn ich sie irgendwo auf einer Wiese rumpicken sah. In meiner Nähe brauchte ich die scharfen Schnäbel allerdings nicht.

Ich kam etwa drei Meter weit, da flatterte Inge mit den Flügeln, und als ich panisch aufschrie, sprang sie mir von der Palette und rannte mit großen Schritten davon. »Nein, warte!«, rief ich. »Nicht zurück! Rainer macht doch Nuggets aus dir!«

Inge dachte gar nicht daran, auf mich zu hören, sie flitzte geradewegs dahin zurück, wo sie hergekommen war. Ich schnitt ihr den Weg ab und versuchte, sie mit meiner Palette zu scheuchen. Wir führten einen kleinen Stepptanz auf und an dem Kinderlachen aus einem benachbarten Garten konnte ich ablesen, wie bescheuert wir dabei aussehen mussten.

»Ums Eck und dann links rum!«, kam die Stimme von Rainer über die Hecke, der unseren Eiertanz ebenfalls amüsiert beobachtete.

»Ja, du mich auch«, murmelte ich und ignorierte ihn. Irgendwann schaffte ich es tatsächlich, Inge den Rückweg abzuschneiden und sie zwischen Gartentor und Buchsbaum einzukesseln. Sie blieb stehen und legte misstrauisch den Kopf in den Nacken. »Das gefällt mir genauso wenig wie dir«, erklärte ich, als unsere Blicke sich duellierten, und fragte mich, wann dieses Huhn eigentlich mein Problem geworden war.

Plötzlich fiel mir ein, dass ich noch einen Müsliriegel in der Tasche hatte. Schnell holte ich ihn hervor, brach einen kleinen Brocken ab und warf ihn Inge hin. Sie betrachtete ihn genauso misstrauisch wie zuvor mich und verschlang ihn dann mit einer einzigen gezielten Bewegung ihres Schnabels.

»Ok, so kriegen wir das hin.« Erleichtert begann ich, langsam um sie herum zu gehen, wobei ich ihr immer wieder kleine Happen hinwarf. Dabei gackerte ich leise und rief in einem Ton, den ich für hühnerfreundlich hielt: »Na komm, puttputtputt. Beweg deinen kleinen Federhintern. Puttputtputt! Ich hoffe, Datteln sind für Hühner nicht giftig, puttputtputt.«

Und was soll ich sagen, Inge folgte mir wie die Kinder dem Rattenfänger von Hameln. Langsam bog ich rückwärts um die Ecke. Als ich mich umdrehte, standen wir vor einem Brombeergestrüpp. Auf einem Holzschild las ich in schiefen, bunten Pinselstrichen: »Grüne Freiheit«.

Ich atmete auf und öffnete schnell das quietschende Tor. »So, jetzt aber ohne Widerrede! Freiheit heißt nicht, dass du einfach kommen und gehen kannst, wie es dir passt«, befahl ich, und Inge schien an meinem Ton zu hören, dass ich es ernst meinte, denn sie lief vorwurfsvoll gackernd, aber ohne zu protestieren, an mir vorbei.

Als ich eintrat, sah ich sofort, dass meine Stiefmütterveilchen hier wahrscheinlich nicht besonders gut ankommen würden. Erstaunt hielt ich inne. Es war, als hätte jemand die aufgeräumte Kleingartenanlage, durch die ich gekommen war, einmal durch den Mixer gequirlt und ihre Einzelteile dann fröhlich über eine Wiese geschüttet. Eine Reihe bunter Zirkuswagen stand um eine Feuerstelle herum, auf einer Apfelwiese luden regenbogenfarbene Stühle und Tische zum Verweilen ein, und überall wucherte und blühte es. Das Gelände fiel sanft zu einem leise murmelnden Bach hin ab, Dutzende Gemüsebeete verteilten sich in nicht erkennbarer Ordnung ins Panorama. Hühner liefen durchs Bild und pickten auf der Wiese herum. Über allem ragten hinter den Bäumen zwei riesige weiße Hochhäuser aus der Peripherie Neuköllns wie stumme Wächter in den Himmel, und das entfernte Quietschen der S-Bahn erinnerte daran, dass wir noch immer in der Stadt waren.

Fasziniert ging ich über die Wiese auf ein windschiefes Gebäude zu, das offensichtlich einmal eine Gärtnerei gewesen war. »Tofuräucherei« stand auf einem Schild über der Tür. Ich dachte an die Currywurst, die ich eben noch beim Netto an der Eckbude gegessen hatte.

Bevor ich alles in mich aufnehmen konnte, zupfte mich jemand am Ärmel. Überrascht schrie ich auf und ließ schon wieder die Palette fallen.

Ein kleiner blonder Junge blinzelte mich hinter dicken Brillengläsern hervor an. »Ich kenne dich nicht«, stellte er freundlich fest und entblößte eine beachtliche Zahnlücke.

Ich hob meine Blumen auf, die inzwischen ziemlich ramponiert waren, und lächelte ihn an. »Stimmt. Ich dich auch nicht.«

»Bringst du den Pferdemist?«

»Sehe ich so aus, als würde ich Mist bringen?« Ich fand die Frage ein bisschen unverschämt.

Er bemerkte meine Empörung und kicherte. »Ich weiß nicht, wie sieht man denn aus, wenn man Pferdemist bringt?«

»Na, jedenfalls nicht so wie ich«, erklärte ich entschieden und musste grinsen. »Ich bringe die hier.« Mit meinem Kinn zeigte ich auf die Veilchen. »Und das Huhn da habe ich auch mitgebracht. Es war bei den Nachbarn.«

Inge schien zu hören, dass über sie gesprochen wurde, denn sie schaute mit zusammengekniffenen Augen zu mir herüber. Ich zeigte warnend zwischen ihr und dem Tor hin und her. »Denk nicht mal dran. I am watching you!«

»Inge!« Der Junge nahm das Huhn in den Arm und kuschelte sein Gesicht in Inges Federn, als wäre sie sein liebstes Stofftier. Als Antwort schmiegte Inge sich an seinen Hals und schloss genussvoll die Augen. Verdattert sah ich den beiden zu. »Äh ... Ist das nicht ... ein bisschen gefährlich? So mit dem Schnabel?«, fragte ich. Der Junge blickte verwirrt zu mir auf, ohne dass er sein Gesicht aus ihren Federn nahm. Er schien keine Ahnung zu haben, wovon ich sprach.

Plötzlich ertönte hinter mir eine dunkle Stimme. »Na, da seid ihr zwei ja wieder vereint.«

Ich fuhr herum. Ein Mann kam auf uns zu. Er war etwa in meinem Alter, hatte die gleichen weißblonden Haare wie der Junge, trug eine fleckige Jeans, einen Kapuzenpulli und Arbeiterstiefel. Und er sah so gut aus, dass ich einen erstaunten Laut von mir gab. Irgendwie hatte ich nicht damit gerechnet, hier irgendwas anderes als verschiedene Ausgaben von Rainer vorzufinden.

»Zerquetsch sie nicht, Elvis!«

»Sie gackert, wenn ich zu fest drücke«, erwiderte der Junge schulterzuckend und küsste das Huhn vorsichtig auf den Hals.

Ich fand die Szene gleichzeitig rührend und ziemlich seltsam.

»Hallo, ich bin Madita. Aber alle nennen mich Maddie.« Unter meiner Palette streckte ich dem Mann eine Hand hin, und er ergriff sie mit einem warmen Lächeln. »Freut mich,

ich bin …« Gleichzeitig traten wir einen Schritt aufeinander zu, und mein Fuß landete mit voller Wucht auf seinem Stiefel. »O Gott, Scheiße, Entschuldigung!« Hastig trat ich zurück und hätte um ein Haar erneut die Veilchen fallen gelassen.

Er lachte und hielt mit einer Hand die Palette fest, bis ich mich wieder gefangen hatte. »Kein Ding. Die Schuhe haben eine Stahlkappe. So, jetzt noch mal richtig?« Er hielt mir auffordernd die Hand hin. Seine Finger starrten nur so vor Erde. Der Händedruck war rau und herzlich, aber ich wischte mir danach trotzdem unauffällig die Hand an der Jeans ab. Er sah es, und ich lief rot an. Was für einen wunderbaren ersten Eindruck ich abgeben musste.

»Ich bin Moritz. Aber alle nennen mich Mo. Das ist mein Sohn Elias, aber ihr habt euch ja schon bekannt gemacht, wie ich sehe.«

»Ich heiße Elvis!«, rief der Junge dazwischen.

Mo lächelte erst ihn an und dann mich. Etwas in meinem Magen flatterte. Er sah wirklich verboten gut aus. Da hätte Gabi mich ja mal warnen können, dachte ich und versuchte mich so zu stellen, dass er nicht auf meine badeentengelben Gummistiefel aufmerksam wurde.

Als hätte er meine Gedanken gelesen, sagte er: »Gabi hat schon erzählt, dass du kommst. Willkommen bei uns.«

»Danke«, erwiderte ich und lächelte. »Ich wurde schon für eine Pferdemistlieferantin gehalten. Dabei habe ich leider nur die hier im Angebot.« Ich hielt ihm die Blumen hin. Er nahm sie und schien nicht so genau zu wissen, was er damit sollte. »Ah, schön …«, sagte er gedehnt, und ich fühlte den Zwang, mich zu erklären. »Ich wusste nicht, was man so mitbringt in einen Gemeinschaftsgarten.«

Jetzt lachte er. »Du musst nichts mitbringen. Aber die sind wunderbar, die können wir in die Kübel am Wagen pflanzen, da ist noch Platz!«

Ich wusste, dass er das nur sagte, damit ich mich besser fühlte. Eine Sekunde musterte ich ihn unauffällig, er hatte grüne Augen und einen Bart, der trendig ausgesehen hätte, wenn der Rest an ihm nicht so deutlich gezeigt hätte, dass er es darauf nicht anlegte.

»Papa, kann ich zu Ulli?« Elvis hatte Inge wieder auf den Boden gesetzt und lief im Kreis um uns herum. Er schien ein ziemliches Energiebündel zu sein. Ich schätzte ihn auf etwa sieben Jahre.

»Na sicher, warum zeigst du Maddie hier nicht ein bisschen den Garten?« Mo wuschelte seinem Sohn über den Kopf. Mir wäre es entschieden lieber gewesen, wenn er die Führung selbst übernommen hätte. Keine Väter, Maddie, ermahnte ich mich selbst. Das bringt nur Unglück. In Gedanken setzte ich Mos Namen ganz oben auf meine *Hätte-gerne-aber-geht-nicht-Liste*, noch über Schokomüsli und Ryan Gosling. Schokomüsli, weil ich dabei jedes Mal völlig entgleiste und man bei fünfhundert Kalorien pro Portion einfach keine vier Packungen in der Woche essen konnte. Ryan Gosling, weil ... nun ja.

Hätte gerne.

Aber geht nun mal nicht.

Ich entschied schnell, dass man mit jungen, gutaussehenden Gärtnervätern so umgehen sollte wie mit Schokomüsli. Am besten gar nicht anfassen, dann geriet man auch nicht in Versuchung. Und sicher wuselte hier irgendwo auch noch die Frau herum, die zu den beiden gehörte und wahrscheinlich genau wusste, dass Stiefmütterchen Veilchen waren und Hühner nicht gefährlich.

»Ich führe dich dann nachher noch ein bisschen rum, wenn du magst, und stelle dir alle vor.« Mo drehte sich zu mir, und ich nickte dankbar. »Jetzt muss ich erst mal den Mist in Empfang nehmen.« Er winkte uns zu und ging mit großen Schritten davon. Ich sah ihm ein bisschen sehnsüchtig nach und war gleichzeitig mehr als erfreut, dass meine ersten Begegnungen hier den Altersdurchschnitt meiner Erwartungen nahezu halbiert hatten.

»Hilfst du uns beim Sandariumbauen?« Elvis nahm meine Hand und zog mich mit sich. Überrascht stolperte ich hinter ihm her.

»Was? Ach, du meinst Sandkasten. Natürlich, wollen wir eine Burg bauen?«, rief ich mit gespielter Begeisterung, obwohl ich fand, dass er dazu eigentlich schon ein bisschen alt war. Elvis blieb stehen und sah mit gerunzelter Stirn zu mir hoch. »San-Da-Rium«, betonte er, als wäre ich schwer von Begriff, und schob mit dem Zeigefinger seine kleine Brille nach oben. »Für die Bienen!«

»Äääh …«, reagierte ich schlagfertig. »Klar, ein Bienensandkasten. Damit die Bienenbabys was zum Buddeln haben. Weiß genau, was du meinst!«

Er schob die Zunge durch seine Zahnlücke. »Weißt du nicht«, entschied er grinsend, und ich hob ertappt die Schultern.

»Komm, ich zeig es dir.« Er nahm mich wieder an der Hand, als wäre es das Selbstverständlichste auf der Welt, und führte mich durch ein kleines Labyrinth aus Beeten, die alle in verschiedenen Formen angelegt waren, ein paar in alten

Badewannen oder Regentonnen, ein paar sogar in Autoreifen.

Inge folgte uns in gemächlichem Trippeltempo.

»Es ist *doch* ein Bienensandkasten«, entschied ich wenig später, als Elvis und ich vor einem kleinen, mit Steinen eingegrenzten Becken standen. Er gluckste und sah mich an, als fände er mich ein bisschen schrullig.

»So kann man det ooch nennen!« Plötzlich flog eine Schippe voll Sand an meinem Ohr vorbei. Ein alter Mann mit Hipsterwollmütze auf dem Kopf stand auf einer Rampe neben einer Schubkarre. »Vorsicht ihr zwei, sonst knirscht et heut Abend zwischen die Zähne.«

»Das ist Madita, sie gehört jetzt auch zu uns«, erklärte Elvis, und ich musste unwillkürlich lächeln. Wie gut, dass ich zuerst auf ihn getroffen war. Auf dem Weg hierher war ich ziemlich angespannt gewesen, hatte verschiedene Szenarien in meinem Kopf durchgespielt, in denen ich hier nur dumm rumstand, während die anderen mich aus den Augenwinkeln beobachteten und sich fragten, was ich hier wollte. Und ich hatte nicht mal eine Liste schreiben können, denn ich wusste einfach nicht, was man in einem Gemeinschaftsgarten so tat und was man dazu brauchte – wie ich in der letzten Viertelstunde schon ziemlich deutlich bewiesen hatte.

»Ich bin nur Vertretung. Für Gabi. Sie muss in Reha«, ergänzte ich rasch.

Der alte Mann nahm eine Schippe voll Sand und schleuderte sie in das Becken. »Hab davon gehört. Bin der Ulli, freut mir!« Er packte seine Schubkarre und zog sie von der Rampe. »Hat Elvis dir schon erklärt, wat wir hier machen?«

Er kniete sich hin, um mit seinen behandschuhten Händen den Boden zu ebnen. Es wirkte beinahe liebevoll.

Ich schüttelte den Kopf. »Nicht so richtig. Irgendwas mit Sand?«

Ich sagte ja – meine Spezialität.

Ulli lachte leise in sich hinein. »Na, ick sehe schon, du wirst Gabi würdig vertreten. Im Sand nisten Bienen und Insekten. Und die toten Äste und Steine da sind für Käfer. Und Spinnen natürlich.«

Ich trat einen Schritt zurück. »Ein *Spinnensandkasten*?«, flüsterte ich Elvis zu, und er sah an meiner Miene, dass mich das alles andere als begeisterte. Grinsend nickte er.

»Ne Hornisse war auch schon mal da.« Ulli richtete sich auf den Knien auf, stemmte die Arme in die Hüften und lächelte mich an, als wäre das die tollste Neuigkeit der Welt. »Letztes Jahr. Hat sich Zellulose geholt!«

Ich lächelte zurück, als würde ich verstehen, was er sagte. »Das ist ja ... richtig toll!«, erwiderte ich, etwas lahm, aber er bemerkte meinen falschen Enthusiasmus nicht, sondern betrachtete sein kleines Sandbecken, als wäre es ein modernes Architekturwunder. Der Stolz in seinen Augen erinnerte stark an Rainer und seine winterharten Veilchen im Humusboden. »War übrigens Elvis' Idee.« Ulli strubbelte Elvis, der neben ihm kniete, durch die blonden Haare, genau wie sein Vater vorhin, und der Junge lächelte verlegen. »Hat es in einem seiner schlauen Bücher gelesen.«

»Bei YouTube gesehen!«, widersprach Elvis. »Kann ich jetzt auch mal schippen?«

»Tu dir keenen Zwang an, ick streit mir nicht drum!« Ulli hielt mir eine Handschuhhand hin und ich zog ihn aus dem Sand hoch. Als er ächzend wieder stand, ließ er meine Hand nicht los, sondern schüttelte sie. »Madita also? Ungewöhnlicher Name. Gabi hat's umjehauen, wa? Na, die kommt schon wieder uffe Beene. Is ja robust jebaut, will ich ma sagen.«

»Maddie«, korrigierte ich. »Alle sagen Maddie zu mir. Und ja, Gabi ist zäh wie Dörrfleisch.«

Er lachte dröhnend. »Das will ich meinen. Also, Maddie. Willkommen inne Kirschen!«

Ich fragte mich, wann ich die Fähigkeit verloren hatte, Menschen zu verstehen.

Als Ulli mein Gesicht sah, zeigte er auf eine der Hecken, die das Gelände zur Schrebergartenkolonie hin abgrenzte. »Die Straße da hinten heißt so. Da, wo se gerade baggern. In den Kirschen. Deswegen sagen das alle hier. Inne Kirschen. Wenn du in den Garten kommst, kommste inne Kirschen. Inne jrüne Freiheit.« Er atmete einmal tief ein und aus, strahlte mich an und öffnete den Mund, als könnte er besagte grüne Freiheit in der Luft schmecken.

Wenig später schaffte ich es, Elvis zu seinem Vater zurückzulotsen. Wir hatten mit Ulli das Sandarium befüllt und mit vereinten Kräften einen Haufen Totholz umgeschichtet, der, wie die beiden mir voller Enthusiasmus erklärten, ebenfalls für die Insekten gedacht war. Ich schwitzte bereits, trotz der milden Frühlingsluft, und meine Jeans hatte dunkle Flecken an den Knien. Als niemand hinsah, zupfte ich mir unauffällig ein paar kleine Äste aus den Haaren und untersuchte meinen Pulli auf Spinnweben. Für meinen ersten Tag war mir das alles entschieden zu viel Krabbelzeug. Ich hatte mir zwar nichts anmerken lassen, das Totholz aber nur mit spitzen Fingern angefasst und jeden Ast gründlich untersucht, bevor ich ihn hochnahm. Schließlich brauchte ich wirklich keine zahmen Spinnenhorden, die mir den Arm hochflitzten. Bei Insekten war es bei mir wie mit den Hühnern: Sie konnten sehr gerne existieren, solange es nicht in meiner unmittelbaren Nähe war. Und dass Spinnen technisch gesehen keine Insekten waren, war mir vollkommen schnurz.

Bereits in meiner ersten Stunde hatte ich verstanden, dass hier alles anders lief, als ich es mir vorgestellt hatte. Eigentlich hatte ich mich inmitten von ordentlichen Gemüsebeetreihen beim Unkrautzupfen gesehen. Bei der Gartenpflege, wie mein Opa sie damals betrieben hatte: Er hatte einen kleinen, elektrischen Handschneider, mit dem er regelmäßig die Beetbegrenzungen stutzte und außen an den Blumenkübeln entlangfräste, damit es auch ja keinen Graswildwuchs gab. Mich beschlich so langsam der Verdacht, dass man hier von solchen Maschinen noch nie gehört hatte – und Graswildwuchs wahrscheinlich begeistert begrüßte.

Am besten mit möglichst vielen Spinnweben drin.

Während wir mit Inge im Gefolge über die Wiese liefen, stellte Elvis mir weitere Hobbygärtner vor. Ein junges Pärchen topfte in einem Gewächshaus Setzlinge um. »Das sind Prija und Bert.« Elvis winkte, und die beiden winkten mit erdigen Händen zurück und kamen kurz heraus, um hallo zu sagen. Ich war erstaunt, wie viele Leute in meinem Alter und aus unterschiedlichen Kulturen es hier gab. Genau wie der Garten selber schien es ein buntes Durcheinander an verschiedensten Pflanzenfreunden. Mein anfänglicher Verdacht jedoch erhärtete sich: Ich war weit und breit die einzige Person in Gummistiefeln. Und es gab weit und breit kein einziges Veilchen.

Mo arbeitete ebenfalls an Setzlingen. Er stand über einen alten Holztisch gebeugt und drückte Samen in kleine Erdschalen. Als er uns bemerkte, zog er seine Handschuhe aus und kam auf uns zu. Irgendwie sah er ernst aus, als hätte er über etwas nachgedacht, das ihm Sorgen machte, lächelte aber, als er sich uns näherte. Ich spürte den starken Drang, ihm entgegenzulaufen, und wunderte mich über mich selbst. Schließlich hatte ich kaum zwei Worte mit ihm gewechselt. Irgendetwas in seiner ruhigen dunklen Stimme oder seinen grünen Augen schien mich ein bisschen durcheinanderzubringen. Oje, dachte ich und zwang mich, langsamer zu gehen. Das musste ganz schnell unterbunden werden!

»Keine Männer mehr!«, hatte ich Ella erst vor wenigen Wochen geschworen. »Männer bringen Unglück.« Sie hatte mir voller Inbrunst zugestimmt, obwohl sie seit fünf Jahren in festen Händen war. Oder vielleicht gerade deswegen. Aber ich hatte es ernst gemeint. Und an meinem Vorsatz hatte sich absolut nichts geändert. Ich war fest entschlossen, mich mindestens ein Jahr lang ausschließlich auf meine Karriere zu konzentrieren und mit Scheuklappen durch die Welt zu laufen, die außer Singen, Tanzen und – Gabi zuliebe – vielleicht ein paar Blumen und etwas Gemüse nichts durchließen.

Für all das gab es einen guten Grund.

Als Lennard und ich uns trennten, war es ein bisschen wie das Ende der Welt. Alles war plötzlich anders.

Besonders, weil ich schuld war.

Ich hatte nie Zeit, *ich* war zu verbissen, *ich* war nie da, *ich* hatte immer was Besseres zu tun. Er hatte mir vorgeworfen, dass mir die Bühne wichtiger war als er. Und das Schlimmste war: Ganz tief drinnen wusste ich, dass es stimmte. Die Bühne *war* mir wichtiger. Natürlich bedeutete das nicht, dass er mir egal war, ganz im Gegenteil. Es bedeutete aber, dass ich nicht bereit war, für ihn kürzerzutreten. Denn Kürzertreten war in meinem Business extrem gefährlich. Irgendwann musste man das sowieso, die Zeit, die man für die Karriere hatte, war sehr begrenzt. Deswegen galt es, gerade am Anfang keine Minute zu verlieren.

Lennard hatte das nie verstanden.

Und er hatte meine Ziele nie unterstützt, sondern mir immer nur weiter ein schlechtes Gewissen gemacht. Wie dem auch sei, ich hatte meine Beziehung für meine Karriere geopfert, es gab keinen Weg, es zu beschönigen. Und deswegen durfte ich mich jetzt, da dieses Opfer sich endlich auszuzahlen begann, auf keinen Fall von moosgrünen Augen, großen erdigen Händen und einem nachdenklichen Lächeln ablenken lassen. Nicht jetzt, da alles gerade anfing, richtig ernst zu werden. Egal, wie sehr mein Magen auch flatterte.

Und er flatterte ganz gehörig.

Ich konnte nicht anders, als zu bemerken, dass ich schon lange niemanden mehr auf Anhieb so sympathisch gefunden hatte. Vielleicht hatte der Mond ja gedacht, dass er mir zusätzlich zu meinem neuen Freund Rainer auch noch eine kleine Schwärmerei schenken konnte. »Brauch ich nicht«, flüsterte ich zum Himmel hinauf, wo er als fast durchsichtige Scheibe in der Nähe des Alexanderplatzes rumhing und wohlwollend auf mich hinunterlächelte. »Netter Versuch, aber keine Zeit und kein Bedarf.«

Jaja, schien er zu antworten. *Laber nicht rum, Maddie. Zeit hast du vielleicht wirklich nicht viel, aber Bedarf allemal.*

Das entscheidest nicht du!, erwiderte ich in Gedanken und sah genau, wie der Mond spöttisch zwinkerte.

Irgendwie traute ich ihm nicht.

»Papa. Wir haben das Sandarium fertig.« Elvis sprang an seinem Vater hoch, und Mo nahm ihn auf den Arm und drehte ihn einmal im Kreis.

»Dann hast du jetzt sicher Hunger.« Er ließ Elvis nach hinten überkippen, so dass seine weißblonden Haare gen Boden hingen. Der Kleine gluckste und streckte die Hände aus, um die Grasspitzen zu berühren. »Jaaaaa. Ich will Pommes.«

»Na, schaun wir mal.« Mo sah mich an. »Hast du auch Hunger?«

Ich hatte vor einer Stunde erst meine Currywurst runtergeschlungen, zuckte aber mit den Schultern. »Ich kann eigentlich immer essen«, erklärte ich wahrheitsgemäß. Außerdem war mir jede Ausrede recht, um keine weitere Insektenpflege mehr betreiben zu müssen. Und noch ein wenig Zeit mit den beiden zu verbringen.

Meine Antwort schien sie zu freuen. »Genau wie wir.« Mo nickte zufrieden und zeigte auf den größten der Zirkuswagen. »Dann schaun wir doch mal, ob schon jemand kocht.«

Verdattert folgte ich mit den Augen seinem ausgestreckten Zeigefinger. Ich hatte angenommen, wir würden irgendwo hingehen zum Essen. »Man kann hier *kochen*?«, fragte ich erstaunt und erntete dafür Seitenblicke aus zwei Paar grüner Augen. Sie wussten ja noch nichts von meiner Spezialität. Vater und Sohn sahen sich an und prusteten dann gleichzeitig los. »Jaaa, man kann hier kochen!«, erklärte Mo, als offenbarte er ein gutgehütetes Geheimnis. »Komm, wir zeigen dir, wie wir dieses Wunder vollbringen.«

Zusammen liefen wir über die Wiese, und die beiden lachten immer noch über mich. »Freut mich, dass meine Unwissenheit euch so amüsiert«, bemerkte ich trocken, musste aber selber grinsen. »Ich war eben noch nie in einem Gemeinschaftsgarten. Ich dachte, man zupft hier den ganzen Tag Unkraut.«

»Oh, das machen wir immer nach dem Essen«, erklärte Mo. »Übrigens kann ich dir andere Schuhe geben, diese Stiefel sehen ziemlich unbequem aus.«

Als wir die Tür zum Wagen öffneten, entfuhr mir ein erstaunter Laut. Es war, als würden wir eine sonnige Wohnung betreten. Und eine sehr schöne noch dazu. Der hintere Teil des Wagens war verglast, vor den Fenstern stand ein Holztisch, um den gut und gerne zwanzig Leute passen würden, im vorderen war eine Küche eingerichtet. Dazwischen bollerte ein kleiner Ofen vor sich hin. Es roch nach Holz und ... ich schnupperte, irgendwie nach Biosupermarkt. »Wow!«, sagte ich und trat ein. »Also, das habe ich nicht erwartet.«

Mo verschränkte die Arme, lehnte sich an die Küchenzeile und beobachtete meine Reaktion. Er lächelte ein halbes Lächeln, das ich nicht so richtig deuten konnte. Ich trat an den großen Tisch und fuhr mit den Fingern über das Holz. »Und hier esst ihr immer zusammen?«

Er nickte. »Zumindest im Winter. Im Sommer findet eigentlich alles draußen statt. Wir haben auch eine Außenküche hinten am Wagen, aber die Saison ist noch nicht eröffnet. Da müssen wir erst gründlich saubermachen.« Er öffnete den Kühlschrank. »So, dann schauen wir mal.« Mit gerunzelter Stirn schob er ein paar Einmachgläser hin und her, drehte sich dann um und trat an die Tür, an der eine kleine Tafel hing. »Ah, heute essen nur sieben Leute mit, das ist doch gut. Und niemand hat sich zum Kochen angemeldet, also können wir machen, was wir wollen. Hast du Lust, uns zu helfen? Oder musst du bald wieder los?« Er drehte sich plötzlich zu mir um, und ich zuckte zusammen, als mich sein Blick traf.

»Was, nein!«, versicherte ich, vielleicht ein wenig zu hastig. Tatsächlich wäre mir in diesem Moment nichts eingefallen, was ich lieber getan hätte. Rasch nahm ich einen Kochlöffel von der Spülablage, hielt ihn in die Höhe und machte eine kleine Verbeugung. »Ich stehe zu Euren Diensten!«

Mos Bart zuckte.

»Tatsächlich sollte ich aber vielleicht hinzufügen, dass ich eine miserable Köchin bin«, erklärte ich, um keine falschen Erwartungen zu wecken. »Ich bin also vielleicht eher die Exekutive.«

»Das macht nichts, Papa kocht sehr gut.« Elvis hatte sich die Hände gewaschen und eine Flasche Apfelsaft aus dem Kühlschrank genommen. »Und ich auch. Ich bin sogar noch besser, sagt Mama.«

Plötzlich schien mir der Wagen nicht mehr ganz so schön. Aber eigentlich war das nur gut. Mein kleines Magenflatterproblem würde sich ganz von selbst erledigen.

»Dann könnt ihr ja delegieren, und ich schnibbel und lerne von den Meistern.«

Mo hielt mir ein Henkelnetz hin. »Dann geht ihr doch einkaufen. Ihr holt am besten ... Kartoffeln.« Er öffnete den Kühlschrank und sah hinein. »Vielleicht etwas Rote Beete und fünf Chicorée. Ach, und Möhren natürlich. Und Asiasalat.«

»Es gibt hier einen Laden?«, fragte ich verwundert, als Elvis und ich auf der Treppe des Wagens wieder in unsere Schuhe schlüpften. »Hier in den Kirschen? Oder haben die Kleingärtner nebenan einen Späti?«

Elvis sah mich an, als wüsste er nicht, ob ich wirklich verrückt war oder nur so tat. »Du verstehst Papas Witze nicht«, stellte er dann fest und schien das wiederum witzig zu finden. »Komm.« Er zog mich mit sich, bevor ich meinen zweiten Gummistiefel richtig anhatte. Ich stolperte hinter ihm her. Inge, die vor der Tür auf uns gewartet hatte, folgte auf dem Fuße. Inzwischen war ich mir nicht mehr sicher, ob sie Elvis oder mir nachlief. Ich hatte den Verdacht, dass sie sich weitere Dattelhappen erhoffte.

Der »Laden« bestand aus einem Beet und einem Gewächshaus. »Ahhhh sooooo!«, ich konnte mich gerade noch davon abhalten, mir die Hand vor die Stirn zu schlagen. Irgendwie war ich einfach nicht davon ausgegangen, dass man im April schon etwas anderes als Rhabarber aus einem Beet rausholen konnte. Ich war froh, dass ich Elvis und nicht seinen Vater gefragt hatte. Nicht nur Klein-, sondern auch Gemeinschaftsgärtner hatten offensichtlich eine ganz eigene Art von Humor, an die ich mich erst gewöhnen musste.

Es wurde der schönste Einkauf, den ich je gemacht hatte – und der matschigste. Als wir ein Gewächshaus umrundeten, wurde mir klar, dass der Garten noch wesentlich größer war, als ich gedacht hatte. Mir fiel auf, wie unglaublich laut die Vögel zwitscherten. Obwohl hinter uns die weißen Hochhäuser aufragten und man in der Ferne die S-Bahn und die Stadtautobahn summen hörte, befanden wir uns in einer Oase aus Büschen, Beeten und Vogelgesang. Natürlich war das meiste noch halb kahl, trotzdem konnte man schon erahnen, wie es hier im Sommer aussehen würde.

»Knollenfenchel, Rote Beete, Porree, Lauchzwiebeln, Möhren, Kohl, dicke Bohnen«, erklärte Elvis in leichtem Singsang und zeigte mit seinem kleinen Zeigefinger auf die verschiedenen Beetreihen. Ich konnte nicht fassen, dass diese Worte aus dem Mund eines kleinen Jungen kamen. Ich wusste nicht mal, was Knollenfenchel war. Und erst recht nicht, wie man ihn zubereitete.

»Ist natürlich alles noch nicht fertig. Hier sind zwei Reihen Erbsen. Und hier ...« Er lief weiter, blieb vor einem anderen Beet stehen und zeigte mit beiden Händen auf den Boden. »Asiasalat. Der Frost hat viel kaputt gemacht. Wir hatten Kiwis, die sind zu früh ausgetrieben, als es so warm war, und dann ...« Er zuckte dramatisch die Achseln. »Kaputt. Aber ich mag Kiwis sowieso nicht. Zu sauer.« Er streckte die Zunge raus. »Die Himbeeren haben jetzt aber auch viele tote Blätter, und Papa sagt, wir müssen mal schauen, ob die Erdbeeren es packen.« Er lächelte mich an und kräuselte die Nase, um seine Brille nach oben zu schieben. »Ich habe auch ein eigenes Beet. Willst du es sehen?«

Stolz führte er mich in eine Ecke, wo sich neben einem Teich ein paar kleine Beete in der Erde verteilten, die mit Hölzchen abgezäunt waren. »Das sind die Kinderbeete, hier können wir *reinhauen, was immer wir wollen,* sagt Ulli immer.«

»Das sieht aber noch ein bisschen leer aus«, bemerkte ich.

»Weil ich Sommersachen am liebsten mag. Besonders Erdbeeren.« Er nickte. »Und die haben wir noch in den Töpfen. Aber hier kommen schon Erbsen. Und ich lasse auch Platz für Sonnenblumen.« Plötzlich sah er mich an. »Vielleicht kannst du ja bald auch ein Beet haben.«

»Ein Kinderbeet?«

»Es kann jeder eins haben, der will. Zum Ausprobieren. Papa sagt immer, es ist gut, was zum Kümmern zu haben. Dann fühlt man sich weniger allein.«

Ich blinzelte erschrocken. »Warum denkst du, ich bin allein?«

Er machte eine Bewegung mit der Schulter. »Nur so«, erwiderte er und lächelte vage. Dann lief er zum großen Beet zurück. »So, du holst Spinat. Ich Möhren!«

»Klar.« Zögernd blieb ich am Beetrand stehen. Ich hatte keinen blassen Schimmer, was was war. Nichts sah nach Möhre aus und nach Spinat schon mal ganz und gar nicht. »Äh, wo, meintest du vorhin noch mal, wächst was?«, fragte ich.

Er grinste. »Du hier. Ich hier«, erklärte er und deutete auf die Reihen.

Seit meiner Kindheit hatte ich nicht mehr geerntet, geschweige denn in einem Beet gekniet. Daheim hatten wir zwar einen kleinen Garten, aber meine Eltern machten sich nichts aus Gemüseanbau. Es war ein seltsames Gefühl, mitten in der Stadt Spinat zu ernten. Die Blätter waren noch sehr klein, und Elvis zeigte mir, wie ich sie abbrechen musste, ohne die Wurzeln rauszuziehen. Man merkte, dass es ihm Spaß machte, der Experte zu sein und mir die Dinge zu erklären.

Als wir das Netz voll hatten, führte er mich in das kleine Gewächshaus. »Wir holen noch Gurken und Feldsalat. Und natürlich den blöden Chicorée.« Elvis zog einen Kübel unter dem Tisch hervor, der mit einem Tuch abgedeckt war. Darunter lagen Dutzende Chicoréeherzen nebeneinandergekuschelt in der Erde. Langsam und bedächtig schnitt er fünf davon mit einem Messer ab und legte sie neben das Netz.

»Warum reißt man sie nicht einfach raus?«, fragte ich.

»Sie wachsen nach«, erklärte er. »Man kann sie den ganzen Winter über ernten. Ich mag sie nicht. Zu bitter! Papa sagt, ich muss sie nicht essen, aber Mama sagt, im Winter brauchen wir besonders viele Vitamine, und Chicorée ist extreeeem gesund.« Er ahmte offensichtlich die Stimme seiner Mutter nach. »Deswegen esse ich manchmal ein bisschen. Wenn ich muss.«

»Wo ist denn deine Mutter, isst sie heute auch mit?«, fragte ich, möglichst unschuldig.

Er schüttelte den Kopf. »Nee«, erklärte er nur und stand auf. »Los, wir brauchen noch Kartoffeln. Die sind eingelagert.«

Im Wagen brodelte und dampfte es bereits. Mo hatte sich eine geblümte Schürze umgebunden und aus einem Lautsprecher dudelte Radio 1. Es duftete herrlich nach Knoblauch und Olivenöl.

»Ah, sehr gut, sie hatten also alles im Laden?«, fragte Mo, als wir hereinkamen, und warf mir einen amüsierten Blick zu.

»Ja, die Regale waren voll«, gab ich trocken zurück und reichte ihm das Netz.

»Sehr gut, dann können wir ja loslegen.«

Ich wollte den Chicorée, den ich mir unter den Arm geklemmt hatte, ins Waschbecken legen, aber Mo ging gleichzeitig darauf zu. Ich reagierte zwei Sekunden zu spät und trat ihm auf den Fuß.

Und zwar so richtig.

Vor Schreck verlagerte ich sogar noch einmal mein Gewicht, so dass ich meine Zehen in ihn hineinbohrte. Diesmal hatte er keinen Stiefel an, und ich sah, wie er zusammenzuckte und das Gesicht verzog. »Shit, tut mir leid!« Ich wollte zur Seite springen, aber er bewegte sich im selben Moment in die gleiche Richtung und wir prallten mit voller Wucht gegeneinander.

»Bist du sicher, dass du keine Brille brauchst?«, fragte er mit einem halben Schmunzeln und rieb sich den Unterarm.

»Vielleicht eher eine Warnweste«, murmelte ich und rieb mir das Kinn, an das er mit seinem Unterarm geknallt war.

»Das wäre auch 'ne Idee«, gab er zurück. »Das war jetzt dein zweiter Angriff heute. Langsam nehme ich es persönlich.«

»Tut mir leid. Das passiert mir sonst nie.«

Ich wusste nicht, was mit mir los war. Grobmotorik gehörte normalerweise nicht zu meinen Schwächen. Wäre auch nicht gut als Musicaldarstellerin.

»Macht ja nichts, noch lebe ich«, beschwichtigte er. »Aber vielleicht setzt du dich jetzt besser hin, bevor wir uns noch was brechen.«

»Gute Idee«, stimmte ich kleinlaut zu.

Wir bewegten uns gleichzeitig nach links – und stießen wieder gegeneinander.

»Okay!« Mo packte mich an den Oberarmen und schob

mich sanft, aber bestimmt zur Seite. »Jetzt ist's genug. Ich bringe mich mal in Sicherheit. Anscheinend harmonieren wir in der Küche nicht so gut miteinander.«

»Du bist auch nach links gegangen«, verteidigte ich mich lachend und rieb mir den Fuß, auf den jetzt er gestiegen war.

»Tut's weh?«, fragte er besorgt, aber ich schüttelte den Kopf. »Ist höchstens verstaucht.« Tatsächlich tat es ziemlich weh. Er schien das an meinem Gesicht ablesen zu können, ging in die Knie und streckte die Hände aus. »Zeig mal her.«

Verdattert streckte ich ihm meinen Sockenfuß hin, und er tastete meine Zehen ab.

Plötzlich fing ich Elvis' Blick auf. Er saß am Tisch, das Apfelsaftglas halb erhoben, und beobachtete uns. Etwas in seinen Augen ließ mich zusammenzucken.

Ich räusperte mich, zog meinen Fuß weg, drehte mich zur Spüle und sah dabei, dass auch Mo den Blick seines Sohnes aufgefangen hatte. Sein Lächeln verschwand. »So, ihr zwei lasst mich jetzt in Ruhe kochen, sonst wird das heute nichts mehr. Elvis schneidet den Salat, und Maddie macht die Kartoffeln«, befahl er.

Eine Weile arbeiteten wir alle still vor uns hin. Mo wusch die Erde von den Kartoffeln, Elvis und ich begannen an dem großen Holztisch zu schnippeln. Dabei klemmte er die Zunge zwischen die Zähne und konzentrierte sich voll und ganz auf seine Aufgabe. Mo trat immer mal wieder hinter ihn und korrigierte mit sanfter Hand das Messer, wenn die Streifen zu breit wurden. Ich schnitt die Kartoffeln in Pommes und schaute mir währenddessen das Innere des Wagens genauer an. Durch die bodentiefe Verglasung konnte man auf einen

Teil des Gartens blicken. An den Wänden hingen selbstgemalte Bilder, auf einem schmalen Brett an der Wand standen getöpferte Figuren, und von der Decke baumelten Büschel getrockneter Blumen und Kräuter. Auf dem Boden lag ein Webteppich, und ich sah erst jetzt, dass neben dem Ofen eine Katze in einem Korb schlief. Es war kurz gesagt einer der gemütlichsten Orte, an denen ich je gewesen war.

»Kocht ihr hier jeden Tag?«, fragte ich, und Mo sah von der Pfanne auf.

»Wir nicht, aber meistens irgendwer schon. Es kommt immer drauf an. Im Sommer auf jeden Fall, weil da immer was zu tun ist und wir alle viel mehr hier sind. Dann schauen wir immer, wie viele da sind, und meistens kocht der, der als Erster im Wagen eintrudelt, oder eben wer auch immer sich schon gemeldet hatte.«

»Und das funktioniert?« Ich konnte mir nicht vorstellen, dass es da keine Missverständnisse gab.

»Besser, als man denken sollte.« Mo zuckte mit den Schultern. »Wir sind da alle eher entspannt.«

»Und ihr kocht immer nur Sachen aus dem Garten?«

»Fast«, er lächelte. »Wir haben eine Gemeinschaftskasse und immer einen guten Vorrat von Dingen da, die wir nicht anbauen können. Nudeln, Mehl, Kaffee und so. Aber ansonsten ist das natürlich das Ziel. Im Schuppen steht eine Kühltruhe, und wir machen viel ein, ich zeig es dir später. Und na ja, Saft keltern wir auch, Tofu gibt es das ganze Jahr ... Wir schustern uns immer was Leckeres zusammen, nicht, Elvis?«

Elvis nickte, ohne von seinem Brett aufzusehen. »Ja, aber im Sommer schmeckt's besser«, erwiderte er.

Mo lachte. »Das stimmt, im Sommer schmeckt es besser.

Du wirst es sehen, die Teller werden mit den Wochen immer bunter und voller, und irgendwann kommen wir gar nicht mehr hinterher.«

Es tat gut, dass er mich so selbstverständlich in den Satz einband und sie davon ausgingen, dass ich im Sommer auch noch hier sein würde.

»Dann sollte ich aber auch was in die Kasse einzahlen«, sagte ich, plötzlich alarmiert. »Ich kann ja nicht einfach mitessen, ohne zu bezahlen.«

Mo warf mir einen seltsamen Blick zu, und Elvis runzelte kurz die Stirn.

»Keine Sorge.« Mo kam zum Tisch und nahm das Brett mit meinen fertig geschnittenen Pommes entgegen. »Du hast gearbeitet, oder nicht?«

Ich nickte halbherzig. Mit viel Wohlwollen konnte man es vielleicht schon so nennen.

»Na also.« Es schien, als wäre damit alles geklärt.

Plötzlich ging die Tür auf, und eine ältere Frau steckte den Kopf herein. »Hallöchen!« Sie winkte fröhlich und zog sich die Stufen hoch. Elvis ließ sofort das Messer fallen, lief auf sie zu und schlang die Arme um ihren Bauch. »Hanni!«, rief er, als hätte er sie sehnsüchtig erwartet.

»Na, mein kleiner Botaniker!« Sie drückte ihn liebevoll an sich, schaukelte ihn zweimal mit dem ganzen Körper hin und her und trat dann zu Mo, der sie ebenfalls in die Arme schloss. Über seine Schulter fiel ihr Blick auf mich, und ich sah Erstaunen in ihren Augen aufblitzen. Allerdings nur eine Sekunde, dann lächelte sie. Ich hob zaghaft die Hand und winkte.

»Das ist Hanni«, stellte Elvis sie vor. »Sie hat den Garten

erfunden. Und das ist Madita, sie ist die neue Gabi.« Elvis hüpfte neben uns auf und ab. Er konnte anscheinend von Phasen äußerster Ruhe und Konzentration nahtlos in hibbelige Euphorie übergehen.

»Maddie«, stellte ich mich vor. »Und ich bin nicht die neue Gabi, bloß die Vertretung.«

Hanni schien Bescheid zu wissen über Gabi und ihren Unfall. »Scheußliche Sache.« Leise ächzend setzte sie sich auf einen Stuhl. »Aber die Reha bringt sie schon wieder auf die Beine.«

Mir fiel auf, dass sie sich langsam bewegte, als hätte sie Schmerzen. Rasch warf ich einen Seitenblick auf Mo. Er hatte die Stirn gerunzelt und beobachtete Hanni besorgt.

»Nun, aber aus jedem Übel kommt auch was Gutes. Wir freuen uns sehr, dass du mitmachen willst, Maddie.« Sie lächelte, und ihre dunklen Augen waren so warm, dass ich unwillkürlich zurücklächelte. Ich schätzte sie auf Mitte sechzig, sie hatte ihren weißblonden Bob mit einem bunten Tuch zurückgebunden und ein wettergegerbtes, attraktives Gesicht, sah jedoch müde aus. Sie strahlte Ruhe und Wärme aus. Genau wie Mo, dachte ich, und warf ihm einen Blick zu.

Elvis stellte ein großes Glas Saft vor Hanni hin. »Vitamine!«, sagte er streng und hob einen Zeigefinger, als wäre sie ein ungehorsames Kind, das seinen Teller nicht leeressen wollte.

Sie schmunzelte. »Danke Ihnen, Herr Doktor.« Ohne Widerrede setzte sie das Glas an und trank einen großen Schluck.

»Isst du mit?« Mo schob die Kartoffeln in den Ofen und sah zu ihr auf.

»Wenn ihr genug habt? Ich hatte mich nicht eingetragen.«

»Natürlich. Es gibt Pommes!« Verzückt drehte Elvis sich einmal um sich selbst.

»Na, die werde ich mir nicht entgehen lassen. Zur Not esse ich eben deine Portion.« Sie zwickte ihm spielerisch in die Nase.

Elvis' Gesicht wurde augenblicklich ernst. Er nickte. »Klar. Ich kann Chicorée essen.«

»Elvis, ich hab doch nur Spaß gemacht. Als ob ich deine Pommes klauen würde!«, rief Hanni und lachte auf.

Aber Elvis blieb ernst. »Du hast gesagt, du musst viel essen, sonst hast du keine Kraft.«

Hanni warf Mo einen beinahe strafenden Blick zu, der eindeutig »Ich habe es dir ja gesagt!« bedeutete.

Meine Augen pendelten verwirrt zwischen den beiden hin und her. Hanni merkte es und sah mich an. »Ich habe Krebs.«

»Oh ... das tut mir sehr leid«, stotterte ich überrumpelt, aber Hanni unterbrach mich mit einem Handwedeln. »Das muss es nicht, du kannst ja nichts dafür. Elvis macht sich Sorgen um mich. Aber das ist völlig unnötig, ich passe schon auf mich auf.«

»Ich kann ja mit aufpassen, zwei sind besser als einer«, erwiderte Elvis trotzig, und Hanni nickte. »Das stimmt natürlich. Und du machst deine Sache auch sehr gut. Aber ich habe dir gesagt, du sollst dich nicht sorgen. Du hast es mir versprochen!«

Elvis verzog das Gesicht. Mo trat hinter ihn und legte ihm die Arme auf die Schultern. »Würdest du uns etwas Rotkohl aus dem Schuppen holen?«, fragte er.

Man sah ihm an, dass er lieber geblieben wäre, aber gehorsam stand Elvis auf und ging zur Tür.

Sobald er weg war, wandte Hanni sich an Mo. »Wir hätten es ihm nicht sagen sollen.«

»Es bringt nichts, es zu verheimlichen, er sieht ja, wenn es dir nicht gutgeht. Und er muss lernen, dass die Welt nun einmal so ist. Menschen, die man gerne hat, können sehr krank werden, das gehört dazu. Du gehst doch sonst so offen damit um, es wäre nicht richtig, es ihm als Einzigem nicht zu sagen.« Nachdenklich blickte Mo aus dem Fenster und beobachtete Elvis, der über die Wiese lief.

»Aber schau nur, wie es ihn belastet. Jetzt habe ich ein ganz schlechtes Gewissen.« Sie lehnte sich im Stuhl zurück und blickte bekümmert an die Decke des Bauwagens.

»Was ist es für ein Krebs?«, fragte ich zaghaft. Es war seltsam, mit einer völlig Fremden über ein so persönliches Thema zu sprechen. Ich hatte das Gefühl gehabt, etwas sagen zu müssen, bereute die Frage jedoch gleich wieder, sie war viel zu intim. Hanni allerdings schien das nicht zu finden. »Brust«, erwiderte sie mit einem halben Achselzucken. »Es wurde zu spät entdeckt, *weil ich nicht zur Vorsorge gegangen bin,* wie meine unsensible Ärztin gerne betont, und nun hab ich den Salat. Aber jetzt ist's genug von mir! Ich will offen mit der Sache umgehen, aber das heißt nicht, dass wir ständig darüber sprechen müssen.« Sie lächelte mich an. »Was machst du, wenn du nicht gerade Gabi vertrittst?«

Der Themenwechsel überforderte mich. Aber von Krebs auf etwas anderes umzulenken, war wohl immer etwas seltsam.

»Ich bin Musicalsängerin«, erklärte ich. »Und Tänzerin, natürlich, wenn man es genau nimmt. Ich fange nächste Woche am Theater des Westens an. Wir machen eine Neuproduktion von *Tanz der Vampire.*«

Mo starrte mich an, als hätte ich ihm verkündet, dass die Welt eine Scheibe sei. Dann lachte er schallend.

»Was ist so witzig?«, fragte ich beleidigt. Tatsächlich war es mir schon ziemlich oft passiert, dass Menschen mir meinen Beruf nicht abnahmen. Offensichtlich erwarteten die meisten einen sehr extrovertierten, lauten, bunten Menschen, wenn es um Musicals ging, und konnten dieses Bild nicht so recht mit mir vereinbaren. Trotz meiner diversen Unsicherheiten war ich weder schüchtern noch besonders ruhig. Aber dennoch sah man mir den Menschen, der ich auf der Bühne werden konnte, nicht sofort an.

Er fing sich wieder und wischte sich mit einem Geschirrtuch die Lachtränen aus den Augen. »Entschuldige. Das klingt wahnsinnig interessant. Aber ...« Er lachte schon wieder. »Na ja, ist das nicht ein Job, der extreme Körperbeherrschung verlangt?«

Jetzt musste ich auch lachen. »Ich sagte doch, ich bin normalerweise nicht so ungeschickt«, verteidigte ich mich. Als ich Gabis verwirrten Blick bemerkte, erklärte ich: »Ich bin ihm heute schon zweimal auf den Fuß getreten.«

»Und gegen mich geknallt ist sie auch«, setzte er hinzu.

»Und du gegen mich«, gab ich zurück, und eine Sekunde lang hielten unsere Augen einander fest.

»Ah, so!« Hanni musterte uns beide plötzlich aufmerksam. Dann schien sie sich auf das zu besinnen, was ich erzählt hatte. »Musicalsängerin.« Sie klatschte in die Hände. »Das ist unglaublich. Und am Theater des Westens ... Dann bist du ja ein Star! Ich liebe Musicals.«

»Na ja«, ich verzog verlegen den Mund. »Ja, es ist schon

toll«, gab ich zu und hob die Schultern. »Nächste Woche beginnen die Proben. Es wird unglaublich anstrengend, aber ich freue mich wahnsinnig darauf.« Plötzlich wurde mir klar, wie wenig Zeit ich haben würde, und zu meiner Überraschung versetzte der Gedanke mir einen kleinen Stich. Gestern noch hatte ich es nicht abwarten können, dass die neue Aufgabe mich endlich aus meiner Einsamkeit und meiner Lethargie holte. Aber der Garten faszinierte mich. Die Menschen hier faszinierten mich. Seit ich hier war, hatte ich noch nicht einmal daran gedacht, dass ich heute noch trainieren musste, und auch noch nicht eine Sekunde den Drang verspürt, eine Liste zu schreiben. Ich konnte mir vorstellen, hier im Sommer oft zu sitzen, mit Elvis Gemüse zu schnippeln und Apfelsaft zu trinken.

Und natürlich mit seinem Vater.

Shit, ich tat es schon wieder. Hör auf mit dem Mist!, befahl ich mir streng und wurde zum Glück durch Hanni abgelenkt. Interessiert beugte sie sich vor und durchbohrte mich mit ihren schönen braunen Augen. »Welche Rolle spielst du denn? Und wie ist das so mit dem Lampenfieber? Also – ich würde ja ohnmächtig von der Bühne kippen.«

Wir plauderten beinahe eine halbe Stunde. Prija und Bert kamen mit roten Wangen herein und setzten sich zu uns. Auch sie waren sehr interessiert und stellten viele Fragen. Irgendwann gesellte sich auch Ulli dazu und fünf Minuten später zwei junge Frauen, die ich vorher schon im Vorbeigehen gesehen hatte.

»... und in den letzten Jahren haben sich die Musicals immer weiterentwickelt. So, wie alles immer größer, schneller und besser werden muss in unserer Welt, so ist es auch bei uns«, erklärte ich gerade. »Wir haben ausgefeilte Pyrotechnik. Die Bühnenbilder werden immer ausgefallener, die verlangte Akrobatik immer halsbrecherischer. Wir haben die höchste Versicherungsstufe, die es gibt. Eigentlich trainieren wir gar nicht so sehr das Stück an sich, sondern mehr, dass nichts passiert. Jeder einzelne Schritt ist eingeübt, nichts wird dem Zufall überlassen.«

»Das klingt ganz anders, als man es sich vorstellt«, bemerkte Hanni, die mir gebannt zugehört hatte.

»Das soll ja so sein.« Ich lächelte. »Es ist alles nur Schein. Aber schöner Schein.«

Mo klapperte weiter in der Küche umher, aber ich merkte, dass er zuhörte, und sprach absichtlich ein wenig lauter, damit er nichts verpasste. Jetzt verteilte er große Teller, beladen mit einer bunten Mischung aus verschiedensten Dingen. Überrascht blickte ich auf das Essen. Außer den Pommes, die ich geschnitten hatte und die nun knusprig braun gebacken waren, erkannte ich gerade mal noch die Chicoréeblätter. Alles andere konnte ich nicht zuordnen.

»Wow, äh, was ist das genau?«, fragte ich.

»Hummus, Salat, Rotkohl, Kartoffeln, eingelegtes Gemüse, Möhrensalat, Quinoa, Erdnusstofu und …« Er nahm ein großes Glas vom Fensterbrett, schraubte es auf und verteilte auf jeden Teller eine ordentliche Portion von etwas, das aussah wie winziger Klee. »Broccolisprossen.«

Ich hatte noch nie etwas von Broccolisprossen gehört, und mit Tofu hätte man mich normalerweise jagen können, aber beim Anblick des bunten Tellers lief mir das Wasser im Mund zusammen. Es roch köstlich. So gesund hatte ich wahrscheinlich in meinem ganzen Leben noch nicht gegessen. Natürlich musste ich immer auf meinen Körper achten, um genug Energie zu haben, aber ich war auch dafür bekannt, eine Prinzenrolle in einem Aufwasch vertilgen zu können, und auf meiner Liste mit Lieblingsessen hätte man nichts von den Dingen gefunden, die heute hier auf meinem Teller lagen.

»Na, da werden uns die Vitamine zu den Ohren wieder rauskommen, was?«, flüsterte ich Elvis zu und stieß ihn sanft mit dem Ellbogen an. Er nickte und sah dann zu Hanni. Sein Blick verdüsterte sich. »Ja«, sagte er leise.

Als er anschließend von der Bank hopste und Ketchup aus dem Kühlschrank holte – ganz normalen Heinz Ketchup, wie ich ihn immer auf meiner Bratwurst aß –, seufzte ich erleichtert auf. »Ihr seid also doch keine Aliens«, stellte ich fest. »Ich dachte schon, ihr esst nur Dinge, von denen ich noch nie etwas gehört hab.«

Mo lachte leise. »Tatsächlich essen wir zwei am liebsten Burger, richtig, Elvis?« Sein Sohn nickte mit ketchupverschmiertem Gesicht und saugte zwei Pommes ein, die ihm aus dem Mund hingen. »Und Schwagetti!«

»Burger liebe ich auch«, seufzte ich. »Und Schwagetti natürlich sowieso. Aber das hier schmeckt wirklich auch richtig toll. Du hast ein Wunder vollbracht, Tofu konnte ich bisher nie runterkriegen.«

Mo schüttelte den Kopf. »Tofu ist wie eine weiße Leinwand. Man kann alles damit machen. Wenn du es bisher nicht mochtest, heißt das nur, dass die Köche schlecht waren.«

Tatsächlich schmeckte mir alles, außer dem Chicorée. Den fand auch ich zu bitter. Auf Elvis' und meinen Tellern blieben kleine Häufchen davon zurück.

Er grinste verschwörerisch. »Hanni, Maddie und ich geben dir unseren Chicorée, für die Gesundheit!«

Sie langte mit ihrer Gabel erst zu ihm und dann zu mir herüber und schaufelte den ungeliebten Salat auf ihren Hummus. »Na, dann immer her damit!«, rief sie gut gelaunt.

Das Essen schmeckte nicht nur unglaublich gut, es hatte auch den Nebeneffekt, dass es die Aufmerksamkeit von mir ablenkte. Ich langte ordentlich zu und nahm direkt noch eine zweite Portion. Endlich hatte ich die Gelegenheit, die anderen ein wenig zu mustern. Sie alle schienen sich gut zu verstehen, das Gespräch floss mühelos dahin, Elvis wurde über die erste Klasse ausgefragt, Hanni, wie mich erstaunte, sehr offenherzig über den Krebs und ihre anstehende Chemotherapie. Am meisten sprachen sie aber über den Garten. Ich kaute und hörte einfach zu, schaltete ab und ließ die Worte über mich hinwegbranden. Heckenrückschnitt, Bohnenfliegen, Lauchmotten, Borretsch, Nachkultur ... Mir flogen so viele neue Wörter um die Ohren, dass ich erst gar nicht versuchte, nachzufragen oder zu verstehen, ich genoss einfach den Gartenkauderwelsch, der mir vorkam wie eine eigene, faszinierende Sprache, und merkte, wie ich mich immer mehr entspannte. Im Ofen knackte das Feuer, im Hintergrund dudelte leise das Radio, und ich schaufelte das Essen in mich hinein, als hätte ich nie zuvor einen vollen Teller gehabt, saß mitten drin zwischen den Menschen mit den erdverkrusteten Fingernägeln, die an diesem Morgen noch Fremde gewesen waren, und fühlte mich einfach nur wohl. Mo warf mir ab und an einen Blick zu, als wollte er sichergehen, dass ich mich nicht langweilte. Anscheinend sah auch ich ziemlich oft zu ihm hinüber, denn irgendwie schienen unsere Augen sich ständig zu treffen. Und immer, wenn unsere Blicke einander streiften, hatte ich das Gefühl, dass er ganz leicht zusammenzuckte.

Oder war ich es, die zusammenzuckte?

Vier Stunden später fuhr ich mit dem Bus nach Hause, im Arm statt der Stiefmutterveilchen einen Jutebeutel voller Kartoffeln, Möhren, Salat und einem Glas mit eingemachtem Kohl. Mo hatte darauf bestanden: »Wer anpackt, muss auch was mitnehmen. Dafür machen wir das hier schließlich.« Meine Nase juckte von der Frühlingssonne, meine Jeans war schlammig, und an den Füßen trug ich ein paar alte, erdverkrustete Turnschuhe, die Elvis im Schuppen gefunden hatte. Wahrscheinlich waren sie das Winterquartier einer ganzen Spinnenkolonie gewesen. Meine Gummistiefel hatte ich im Garten in einer Ecke stehen lassen. Ich war so erschöpft wie schon lange nicht mehr und fühlte mich gleichzeitig aufgedreht und seltsam ruhig. Den ganzen Nachmittag über hatte ich mit Elvis und Mo zusammen die Wurzeln eines toten Baumes aus der Erde gegraben. Und obwohl wir nicht viel gesprochen hatten, hatte es sich angefühlt, als würden wir uns schon ewig kennen. Ich konnte es kaum glauben, dass ich sie heute Mittag zum ersten Mal gesehen hatte.

Als wir schließlich aufbrachen – die beiden fuhren mit dem Fahrrad nach Hause –, war Mo stehen geblieben, die Hände auf den Lenker gestützt. »Ich weiß, du hast jetzt sehr viel zu tun mit den Proben und so …« Er machte eine kleine Pause. »Aber am Wochenende musst du wiederkommen. Da beginnt die Blüte.«

Ich hatte fragend die Augenbrauen hochgezogen, weil ich nicht genau wusste, was er mir damit sagen wollte.

»Die Apfelblüte.« Lächelnd hatte er auf die Wiese vor den Bauwagen gezeigt. »Die ersten Knospen sind jetzt schon auf. Glaub mir, das willst du nicht verpassen!«

Ich hatte versprochen, es zu versuchen. Er war schon ein seltsamer Mann. Apfelblüte ... Im Frühling blühte doch sowieso alles. Aber der nächste Sonntag war mein freier Tag in der Woche, und ich wusste jetzt schon, ich würde ihn nutzen, um zurück zu gehen inne Kirschen. Inne jrüne Freiheit.

Als ich abends erschöpft im Bett lag, hatte ich lauter neue Dinge auf meiner Glücksliste stehen. Von den meisten hatte ich bis vor wenigen Stunden noch nie etwas gehört, und ich fand, sie las sich ein bisschen wie die Zutatenliste für einen sehr seltsamen Zaubertrank:

Hühnertänze
Spinnensandkästen
Stiefmutterveilchen
Erdnusstofu
Broccolisprossen
Männer mit grünen Augen und erdverkrusteten Händen

3

Ich sprang aus der U-Bahn, warf eine Münze in den Pappbecher eines Straßenmagazin-Verkäufers, flitzte die Treppen hinauf und lief über den sonnigen Ku'damm. Berlin brodelte, obwohl es noch früh am Morgen war. Oder vielleicht gerade deswegen. Die Luft war warm, ein Hauch von Frühling hing über den Straßen und vermischte sich mit Autoabgasen, Kaffeegeruch, Dönerschwaden und ... ich schnupperte, ja, man konnte ganz eindeutig die Affen aus dem Zoo riechen. Oder waren es die Löwen? Auf jeden Fall stank es.

Heute fühlte sich dieses Großstadtgewimmel gut an. Lebendig und richtig. Als sollte ich genau hier sein, mittendrin in der aufregendsten Metropole Europas, auf dem Weg zu meinem neuen Traumjob. Ich wollte es einfach nur genießen. Es war mein erster Tag am Theater des Westens, die Sonne schien, mein Outfit saß, und irgendwo in meinem Kopf spukten grüne Augen und große erdige Hände herum. Alles fühlte sich nach Neubeginn an. Ich hatte mir inzwischen eingestanden, dass ich darauf hoffte, dass Elvis' Mutter zwar gesund und wohlauf war, aber von seinem Vater in bester Freundschaft getrennt. Bis ich das wusste, blieb Mo ganz oben auf meiner Hätte-gerne-aber-darf-nicht-Liste.

Direkt über dem Schokomüsli.

In Charlottenburg sahen die Menschen geradezu lächerlich anders aus als in Neukölln. Eine Dame im Burberry-Mantel führte zwei riesige Pudel Gassi, die in farblich abgestimmten Ensembles steckten, und an der Ampel hielten gleich zwei Ferraris mit dröhnenden Motoren und obligatorisch heruntergelassenen Fenstern. Ich war froh, dass ich hier nicht wohnen musste. Für die Arbeit aber genoss ich den Tapetenwechsel. So hatte man wenigstens was zu gucken, bei all den geschniegelten Möchtegern-Upperclass-Schnöseln. Als die Pudelfrau nicht hinsah, schoss ich schnell ein Foto von ihr und schickte es in unsere Mädelsgruppe. #Berlin #newlife #partnerlook

Wir machten uns gerne über die Hashtaggeneration lustig und versahen die meisten unserer WhatsApp-Nachrichten mit passenden Tags.

Ich war etwas zu früh dran – viel zu früh, wenn man es genau nahm – und beschloss, mir beim Bäcker noch einen Kaffee zu holen. Ich hätte auch zu gerne ein Kirschplunder gegessen, verbot es mir aber. Die Bühne verzieh nicht viel. Und meine Prinzenrollensucht war gerade auf einem All-Time-High.

Als ich mit meinem halbvollen Kaffeebecher am Theater angekommen war, zog ich meine Chipkarte aus der Tasche und hielt sie gegen den Summer. Es piepte einmal leise, und die Seitentür öffnete sich. Sofort überfiel mich der Theatergeruch. Ich weiß nicht genau, was es war, aber für mich rochen alle Theater gleich: eine Mischung aus Poliermitteln, Teppich und Träumen.

Hier begann es jetzt, mein neues Leben. In nicht einmal

zweieinhalb Monaten würde ich auf der großen Bühne vor Hunderten von Zuschauern stehen und die Rolle der Sarah performen. Seit Wochen fieberte ich darauf hin, mein Magen war vor Freude so angespannt, dass es richtig ziepte. Ein schwarzer Kaffee auf all die Aufregung war vielleicht auch nicht die beste Idee gewesen, überlegte ich und warf den Becher kurzerhand in einen Mülleimer.

Während ich in meinen blauen Sneakers die Stufen der Halle hinauflief, summte ich die Melodie meines Lieblingsliedes aus dem Musical vor mich hin: *Draußen ist Freiheit*. Sarah singt es zusammen mit ihrem Verehrer Alfred, es verkörpert ihre Hoffnung auf ein anderes, selbstbestimmteres Leben. Ein Lied voller Sehnsucht und Emotionen. Ich liebte es. Und ein bisschen passend war es auch – ich hatte immer noch den Geruch von Erde in der Nase, was daran liegen mochte, dass ich auch mit Gabis Wurzelbürste nicht alle schwarzen Reste unter meinen Fingernägeln abbekommen hatte, so dass sie nun vorsorglich dunkel lackiert waren.

Sarahs Lieder konnte ich alle schon lange auswendig. Bereits beim Casting war es Voraussetzung, dass man die Rolle, für die man sich bewarb, auch beherrschte. Man musste also ein ganzes Musical einstudieren und wusste nicht, ob man dann jemals die Chance bekommen würde, es auch zu singen … #welcometomylife

Absurd, wenn man es genau nahm, aber für uns Standard. Natürlich hatten wir auch an der Uni Teile von *Tanz der Vampire* durchgenommen, besonders das große Duett von Sarah mit dem Grafen von Krolock: *Totale Finsternis*. Aber trotzdem war die Vorbereitungszeit hart gewesen, ich hatte wochenlang mit meiner alten Stimmtrainerin geübt.

Das Casting war ein extrem anspruchsvolles Auswahlverfahren, ein paar Mitglieder der Jury hatten die anderen Sänger gemimt, und wir improvisierten zusammen eine längere Konstellationsszene. Und obwohl ich vorher so aufgeregt gewesen war, dass ich ernsthaft überlegte, ob ich mich in der Toilette übergeben sollte, damit mein Magen vielleicht etwas Ruhe gab, fand ich mich tatsächlich gar nicht schlecht, war sogar regelrecht zufrieden nach meinem Auftritt. #miraclescanhappen

Aber es hatte keinen Callback gegeben.

Die Wartezeit war die reinste Folter. Wahrscheinlich sah man heute noch die Abdrücke, die ich in den Boden gelaufen hatte, als ich wie ein Tiger im Käfig in meinem kleinen Zimmer auf und ab gegangen war, das Handy in der Hand, der Magen ein einziger Klumpen aus Anspannung. Dann kam er endlich, der Anruf. Ich erfuhr, dass ich in der engeren Auswahl gewesen war, aber nicht genommen wurde. Drei andere Sängerinnen waren vor mir, sie bekamen die Chance, sich als Sarahs in der riesigen Berliner Neuproduktion zu beweisen.

Ich wusste, was für ein unglaubliches Glück ich hatte, dass eine dieser drei kurz darauf unerwartet schwanger wurde. Nur deswegen war ich jetzt hier. Eigentlich hätte ich Luftsprünge machen müssen. Ich *machte* auch Luftsprünge, metaphorisch gesehen natürlich. Aber die Tatsache, dass ich nicht die erste Wahl war, schwebte immer wie eine kleine graue Wolke über meinem Kopf herum. Ein stetiger Nieselregen, den ich zu ignorieren versuchte, aber nicht ignorieren konnte. Die anderen waren besser, ich war sozusagen, obwohl man das heute nicht mehr so nannte, die Drittbesetzung. Unser Business konnte schon wirklich desillusionierend sein.

Meine erste Desillusionierung hatte ich erlebt, als ich anfing zu studieren. Es gab auch für die Uni eine Aufnahmeprüfung, man musste sich unter zweihundert Bewerbern und Bewerberinnen hervortun. Frisch aus der Schule, in der ich als Gesangsstar und Ausnahmetalent gehandelt worden war, fand ich mich im Studium plötzlich umgeben von Ausnahmetalenten und musste sehr schnell feststellen, dass mir die meisten von ihnen in irgendeiner Art nicht nur ernsthafte Konkurrenz machten, sondern sogar überlegen waren.

Im richtigen Leben wurde ich zwar sehr schnell und ohne Schonfrist auf den Boden der Tatsachen – und damit meiner Träume – zurückgeholt, trotzdem existierte ich in meinem ersten Jahr in einem Dauerzustand aus Überforderung und Glücksgefühlen. Ich genoss alles: den Schweiß, die Tränen, die geschwollenen Füße, die blauen Flecken und den schmerzenden Rücken. All das zeigte noch ein bisschen deutlicher, dass wir etwas Besonderes waren. Wir, die Künstler, die Kreativen. Menschen, die Musik, Tanz, Gesang liebten, so sehr, dass wir dafür körperliche Opfer brachten. Nichts war uns zu schade, schon gar nicht unsere Gesundheit.

Ich hatte es vollkommen verinnerlicht. Und nie in Frage gestellt. Es war schlicht und einfach notwendig, wenn man ganz nach oben wollte. Und das hatte ich immer gewollt. Deswegen hatte ich nicht nur beim Singen alles gegeben, sondern auch beim Tanzen und Schauspielern. Weil man die besten Rollen nur bekam, wenn man alles konnte.

Den Produktionsplan für die nächsten zwei Monate hatte ich natürlich genau im Kopf, trotzdem hielt ich im Flur noch einmal an. Hier hingen auf einer Tafel die Zeitabläufe, und ich schaute nach, ob ich auch nichts missverstanden hatte. Als ich in den großen Ballettsaal kam, in dem wir heute üben würden, war er bereits voller Menschen – und wirkte noch mal voller durch die vielen Spiegel an den Wänden. Meine Hände prickelten. Die meisten Gesichter kannte ich bereits flüchtig und nickte lächelnd in die Runde. Einer der drei Grafen, Nick, kam auf mich zu und umarmte mich, ebenso wie zwei der Vampire, die ich beim Casting kennengelernt hatte. Ein Backgroundtänzer war mit mir zur Uni gegangen, und eine andere hatte ich wiederum bei einem früheren Casting getroffen. Auch Lore, die Choreographin, kannte ich bereits. Es war eine kleine Welt, das Musicaluniversum.

In einer Ecke an der Wand sah ich die beiden anderen Sarahs, Paula und Annika. Auch sie hatte ich beim Casting kennengelernt. Damals hatten alle sich ständig gegenseitig solidarisch versichert, wie viel Glück sie einem wünschten und dass man es super machen und die Rolle auf jeden Fall bekommen würde. Und insgeheim hatte natürlich jede gehofft, selber ausgewählt zu werden. Aber da es für alle Hauptrollen mehrere Darsteller gab, konnte man sich ein bisschen Großzügigkeit gut leisten, und weil wir alle im selben Boot saßen, hatte es uns zusammengeschweißt.

Aber nur für einen Tag, wie ich heute lernen sollte.

Paula und Annika standen mit ihren Getränkeflaschen und in schicken Yogaensembles an die Spiegel gelehnt, dehnten sich halbherzig und unterhielten sich. Ich winkte ihnen zu. Annika fing meinen Blick auf, reagierte aber nicht, sondern schaute sofort wieder weg und sprach weiter auf Paula ein.

Es hätte mir eine Warnung sein müssen.

Aber ich dachte, dass sie mich wahrscheinlich nur nicht erkannt hatte, weil sie sich gerade unterhielt. Ein wenig verunsichert, aber trotzdem guter Dinge steuerte ich auf die beiden zu.

Man muss etwas wissen über die Musicalwelt: Sie ist wie eine bunte, laute Familie – aber sie ist auch durchsetzt vom Konkurrenzdenken. Das war wohl auch der Grund dafür, warum ich mir meine besten Freunde außerhalb dieser Welt gesucht hatte. Obwohl man hier die nettesten, kreativsten und talentiertesten Menschen findet, ist jede Minute ein einziges großes Wetteifern. Das bleibt nicht aus, wenn es so wenige Jobs gibt und so viele Herzen, die für diese Jobs brennen. Und es kann auch wahnsinnig inspirierend sein, man misst sich aneinander, spornt sich an, spiegelt seine Träume in denen der anderen. Aber man muss eine Balance finden zwischen dem Mit- und dem Gegeneinander, die eigenen Hoffnungen nicht gegen die der Kollegen aufwiegen. Ich hatte nie verstanden, was daran so schwer war, schließlich kann man auch ohne Missgunst neidisch sein. Den meisten gelingt das auch. Aber eben nicht allen ...

Ich war bis auf wenige Schritte an meine beiden Kolleginnen herangetreten. Paula hatte mich noch nicht gesehen, sie drehte mir den Rücken zu, aber ich merkte genau, dass Annika wusste, dass ich da war. Trotzdem würdigte sie mich keines Blickes. Dann, nach ein paar Augenblicken, in denen ich schon überlegte, ob ich mich räuspern oder mit den Händen wedeln sollte, sah sie mich endlich an. Eine Sekunde lang musterte sie mein Gesicht, dann lächelte sie. Und hätte es diese eine Sekunde nicht gegeben, diesen winzigen Moment des Abscannens, in dem ich genau sah, was sie dachte – ich hätte ihr das Lächeln abgenommen, hätte geglaubt, dass sie mich wirklich vorher nicht wahrgenommen hatte.

Aber es gab diese Sekunde.

Und sie verriet mir, dass Annika sich ganz und gar nicht freute, mich zu sehen.

»Oh, Maddie, hi!« Sie umarmte mich, als wäre ich eine lange nicht gesehene Freundin. Auch Paula schloss mich in die Arme, und ihr Lächeln schien mir echt. »Maddie. Es geht looos. Bist du auch so aufgeregt?« Sie hüpfte einmal auf und ab und schien genauso kribbelig wie ich. »Krass, dass wir wirklich hier sind, oder?«

Annika hingegen trank etwas gelangweilt einen Schluck Wasser. »Nices Outfit!«

Ich trug das, was ich immer zum Training anhatte: Leggins und T-Shirt. Annika in ihrer Lululemon-Hose schien das witzig zu finden. Zumindest sagte das der Blick, mit dem sie mich musterte. Irritiert runzelte ich die Stirn, aber dann hatte ich keine Zeit mehr, um über sie nachzudenken, denn Lore rief uns zusammen, und ich vergaß alles um mich herum, konzentrierte mich nur auf die Aufgabe, die vor uns lag. Ich war, wie die Jugend so schön sagte: #totallypumped

Wir begannen mit der Choreographie für eine besonders komplizierte Tanzszene: die, in der Sarah vom Grafen gebissen wird. Beinahe alle kommen in der Szene vor, erst hat von Krolock ein langes Solo, bei dem er auf einer Empore steht und die Vampire unter ihm auf der Bühne herumwanken wie Zombies und ihm huldigen. Dann kommt Sarah herein, er beißt sie, sie tanzen zusammen mit den anderen, und plötzlich stürmen Alfred und der Professor in den Saal, um Sarah zu retten (natürlich zu spät). Sie bemerken, dass Sarah kein Spiegelbild mehr hat, und alles geht den Bach runter.

Das Ganze klingt vielleicht easy, erforderte aber eine unglaublich exakte Choreographie. Besonders der Moment vor den unechten Spiegeln, in dem andere Schauspieler die Bewegungen der Figuren nachahmen. Eine der Szenen, in denen das ganze Geschehen des Musicals kulminiert. Alle haben hier mit allen zu tun, und alle müssen wissen, wo ihr Platz ist, jeder Schritt muss sitzen, sonst bricht Chaos aus. Und Chaos auf der Bühne ist gefährlich. Man kann sich sehr leicht verletzen. Deswegen fingen wir auch mit diesen Szenen an – weil sie am längsten dauerten und am meisten wiederholt werden mussten.

Die Musik kam jetzt noch vom Band, die Proben mit echten Musikern würden erst später stattfinden, und sobald die Melodie erklang, bekam ich Gänsehaut. Es war ein so powervolles Musical, jeder Ton berührte mich. Ich liebte es, liebte jede einzelne Szene, jedes Lied. Kurz durchrann mich ein tiefer Schauer des Glücks, und ich war einfach nur dankbar und stolz, dass ich bei so etwas Einzigartigem dabei sein durfte. Die dunkle Wolke über meinem Kopf war plötzlich wie weggeblasen und mit ihr die Gedanken, nicht mit den anderen mithalten zu können. Ich wollte einfach nur tanzen und singen und mit diesen begabten Menschen um mich herum eine tolle Show auf die Beine stellen. Nun war ich nicht mehr Maddie, sondern eine Kunstfigur, es ging nicht mehr um mich und meine Alltagsängste. Ich verschmolz mit Sarah,und sie übernahm die Kontrolle.

Ich sang nur kurz in dieser Szene, dafür war meine Choreographie umso komplizierter. Und das, was ich singen musste, hatte es in sich. Die Stelle war vielleicht Sarahs schwerste im ganzen Musical. Eigentlich waren es nur drei Sätze – aber in diesen drei Sätzen muss sie von null auf hundert gehen. Im Stillen nahm ich mir vor, alles zu geben, was ich hatte. Der erste Eindruck konnte nie mehr rückgängig gemacht werden.

Wir probten zuerst einmal den Gesang, um zu sehen, ob wir auch alle auf einer Höhe waren. Dann lernten wir Stück für Stück die Choreographie. Natürlich hatten einzelne Gruppen schon vorgeprobt, damit wir nicht bei null anfangen mussten, aber heute kamen alle das erste Mal zusammen, und das Ballett wurde mit den Sängern vereint. Die ersten Stunden vergingen wie im Flug. Ich konnte es nicht fassen, wie schnell wir vorankamen und wie viel Spaß es machte. Wir schwitzten, wir lachten, wir tanzten und sangen, fokussiert, aber voller Herz, voller Biss und Elan. Bereits nach wenigen Durchgängen sah es professionell aus. Die Vampire hatten ihre Schritte schon gut drauf, und auch ich hatte den kurzen Tanz, den Sarah mit dem Grafen absolvierte, bereits vorab einstudiert. Alles aufeinander abzustimmen war natürlich eine andere Nummer. Wir Hauptdarsteller wechselten uns ab. Als ich das erste Mal gebissen wurde und auf den Knien meine drei Sätze sang, lief alles glatt, ich war bereits ein wenig außer Atem und nicht ganz zufrieden mit meiner Performance, aber es war in Ordnung. Doch als ich eine Stunde später das nächste Mal an der Reihe war, hörte ich, direkt bevor die Choreographin ihr Startsignal gab, wie Annika ziemlich laut flüsterte: »Mal sehen, ob sie diesmal besser ist!«

Ich erstarrte.

Annika sah mich nicht an, aber ein höhnisches Grinsen umspielte ihre Mundwinkel. Sofort schoss mir das Blut ins Gesicht, ich merkte, wie mir heiß wurde. Mit einem Mal hatte ich das Gefühl, dass alle mich beobachteten, um mich zu beurteilen. Vorher war ich einfach ein Teil der Gruppe gewesen, plötzlich fühlte ich mich ausgesondert, auf dem Präsentierteller. Es war, als hätte Annikas Stimme ein Scheinwerferlicht auf mich gerichtet. Wie viele ihren Kommentar wohl gehört hatten?

Ich verwechselte meine Schritte in der Choreo, wir mussten zweimal unterbrechen. Und als ich sang, versagte mir beim höchsten Ton die Stimme. So etwas passierte eben ab und an. Aber als ich nach der Szene zu meiner Wasserflasche ging, glühte mein Gesicht wie heiße Lava. Ob alle hier wussten, dass ich die Notlösung war? Ich war mir plötzlich sicher, dass hinter meinem Rücken alle über mich tuschelten, ich wäre der Aufgabe nicht gewachsen und würde ihnen das Musical verderben. Natürlich war das Blödsinn, niemand beachtete mich, und auch andere waren heute nicht perfekt gewesen. Trotzdem zog sich alles in mir zusammen.

Als ich viele Stunden später aus dem Theater kam, empfing mich die warme Luft eines Berliner Frühlingsabends. Ich war völlig erledigt, meine Kehle brannte, meine Füße taten mir weh, doch ich fühlte mich auf gute Weise erschöpft. Nach dem holprigen Anfang hatte ich zwar etwas gebraucht, um mich zu fangen, aber nun durchkribbelte mich die wohlige Müdigkeit eines erfüllten Tages.

Trotz Annikas dämlichem Kommentar und meinem Versagen im Anschluss konnte ich es nicht erwarten, am nächsten Morgen weiterzumachen. Es war die erste Probe gewesen, alle hatten mal gute und mal weniger gute Tage.

Zumindest redete ich mir das ununterbrochen ein.

Die Luft war so sommerlich und warm, dass ich beschloss, zur nächsten Haltestelle zu laufen, um noch ein bisschen den Kopf frei zu kriegen, bevor ich in der stinkenden U1 verschwand. Es war schon ziemlich spät, ich hatte direkt nach der Probe meine Mutter angerufen, die darauf brannte zu erfahren, wie der erste Tag gelaufen war, und wir hatten länger geübt als vorgesehen. Lore hatte noch eine komplizierte Stelle im Rundtanz der Vampire wiederholen wollen, und natürlich waren alle geblieben. Die Probestunden, die wir in der Woche zu erfüllen hatten, waren vertraglich genau geregelt, aber man konnte immer noch weiter feilen, immer noch exakter werden. Wir alle wollten eine gute Show auf die Beine stellen, und wir alle waren bereit, dafür mehr zu geben als verlangt. Das war Teil der Magie.

Gerade als ich das dachte, und dabei einen großen Schluck Wasser aus meiner Flasche nahm, kam ich an einer Bar vorbei – und stolperte beinahe über meine Füße. Durch die bodentiefen Scheiben konnte ich Paula und Annika sehen, die um einen runden Tisch herumsaßen, zwischen ihnen Nick, die beiden anderen Grafen und mehrere Tänzer und Tänzerinnen vom Ballett. Sie bestellten gerade, und alle Blicke waren auf die Kellnerin gerichtet.

Weg war die erfüllende Erschöpfung. Die Demütigung, nicht gefragt worden zu sein, brannte wie eine Ohrfeige. Natürlich war es nur ein kleiner Teil des Ensembles. Aber trotzdem fühlte es sich an, als hätte mir jemand ins Gesicht gesagt, dass sie mich nicht dabeihaben wollten.

Ich lief weiter, kramte mein Handy aus der Tasche. Meine Augen brauchten ein paar Sekunden, um das Display überhaupt wahrzunehmen, so sehr summten meine Gedanken, so durcheinander war ich.

Ella hatte eine Nachricht geschickt: *Wollte gerade viel Glück schreiben, aber das darf man ja nicht!! Gerade noch mal gutgegangen ... Hals- und Beinbruch für den ersten Tag!! Ruf mich an, wenn du in der Bahn sitzt, und erzähl mir alles! Bald bin ich die beste Freundin eines Staaaaaars!* Sie hatte so viele Herzen und Sterne hinter die Worte gesetzt, dass ich unfreiwillig lachen musste. *Heute Abend bist du sicher total durch, aber ruf mich trotzdem an!*

Das Beste an Freundinnen war, wie gut sie einen kannten. Ella und ich wussten alles übereinander, und das war ein wunderbares, warmes Gefühl. Als würde ein Teil von mir zu ihr gehören, und ein Teil von ihr zu mir. Ich wusste, dass sie mal Fußpilz gehabt hatte und regelmäßig bei Amorelie bestellte. Sie wusste, dass ich ein kleines Tattoo auf dem Hintern hatte, das ich damals unbedingt wollte und inzwischen hasste, Männer mit schmalen Schultern mochte und bei Edeka einmal eine Vier-Euro-Avocado geklaut hatte, einfach weil ich es in diesem Moment so unverschämt fand, wie teuer sie war. Natürlich hatte ich mich hinterher schrecklich geschämt und einen halben Tag lang erwogen, zurückzugehen und der Kassiererin alles zu gestehen. Ella hatte mich davon abgehalten. »Meinst du, die Kassiererin juckt es, dass du 'ne Avocado hast mitgehen lassen? Die scheißt dich wahrscheinlich an, warum du sie zurückbringst und sie sich dann mit dir rumplagen muss. Außerdem, selbst schuld, wenn sie nichts merken.«

Ella war tough. Viel tougher als ich. Und es gab sonst niemanden auf der Welt, der alle diese Dinge über mich wusste. Und genau so jemanden brauchte ich jetzt.

Ich rief sie dreimal an. Aber sie nahm nicht ab.

Das Schlimmste an Berlin war, dass niemand jemals einfach an der Tür klingelte. Früher war es normal gewesen, auf dem Heimweg irgendwo vorbeizuschauen, mit einem Kaffee oder einer Flasche Wein, sich spontan in Simmis kleiner Küche oder auf Ellas Balkon zu betrinken, einfach weil Dienstag war oder weil der *Bachelor* lief. Als ich meinen Vertrag bei Stage Entertainment unterschrieb, waren sie alle gekommen und wir hatten die ganze Nacht lang gefeiert. Hier konnte ich nirgends einfach vorbeifahren und klingeln, nur weil ich mich gerade traurig und allein fühlte und einen schlechten Tag hinter mir hatte. Gabi war weg, die Leute aus dem Garten kannte ich nicht richtig … und die Kollegen hatten mich gerade ziemlich auflaufen lassen.

Ich war kurz davor, in Tränen auszubrechen. Dabei wusste ich gar nicht so genau, warum. Es war ja nichts Schlimmes passiert. Aber es war einer dieser Momente, in denen mir einfach alles zu viel wurde. Allein in einer dunklen Stadt, in der ich niemanden kannte, es regnete, und ich saß inzwischen in der M41. Das reichte schon als Grund zum Heulen. Die M41 war eine berüchtigte Linie. Und das hatte seinen Grund. Die Menschen im Bus waren wirklich furchteinflößend. Außerdem stank es nach Erbrochenem, und zwischen meinen Füßen rollte eine halbleere Flasche Bier herum. Nicht mal mein Strickzeug hatte ich dabei, das lag daheim auf dem Sofa. Opa hatte ein Loch in den Ärmel geknabbert, und nun musste ich alles wieder aufdröseln.

Als ich merkte, dass meine Emotionen mich zu überwältigen drohten, nahm ich erneut mein Handy heraus und öffnete meine Notizen. Natürlich war auch hier alles voller Listen. Darunter eine ganz besondere, die ich schon viele Jahre mit mir herumtrug. Ella hatte sie mir einmal als Geburtstagsüberraschung in mein Handy getippt. Wenn ich das Gefühl hatte, dass ich nicht gut genug war, las ich sie durch, und dann ging es mir jedes Mal ein kleines bisschen besser. Weil da jemand war, für den ich jetzt schon gut genug war.

Meine wunderbar wunderliche Maddie Wunderlich

liebt alles mit Aprikosen (und Nougat) ... und Currywurst
kann beim Telefonieren nicht stillsitzen
ist süchtig nach Wolle ... und Listen. Und Listen mit Wolle
liest heimlich Schnulzenromane
ist eine Lochmuster-Queen
lacht immer mit offenem Mund
kann an keinem Bäcker vorbeigehen
isst niemals Schokomüsli
aber dafür eine ganze Prinzenrolle
stellt die dämlichsten Fragen
denkt immer, sie ist nicht gut genug. Dabei ist sie die Beste
unterstützt mich in allen bescheuerten Dingen, die ich so anstelle
... und kehrt hinterher die Scherben auf
hat das hässlichste Tattoo der Welt
... und den seltsamsten Männergeschmack
ist immer für mich da
und ich für sie

Die beste Liste, dachte ich und ließ meinen Finger einen Moment auf dem Display ruhen. Tatsächlich hatte ich mich noch niemals über ein Geschenk mehr gefreut. Es stimmte auch, ich wusste, dass Ella immer für mich da sein würde, wenn ich sie wirklich brauchte. Und umgekehrt.

Aber jetzt war sie nicht da.

4

»Madiddaaaa.«

»Mist, verdammter.« Ich hatte versucht, im Blitztempo an Rainers Hecke vorbeizuhuschen. Aber Pustekuchen. Er schien Adleraugen zu haben. Leise seufzend blieb ich stehen. »Morgen!«, rief ich zurück und winkte zaghaft über die Hecke. Vielleicht würde er mich ja mit einem Plausch über den Buchsbaum davonkommen lassen.

»Mein neues Spielzeug!« Aufgeregt zeigte Rainer mit beiden Zeigefingern auf etwas, das ich von hier aus nicht erkennen konnte. »Komm mal rüber und schau's dir an!« Mit strahlenden Augen winkte er mich in den Garten. Ich sah bereits einen anderen Kleingärtner bei ihm auf dem Karomuster der Terrassenstühle hocken und stieß einen weiteren Seufzer aus. Na toll, ein ganzes Rudel!

Mir war klar, dass es kein Entkommen gab. Außerdem war Rainer ja sehr nett – wenn er auch unter durchfallartiger Geschwätzigkeit litt. Ich öffnete die Pforte und ging auf den Tisch zu. Der andere Mann sah eigentlich genauso aus wie Rainer – nur während der heute Khakijeans mit Karohemd kombinierte, trug der Neue Trainingshose zu Halbglatzen-Vokuhila. Kleingärtner schienen styletechnisch allesamt irgendwie aus der Zeit gefallen. Oder sie lebten in ihrer eigenen.

»Tachchen. Jürgen!« Der Neue stand auf und strahlte mich an. »Hab schon von dir gehört.«

»Ach tatsächlich?« Ich schüttelte seine prankenartige Hand und fragte mich, was es da zu hören gab. In meiner Erinnerung hatte ich bei meinem letzten Besuch hier außer »Hallo« und »Tschüs« keine zwei Worte sagen können. Anisgeruch wehte mir entgegen, und ich sah eine Flasche Sambuca auf dem Tisch stehen.

»Trinkste eben 'nen Lütten mit uns?« Jürgen drehte den Verschluss auf, bevor ich protestieren konnte. »Sonntach will eingeläutet werden, sach ich immer.«

Sie drückten mir ein Glas in die Hand und hatten ihre eigenen gekippt, noch bevor ich ablehnen konnte. Es war noch nicht mal zehn und ich hatte nur eine Grapefruit gefrühstückt. Zaghaft nippte ich an dem Schnaps.

»Jürgen hat die Parzelle nebenan.« Rainer drehte mich am Ellbogen in Richtung Tisch, auf dem ein seltsames schwarzes Gerät stand, das sie offensichtlich gerade auseinandergenommen hatten. »Schau se dir an Madidda. Ist sie nicht wunderschön?«

Die beiden Männer saßen inmitten eines Haufens Werkzeuge, öliger Lappen und seltsamer Schläuche. »Oh ... jaaa!«, bekräftigte ich und überlegte fieberhaft, worum es sich bei dem Ding handeln konnte. Offensichtlich ging man hier davon aus, dass ich das wissen musste.

»Die Superdraft 3000. Mit neuem Schaumstopper und allem drum und dran. Stolzer Preis, das kann ich dir sagen, stolzer Preis.« Rainer pfiff durch die Zähne und wedelte mit den Fingern, als ob er etwa Heißes angefasst hätte. »Aber jeden Pfennig wert.«

»Ist das ein Thermomix?« Ich beugte mich vor, um das schwarze Ding näher zu begutachten.

Die beiden sahen mich an, als wären mir soeben Hörner aus der Stirn gewachsen.

»Fässchenkühler!« Eine rauchige weibliche Stimme rettete mich aus dem Fauxpas. »Ich wusste bis vor zwei Tagen auch noch nicht, dass man so was braucht. Aber anscheinend kriegste nur so den perfekten Sommer.«

Cordula war aus dem Perlenvorhang getreten, der das Innere des Hauses von der Terrasse trennte. Sie lächelte mir verschwörerisch zu. »Du musst Madita sein, ich habe schon von dir gehört!«

»Maddie. Und ich auch von Ihnen. Sie lieben Geranien!« Diesmal war ich vorbereitet.

Sie musste Mitte sechzig sein, trug hellblauen Lidschatten und eine Brille mit Glitzerkette. Über ihrer enormen Oberweite spannte sich ein mit Strasssteinen besetztes Shirt. Ich mochte sie auf Anhieb.

»Das kannste glauben. Und *dir*!«, korrigierte sie. »Wir sind hier alle eine große Familie, nicht Jürgi?«

»Na, wie man's nimmt!«, erwiderte Jürgi fröhlich und schnitt einen Schlauch durch. »Mi'm Pannecke von zwei weiter muss ich nicht unbedingt Brüderschaft trinken.«

»Ach, der Pannecke, der alte Dackel. Der bellt doch nur. Er hat deine Hecke mitgeschnitten, das war doch nett.« Cordula schob die Lippen vor.

»Geschnitten, dass ich nicht lache. Ruiniert hat er sie mir, der alte Saftsack. Nun hab ich überall kahle Stellen«, maulte Jürgen.

»Na, die haste doch eh!« Cordula kicherte mädchenhaft,

und Jürgen brummelte, musste aber lächeln und fuhr sich mit der Hand über die Halbglatze. Sie bückte sich, zog unter dem Tisch einen kleinen Eimer hervor, in dem weißes Spülwasser schäumte, und wischte mir die Armlehnen eines Stuhls ab. »Setz dir, setz dir«, rief sie und drückte mich auf das Polster.

Rainer hatte sich inzwischen wieder hingesetzt und studierte mit sorgenvoll gerunzelter Stirn eine Gebrauchsanleitung. Irgendwie war er im Vergleich zu neulich seltsam still, etwas schien ihm die Laune verhagelt zu haben, und ich hatte den Verdacht, dass es mit dem schwarzen Fässchenkühler zu tun hatte.

»Ist die 3000 kaputt?«, fragte ich, zeigte auf die vielen Schläuche und nippte noch mal an meinem Schnaps. Mein Magen flatterte bereits ein bisschen, aber er war auch schön warm.

»Tja, sozusagen. Wir haben hier schon 'ne Stunde dran rumjetüddelt, aber es tut sich nix.« Jürgen schüttelte bekümmert den Kopf.

»Rumjetüddelt?«, fragte ich. »Du kommst aus Hamburg?«

»Ach, der Jürgi ist ein Globetrotter. Der war schon überall. Vonne Seychellen bis nach Kalkutta«, erklärte Rainer, ohne von der Betriebsanleitung aufzusehen. »Was ist das hier nur für ein Fachchinesisch.«

»Und was tüddelt ihr hier Schönes?«, wollte ich wissen, mehr, um was zu sagen, als aus echtem Interesse, aber Cordula stöhnte. »Nicht fragen!«, rief sie. »Sonst sitzte heute Abend noch hier.«

Rainer schob die Brille auf die kahle Stirn. »Das ist in der Tat eine sehr gute Frage, Madidda!« Er warf seiner Frau einen rügenden Blick zu.

Ich war ein bisschen stolz. Für »sehr gute Fragen« wurde ich tatsächlich nur äußerst selten gelobt.

»Weißt du, die 3000 hier, die kühlt dein Bier auf 3 °C runter. Das Ding ist …« Er nahm die Bedienungsanleitung wieder in die Hand und kratzte sich die Nase. »Das ist mir zu kalt. Es ist ganz eindeutig bewiesen, dass Bier bei 5–7 °C am besten schmeckt. Sonst haste ja nur Frost im Mund und keinen Geschmack. Glaub mir, das ist wissenschaftlich belegt. Man kann die 3000 personalisieren, die Werkseinstellung umgehen und sie sozusagen umpolen, so dass man zwischen 5 und 7 °C wählen kann. Wenn man was vom Handwerk versteht …«

»Nur tun sie das leider nicht. Sie haben das ganze Ding auseinandergenommen und nu jeht nüscht mehr!« Cordula hatte sich eine Zigarette angezündet und lehnte sich zufrieden paffend in ihrem Stuhl zurück, den sie vorher ebenfalls abgewischt hatte, obwohl er mir funkelnagelneu und extrem sauber erschien. »Hätt ich voraussagen können. Ist immer das Gleiche. Aber gut, wenn se nicht tüddeln können, sind se auch unausstehlich. Is ja sozusagen inne Gene!«

»Ich brauch nun mal meine Wohlfühlbiertemperatur, ist das zu viel verlangt?«, fragte Rainer indigniert. »Wenn dir der Kaffee nicht schmeckt, ist doch auch der ganze Morgen verhagelt.«

Cordula wedelte seine Worte mit der Hand zur Seite, als wollte sie eine lästige Fliege vertreiben. »Ich sach ja nichts. Ihr könnt ja tüddeln, bis ihr umfallt!« Sie zog eine durchsichtige Plastikkiste unter ihrem Stuhl hervor und begann, mit einer kleinen Maschine Zigaretten zu stopfen, während sie die angezündete noch in der Hand hielt. Interessiert sah ich ihr zu. Das hier war eine ganz neue Welt für mich. Genau wie der Garten nebenan, nur komplett anders.

»Verdammte Axt!« Jürgen rüttelte an einem kleinen silbernen Hebel und haute dann frustriert mit der Hand auf den Deckel der 3000. »Da muss doch irgendwo der Stromfluss unterbrochen sein.«

»Ja, in seinem Hirn ...«

Cordula hatte sehr laut geflüstert, und ich prustete ein bisschen Sambuca auf mein T-Shirt.

Sofort war der kleine Eimer mit dem Pinienduftschaum zur Stelle. Ich musste an meine Oma denken. Auch sie hatte eine Sprühflasche mit Essigreiniger neben der Spüle stehen gehabt und gerne alles, was nicht schnell genug davonlief, damit eingenebelt. Unauffällig schaute ich auf mein Handy und sah, dass ich schon eine Viertelstunde hier war. »Na, dann wünsche ich noch viel Erfolg. Ich verabschiede mich mal. Sie warten drüben auf mich mit der Apfelblüte«, erklärte ich und stand auf, obwohl ich die Runde eigentlich ganz nett fand. Der Gedanke an Mos grüne Augen und Elvis' Grinsen ließ mich aber unruhig werden. Ich war sogar gespannt, Inge zu sehen, und hatte einen Dattelriegelsnack für sie in der Tasche.

»Na, aber einen noch für den Weg!«, protestierte Rainer sofort und hatte schon wieder die Flasche in der Hand.

Verflixt waren die schnell. Aber inzwischen gefiel mir die wohlige Wärme in meinem Bauch. Ach, was zur Hölle, dachte ich und ließ mich wieder in den Stuhl fallen. Es war schließlich Sonntag. Und die Äpfel würden wohl auch in einer Viertelstunde noch blühen.

»Nun lasst Madita aber mal mit diesem italienischen Zeug in Ruhe!« Cordula nahm den Bezug von der Eckbank, klappte sie hoch und holte eine dunkle Flasche hervor. »Wir trinken was Fruchtiges, wa?«, fragte sie mich, und ich nickte überrumpelt. »Eckes Edelkirsch. Das hat's bei uns sonntags immer gegeben. Ist ja auch nüscht drin!« Sie zauberte aus der Eckbank auch noch zwei Likörgläschen, und wir stießen an.

»So, du bist also bei dene Abweichlern da drüben dabei?«, fragte Jürgen, als sie ihre Schnäpse geleert hatten, und ich sah in den Blicken um den Tisch Neugier aufblitzen.

»Abweichler?«, fragte ich und leckte an meinem Glas. Der Edelkirsch schmeckte tatsächlich ganz vorzüglich. Dass *nichts drin* war, stimmte allerdings nicht.

»Von was weichen sie denn ab?«

»Na, von der Norm!« Jürgen warf einen nachdenklichen Blick in Richtung Grüne Freiheit. »Zumindest beim Heckenschnitt. Und mit dene Tofusachen. Damit kannste mich ja jagen, mit der Bohnenpampe.«

Ich lachte. »Ja, das kann ich mir vorstellen, die sind da mit Regeln eher etwas flexibel eingestellt. Und mich übrigens auch. Also jagen. Mit der Bohnenpampe. Obwohl sie mit Erdnuss tatsächlich sehr gut schmecken kann.«

»Jedenfalls nehmen die das mit der Grünen Freiheit ein wenig zu wörtlich, wenn de mich fragst! Die Brombeerranken, die da zu uns rüberkommen, haben uns in zwei Jahren überwuchert, wenn sich nichts tut, das kann ich schon mal sagen. Da sieht's hier bald aus wie beim Dornröschen.« Rainer stimmte Jürgen zu, und sie nickten im Einklang.

»Und mit Zäunen haben sie's auch nicht. Die Inge war gestern schon wieder hier«, warf Rainer ein.

»Du hast sie doch nicht gegrillt, oder?«, rief ich alarmiert.

Nach den zwei Schnäpsen ging mir das Du gut über die Lippen.

»Keine Sorge, hab noch nicht angefeuert«, erwiderte er, bubenhaft grinsend. »Aber ab Mai muss sie sich vorsehen.«

»Nu lass doch die Blumenkinder mit ihre Hühner!« Cordula wedelte versöhnlich mit ihrer Zigarette. »Ich mag ja die Inge, die pickt mir den braunen Salat weg. Aber sag mal, wie kommste denn zu denen? Siehst gar nicht aus wie 'ne Nonkonforme.«

Ich erklärte kurz, wie es zu meiner Verwandlung in eine Gemeinschaftsgärtnerin gekommen war, und bemühte mich, ihnen klarzumachen, dass ich keine Partei ergriff – und trotzdem die Grüne Freiheit zu verteidigen. »So ganz hab ich es ja auch noch nicht durchschaut, es ist ein ungewöhnliches Konzept.« Ich versuchte, mich an das zu erinnern, was Mo mir über den Garten erklärt hatte. »Sie haben eine Kasse, in die jeder was reintut, je nach Einkommen. Solidarisch also. Jeder arbeitet mit, und alle teilen alles. Irgendwie so. Klingt aber schön, oder nicht?« Ich merkte, wie mir der dritte Edelkirsch, den ich inzwischen im Glas hatte, die Ohren warm werden ließ. »Besser als jeder so für sich.«

Es war mir einfach so rausgerutscht. Erschrocken richtete ich mich auf, ich hatte niemanden beleidigen wollen. Aber obwohl der in Parzellen eingeteilte Kleingarten mit seinen blickdichten Hecken das genaue Bild dessen darstellte, was ich gemeint hatte, schienen die drei es nicht auf sich zu beziehen.

»Also, mir ist das ja nicht geheuer. Wie will man denn da die Ordnung halten, wenn jeder für alles zuständig ist. Am Ende bleibt's dann doch wieder an einigen wenigen Deppen hängen, die sich für die Gemeinschaft aufopfern«, murmelte Rainer. »Ein paar hauen sich die Taschen voll, und die anderen haben die Last. Ist doch immer so.«

Ich wollte ihm sagen, dass Ordnunghalten in der Grünen Freiheit genau wie Regeln ohnehin nicht so weit oben auf der Liste stand, aber sie hatten schon das Thema gewechselt. »Und was machst du so? Beruflich, meine ich?«, fragte Cordula und schenkte Edelkirsch in mein noch halbvolles Glas. Inzwischen hatte ich jeden Protest aufgegeben.

Als ich erklärte, dass ich Musicalsängerin war, schlug das ein wie eine Bombe.

»Neee!«, rief Jürgen und klatschte sich auf die Schenkel. »Ich liebe Musicals!« Er lehnte sich im Stuhl nach hinten, breitete die Arme aus und grölte: »Lääät the sunshine in. Lääät the sunshine in!«

Erschrocken stellte Cordula den Sambuca unter den Tisch. »Für heut ist Schluss«, bemerkte sie trocken. »Lass doch lieber dat Madita singen.«

»Äh, vielleicht später«, sagte ich schnell. »*Hair* ist toll. Aber seit den Sechzigern hat sich tatsächlich einiges getan in dem Bereich«, erklärte ich, an Jürgen gewandt.

»Na, da müssen wir unbedingt zu deiner Show kommen. Da kannste uns gleich Plätze reservieren.«

Ich stellte mir eine Premierenfeier vor, bei der Jürgen, Rainer und Cordula mit einer Flasche Eckes Edelkirsch in der ersten Reihe mitgrölten, und meine Ohren wurden noch etwas heißer. Bevor ich etwas Ablenkendes sagen konnte, sprang Jürgen jedoch wie von der Tarantel gestochen vom Stuhl auf. »Da ist wieder einer!«

Alle drei zuckten zusammen, und Cordula langte erneut in

die Eckbank und zog ein Fernglas hervor. »Biste sicher?« Sie klemmte die Zigarette in den Mundwinkel und spähte über die Hecke wie ein Scharfschütze.

»Na, die erkenn ich doch von zehn Meilen wech!« Jürgen war blass geworden, Rainer hingegen schaute grimmig. »Dass die sich noch hierhertrauen!« Seine Faust schloss sich wütend um einen Schraubenzieher.

»Was ist denn los?«, hickste ich und stand ebenfalls auf, um zu sehen, über wen sie sprachen. Wortlos reichte Cordula mir das Fernglas. »Drüben, neben Panneckes Häuschen!« Ihr pink lackierter Zeigefinger wies mir die Richtung. Ich schaute durch das Fernglas, sah aber zunächst nur Hecke. Nachdem Jürgen mich korrigierend ein wenig nach links geschoben hatte, erspähte ich über die Mützen der Gartenzwerge hinweg einen Mann mittleren Alters in Anzug und Krawatte, der mit einer Art Stadtplan in den Händen durch die Anlage lief, geschäftig die Stirn runzelte und sich immer wieder umsah. Zwei Meter hinter ihm gingen eine Frau in einem roten Kostüm und ein jüngerer Mann mit Locken und Ray-Ban-Brille, der auch gut Parfümwerbung hätte machen können. Alle drei wirkten hier vollkommen fehl am Platz. Und nach den Blicken von Cordula, Rainer und Jürgen zu urteilen, waren sie das auch.

»Diesen Fatzkes werd ich was erzählen ...« Jürgen lief plötzlich los, und seine Vokuhila-Halbglatze versperrte mir das Bild, so dass ich einen Moment nur Haare sah. Rainer stürmte wie auf Kommando hinter ihm her.

»Jürgi, det bringt doch nüscht!«, rief Cordula aufgeregt, aber auch sie erhob sich und eilte davon.

Ich verstand gar nichts mehr. Aber das konnte auch am

Edelkirsch liegen. Also spähte ich einfach weiter durch das Fernglas und beobachtete, wie die drei auf den kleinen Kachelweg hinauseilten. Der Mann mit der Karte hob erschrocken den Kopf, als er sie bemerkte. Auch die Frau im Kostüm und der Ray-Ban-Heini blieben alarmiert stehen.

Rainer und Jürgen näherten sich der Truppe mit hochroten Köpfen und geballten Fäusten, Cordula im Schlepptau, deren Shirt in der Sonne glitzerte. Die drei Fatzkes sahen sich unsicher an und schienen nicht zu wissen, was sie tun sollten. Leider waren nun alle außer Hörweite. Es war, als würde ich einen Stummfilm sehen. Der Mann mit der Karte rief etwas, Jürgen und Rainer blieben vor ihm stehen und sprachen aufgebracht auf ihn ein. Der Mann schüttelte ärgerlich den Kopf, da riss Jürgen ihm die Karte aus der Hand und warf sie auf den Boden. Ich hielt die Luft an und nahm vor lauter Spannung einen Schluck Edelkirsch direkt aus der Flasche. Nun schaltete sich die Frau im Kostüm ein und trat entschlossen einen Schritt vor, aber Cordula schoss auf sie zu und ließ sie offensichtlich nicht zu Wort kommen. Ein kleiner Tumult entstand, und ich sah, dass sofort weitere Leute an die Zäune der umliegenden Parzellen kamen. Ein paar traten sogar auf den Weg hinaus und stellten sich hinter Cordula, Jürgi und Rainer. »Was ist da nur los?«, murmelte ich und fummelte am Fernglas herum, damit es sich schärfer stellte.

Als die drei sich von einem Rudel Kleingärtner umzingelt fanden und ich mich gerade fragte, wer wem den ersten Schwinger verpassen würde und ob ich vielleicht vorsorglich die Polizei rufen sollte, löste sich das Ganze unerwartet schnell auf. Die Fatzkes hatten offensichtlich gemerkt, dass sie in der Unterzahl waren, und traten den Rückzug an. Der

Kartenmann rief den Kleingärtnern im Weggehen etwas Zorniges zu, und ich sah, wie Jürgen ihm hinterherlaufen wollte, aber von Cordula und Rainer zurückgehalten wurde. Wenig später kamen die drei mit aufgewühlten Mienen zurück in den Garten. »Nu haste wieder Herzstolpern.« Kopfschüttelnd führte Cordula Rainer zu einem der Stühle. Er war tatsächlich auffällig blass und holte erst mal den Sambuca wieder unter dem Tisch hervor.

»Was war denn das?«, fragte ich, selber ganz aufgelöst, und nickte dankbar, als Cordula mir den Edelkirsch hinhielt.

Die drei sahen sich an, und Jürgen schüttelte mit zusammengepressten Lippen den Kopf. »Ach, hör mir nur mit denen auf, bevor mir die Galle hochkommt!«, presste er hervor und kippte seinen Schnaps in einem Zug.

Als sich herauskristallisierte, dass sie nicht über das Geschehene reden wollten, und mir die schlechte Stimmung langsam unbehaglich wurde, fiel mir zum Glück wieder ein, dass ich die Apfelblüte vergessen hatte. Rainer und Jürgi hatte es die Sprache verschlagen, sie saßen grummelnd da und starrten mit geschürzten Lippen und zusammengezogenen Augenbrauen vor sich hin. Cordula hatte inzwischen Schrippen mit Käse ausgeteilt, die zum Glück den Alkohol in meinem Magen aufsaugten, so dass ich wieder klar sehen und auch beinahe normal geradeaus gehen konnte. Die Gartenzwerge machten zwar in meinen Augenwinkeln komische Sachen, aber gut, irgendeine Wirkung musste eine halbe Flasche Likör auf leeren Magen ja auch haben. Ich verabschiedete mich und musste hoch und heilig versprechen, mich immer bemerkbar zu machen, wenn ich an der Hecke vorbeiging.

Als ich wenig später die knarzende Pforte zur Grünen Freiheit aufstieß, bot sich mir ein unglaublicher Anblick. »Also das hat er gemeint«, flüsterte ich.

Die alten, knarzigen Apfelbäume, die letzte Woche noch ausgesehen hatten wie verschrumpelte Kobolde, standen in voller Blüte. Es war, als wären Wolken vom Himmel gefallen und hätten sich in den Ästen verhakt. Die ganze Wiese leuchtete in einer Mischung aus Hellrosa und Weiß und schien alles um sich her ein wenig heller zu machen.

»Traumhaft, nicht? Da will man direkt drin ertrinken.« Eine junge Frau stand neben mir und betrachtete die Bäume. Erstaunt drehte ich mich zu ihr um. Sie hatte halblange schwarze Locken, die hinter den Ohren zu einem Undercut abrasiert und oben mit einem bunten Tuch auf ihrem Kopf aufgetürmt waren. Ihre Arme unter den hochgekrempelten Ärmeln waren mit kleinen Tattoos gesprenkelt, und sie trug Tigerleggins zu einem alten Pulli. Als sie mich ansah, lächelte sie, und ihre sommersprossige Nase zog sich zusammen. »Du bist Maddie!« Es war keine Frage, und ich nickte nur. »Ich bin Lila. Freut mich.« Sie hatte eine auffallend raue Stimme. Statt mir die Hand zu geben, blickte sie wieder mit verträumtem Blick zu den Apfelbäumen.

»Was für ein schöner Name«, bemerkte ich, um im Gespräch zu bleiben, denn sie schien nichts weiter sagen zu wollen. Sie hatte einen Rechen in der Hand, stützte sich auf den Stiel und schien im Anblick der Blüten zu versinken.

»Ist kurz für Liselotte.«

»Ähm ... auch schön ...«, sagte ich, und wir mussten beide lachen, weil ich so schlecht log. In diesem Moment kam Inge über die Wiese. »Da bist du ja!«, rief ich. Man sollte es nicht glauben, aber ich freute mich tatsächlich ein bisschen, sie zu sehen, auch wenn sie mir immer noch Angst machte.

Sie lief mit großen Schritten auf mich zu, blieb direkt vor mir stehen und legte den Kopf schief.

»Sag mal, Rainer hat erzählt, dass du schon wieder drüben in der Parzelle warst.« Mit tadelndem Blick kniete ich mich hin und betrachtete sie. »Du musst aufpassen, in zwei Wochen wird der Grill angefeuert. Und dieser Pannecke scheint mir auch nicht ohne. Nicht, dass du in der Marinade endest.«

Sie gackerte leise und machte vertrauensvoll einen Schritt auf mich zu.

Sofort hopste ich zurück. Der Schnabel war mir einfach nicht geheuer. »Stopp, ich weiß genau, was du willst.« Ich entfernte mich ein wenig, zog meinen Dattelriegel aus der Tasche und warf ihr ein paar kleine Brocken hin. »Hälfte jetzt, Hälfte später. Sonst kriegst du noch Blähungen«, erklärte ich, als sie in Sekundenschnelle alles verschlungen hatte und mich halb bittend, halb drohend ansah.

Lila hatte uns beobachtet, sie kam jetzt zu Inge und nahm sie auf den Arm, genau wie Elvis letztes Mal. »Na, Madame, da hast du ja mal wieder toll abgesahnt, was?«, gurrte sie liebevoll. Auch sie schmiegte ihr Gesicht in die Federn, und Inge gackerte leise, als würde es ihr gefallen, und zog sanft mit dem Schnabel an einem ihrer Ohrringe.

»Ihr seid ja alle richtige Hühnerflüsterer hier!« Ich musterte sie, ein bisschen beeindruckt.

»Hm? Ach, Inge ist ein Hipsterhuhn, sie ist total zahm«, erklärte Lila und setzte Inge vorsichtig wieder auf den Boden. Sofort lief sie auf mich zu, und ich hopste von ihr weg.

»Hipsterhuhn?« Ich hatte mich bestimmt verhört. »Was ist denn ein Hipsterhuhn? Eine besonders stylische Rasse?«

Lila lachte. »Nein, sie wurde von ein paar Stadthipstern gekauft, die dachten, sie probieren mal ein neues Hobby aus. Du weißt ja, das machen jetzt viele, Selbstversorgung ist total im Trend. Autarkes Leben, zurück zur Natur. Ich verstehe das ja, genau so was wollen wir schließlich auch. In der Theorie gut und schön, in der Praxis viel Arbeit. Leider kennen sich nur sehr wenige mit Hühnerhaltung aus, das ist nämlich wesentlich schwieriger, als es aussieht. Die denken alle, du musst nur ab und an ein paar Körner hinstreuen und schon ploppen die Eier raus. Na ja, war aber nicht so. Und dann wurde sie ausgesetzt.«

»Ausgesetzt?« Erschrocken starrte ich Inge an. Plötzlich sah ich sie in ganz neuem Licht, und ich wusste nicht genau, ob der Alkohol mich rührselig machte oder ihr treuer Hühnerblick, aber ich hätte sie am liebsten an mich gedrückt. »Aber das ist ja schrecklich.«

Lila nickte »Im Treptower Park. Na ja, eigentlich war es ein Glück, jetzt lebt sie hier, und besser könnte ein Huhn es nicht treffen. Hinnert kümmert sich wie sonst niemand, sie sind wie Kinder für ihn. Hast du Hinnert schon kennengelernt?«

Ich schüttelte den Kopf, er war beim Essen letzte Woche nicht dabei gewesen.

»Dann stell ich ihn dir später vor. Er ist ein bisschen eigen, aber ein Goldschatz.«

»Na, da hast du aber Glück gehabt, was Inge?«, fragte ich, immer noch betroffen von dem, was ich gerade gehört hatte. »Jetzt kannst du die Miete mit Eiern bezahlen und für immer hierbleiben.«

»Das kann sie auch so. Wir essen ihre Eier nicht«, erklärte Lila lächelnd.

Erstaunt hielt ich inne. »Nicht? Warum? Sind sie nicht gut?«

Sie streichelte Inge über den Kopf. »Das sind sie sicher. Aber die Hühner brauchen sie selber. Die meisten sind gerettet aus Mastbetrieben. Sie wurden gezüchtet, um dreihundert Eier oder mehr im Jahr zu legen. Ihre Körper sind dafür nicht gemacht, alle Vitamine und Mineralien werden für die Schalen aus ihnen herausgezogen, und sie kriegen dann Osteoporose und brechen sich die Knochen.«

Stumm blickte ich auf Inge hinunter. Dann nahm ich den Rest des Dattelriegels aus der Tasche und warf ihn ihr hin.

»Deswegen zerkleinern wir die Eier und füttern sie ihnen zurück.« Lila sah mich an. »Sie brauchen das Calcium. Du hättest sie mal sehen sollen, als sie herkam, das arme Ding. Hinnert hat Wunder vollbracht. Aber genug Hühnertalk, hat dir jemand schon alles gezeigt?«, fragte sie dann plötzlich und richtete sich auf.

Ich nickte, in Gedanken noch bei Inge. »Mo und Elvis, letzte Woche«, erwiderte ich zerstreut.

»Na, da hast du ja gleich die Experten erwischt. Sie sind auch da, wahrscheinlich räuchern sie gerade. Sina und ich sind da hinten am Werkeln, falls du was brauchst. Komm doch später vorbei, dann säen wir zusammen.« Sie zeigte in Richtung eines der kleinen Folientunnel, der als Gewächshaus diente, und ich sah eine junge Frau, die ich noch nicht kannte, zwischen den Bohnenstäben herumgehen.

»Ich suche erst mal Elvis und Mo und komme dann rum«, erklärte ich, aber sie war schon losgelaufen und lächelte mir nur ein wenig zerstreut über die Schulter hinweg zu.

Die beiden waren, wie Lila vorhergesagt hatte, in der Tofuräucherei. Als ich um das verfallene Steinhäuschen herumging, hörte ich ihre Stimmen durch das offene Fenster, die von Elvis hoch und aufgeregt, Mos dunkel und ruhig. Es überraschte mich, wie sehr ich mich darauf freute, die zwei wiederzusehen.

»Was machen wir denn jetzt mit der Apfelblüte?«, fragte ich, als ich eintrat.

Die beiden hoben die Köpfe. Elvis saß auf der Arbeitsplatte und ließ die Beine baumeln, Mo war gerade dabei, ein paar große Steintöpfe umzuschichten. Es roch seltsam hier drin und war einige Grad kühler als draußen. Das warme Lächeln, mit dem die beiden mich begrüßten, glich das aber aus.

»Was wir damit machen?« Mo musterte mich kurz, und ich konnte nicht sagen, was er dachte. Bei meinem Eintreten hatte ich seinem Blick angemerkt, dass er sich freute. Nun aber wirkte er nachdenklich. Er nahm einen der großen Töpfe und schob ihn an die Wand, dann sah er seinen Sohn an. »Was meinst du? Sollen wir ihr zeigen, was wir damit machen?«

Elvis sprang von der Arbeitsplatte. »Jaaa!«, rief er begeistert, packte mich im Vorbeirennen an der Hand und zog mich mit sich nach draußen.

»Also, das hab ich mir anders vorgestellt!« Ich stemmte die Arme in die Hüften und beobachtete, wie die beiden in aller Ruhe drei bunte Hängematten um die Stämme der Apfelbäume schlangen. Sie hatten die Matten aus ihrem Winterlager in einem der Zirkuswagen geholt und über der Wiese ausgeschüttelt.

»Was dachtest du denn? Dass wir die Blüten bestäuben?« Mo grinste.

»Na ja ... so in der Art!«

Er hielt mir eine Hängematte auf. »Die Blüte ist nur zum Genießen da. Einmal einsteigen, bitte!«

Vorsichtig näherte ich mich ihm. Um mich hinzusetzen, musste ich mich unter einem seiner Arme hindurchdrücken. Er roch gut. Verdammt, warum musste er auch noch gut riechen? Als ich zögerte, hob er fragend eine Augenbraue. »Ich checke nur auf Spinnen«, erklärte ich, und sein Mundwinkel zuckte, wie ich es schon von ihm kannte.

Als ich sicher war, dass nichts krabbelte, ließ ich mich in den Stoff plumpsen und sah zu ihm auf. So nah war ich ihm noch nie gewesen. Ich lächelte ein wenig verzaubert von seinen grünen Augen, den wirbelnden Blüten um uns her, die wie Schneeflocken zu Boden fielen – und den Nachwirkungen des Edelkirschs. Er lächelte zurück und runzelte kurz die Stirn. Dann ließ er die Hängematte, die er eben noch mit beiden Händen aufgespannt hatte, los, und der Stoff zog sich um mich herum zusammen. Plötzlich war es dunkel.

»Huch!«, rief ich, als die Sonne verschwand.

»Du musst dich ausstrecken«, erklärte Elvis, als er sah, wie ich mit dem Stoff kämpfte. Als ich eine einigermaßen bequeme Position gefunden hatte und meinen Kopf aus dem Kokon schob, baumelten die beiden entspannt neben mir in ihren Matten und beobachteten interessiert mein Gezappel.

»Hast du das noch nie gemacht?«, fragte Elvis, und ich schüttelte den Kopf. Tatsächlich konnte ich mich nicht erinnern, wann ich das letzte Mal in einer Hängematte gelegen hatte.

»So, jetzt, wo du den Dreh raushast, einfach nach oben schauen und entspannen.« Mo zeigte mit dem Finger in die Blüten. Ich drehte den Kopf gen Himmel und blickte in das strahlende Weiß. Es war ein warmer Tag, die Sonne kitzelte mich auf der Nase, und es duftete betörend nach Apfelblüten. Lila hatte recht, man wollte geradezu darin ertrinken.

Elvis gähnte laut. »Wir sind jetzt Eidechsen«, sagte er und rekelte sich in der Sonne.

»Eidechsen?«, fragte ich.

»Elvis und ich machen im Sommer manchmal Eidechsentage. Dann liegen wir nur faul in der Sonne und machen gar nichts«, erklärte Mo. Ich konnte hören, dass er lächelte.

»Nicht gar nichts. Wir tanken gute Laune«, widersprach Elvis. »Mama sagt immer, dass Sonne gute Laune macht.« Dann begann er, etwas über die Schule zu erzählen. Ich hörte zu, wirklich! Aber der Edelkirsch, die Aufregung von eben und die Anspannung der Woche führten in ihrer Mischung wohl dazu, dass ich ziemlich schnell wegdriftete. Ich merkte gerade noch, wie seine Stimme immer leiser wurde, dann war ich auch schon eingeschlafen.

Auf jeden Fall erwachte ich plötzlich von einem lauten Schnarcher.

Meinem eigenen.

Erschrocken fuhr ich in die Höhe und wäre um ein Haar aus der Hängematte gefallen. Verwirrt sah ich mich um und wischte mir über die Mundwinkel. Voller Scham spürte ich, wie mir die Hitze ins Gesicht stieg. Ich hatte nicht nur geschnarcht, sondern auch gesabbert. Aber zu meiner Erleichterung stellte ich fest, dass die beiden Matten neben mir leer waren. Verwirrt zog ich mein Handy aus der Jeanstasche. Ich hatte beinahe zwei Stunden geschlafen.

»Du hast das mit dem Entspannen sehr wörtlich genommen.« Mo verschränkte amüsiert die Arme vor der Brust, als ich die beiden wenig später an einem der noch kahlen Beete fand. Zerknirscht trat ich näher. Ich hatte mich noch schnell in der Frontkamera meines Handys kontrolliert und gemerkt, dass ein großer roter Striemen über meine Wange lief, wo der Stoff der Hängematte sich im Schlaf in mein Fleisch gedrückt hatte. Egal, wie fest ich auch rubbelte, er war nicht weggegangen. Mo musterte mich und lächelte, als er mein Gesicht sah. Er streckte den Arm aus, als wollte er mir über die Wange streicheln.

Erschrocken zuckte ich zurück.

Sofort hielt er inne und warf mir einen seltsamen Blick zu. »Blüte«, sagte er, und ich begriff.

Ich widerstand dem Drang, mich für das Zurückzucken zu entschuldigen. Ohne mir in die Augen zu schauen, zog er die Blüte aus meinem Haar und zerrieb sie zwischen den Fingern.

»Willst du uns umgraben helfen?« Elvis stand mitten im Beet und sprang gerade mit voller Wucht auf einen kleinen Kinderspaten, so dass er eine Schaufel voll Erde in die Höhe katapultierte.

»Ähm ... klar, aber ich wollte zuerst noch nach Inge sehen«, sagte ich und blickte mich um, ob sie nicht zufällig irgendwo in der Nähe war. Direkt von einem sonnigen Nachmittagstiefschlaf zum Beetumgraben überzugehen war nicht gerade meine Vorstellung von Glück.

»Maddie, willst du mit uns Blumen säen?« Lila rettete

mich. Sie kam über die Wiese auf uns zugelaufen. Kleine Locken hatten sich aus ihrem bunten Tuch gelöst und kringelten sich um ihr Gesicht.

»Du hast auf zehn Meter Entfernung gesehen, dass sie keine Lust auf Umgraben hat, was?« Mo stützte sich auf seine Schaufel.

»Wer hat schon Lust auf Umgraben.« Lila zwinkerte mir zu.

»Schau mal, wie tief mein Loch schon ist!«, brüllte Elvis.

»Wunderbar, aber grab auch ein bisschen in die Breite, nicht nur in die Tiefe«, rief Lila zurück und winkte ihm. Dann fasste sie mich am Arm. »Komm mit, das schaffen die beiden auch ohne dich.«

Sie führte mich zu einem großen Fleck dunkler Erde. »Hier säen wir?«, fragte ich, als ich die Eimer sah, die schon bereitstanden.

»Ja, wir legen hier eine neue Wildblumenwiese an. Und experimentieren dabei gleich mit ein paar verschiedenen Möglichkeiten, damit wir nächstes Jahr wissen, was sich am besten eignet.« Sie kniete sich hin. »Ulli und Mo haben gestern den Boden aufgefräst. Hier streuen wir die Samen einfach ein.« Beinahe liebevoll hob sie eine Handvoll schwarzer Erde auf und hielt sie mir hin. Etwas verdattert wollte ich sie entgegennehmen, aber sie lachte und zog die Hand weg. »Du sollst riechen«, erklärte sie, und ich kniete mich neben sie und steckte etwas zögerlich meine Nase hinein. Die Erde roch warm und frisch. Irgendwie nach Frühling, aber auch nach ganz vielen anderen Dingen, die ich nicht deuten konnte. Sie erinnerte mich an meine Kindheit.

»Mein Lieblingsduft.« Lila steckte ihre Nase so tief hinein, dass es aussah, als wollte sie die Erde essen. Dann warf sie die Hand zurück ins Beet. »Wildblumen mögen es nährstoffarm, das ist praktisch. Wir mischen also etwas Sand unter die Erde. Und hier nebenan legen wir Pappe aus. Dann haben wir den direkten Vergleich. Durch die Pappe müssen die Samen nicht mit dem Gras kämpfen und können sich in Ruhe entfalten.« Plötzlich runzelte sie die Stirn und betrachtete die Säcke mit Gartenerde, die neben dem aufgewühlten Stück Wiese lagen. »Mo, hast du das gekauft?«, rief sie.

»Die Erde? Ja, warum?«, antwortete er nach ein paar Sekunden vom Beet aus.

»Weil das die falsche ist. Ich hab doch gesagt, du sollst die torffreie nehmen!«

Mo kam zu uns, wischte sich mit dem Unterarm den Schweiß von der Stirn und betrachtete Lila. »Ich weiß«, sagte er. »Aber es gab keine.«

Sie erwiderte nichts, nickte nur nachdenklich.

»Du wolltest doch unbedingt heute anfangen«, verteidigte er sich.

»Ist ja nicht schlimm«, erwiderte sie. »Dann machen wir erst den anderen Teil, und Sina kann morgen neue holen.«

Als sie Sinas Namen erwähnte, verfinsterte sich Mos Gesicht. Es war nur eine Sekunde, aber ich sah es genau. Dann zuckte er die Achseln. »Klar«, sagte er und ging davon. An seinen hochgezogenen Schultern konnte ich sehen, dass er wütend war, aber ich verstand nicht, warum.

»Warum ist Torf schlecht?«, fragte ich.

»Er ist nicht unbedingt schlecht. Aber die Moore sind natürliche CO_2-Speicher. Es ist nicht gut, sie abzubauen, bloß um Blumenerde zu gewinnen.«

Sie sagte es gerade so laut, dass er es hören musste.

Mo warf einen stirnrunzelnden Blick über die Schulter, erwiderte aber nichts. Ich begann zu erahnen, dass auch hier im Gemeinschaftsgarten vielleicht nicht immer alles so Friede-Freude-Eierkuchen war, wie es bisher schien.

Lila hatte inzwischen ein paar Gläser voll dunkler Samen aus einem Beutel gezogen und begann nun, sie in einem Eimer mit Sand zu mischen und über die Wiese zu streuen. »Mach auch mal. Es ist ein wunderbares Gefühl. Als würde man Göttin spielen«, sagte sie mit ihrer rauen Stimme in einem leicht ironischen Singsang und reichte mir einen zweiten Eimer.

Ein bisschen erinnerte sie mich an Circe aus der griechischen Mythologie, die mit ihren Zauberkräften auf ihrer Insel Aiaia die Natur zum Erblühen brachte.

»Das sind alles heimische Samen. Kein Hybridmist«, erklärte Lila und untermalte damit meine Gedanken.

»Heimisch aus Berlin?«, fragte ich erstaunt und dachte, dass ich in der griechischen Mythologie wahrscheinlich ein Oger gewesen wäre.

Oder eine Schnecke.

Sie beobachtete mich ein paar Sekunden mit einem halben Lächeln, bei dem sich ihre Nase kräuselte. Es wirkte fast, als fände sie meine Unwissenheit interessant. Als wäre ich für sie ebenso kurios wie sie für mich.

»Aus Brandenburg. Ich habe sie bei einem Gärtner bestellt, der die Samen selber aus den Wildblumen zieht. Ringelblume, Klatschmohn, wilde Möhre, Wiesensalbei … alles dabei. Die Insekten werden es lieben. Exotische Pflanzen sind zwar sehr schön, aber sie eignen sich oft nicht als Nahrung. Deswegen können wir sie nicht gebrauchen.«

Ich fand es immer wieder erstaunlich, wie viel sich in diesem Garten um Insekten drehte. Bisher waren Insekten für mich eher etwas gewesen, das man ganz dringend und mit allen verfügbaren Mitteln von sich fernhalten sollte. Dass man ihnen Sandschwimmbecken und Blumenwiesen erschuf, eigens um sie zu züchten und zu füttern, war ein vollkommen neuer Gedanke, an den ich mich erst gewöhnen musste.

Lila stand auf, klopfte sich die Hände an der Leggins ab und mischte ein neues Glas in den Eimer. Fasziniert sah ich ihr zu. »Warum mischst du die Körner mit Sand?«

»Dadurch verteilen sich die Samen besser, und die Blumen haben am Ende mehr Platz und wachsen nicht alle auf demselben Fleck. Außerdem beschwert er die Samen und sie fliegen nicht weg.«

»Woher wisst ihr das nur alles«, murmelte ich, während ich langsam die Mischung auf dem Beet verteilte. Ich sah dabei sicher nicht aus wie eine Wildblumengöttin, sondern eher, als würde ich Hühner füttern. Langsam beschlich mich der Verdacht, dass ich hier niemals würde mithalten können. Schon jetzt wirbelte es in meinem Kopf durcheinander, und ich schrieb in Gedanken ununterbrochen Listen mit Dingen, die ich mir merken wollte. Torffreie Erde, Wiesensalbei, Hühner-Osteoporose … Es war, als trüge jeder hier ein ganzes Lexikon an geheimem Gartenwissen wie einen Schatz in sich. Zwar teilten alle ihr Wissen großzügig mit mir, aber genauso gut hätte ich eine neue Sprache lernen können. Ich hatte einfach nicht genug Zeit. Man spürte, dass die Menschen hier sich mit ihrer Liebe zur Natur identifizierten. Ich hingegen wollte Inge ihre Eier wegessen, die sie doch so dringend gegen die gebrochenen Knochen brauchte, hatte bis heute noch nie eine Apfelblüte bewusst wahrgenommen und von torffreier Erde und heimischen Samen ohne Hybridmist noch nichts gehört.

»Muss man nicht irgendwie wissen, wo was hinkommt?« Ich dachte mir schon, dass die Frage mal wieder keinen Sinn machte. Sonst hieße es ja nicht Wildblumenwiese. Aber der Gedanke, dass alles einfach querbeet durcheinanderwucherte und man gar nicht wusste, was kam, wann es kam, ob es überhaupt kam und wie es dann aussah, erschien mir absurd. Bei meinen Großeltern im Garten hatte immer alles ein kleines Schild bekommen, das in der Erde steckte und ähnlich wie in einem botanischen Garten anzeigte, was da bald sprießen würde.

»In der Überraschung liegt ja der Spaß!« Lila lachte so breit, dass sich ihr ganzes sommersprossiges Gesicht kräuselte.

In der Überraschung liegt der Spaß. Weiter entfernt von meiner Lebensrealität konnte es gar nicht mehr werden. Ich hatte nur Spaß, wenn ich alles und jedes planen konnte. Und zwar mit so wenig Überraschung wie möglich.

»Müssen wir das jetzt jeden Tag gießen?«, fragte ich und hoffte, dass sie ja sagen würde. Ich mochte Lila. Sie hatte etwas Raues, Selbstbewusstes an sich, das mir gefiel, war vollkommen anders als ich. Es könnte unser gemeinsames Projekt werden, unsere Wildblumenwiese, um die wir uns zusammen kümmerten und die dann wuchs und erblühte, wie unsere Freundschaft. Die griechische Mythologie schien meine Gedanken auf epische Weise inspiriert zu haben. Ich sah es bereits bildlich vor mir.

»Nein«, erwiderte Lila entschieden. »Nur bis sie keimen. Dann muss man sie eigentlich gar nicht mehr gießen. Außer wir kriegen wieder einen Hitzerekord. Aber das sehen wir dann. Bis dahin lassen wir sie so viel wie möglich in Ruhe.«

Wenig später schlenderte ich zum Beet zurück. Elvis war verschwunden, aber Mo grub immer noch um. Obwohl man ihm ansehen konnte, wie anstrengend die Arbeit war, schien er sie zu genießen. Er wirkte regelrecht versunken. Ich setzte mich neben das Beet ins Gras und sah ihm zu. »Erzähl mir noch ein bisschen über den Garten«, bat ich.

»Was willst du wissen?« Er rammte den Spaten in die Erde.

»Alles?« Ich zuckte die Achseln. »Einfach, wie alles funktioniert, warum ihr das macht.«

Er lächelte, brach die Reihe, die er gerade bearbeitete, ab und begann eine andere, die etwas näher an mir dran war.

»Wo soll ich anfangen. Sukzession ist das Stichwort. Biologische Vielfalt. Immer muss etwas blühen, etwas folgen. Es geht ja nicht nur um die Bienen. Wir brauchen möglichst viele Arten, auch die anderen Organismen brauchen Grün und Blüten. Heuhüpfer, Wanzen, Käfer, Schmetterlinge. Disteln mag ich persönlich am liebsten.«

»Disteln? Disteln sind doch Unkraut, oder nicht?«, lachte ich und wusste schon wieder, dass das wahrscheinlich nicht stimmte. Aber besser, er gewöhnte sich schnell an meine dämlichen Fragen.

Er warf mir einen amüsierten Blick zu. »Das dachte ich auch immer. Aber weit gefehlt. Man muss sie wirklich fördern, sie werden riesig, manche können drei Meter erreichen. Ihre Blüten sind groß, und sie locken ganz besondere

Bienensorten an.« Mo hatte aufgehört zu graben und ließ seinen Blick durch den Garten schweifen, als sähe er die Distelblüten vor sich. Ich hingegen sah ihn an und fragte mich ernsthaft, wie man so viel Leidenschaft für Disteln haben konnte.

Er bemerkte meinen Blick, und als hätte ich ihn bei etwas ertappt, begann er wieder zu graben. »Wir haben einen Gemeinschaftsplan, auf den jeder draufschreibt, was seiner Meinung nach zu tun ist oder bald ansteht. Das Motto ist, jeder kann, niemand muss.«

Plötzlich plumpste jemand neben mir auf den Boden. Lila hatte sich ins Gras fallen lassen und hielt ihre Sommersprossen in die Sonne. Es war inzwischen Anfang Mai, und so langsam spürte man den Sommer in der Luft. »Herrlich, andere Leute beim Schuften zu beobachten, was?«, fragte sie. »Da ist man gleich doppelt entspannt. Limo?« Sie hielt mir eine Flasche hin, in der seltsame kleine Brocken schwammen. Ich nahm sie und musterte das Gebräu. »Kurkuma, Gurke und Lavendel«, erklärte sie. »Hat Hanni gemacht.«

Ich probierte einen Schluck und musste an mich halten, um ihn nicht sofort in die Flasche zurückzuspucken. Die beiden lachten, als sie mein Gesicht sahen.

»Hannis Limos sind Gewöhnungssache«, brummte Mo und hackte mit dem Spaten auf einen großen, lehmigen Klumpen Erde ein, den er soeben aus dem Beet befördert hatte. »Übrigens dürft ihr gerne helfen.«

»Ach du, das Aussäen war ziemlich anstrengend.« Ich legte zweifelnd den Kopf schief und wedelte mit den Händen. »Das merk ich ganz schön in den Fingern.«

Lila lachte leise. »Ja, geht mir genauso, ich brauch unbedingt ’ne Pause. Wir schauen dir lieber zu. Ist doch ein schöner Anblick.«

Er warf ihr einen amüsierten Blick zu, und eine Sekunde lang war ich mir nicht sicher, ob die beiden miteinander flirteten. Selbstzufrieden trank Lila einen Schluck aus der Flasche und streckte Mo dann die Zunge heraus.

»Wo ist Elvis?« Sie ließ sich ins Gras sinken und legte die Hand über die Augen.

»Ich glaube, bei den Hühnern.« Mo war inzwischen ganz schön außer Atem. »Er brauchte auch ’ne Pause.«

»Kluger Junge«, murmelte Lila schläfrig.

»Mo hat mir gerade das Gartenkonzept erklärt.« Ich wollte nicht, dass die Unterhaltung versandete.

»Ja, erklären kann er gut.« Lila klang beinahe ein wenig herausfordernd.

Ich wurde aus den beiden nicht schlau.

Mo betrachtete sie einen Moment und schüttelte leicht den Kopf. Dann aber sah er mich an.

»Unserer Gemeinschaftsphilosophie sollte man auch nicht entgegenstehen, sonst hat es ja keinen Sinn«, sagte er. »Wir verwenden keine tierischen Produkte, und wenn wir Tiere halten, so wie Hinnert, dann nicht, um etwas von ihnen zu bekommen, sondern um ihnen zu helfen. Als Hanni hier anfing, war der Garten noch sehr klein, der Großteil des Grundstücks lag damals brach. Mit jedem Jahr wurden es mehr und mehr Menschen, immer bunter und vielseitiger, das Konzept hat sich stetig weiterentwickelt. Aber daran hat sie immer festgehalten: Sie hat den Grundsatz, dass kein Lebewesen unnötig leiden soll. Als wir hier anfingen, haben wir eigentlich nur mitgemacht, weil wir unbedingt gärtnern wollten. Aber inzwischen leben wir auch so.« Er lächelte mich an. »Macht einfach auch Sinn.«

Ich hatte Gabis Mandelkäse und ihren Sojajoghurt immer ein wenig als exzentrisch belächelt, musste aber zugeben, dass er im Grunde recht hatte. Trotzdem würde mich nichts so schnell von meiner Currywurst und meiner Prinzenrolle trennen.

Mo wischte sich den Schweiß aus dem Gesicht. »Wir gärtnern nur biologisch. Im Spätsommer ernten wir dann die Samen von den Gemüsen und den Sommerblumen, die nur ein Jahr lang blühen, damit wir sie im nächsten Jahr nicht kaufen müssen.«

»Ist nachhaltiger«, ergänzte Lila, und ich zuckte zusammen. Für einen Moment hatte ich sie ganz vergessen, so bewegungslos hatte sie neben mir gelegen. »Obwohl ich das Wort langsam nicht mehr hören kann. Inzwischen ist ja so gut wie alles nachhaltig. Sogar meine Yogahosen.« Sie lachte mit geschlossenen Augen, und ihr Nasenpiercing blitzte in der Sonne. »Totales Greenwashing natürlich.«

Auch ich lachte, etwas verunsichert. Nachhaltigkeit fand ich natürlich wichtig ... aber ich hatte nicht wirklich viel Zeit gehabt, das Thema in mein Leben zu integrieren. Kurz gesagt: Ich war schon stolz, wenn ich einmal im Monat morgens beim Bäcker an meinen Mehrwegkaffeebecher dachte. Wenn ich einen Flug buchte, klickte ich aber immer den Button mit dem CO_2-Ausgleich an.

»Wir experimentieren mit Gemüsesorten.« Lila richtete sich auf und zeigte auf eines der bereits wuchernden Beete zu unserer Linken. »Um zu sehen, was hier gut wächst und was nicht. Irgendwann wollen wir so viel anbauen, dass wir alle, die mitmachen, komplett selbstversorgen können. Plus natürlich die Rationen für Menschen, die ein Abo haben.«

»Ein Abo?«

»Wir bauen Gemüse für Menschen an, die uns sozusagen im Vorhinein versprechen, dass sie es kaufen. Meistens für ein Jahr. So bleiben wir nicht auf unserem Zeug sitzen. Obwohl bisher trotzdem viel mehr abfällt, als wir verwenden können, das System ist noch nicht optimal.«

»Darauf kommt es ja auch nicht an«, warf Mo ein. »Uns sind besonders die alten Sorten wichtig. Sie sind oft schwieriger zu pflegen und anfälliger für Krankheiten, aber dafür nicht selten geschmackvoller.« Er blickte über den Garten, und wieder war es, als könnte er in dem grünen Wirrwarr etwas sehen, das mir verborgen blieb.

»Ist es denn immer so harmonisch zwischen den Leuten hier?« Ich konnte mir einfach nicht vorstellen, dass wirklich alles so reibungslos ablief, wenn jeder irgendwie machen konnte, was er wollte, dann aber irgendwie doch wieder nicht, und es niemand gab, der bestimmte. Und einen Anflug von Spannung hatte ich ja vorhin auch schon mitbekommen.

Mo zuckte die Achseln und begann wieder damit, den Spaten in die Erde zu rammen »Natürlich nicht. Aber das gehört eben auch dazu. Wo Menschen zusammenkommen, wird gestritten und diskutiert. Das ist doch irgendwie auch gesund.«

»Das sind ja ganz neue Töne.« Lila nahm einen Schluck Limo.

»Überhaupt nicht, das war schon immer meine Meinung!«

Statt zu antworten, stand Lila plötzlich auf. »Ich muss mal schauen, dass Sina die Kübel nicht ertränkt«, erklärte sie und klopfte sich das Gras von der Leggins. Und bevor ich wusste, wie mir geschah, war sie davongegangen.

Mo sah ihr nach, und ich konnte beim besten Willen nicht sagen, was er dachte.

»Wie lange kennt ihr euch schon?«, fragte ich. Den Blick, mit dem er mich daraufhin musterte, konnte ich ebenfalls nicht deuten. »Lange«, sagte er nur und begann wieder mit dem Umgraben. »Sie hat vor mir hier angefangen. Durch sie bin ich drauf gekommen. Als sie mit Sina zusammenkam, hat sie sie auch hergebracht, und na ja, so läuft es meistens ... Eine etwas seltsame, große Familie.« Ich spürte, dass er nichts mehr dazu sagen wollte. Also stand ich auf und packte eine der Schippen, die am Beetrand lagen. »Das musst du nicht ...«, sagte er, aber ich winkte ab.

Eine Weile arbeiteten wir schweigend vor uns hin. Obwohl ich das Gefühl hatte, dass ihn etwas beschäftigte, spürte ich, wie meine eigene Laune immer besser wurde. Es duftete nach warmer Erde, um uns herum zwitscherten die Vögel in unfassbarer Lautstärke, und ich merkte, wie gut es mir tat, mich an der frischen Luft zu bewegen.

Das Gefühl von neulich, als ich an der Bar mit meinen Kollegen vorbeigelaufen war, schien in weiter Ferne. Es hatte mich mehr verletzt, als es sollte. Jemand anderes wäre vielleicht einfach hineingegangen und hätte sich dazugesetzt, wäre davon ausgegangen, dass die Runde sich spontan ergeben hatte. Aber das war eben das Ding. Ich war jemand, der in einer solchen Situation weglief, so schnell er konnte, und sich dann tagelang fragte, was er falsch gemacht hatte. Dabei wusste ich es ganz genau. Nichts. Ich hatte gar nichts falsch gemacht.

Plötzlich klingelte mein Handy in meiner Jeanstasche. »Sorry«, sagte ich in Mos Richtung und nahm ab.

»Maddie? Wo bist du?«

Es war Lore, die Choreographin. Verdutzt hielt ich inne und ließ vor Schreck die Schaufel fallen. »Heute probt doch das Ballett?«

»Aber ich hatte doch eure Probe für das Solo verlegt. Paula und Annika sind hier …« Sie ließ die Worte ausklingen, so dass ich genau hörte, was sie nicht sagte: Die beiden haben es mitgekriegt, warum du nicht?

Ich hatte den Atem angehalten.

»Scheiße, das wusste ich nicht!« Sofort hatte ich einen engen Hals. »Ich weiß nicht, wie das …«

Sie ließ mich nicht ausreden. »Egal, wie schnell kannst du hier sein?«

Verdattert sah ich auf meinen Arm und brauchte zwei Sekunden, bis mir klarwurde, dass ich gar keine Uhr anhatte. Stattdessen blickte ich jetzt auf mein Handy. »Das … also, ich bin am anderen Ende der Stadt, in Neukölln, und ich …«

»Okay, das hat keinen Sinn.« Wieder unterbrach sie mich. »Dann probe ich heute mit Paula und Annika, und du musst eben nachholen. Vielleicht können wir morgen eine Stunde länger machen.«

»Ja gut, ich …«, stotterte ich, aber sie war schon weg. Ich biss mir mit aller Kraft auf die Lippen. Mein Kinn zitterte.

»Was ist los?« Mo hatte natürlich alles mit angehört. Ich schüttelte den Kopf. »Gar nichts!« Obwohl sich meine Augen mit wütenden Tränen gefüllt hatten und sein Gesicht verschwamm, lächelte ich tapfer. »Nur eine Verwechslung, ich hätte heute eigentlich Probe gehabt.«

»Warum ist das so schlimm?« An seiner Stimme konnte ich hören, dass er meine Reaktion nicht verstand. »Ist es ja nicht!«, gab ich zurück, ziemlich fauchend, wenn ich ehrlich sein soll, und ich konnte beinahe sehen, wie er zurückzuckte. Wütend nahm ich den Spaten und rammte ihn ins Beet. Als er nicht hineinging, stampfte ich mit dem Fuß darauf, um ihn tiefer in die Erde zu befördern. Dabei rutschte mein Turnschuh ab. Ich schrie auf, als die scharfe Kante der Schippe an meinem Knöchel entlangschrammte. »Shit!« Fluchend hüpfte ich auf und ab. Es tat wirklich verdammt weh. Einen Moment sah ich kleine Lichtflecken vor meinen Augen tanzen. Dann kam der Schreck. »O Scheiße. Bitte nicht, bitte nichts Ernstes«, murmelte ich, hüpfte an den Rand des Beetes und ließ mich ins Gras fallen. Ich zog den Turnschuh aus und die Jeans nach oben.

Eine Fleischwunde war es nicht, aber eine ordentliche Schramme. An den Rändern war sie weiß, wo die aufgeschürfte Haut sich zusammengezogen hatte. Der Knöchel pochte.

»Auch das noch«, stöhnte ich.

»Zeig mal her.« Mo hatte sich vor mich gekniet, nahm vorsichtig meinen Fuß und besah sich die Verletzung.

Jetzt hat er schon zum zweiten Mal meinen Fuß in der Hand, dachte ich, und diese absurde Tatsache hätte mich fast zum Lachen gebracht – wenn ich mich nicht so elend gefühlt hätte.

»Das ist nicht so schlimm, wir desinfizieren es und binden vielleicht was drum, aber es ist nicht tief und …«

Mit seiner ruhigen Art machte er mich in diesem Moment fuchsteufelswild. »Es ist nicht nichts!«, rief ich und zog meinen Fuß weg. »Du verstehst das nicht, wenn ich mich verletze, kann ich nicht spielen. Dann ist alles vorbei, meine Karriere. Mein ganzes Leben.« Es war einer jener Momente, in denen man sich fühlt wie ein kleines Kind, dem im Sandkasten die Schippe weggenommen wurde. Total frustriert und emotional mit der Welt komplett überfordert. Ich war nicht mehr Maddie, ich war eine Dreijährige. Wahrscheinlich hätte ich jetzt einfach ein paar Kekse, 'ne Packung Capri-Sonne und ein Mittagsschläfchen gebraucht.

Er sah mich einfach nur an, und sogar ich in meinem Zustand merkte, dass meine Worte vielleicht etwas übertrieben waren ... angesichts der doch relativ kleinen Schramme. Ich tat fast so, als hätte ich mir das Bein abgehackt.

Einen Moment lang schwieg Mo, schien die Situation abzuwägen. »Doch, ich verstehe schon«, sagte er dann ernst. Er sah mich an, als hätte er einen wütenden Drachen vor sich sitzen, der ihm jeden Moment Feuer ins Gesicht spucken konnte. »Aber es ist wirklich nicht schlimm. Sie ist nicht tief.«

Sofort schämte ich mich.

»Scheiße, tut mir leid.« Erschöpft ließ ich mich nach hinten ins Gras fallen, mein Fuß immer noch auf seinem Knie. »Heute ist nicht mein Tag.«

»Was du nicht sagst?« Er grinste, das konnte ich hören. Dann spürte ich, wie er aufstand und meinen Fuß vorsichtig ins Gras legte. »Bleib hier liegen, ich hole was zum Verbinden.«

»Das klingt schrecklich melodramatisch«, murmelte ich, machte aber keine Anstalten, mich zu bewegen.

»Nach dem Auftritt eben würde ich sagen, das ist deine Spezialität!«

Ich packte meinen Turnschuh und warf ihn nach ihm. Er wich aus, lachte leise und rief: »Nicht bewegen, bis ich wiederkomme, sonst müssen wir vielleicht amputieren!«

»Was war denn eben eigentlich wirklich los?«

Eine Viertelstunde später war mein Knöchel, der schon vorher aufgehört hatte zu bluten, aber immer noch leise pochte, verbunden, wir saßen wieder in den Hängematten, und ich schämte mich schrecklich für meinen kleinen Zusammenbruch. Mo schien es mir aber nicht übel zu nehmen. Zusammen mit dem Verbandszeug hatte er auch zwei Wassereis mitgebracht, die wir jetzt lutschten – vielleicht hatte auch er den Gedanken mit der Unterzuckerung gehabt, dachte ich und schielte einen Moment zu ihm hinüber. Ich hatte Zitrone erwischt und genoss den sauren Geschmack auf der Zunge. Als er mir die Frage stellte, konnte ich sehen, dass er darauf gefasst war, erneut eine wütende Antwort zu kassieren. Dabei war das eigentlich gar nicht meine Art.

»Es ist …« Ich stockte. Wie sollte ich das alles erklären. »Ich habe mich über mich selbst geärgert«, sagte ich schließlich. »Warum habe ich nicht mitbekommen, dass heute eine Probe angesetzt ist?«

»Aber wenn es dir niemand gesagt hat, konntest du es ja auch nicht mitbekommen«, warf er ein.

»Die Pläne hängen aus, ich habe es einfach übersehen. Es ist ein beschissenes Gefühl, ich bin nicht der Typ, der eine Probe verschwitzt. Ich verschwitze nie irgendwas. Du kennst mich ja noch nicht so gut, aber Organisation ist mein zweiter Vorname. Das Gefühl, etwas zu vergessen oder nicht gut gemacht zu haben, ist für mich … nur schwer auszuhalten.«

Ich zog eine Grimasse. Das war stark untertrieben. Aber ich musste ihm ja nicht das ganze Ausmaß meiner dysfunktionalsten Eigenschaften auf einmal unter die Nase reiben. Ich atmete seufzend aus und biss in mein Eis.

»Wenn du so organisiert bist, ist es vielleicht wirklich einfach nicht deine Schuld, dass du es nicht mitbekommen hast?«, fragte Mo und fing mit der Hand einen Brocken Eis auf, der ihm vom Stiel geglitscht war. Kurzerhand legte er den Kopf in den Nacken und warf den Brocken in den Mund, dann schob er den Rest Eis hinterher, und als er den Stiel wieder rauszog, war er leer. Ertappt grinste er mich mit vollen Backen an. Eine Sekunde lang blitzte irgendwo wie eine Sternschnuppe der Gedanke auf, dass er nach Erdbeere schmecken würde, wenn ich ihn jetzt küsste.

Und verdammt, ich wollte ihn so gerne küssen!

»Ja, das ist schon möglich ...« Ich erzählte, was bei der Probe mit Annika passiert war. »Inzwischen bin ich mir gar nicht mehr sicher, ob sie das wirklich gesagt hat«, murmelte ich, mehr zu mir selber.

Mo schluckte sein Eis hinunter und bückte sich, um seinen Stiel ins Gras zu legen. Dann streckte er den Fuß aus und schubste meine Hängematte an, so dass sie sanft zu schaukeln begann. Ich lehnte mich zu ihm, fasste seine Hängematte und hielt sie einen Moment fest, so dass sie sich der Bewegung meiner Matte anpasste und ebenfalls zu schaukeln begann, ohne dass wir jedoch wieder aneinanderknallten.

»Ich hatte auch mal so einen Kollegen.« Mo schloss die Augen. »Vom ersten Tag an konnte er mich nicht ausstehen. Er hat mich genau beobachtet, alles in Frage gestellt, über die kleinsten Unsinnigkeiten diskutiert. Es hat mich wahnsinnig gemacht. Bis mir irgendwann klarwurde, wie unsicher er war.« Die Augen immer noch geschlossen, strich er im Schaukeln mit einer Hand über die Rinde des Apfelbaums.

Ich wusste, dass er als Betreuer in einer Wohngruppe arbeitete und dort auf Kinder aufpasste, die ihren leiblichen Eltern weggenommen worden waren. Ein harter Job, der emotional sicher viel von ihm forderte. Aber ich konnte mir niemand Besseren dafür vorstellen. »Annika ist nicht unsicher, falls du mir das damit sagen willst.« Ich schnaubte leise. »Sie ist wunderschön und unglaublich begabt, du solltest sie mal sehen.«

Er öffnete ein Auge, blinzelte gegen die Sonne und musterte mich. »Nur weil man begabt ist und gut aussieht, heißt das nicht, dass man selbstsicher ist. Genau das wollte ich eben sagen, mein Kollege hatte die besten Referenzen, einen Master in Erziehungswissenschaften, eine Zusatzausbildung als Therapeut. Aber er hatte noch keine Praxiserfahrung, die Kinder haben ihn unsicher gemacht. *Ich* habe ihn unsicher gemacht. Das habe ich allerdings erst gemerkt, als es irgendwann so richtig geknallt hat. Ich weiß nicht mehr, worüber wir uns gestritten haben, irgendwas Dämliches, wie immer. Du hättest uns mal hören sollen, wir haben uns angebrüllt wie Kleinkinder, und danach war es uns beiden wahnsinnig peinlich. Er hat mich als Entschuldigung auf ein Spätibier eingeladen. Aus einem Bier wurden sieben, und irgendwann hat er mir dann gestanden, dass er Angst vor den Kindern hat. Dass er sieht, wie sehr sie mich mögen und wie gut wir miteinander auskommen. Und dass er keine Ahnung hat, was er anstellen soll, damit es bei ihm auch so wird. Er hat nicht gesehen, dass ich schon seit Jahren dort arbeite und mir diese Beziehung mit ihnen hart erkämpft habe. Am Anfang habe ich auch jeden Tag daran gedacht zu kündigen. Kinder sind echt schwierig, ist man nicht streng genug, gerät alles außer Kontrolle, ist man zu streng, missbraucht man ihr Vertrauen. Er hat die Balance nie hinbekommen, obwohl er es wirklich wollte und obwohl er mit geschlossenen Augen den allerneuesten Stand sämtlicher Erziehungs- und Bindungstheorien rezitieren konnte.«

Er schwieg einen Moment, blinzelte und blickte in die Wolken. »Vor Elvis wusste ich nicht einmal, wie man ein Baby hält«, murmelte er. »Am Anfang war er wie ein Alien für mich. Ich hatte totale Angst, ihn kaputt zu machen oder ihm nicht genug zu geben. Aber irgendwann wird es leichter, irgendwann versteht man, wie sie ticken, was sie brauchen ... Mein Kollege stand sich selbst im Weg mit seiner Unsicherheit, ist oft laut geworden und ungeduldig. Nach ein paar Monaten hat er in den Notdienst gewechselt. Manchmal ist ein Job in der Theorie eben richtig, aber in der Praxis nicht. Oder manchmal versucht man vielleicht zu sehr, alles richtig zu machen ...«

Ich war mir nicht sicher, ob er mir damit etwas sagen wollte. Ein paar Sekunden lang betrachtete ich sein Gesicht, aber er hatte die Augen schon wieder geschlossen und lag ganz entspannt da, während die Schatten der Blätter Muster auf seine Haut malten.

Seufzend ließ ich mich in die Hängematte zurücksinken und schloss die Augen. Einer meiner nackten Zehen hing ins Gras, und ich stieß mich damit am Boden ab, um meine Matte in Schwung zu halten. »Vielleicht hast du recht. Ich sollte nicht zu viel hineininterpretieren. Eigentlich will ich hier sowieso nicht darüber nachdenken«, sagte ich. »Der Garten ist stressfreie Zone.«

»Ein sehr gutes Motto.« Wieder hörte ich das Lächeln in seinen Worten. »Zufälligerweise habe ich genau das gleiche.«

5

»Was macht ihr denn hier?« Schwungvoll warf ich Rainers Gartentörchen hinter mir zu. In den letzten Wochen hatte ich mehrfach bei ihm und Cordula vorbeigeschaut, und am Sonntag hatten wir sogar mit Jürgi und Marion von nebenan die Grillsaison eröffnet. So spießig und schrullig sie auch waren, ich fühlte mich auf seltsame Weise wohl bei ihnen in der Parzelle. Hier war alles vorhersehbar, alles hatte seine Ordnung, seinen Platz, nichts lief je aus der Bahn – und manchmal brauchte ich genau das.

Mit gerunzelter Stirn näherte ich mich Rainer und Jürgi, die in einer Ecke neben der Hecke auf dem Boden kauerten. Jürgen blickte durch ein Fernglas in Richtung Nachbarparzelle, Rainer hatte eine Zwille in der Hand. Und neben sich einen Teller voller akkurat gerollter Papierkügelchen.

»Um Himmels Willen, seid ihr verrückt?« Sofort ging ich neben Rainer in Deckung und spähte ebenfalls Richtung Hecke. »Ihr könnt doch den Pannecke nicht abschießen, da habt ihr doch direkt 'ne Klage am Hals!«

Rainer prustete. »Das ist zwar 'ne ausgezeichnete Idee, Madidda, aber den Pannecke haben wir heute nicht im Visier.« Er lachte, doch Jürgi blickte weiter mit ernster Miene und zwischen die Lippen geklemmter Zunge durch sein Fernglas. »Nee, auf die Brüder da oben ham wirs abgesehen.«

Rainer zeigte in eine Birke auf der Parzelle nebenan. Erst sah ich nichts, dann wurde mir klar, dass er den dicken schwarz-weißen Vogel meinte, der auf einem Ast saß und aufmerksam zu uns runterstarrte.

»Ihr schießt Vögel ab?« Entsetzt nahm ich Jürgi das Fernglas aus der Hand. »Aber die tun euch doch nichts.«

»Keine Vögel. Elstern!« Jürgi griff zur Zwille. »Und ob die was tun. Die wollen den Finken ans Leder. Und den Rotkehlchen. Ich hab 'ne Schwäche für Rotkehlchen. Diese dicken Bäuche. Und oben drüber die rote Schürze ... Einfach herzig. Und diese Biester da oben, die fressen die zum Frühstück. Außerdem hat letztes Jahr eine den Zwergspitz von der Marion angegriffen«, erklärte er, als er meinen fragenden Blick sah. »Pakko musste genäht werden! Mit fünf Stichen! Hat ihm fast das Ohr abgerissen.«

Ich schaute wieder durchs Fernrohr. Wenn ich es so betrachtete, sah die Elster in der Tat ziemlich bedrohlich aus. Ihre kleinen, harten Augen schienen sich direkt in mich hineinzubohren. Durch das Fernglas wirkte ihr Gesicht riesig, und ich war in diesem Moment mehr als froh, kein Zwergspitz zu sein. Aber das war wohl etwas, über das man generell froh sein konnte.

»Die nisten sich hier ein. Schauste, da. 'Ne richtige Festung ist das. Aber da haben sie sich mit den Falschen angelegt.« Jürgi hatte mein Fernglas mit der Hand ein Stück nach links geschoben. Die *Festung* war anscheinend eine Anhäufung von Stöcken, die in einer Astgabel hingen und bereits einen kleinen Kreis bildeten. »Schau dir das an. Die bauen da fast so was wie 'ne Kuppel obendrüber. Sind sauklug. Aber nicht klug genug.«

Ich hatte da noch so meine Zweifel.

In diesem Moment hopste eine weitere Elster ins Bild und stieß einen schrillen Ruf aus. »Oh, schau, es sind zwei«, flüsterte ich aufgeregt und stieß Rainer mit dem Ellbogen an.

»Und wenn die hier nisten, ham wir bald den ganzen Tag das Geschrei. Dann kriegen die Junge, und mir nichts, dir nichts hopst hier ein halber Kindergarten rum. Und sie verjagen uns die Tauben. Dabei wach ich so gerne von dem Gegurre auf.«

»Schöööň aufgepasst jetzt!« Jürgi hatte mit verbissener Miene zwei Kugeln genommen und spannte die Zwille. Die Zunge zwischen die Mundwinkel geklemmt, wirkte er äußerst konzentriert. Doch bevor er schießen konnte, quietschte das Gartentörchen. Ein älterer Mann mit Schirmmütze und Cordhosen kam auf uns zu.

»So Jungs, jetzt macht mal Platz mit eurer Spielzeugzwille!« Ächzend ging er neben mir in die Knie. »Damit könnt ihr vielleicht meiner Oma Angst machen, aber gegen die Elstern kommt ihr damit nicht an. Die lachen euch nur aus und kacken euch dann die Terrasse voll.«

»Pannecke, halt du dich da raus«, brummte Jürgen.

»Ja, das geht dich 'n Scheißdreck an«, pflichtete Rainer ihm halbherzig bei.

»Und ob mich das was angeht. Wenn ihr denen nicht genug einheizt, ziehen die einfach ein Stückchen weiter und ich hab das Geschrei bei mir. Ihr seid doch viel zu blöd, um so was ordentlich durchzuziehen. Die müssen wir aus dem Revier vertreiben, nicht nur aus eurem Garten. Und damit ist es eine Gemeinschaftsangelegenheit.« Plötzlich drehte er sich zu mir, lächelte warm und reichte mir die Hand.

»Günter Pannecke. Sehr erfreut. Mit wem habe ich das Vergnügen?«

Vollkommen verblüfft von seinem veränderten Ton, brauchte ich etwa fünf Sekunden, bis ich verstand, dass ich ihm die Hand reichen sollte. »Äh. Gleichfalls. Madita. Madita Wunderlich«, stotterte ich, und sein Lächeln wurde noch ein wenig wärmer.

»Was für ein reizender Name.«

»Pannecke, jetzt spiel hier nicht den Schleimbeutel. Die Madita ist längst vorgewarnt, was du für einer bist. Nu zeig sie uns halt«, sagte Jürgen.

»Schht!« Rügend hielt Pannecke sich einen Finger vor den Mund. Ich sah zum Baum hoch, aber die Elstern waren von uns vollkommen unbeeindruckt. Fast hatte ich den Eindruck, dass sie sich amüsierten.

Unter seinem Pullunder zauberte Pannecke nun eine Pappschachtel hervor. Als er sie öffnete, stieß ich einen erschrockenen Laut aus. »O mein Gott!«

Jürgi fasste mich beruhigend am Arm. »Keine Sorge. Ist 'ne Erbsenpistole.«

Pannecke nickte stolz, als er die Waffe aus der Packung nahm. »Sieht täuschend echt aus, was? Heckler und Koch, das neueste Modell. Airsoft.«

»Airwas?« Ich hatte Gänsehaut.

»Ist ein Spielzeug. Man schießt mit Kügelchen. Erbsen sozusagen. Macht dir nur 'nen blauen Fleck«, erklärte Rainer, der neidisch auf die Waffe schielte und dann einen Blick auf seine Zwille warf.

»Machen Sie sich keine Gedanken, ich bin ein sehr geübter Schütze und mir der Verantwortung bewusst, die der

Besitz einer Waffe mit sich bringt«, erklärte Pannecke mit geschwellter Brust. »Sie sind bei mir an sicherer Adresse!«

»Nu markier hier mal nicht den Dicken, du bist schließlich kein Großwildjäger, die Dinger kann man einfach bei Amazon kaufen«, brummte Jürgen. »Und sogar Vierzehnjährige dürfen sie benutzen.«

»Sollten sie aber nicht«, gab Pannecke ungerührt zurück. »Damit kann man ganz leicht ein Auge ausschießen. Es braucht jemanden mit Reife und Erfahrung, um mit einer solchen Waffe verantwortungsvoll umzugehen. Jemanden wie mich.«

Er wirkte sehr überzeugt. Mir war trotzdem ganz und gar nicht wohl dabei, als er mit seinen altersfleckigen, leicht zitternden Händen die Pistole hochnahm. Sie sah wirklich täuschend echt aus. Aber ich hoffte einfach mal, dass sie schon nicht so blöd sein würden, hier mit scharfer Munition rumzuballern.

Neukölln hin oder her.

»So, schaun Sie, Fräulein Wunderlich.« Pannecke lag jetzt neben mir auf dem Boden und zeigte mir die Pistole. »Sie wird manuell gespannt, ist etwas straff, da muss man schon ordentlich Armschmalz reinbuttern.« Er zwinkerte mir zu und spannte die Muskeln an, um seine Worte zu untermalen. »Aber man muss auch aufpassen, in der Hitze des Gefechts ist der Federspanner ruck, zuck kaputt. Da heißt es Selbstbeherrschung aufbringen. Und äußerste Konzentration.«

»*In der Hitze des Gefechts*. Du redest daher, als kämst du grad von der Front, Pannecke. Erzähl dem Fräulein Wunderlich hier doch direkt dazu, dass du in deinem Garten Dosen abballerst und sonst nüscht«, echauffierte sich Jürgen, der inzwischen wieder die Elstern ins Visier genommen hatte.

»Man muss nun mal für den Ernstfall gerüstet sein«, knurrte Pannecke zurück. »Woran soll ich denn sonst üben, an den Nachbarn?«

»Das wäre jetzt hier der Ernstfall. Also hör auf zu schnattern und zeig uns, was du auf dem Kasten hast.«

»Ja doch, ja doch, immer sachte mit den jungen Pferden. Sie ist noch ganz neu, vor der Erstbenutzung muss ich sie noch ölen.« Pannecke zauberte eine kleine Flasche Silikon-Waffenöl aus dem Pullunder, und ich fragte mich, was er da noch so alles drunter versteckt hatte. Ächzend zog er sich aus seiner liegenden Position wieder auf die Knie. »Dein Rasen ist viel zu nass, da krieg ich ja sofort Rheuma«, blaffte er Rainer an. »Hol mir mal ein Kissen von der Gartenliege.«

»Hol's dir selber«, murrte Rainer zurück.

Ich sprang auf, lief zur Terrasse und holte vier von den karierten Auflagen. Sonst würde das hier noch Jahre dauern, bei dem Rentnertempo, das die drei vorlegten, dachte ich und winkte Cordula zu, die am Küchenfenster stand und uns beobachtete, während sie Gemüse schnippelte und dabei rauchte. »Ich bring euch gleich ein paar Schnittchen«, rief sie, und ich lächelte dankbar. Mein Magen knurrte ein bisschen.

Als wir wie die Orgelpfeifen auf den Polstern lagen, erklärte Pannecke mir jeden einzelnen Schritt. Die Elstern hüpften weiter in der Birke umher und bauten an ihrer Festung. Bis wir hier fertig waren, hatten sie da oben wahrscheinlich 'ne Hochsicherheitsanlange gebastelt, an der unsere Erbsen einfach abprallten. Ab und an stießen sie kehlige Laute aus. Ich war mir mittlerweile sicher, dass sie über uns lachten.

Oder sich zumindest ziemlich wunderten.

Während Pannecke das überschüssige Öl sorgfältig mit einem Tuch abwischte, das er ebenfalls im Pullunder hatte, und Rainer und Jürgen sich augenrollend Blicke zuwarfen, brachte Cordula uns ein Brettchen mit Schnittchen, das sie vor uns ins Gras stellte. »Schmierwurst war aus. Passt mir auf meine Geranien auf«, mahnte sie drohend, und alle drei versicherten ihr hoch und heilig, dass die Geranien nicht in Gefahr waren. Das hoffte ich auch, denn sie befanden sich etwa zehn Meter hinter uns.

»Hier sind die Kugeln. Bio, versteht sich.« Pannecke zauberte eine Dose mit weißen Kügelchen aus dem Pullunder. »Und jetzt spannen wir ein.«

»Der Schuss muss sitzen, Pannecke. Sonst liegen wir morgen noch hier«, knurrte Jürgen. »Man kann immer nur einmal abfeuern, bevor man nachladen muss«, erklärte er, an mich gewandt. »Wenn er nicht trifft, sind die Elstern weg, und wir müssen warten, bis sie wiederkommen.«

»Nu drängel mich nicht«, ranzte Pannecke zurück.

Er gab eine von den kleinen weißen Erbsenkugeln in den Schacht und spannte mit konzentrierter Miene.

»Aber wenn wir davon blaue Flecke kriegen, ist das für so ein kleines Tier dann nicht ziemlich gefährlich?«, fragte ich.

»Nicht aus dieser Entfernung. Aber wir wollen sie ja gar nicht treffen, sondern ihnen nur gehörig was um die Ohren pusten!«

»Ah, ok.« Ich war erleichtert, dass sie die Vögel nicht wirklich abschießen wollten, die weißen Bäuche sahen mir doch ziemlich empfindlich aus. Ganz geheuer war mir die Sache trotzdem nicht. »Ist das denn eigentlich erlaubt?«, fragte ich, einer plötzlichen Eingebung folgend.

Allgemeines Geschnaube war die Antwort.

»Wenn wir uns immer um das scheren würden, was erlaubt ist, wären wir jetzt nicht hier«, brummte Jürgen.

»Selbst ist der Mann.«

»Jawoll.«

»Weißt du, Madita, man muss sich seine Regeln manchmal selber machen.«

»Ja, diese Gesetze sind ja eher Richtlinien. Was wir hier mit unseren Elstern machen, geht die da oben nun auch wirklich nüscht an.«

Langsam wurde mir das hier ein bisschen zu viel toxische Rentnermännlichkeit. Und davon, dass Mansplaining heutzutage nun wirklich gar nicht mehr angesagt war, hatten die drei anscheinend auch noch nichts gehört. Ich nahm mir ein Käseschnittchen und beschloss, nach dem ersten Schuss die Fliege zu machen.

»So, und jetzt Achtung!«, zischte Pannecke.

Wir alle pressten uns flach auf das Karomuster, und ich beobachtete kauend, wie er die Brille auf die Stirn schob und eine der Elstern ins Visier nahm.

Der Vogel saß still auf dem Ast und wirkte fast so, als wüsste er genau, was gerade passierte.

Dann drückte Pannecke ab.

Ich zuckte zusammen. Die Elstern hingegen zuckten nicht. Sie blieben einfach sitzen. Stattdessen kam ein lautes Scheppern aus der Parzelle nebenan.

»Sauber, Pannecke. Sauber. Nur etwa zehn Meter verfehlt!« Jürgen wirkte gleichzeitig sauer und äußert zufrieden.

Pannecke winkte ab. »Sie zieht ein bisschen nach links. Muss mich erst einschießen!«

»Vielleicht übst du lieber noch mit deinen Dosen.«

»Glaubst du, du bist mit deiner Zwille besser dran?«

»Und ob ich das glaube!«

»Schön, dann zeig's uns doch.«

»Kannste haben.«

Jürgi nahm zwei Papierkugeln, spannte sie in die Zwille und schoss. Sie schwirrten beide an der Elster vorbei – allerdings so nahe, dass sie tatsächlich aufflog. Auf mich wirkte sie trotzdem relativ unbeeindruckt, aber Jürgi machte eine Siegerfaust. »Ha!«, brüllte er.

»Nix ha. Die lacht sich doch scheckig. In zwei Minuten ist die wieder da. Und die andere hat sich nicht mal bewegt.« Pannecke hatte sich hingehockt und die Arme vor der Brust verschränkt.

»Du kannst doch bloß nicht verlieren.«

»Was ich nicht kann, ist hier weiter meine Zeit zu verschwenden. Ruft mich, wenn sie wiederkommt. Und sie wird wiederkommen. Wenn wir Pech haben mit Verstärkung. Diese lächerliche Babyzwille wird daran nichts ändern. Wenn ihr das eingesehen habt, wisst ihr ja, wo ihr mich findet!«

Er erhob sich ächzend, stopfte seine Pistole, das Öl und das Tuch unter den Pullunder, wünschte mir galant einen schönen Tag und stiefelte davon.

»Um fünf feuere ich den Grill an!«, brüllte Rainer hinter ihm her. Pannecke machte eine Geste mit der Hand, die besagte, dass er das wusste.

»Er kommt zum Grillen? Ich dachte, ihr könnt euch nicht leiden«, rief ich erstaunt.

Jürgi winkte ab. »Im Kriech gelten eigene Gesetze. Außerdem macht der Pannecke die beste Marinade.«

*

Als ich zwanzig Minuten später die Tür des Küchenwagens in der Grünen Freiheit öffnete, stand eine gutgelaunte Hanni am Tresen. Sie machte Haferkekse, und im Hintergrund lief ein Krimihörbuch. Ich schrieb mich auf die Liste fürs Mittagessen, und während der Ofen vorheizte, tranken wir einen Espresso und ich fand heraus, dass sie genauso gerne strickte wie ich.

»Irgendwie hat es einfach was Beruhigendes, nicht?« Sie kippte ihren Espresso in einem Zug und schenkte sich sogleich nach. »Dieses Geklapper und Gezähle!«

Ich nickte begeistert. »Das ist sogar wissenschaftlich erwiesen! Es senkt den Puls um bis zu elf Schläge die Minute. Und bei Schlaflosigkeit soll es auch helfen.« Solche unnützen Infos hatte ich mir schon immer merken können. Wenn es um Dinge ging, die keiner brauchte, war ich ein wandelndes Lexikon.

»Tatsächlich? Na, das käme mir nicht ungelegen.« Ihre Mundwinkel zuckten, und ich biss mir auf die Zunge. Sie wirkte so unbeschwert und gesund, hatte eine so sonnige Art, dass ich ihre Krankheit für einen Moment ganz vergessen hatte.

»Ist es schlimm gerade?«, fragte ich vorsichtig. Jetzt, da ich genauer hinsah, bemerkte ich die dunklen Ringe unter ihren Augen und die Sorgenfalten auf der Stirn.

Sie nickte, dann schüttelte sie den Kopf. »Mal so, mal so. Das Schlimmste ist, dass dich jeder nur noch als Kranke sieht. Manchmal denke ich, ich hätte es hier gar nicht erzählen sollen. Jetzt schauen mich alle immer so mitleidsvoll an und senken die Stimme, wenn sie mit mir sprechen.«

»Tut mir leid.« Ertappt zog ich eine Grimasse.

»Nein, das meine ich so nicht.« Sie strich mir beruhigend über den Arm. »Es ist ja auch schön, wenn sich jemand um einen sorgt. Aber es definiert einen. Ich bin plötzlich nicht mehr Hanni, sondern Hanni, die Patientin. Immer schlepp ich den scheiß Krebs mit mir rum. Immer die Kranke, nie mehr einfach nur ich. Die Krankheit überlagert alles, jeden Aspekt deines Lebens. Jetzt stricke ich sogar Socken, weil ich immer so friere, dabei hasse ich Sockenstricken, die vielen Nadeln, die nervige Ferse …« Wir lächelten uns an. Auch ich konnte Sockenstricken nicht leiden, es war einfach zu viel Gefummel. »Und du hast ja gesehen, wie es Elvis damit geht. Der Junge hat schon genug durchgemacht, da muss er sich nicht auch noch um mich sorgen.«

»Durchgemacht?« Ich wurde hellhörig.

»Die Trennung war wirklich nicht einfach für ihn. Für niemanden, natürlich. Aber die Kinder leiden doch immer am meisten. Und er ist so ein sensibler Junge. Einfach irgendwie was ganz Besonderes, findest du nicht auch?«

»Elvis ist der Beste. Ich habe noch nie einen Jungen in seinem Alter erlebt, der so aufgeweckt und feinfühlig ist.« Doch eigentlich hatte mich der andere Teil ihres Satzes weit mehr interessiert. »Ich wusste gar nicht, dass seine Eltern getrennt sind …«, fügte ich vorsichtig hinzu, und sie sah mich einen Moment aufmerksam an, als würde sie diese Information überraschen.

»Seit fast einem Jahr jetzt, würde ich sagen. Die beiden teilen sich natürlich das Sorgerecht. Mo hat sich immer noch nicht richtig erholt, ich … Oh, die Kekse müssen rein!« Sie stand so abrupt vom Tisch auf, dass ich zusammenzuckte. In diesem Moment öffnete sich die Tür, und Lila kam herein. Sie lächelte, als sie mich sah, und ihre Nase kräuselte sich. Heute trug sie die Haare offen und zur Seite gekämmt, so dass man den Undercut sehen konnte. Riesige silberne Ohrringe baumelten ihr von den Ohren, und ihre abgewetzten Fingernägel waren jeder in einer anderen Farbe lackiert. »Ah, mein Li-la-liebling!« Hannis Augen strahlten, sie küsste Lila auf die Stirn, und Lila umarmte sie als Antwort. Es erstaunte mich immer wieder, wie herzlich die Menschen hier miteinander umgingen. Ob das am Garten lag? Oder ob der Garten solche Menschen besonders anzog?

»Finger weg!«, rief Hanni, als Lila sich, über ihre Schulter hinweg, einen ungebackenen Keks vom Blech stahl, und schwang drohend einen Kochlöffel. Gleichzeitig grinsend und kauend flüchtete Lila zu mir an den Tisch und reichte mir eine Hälfte. »Jeder weiß doch, dass Kekse ungebacken immer besser schmecken«, erklärte sie mit vollem Mund.

»Richtig. Und noch besser mit Kaffee«, stimmte ich zu und schenkte ihr eine Tasse ein.

»Wie geht es dir?«, fragte ich und kam mir schon wieder so unbeholfen vor. Lila hatte so einen natürlichen Umgang mit allen Menschen, alles, was sie sagte, erschien mir richtig.

»Kann nicht klagen.« Sie schielte erneut in Richtung Blech, aber Hanni wedelte mit dem Topflappen. »Denk nicht mal dran.«

Lila seufzte theatralisch, dann sah sie mich an. »Und du? Wie ist das so, ein ganz neues Leben anzufangen?« Sie legte leicht den Kopf schief, und ich wusste instinktiv, dass sie nicht einfach irgendetwas anderes plappern würde, wenn ich mir mit der Antwort Zeit ließ. Sie würde einfach warten, bis ich so weit war.

Wenig später hatten wir uns einen Tee aus den Blüten und Kräutern gemacht, die getrocknet in großen Gläsern in der Küche standen, und saßen unter den Apfelbäumen auf alten Holzstühlen. Lila wollte mehr über das Theater wissen, und angestachelt von ihrer Neugierde war ich ins Schwärmen geraten. Während ich sprach, merkte ich, wie meine Begeisterung für meinen Beruf wieder in mir zu brodeln begann.

»Es ist wie Magie, zwischen den Darstellern auf der Bühne und den Menschen im Publikum passiert etwas. Ich kann es nicht beschreiben, aber wenn man den steinigen Weg geschafft hat, ist es einfach etwas durch und durch Schönes. Es hat einzig den Zweck, den Menschen eine Freude zu machen, sie alles um sich her vergessen zu lassen. Wenn du am Ende dastehst, durchgeschwitzt und voller Adrenalin, und dich der tosende Beifall umhüllt ... Ich kann dir nicht beschreiben, wie sich das anfühlt. Aber es macht süchtig.«

Lila hatte mir die ganze Zeit mit leicht gerunzelter Stirn gelauscht. Jetzt nickte sie. »Das glaube ich. So was können nicht viele Menschen erleben.«

»Ich liebe es, ein Teil davon zu sein. Aber der Kontrast zwischen dem, was man sieht, und dem, was dahintersteckt, könnte gar nicht größer sein.«

»Wie meinst du das?«

»Na ja. Alles, was auf der Bühne leicht aussieht, ist harte

Arbeit. Unglaublich hart. Und viele finden es ernüchternd, wenn erst mal die Spielzeit beginnt. Man muss jeden Tag das Gleiche machen, eigentlich nur funktionieren. Wie eine Marionette, jeden Aspekt deines Ichs ausblenden für die Kunstfigur, die du auf der Bühne bist.«

Lila drehte ihre Tasse in den Händen hin und her. Jetzt zündete sie sich eine Zigarette an, was mich ein bisschen überraschte, und legte die Füße auf die Armlehne meines Stuhls. Als sie mir auch eine anbot, schüttelte ich den Kopf. »Wir dürfen nicht rauchen. Und eigentlich darf ich natürlich auch nicht trinken – aber daran hält sich niemand.«

Wir grinsten uns an.

»Ist auch nur ein altes Laster von mir«, sagte sie. »Ab und an gönn ich mir eine. Und was ist mit dir?«, fragte sie dann und blies langsam Rauch durch die Nase. »Geht es dir auch so? Dass es für dich nur ein Funktionieren ist?«

»Nein!« Ich schüttelte den Kopf und blickte in den Apfelbaum hinauf. Der Himmel hatte sich zugezogen, es sah nach Regen aus, und gegen die dunklen Wolken wirkten die Blüten noch weißer und reiner als sonst. Es war eine seltsame Mischung, der Zigarettenrauch und der Frühlingsduft. Aber sie hatte etwas Verführerisches. »Nein, ich liebe es«, sagte ich leise. »Ich genieße es jedes einzelne Mal. Dieses Gefühl, jemand anderes sein zu können, jemand, dessen Rolle genau vorgegeben ist. Es gibt mir irgendwie ... Sicherheit.« Plötzlich hatte ich das Gefühl, zu viel gesagt zu haben. »Aber natürlich war ich auch noch nie bei einer so großen Produktion dabei, die so lange läuft – wenn ich erst mal zwei Monate gespielt habe, rede ich vielleicht ganz anders.« Ich lachte, um meine Unsicherheit zu übertönen, aber Lilas Augen schienen durch alle Show hindurch direkt in mich hineinzublicken. »Sicherheit?«, fragte sie leise.

Sie hatte sich nicht ablenken lassen.

Bevor ich antwortete, zögerte ich einen Moment. »Ich weiß, wer mich privat kennt, würde erst mal nicht vermuten, dass ich Musicaldarstellerin bin. Man erwartet eine laute, extravagante Person, die gerne im Mittelpunkt steht. Aber bei mir ist es genau andersrum: Ich liebe es gerade, dass ich in meinem Job nicht im Mittelpunkt stehe.« Ich sah, dass sie nicht verstand, und sprach rasch weiter. »Es klingt vielleicht seltsam, aber auf der Bühne verwandele ich mich. Ich kann mich selbst abstreifen und die Persönlichkeit der Figur annehmen, die ich verkörpere. In diesen Momenten fühle ich mich ... frei. Von Maddie.« Das klang viel pathetischer, als ich es gemeint hatte, und ich zog eine kleine Grimasse, um meinen Worten die Ernsthaftigkeit zu nehmen.

Einem Impuls folgend nahm ich Lila die Zigarette aus der Hand. Ein Zug würde meine Stimme schon nicht gleich killen. Und das Gespräch wühlte mich auf, es brachte etwas ganz tief in mir zum Schwingen, das ich lieber ruhig gehalten hätte. Natürlich hustete ich sofort und gab sie ihr mit tränenden Augen zurück. »Weil sie mich manchmal nervt«, sagte ich dann und wedelte den Rauch beiseite. »Sie ist oft so unsicher und braucht alles perfekt organisiert, sonst dreht sie durch. Das ist anstrengend.« Ich lachte hilflos. Um Lilas nächster Frage zuvorzukommen, sagte ich schnell: »Und du?« Ich wusste noch so wenig über sie, außer, dass sie Wildblumen liebte. Und torffreie Erde. »Bist du eigentlich mit Sina zusammen? Und was machst du beruflich?«

Sie lächelte als Zeichen, dass sie genau verstand und sich

auf das Ablenkungsmanöver einlassen würde. »Sina? Ja, schon …«, sagte sie und machte eine Geste mit der Hand, die bedeutete, dass es sich nicht lohnte, weiter darüber zu sprechen. »Wir definieren es nicht so genau, es ist eher was Offenes. Und ich bin Familientherapeutin.«

Ich lachte laut auf. »Okay, das erklärt alles.«

»Was?« Sie schaute verdutzt und drückte ihre Zigarette an ihrer Schuhsohle aus. Dann legte sie sie sorgsam neben sich auf die Stuhllehne. »Was erklärt es?«, fragte sie dann. »Sag mir nicht, dass ich wie eine typische Therapeutin aussehe! Die tragen immer Brillenbänder und Seidenschals.«

»Nein, aber es erklärt, warum du so gut zuhören kannst. Und warum du Fragen stellst, die ein unschuldiges Gespräch über meine Arbeit innerhalb von zwei Minuten zu einer Analyse der Abgründe meiner dunkelsten Seelenkammern werden lassen.«

Jetzt grinste sie, ein wenig stolz. »Ja, das ist ein bisschen meine Spezialität«, gab sie zu. »Aber ich kann dir versichern, es kommt nicht immer so gut an!«

Das wiederum konnte ich mir vorstellen.

»Man könnte sogar sagen, es war einer der Gründe, warum meine letzte Beziehung kaputtgegangen ist.« Plötzlich lachte sie nicht mehr, sondern kratzte mit nachdenklichem Blick an dem Moos herum, das an der Armlehne des Stuhls wuchs.

»Das war sicher nicht der Grund«, erwiderte ich.

Sie lächelte, aber es wirkte nicht fröhlich. »Leider schon. Nicht nur, natürlich. Alles immer analysieren und verstehen zu wollen ist Gift für die Liebe.«

Wir sprachen noch eine ganze Weile. Ich erzählte Lila von meinen Listen, meinen Strickpullis, und von meiner Angst, im riesigen, anonymen Berlin niemals anzukommen. Und vielleicht wieder wegzumüssen, genau dann, wenn ich doch endlich angekommen wäre. Denn das war nun mal die Karriere, die ich mir ausgesucht hatte, in dem Job, den ich liebte. Klar hatte ich die Option, mich nur im Umland zu bewerben, aber die großen Produktionen waren in den Städten. Und ich wollte nur das ganz Große.

Lila erzählte mir von ihrer Arbeit, davon, was sie mit dem Garten noch alles plante, von ihrer Angst, dass Hanni die Chemo zu sehr zusetzte. Plötzlich sah ich im Augenwinkel einen kleinen hellen Fleck auf uns zukommen, und als ich mich umdrehte, kam Inge über die Wiese gestakst. Sie bemerkte mich im selben Moment wie ich sie, hielt überrascht inne und peste dann los. Aus Reflex zog ich die Füße hoch, als sie auf mich zuflitzte und zwanzig Zentimeter vor mir zum Stehen kam. Sie gackerte leise, ihr Hals ruckte auf und ab.

»Wie hast du nur dieses Huhn so verzaubert?« Lila zog Inge auf ihren Schoß. »Sie ist ja immer anhänglich, aber an dir hat sie irgendwie einen Narren gefressen.«

»Dattelriegel«, grinste ich vielsagend.

»Kennst du eigentlich Hinnert inzwischen?« Lila stand auf und klemmte sich Inge unter den Arm.

»Nein«, überrascht erhob auch ich mich. »Ich habe ihn immer verpasst.«

»Er ist auch meistens beim Stall und isst nur selten mit. Komm, ich stelle ihn dir vor.«

Hinnert war ein riesiger, bäriger Mann, mit noch riesigeren schwarzen Augenbrauen, der so aussah, als könnte er ein Huhn mit der bloßen Hand zerquetschen. Oder auch zwei.

Lila führte mich zum Stall, der ebenfalls ein kleiner alter Bauwagen war, allerdings ohne Räder. Sie stellte mich vor und reichte ihm Inge, die er sich auf die Schulter setzte wie einen Papagei. Liebevoll zuppelte sie an seinem Bart herum. Statt eines Huhns zerquetschte Hinnert mir zu Begrüßung überschwänglich die Hand und bot mir dann sofort ein Kräuterbonbon an. »Magendratzerl?« Auffordernd lächelnd hielt er mir die Tüte hin, und ich konnte nicht anders, als eins zu nehmen, auch wenn mir von der Zigarette eben noch ein bisschen schwummrig war.

»Du bist aus Bayern? Ist eigentlich irgendwer aus diesem Garten aus Berlin?«, fragte ich, während ich das Papierchen aufwickelte.

Er lachte. »Ja mei, in Berlin ist doch niemand wirklich aus Berlin. Des macht die Stadt doch aus. Echte Berliner sind eine Rarität geworden. So wie unsere Gabi. Wie geht's der eigentlich?«

»O ja, der Gabi geht's gut! Die hat richtig Quality Time«, erklärte ich, während ich versuchte, das klebrige Bonbon, das sich sofort in meinen Backenzähnen verhakt hatte, mit zwei Fingern aus meinem Mund zu pulen. Ich hatte am Vortag mit ihr telefoniert, und tatsächlich wirkte sie ganz munter. Ihre Schwester besaß anscheinend einen kleinen Garten, und Gabi verbrachte ihre Tage damit, auf einer Sonnenliege rumzugammeln und mit einem Eiskaffee in der Hand die Qualität von Hermines Geranien zu bemängeln.

»Sauber, des hat sie sich fei verdient«, brummte Hinnert,

als ich ihm das erzählte, und schmatzte ebenfalls auf seinem Bonbon herum. »Magst du mir a bisserl mit den Hühnern helfen?«

Obwohl ich darauf wirklich ganz und gar nicht scharf war, konnte ich nicht ablehnen. Lila hatte sich inzwischen mit der Begründung, nach Sina sehen zu wollen, verkrümelt, und so folgte ich Hinnert zögerlich ins Innere des Bauwagens.

Drinnen war es dunkel und roch nach Huhn. Die eine Hälfte diente als Stall, in der anderen waren Gerätschaften und Futter untergebracht. Auf den Stangen und in den kleinen Nestkuhlen saßen Hühner verschiedenster Art und Größe. Ich staunte darüber, wie vollkommen unterschiedlich sie aussahen. Einige wirkten direkt exotisch. »Ja, hier san alle willkommen. Wir machen keine Rassenunterschiede. Und wir sortieren auch nicht nach Farbe oder Größe. Sind ja alle gerettet, die Viecherl. Und mir ist's wurscht, wie die ausschaun. Hauptsache, es gackert, wenn du verstehst, was ich meine.« Er zwinkerte, und ich beschloss, dass ich Hinnert mochte.

»So, da schau her. Ich mache gerade die Tränkerl sauber, dass es nicht modert daherinnen.« Sein Tonfall verriet, dass er das für eine unheimlich spannende Aufgabe hielt. »Da mischen wir jetzt noch a bisserl Schlämmkreide unters Wasser.«

»Bringt das Calcium? Für die Knochen?«, fragte ich und hoffte einfach mal, dass ich damit nicht vollkommen danebenlag. Von Hühnern hatte ich nun wirklich absolut null Ahnung. Außer, dass sie gut zu Bratkartoffeln schmeckten.

Hinnert hob den Kopf. »Ganz richtig.« Er musterte mich mit einem Mal aufmerksam, als sähe er mich mit anderen Augen. »Ich seh schon, du verstehst. Hat man selten, diese

Sensibilität. Sehr selten. Den meisten Leuten sind sie vollkommen schnurz. Die wollen nur ihr Spiegelei und gut ist.«

»Äh …« Ich setzte dazu an, ihm zu erklären, dass ich von Hühnern keine Ahnung hatte und Broiler mein zweites Lieblingsessen nach Currywurst war. Aber er sprach schon weiter, und etwas in mir fand, dass es vielleicht auch besser wäre, diese Information erst mal für mich zu behalten.

»Die Inge vertraut dir, das hab ich sofort gesehen.« Seine Augen leuchteten, er blickte zwischen mir und Inge, die jetzt auf dem Boden zwischen uns saß, hin und her, als beobachtete er ein ganz besonders rührendes Schauspiel.

Überrascht sah ich auf Inge hinunter. Sie funkelte mich herausfordernd an und wackelte mit dem Schnabel.

Ich dachte, dass ich vielleicht auch die Sache mit dem Dattelriegel und Rainers Grill erst mal nicht erwähnen sollte.

»Sie spüren das, wenn da jemand ist, der ihnen nichts Böses will. Versteht, was sie brauchen. Du bist ein Hühnermensch, das sehe ich sofort.«

Als Hühnermenschen hatte ich mich bisher tatsächlich noch nie gesehen. Und ich wusste auch nicht so ganz, was ich von diesem Titel halten sollte. Andererseits konnte man nicht leugnen, dass Inge mir auf Schritt und Tritt folgte. Auch wenn ich mir noch nicht wirklich sicher war, ob sie mich mochte oder auf eine Gelegenheit wartete, mir die Augen auszupicken.

Hinnert erklärte mir, wie viel ich von dem Calciumpulver in die Futtereimer und die kleinen Tränken mischen sollte. »Wenn ich mal nicht da bin und du das alleine machst und unsicher bist wegen der Dosierung, kannst ihnen auch einfach mal eine Brausetablette aus dem Drogeriemarkt ins Wasser werfen. Gibt's beim Rossmann. Da hinten hab ich einen ganzen Stapel liegen. Nimmst dir einfach, was du brauchst.«

Anscheinend war ich gerade, ohne es zu merken, zur offiziellen Hühneraushilfe befördert geworden. Genau wie bei meinem Titel war ich mir auch hier noch nicht so ganz sicher, wie mir dieser neue Posten gefiel. Plötzlich stupste Hinnert mich mit dem Ellbogen an.

»Schau, da hinten, die Sissy! Die legt gerade«, flüsterte er und deutete mit leuchtenden Augen in die Ecke des Bauwagens. »Du kannst schon hingehen. Aber nicht stressen. Es ist ihr allererstes. Sie weiß noch nicht, wie des geht.«

Obwohl es hier drin wirklich ziemlich stank und ich eigentlich lieber wieder nach draußen gegangen wäre, fühlte ich mich genötigt nachzuschauen. Ich öffnete die Tür im Draht, die den Hühnerbereich vom Futter trennte, kletterte in den Stall und tippelte auf Zehenspitzen auf Sissy zu, die in einer dunklen Ecke auf einem kleinen Korb saß. Vorsichtig kniete ich mich vor sie hin und war erstaunt, wie leise sie gackerte. Beinahe war es nur ein Zirpen.

»Hallo, Sissy. Ich tu dir nichts«, beschwichtigte ich und bemühte mich, meiner Stimme einen beruhigenden Klang zu geben. »Du machst das ganz toll. Trau dich, einfach pressen, das Ei nimmt dir hier keiner weg.« Beinahe konnte ich spüren, wie Hinnert in meinem Rücken wohlwollend nickte. Plötzlich pikte mich etwas schmerzhaft in den Oberschenkel.

»Hey!« Ich sprang auf und rieb mir das Bein. »Was soll das?«

Inge sah vorwurfsvoll zu mir hinauf.

Hinnert lachte, krabbelte ebenfalls zu uns herein, nahm Inge hoch und warf sie dann sanft aus der geöffneten Tür, so dass sie einen kleinen Bogen flog und dann laut meckernd auf dem Rasen landete. »Sie ist eifersüchtig«, erklärte er, als wäre es das Normalste auf der Welt. »Da geifert sie immer ein bisserl. Oh, ja Kreuzdonnerwetter, da schau her!« Er bückte sich und deutete auf den Korb, von dem Sissy in diesem Moment aufgestanden war. In der Mitte zwischen dem dunklen Stroh leuchtete ein einsames weißes Ei.

»Wow! Ja Wahnsinn, das hast du toll gemacht!«, jubelte ich Sissy zu, die nun leise gackernd ins Freie stakste und uns vollkommen ignorierte. Tatsächlich war ich ein bisschen gerührt. Ich war noch nie bei einer Eigeburt dabei gewesen.

»Na hoppla. Ein Windei. Das hab ich mir schon fast gedacht. Muss eben noch üben, das Sisserl.« Hinnert hatte sich gebückt und vorsichtig das Ei hochgehoben. Verdutzt starrte ich es an. Es wabbelte, als wäre es aus Gummi.

»Ein was?« Ich hatte dieses Wort noch nie gehört.

»Ein Windei. Ohne Schale. Schau, das kannst du eindrücken wie einen Schwamm!« Er demonstrierte es, indem er einen Finger hineinpikte, der im Übrigen fast so dick war wie das Ei selber. Das Ei hatte tatsächlich keine Schale, sondern nur eine dünne, nachgiebige Haut.

Ich fand den Anblick des wabbelnden Eis irgendwie verstörend und unterdrückte mit Mühe und Not ein Würgen. »Ist Sissy krank?«

»Iwo! Das ist ganz normal bei den jungen Hühnern. Und bei sehr alten auch. Das pendelt sich ein. Wenn es allerdings bei einem andern passiert, dann muss man schauen. Aber wir machen mal die Probe. Reib ihr mal ein bisserl Möhre. Wenn sie frisst, ist alles in Butter!«

Er deutete auf einen Stapel Möhren, der neben den sauberen Tränken lag. Ich kletterte wieder aus dem Stall hinaus und begann mit der mir zugeteilten Aufgabe. Anscheinend würde ich heute nicht nur gärtnern, sondern vor allem hühneln.

6

Mit der Zeit lernte ich mehr und mehr, wie der Mikrokosmos der Grünen Freiheit funktionierte. Ulli war der Mann für alles. Er liebte besonders die Küchenkräuter und das Gemüse, war aber immer zur Stelle, wenn man ihn irgendwo brauchte. Lila war für Wildkräuter und -blumen zuständig, aber genauso auch für die Beeren und die Staudenbeete. Hanni kümmerte sich vor allem um die Schmetterlingspflanzen, das Kohlgemüse und die Kübel. Mo liebte nicht nur Räuchern und Fermentieren, sondern auch Disteln und Ranken aller Art und hatte die alte Gärtnerei, in der nun der Tofu geräuchert wurde, in den letzten Jahren nach allen Gesetzen der Kunst zuwuchern lassen. »Ich mag es, wenn die Natur sich etwas zurückholt«, erklärte er mir. »Wenn es aussieht, als würde sie sich den Beton und die Ziegelsteine einverleiben.« *Kletterfassade* nannte er die Wände, und ich hatte inzwischen gelernt, dass er bei den Pflanzen besonders darauf achtete, dass Vögel in ihren Zweigen nisten konnten. Hinnert, der mit Vornamen Hans-Joseph hieß, versorgte die Hühner und half sonst aus, wo immer eine Hand gebraucht wurde, genau wie die meisten anderen, die morgens auf der Tafel schauten, was getan werden musste.

Je öfter ich in der Grünen Freiheit war, desto mehr entdeckte ich, was mich interessierte und worüber ich etwas lernen wollte. Ich liebte es herzukommen. Und aus »zweimal die Woche« war in sehr kurzer Zeit ein »wann immer es möglich ist« geworden.

Auf der anderen Seite wurden die Proben am Theater immer fordernder, Fehler wurden nun weniger und weniger entschuldigt, wir alle machten ständig Überstunden, feilten an unserer Perfektion. Und obwohl ich es liebte und gerne länger blieb, mir gerne den Rücken krumm tanzte und mir gerne die Kehle wund sang, merkte ich auch, dass der Garten langsam aber sicher eine immer größere Rolle in meinen Gedanken einnahm.

»Dacht ich's mir doch, dass ich dich vorhin gesehen hab, Madita.« Ulli steckte den Kopf durch die Tür des Küchenwagens, wo ich gerade mit Prija Salat wusch. »Hast du Lust, mir beim Pikieren zu helfen, wenn du hier fertig bist?«

Es freute mich, dass er mich um Hilfe bat. Obwohl ich mich hier wohl und angenommen fühlte, hatte ich immer noch die meiste Zeit das Gefühl, unnütz rumzustehen und den Platz, der mir geschenkt worden war, nicht gut genug auszufüllen.

»Pikieren?«, fragte ich, als ich zehn Minuten später neben ihm über die Wiese lief.

Das klang irgendwie unangenehm. Als müssten die Pflanzen zum Zahnarzt.

»Die Tomatenbabys ziehen um. In die Anzuchttöpfe«, erklärte er nickend auf seine übliche gutgelaunte Art. Auch heute trug er wieder Hipstermütze zum Wollpulli und wirkte damit wie ein fröhlicher alter Seebär.

Ich folgte ihm in ein kleines Gewächshaus, das zum Bersten vollgestopft war mit Paletten voller Pflanztöpfe. Aus allen schauten zaghaft kleine hellgrüne Keimlinge hervor.

Ulli winkte mich an die Ablage heran. Er nahm einen der Töpfe hoch und zog mit zwei Fingern behutsam an der winzigen Pflanze. Als er sie befreit hatte, benutzte er einen keinen Holzstab, um die Erde um die Wurzeln herum abzuklopfen. Er ging dabei so bedacht vor, als handelte es sich um Kristall.

»Optimum. Einfach Optimum!« Mit schimmernden Augen betrachtete er den winzigen Wurzelfaden, der aus dem Blättchen wuchs, als hätte er ihn persönlich an seiner Brust großgezogen. »Siehst du diesen geraden Strang? Besser jeht et nich!«

Ich nickte und verkniff mir die Frage, was daran so anders war als an anderen Wurzeln.

»So, und nu schau her.« Vorsichtig pikte er mit einem Stab ein Loch in einen schon vorbereiteten, etwas größeren Topf und setzte die winzige Tomatenpflanze so behutsam hinein wie ein Baby in eine Wiege. »Immer genau darauf achten, dass die Wurzel gerade nach unten in die Erde geht.« Plötzlich wurde sein Ton streng. Er sah zu mir auf, ob ich auch genau zuhörte, und ich beeilte mich, mich interessiert über die Ablage zu beugen und konzentriert die Augenbrauen zusammenzuziehen. Ähnlich wie damals in der Schule, wenn Frau Breuer Ella und mich nicht dabei erwischen sollte, wie wir unter dem Tisch die *Bravo* lasen.

»Man muss da gut drauf achten, dass nichts schief liegt oder sich kringelt. Wenn die Wurzeln nämlich erst die richtige Richtung nach unten finden müssen, dann kriegst du ganz schnell eine Wachstumsdepression.«

»Eine was?« Ich lachte ungläubig.

»Ja, Depressionen gibt es nicht nur bei Menschen. Dann gedeihen sie nicht richtig, das kann ich dir sagen. Wir alle brauchen ein Umfeld, das es uns erlaubt, uns zu entfalten, das uns einen guten Nährboden gibt, um unser Potenzial auszuschöpfen. Das ist bei den Tomaten auch nicht anders.« Er schnaubte. »Bin heut anscheinend philosophisch. Du solltest dir meine Wurzelweisheiten aufschreiben. Dat kriegt nicht jeder zuhören. Is sozusagen een Privilech.«

»Alles hier drin notiert«, versicherte ich mit einer halben Verbeugung und zeigte mit dem Finger gegen meine Schläfe.

Und das stimmte sogar.

»Macht man dieses Piksieren ...«

»Pikieren.«

»Pikieren mit allen Pflanzen?«

»Joa, kann man wohl schon. Aber für Kürbisgewächse ist es nicht zu empfehlen, Zucchini und so, da sind die Wurzeln einfach zu empfindlich. Die brauchen von Anfang an ein eigenes Plätzchen, wenn de die noch mal umsetzt, dann hastes schwer!«

Zucchini, eigenes Plätzchen, nicht pikieren.

In Gedanken setzte ich diesen Punkt auf meine Gartenliste. Ich hatte inzwischen begonnen, mir solche Dinge tatsächlich aufzuschreiben. Man konnte ja nie wissen, vielleicht hatte ich eines Tages meinen eigenen Garten und würde all die guten Tipps noch brauchen. Tatsächlich hatte ich vorher noch nie darüber nachgedacht. So etwas wie ein eigener Garten war mir bisher immer erwachsen und weit weg erschienen. Und obwohl ich über dreißig war, tat es das immer noch. In meinem Beruf sesshaft zu werden, war so gut wie unmöglich. Es hatte mich nie gestört. Aber ich hatte auch noch nie einen Ort gefunden, an dem ich gerne für länger bleiben wollte.

Plötzlich verdunkelte sich der Eingang. Mo duckte sich unter der Tür durch und trat auf uns zu. Als er mich ansah, lächelte er warm, und ich stellte mir eine Sekunde vor, dass es ein ganz bestimmtes Lächeln war, das nur für mich existierte. Manchmal kam es mir so vor. Als würde es ein wenig breiter, sobald unsere Augen sich fanden. Vielleicht auch ein wenig nachdenklicher.

Auf jeden Fall aber intensiver.

»Maddie. Du bist da.« Es klang so freudig, beinahe erleichtert, dass mein Magen sich überrascht zusammenzog. Als hätte er darauf gehofft. In letzter Zeit hatten wir im Garten sehr oft Seite an Seite gearbeitet. Es war für mich selbstverständlich, dass ich ihn suchte, wann immer ich herkam. Und er machte es genauso.

Ulli schien Mos Ton auch bemerkt zu haben. Er öffnete den Mund, wie um etwas zu sagen, hielt dann aber inne und klappte ihn wieder zu. Er schien einen Moment zu überlegen, dann klopfte er Mo plötzlich auf die Schultern. »Junge, übernimmste mal für mich. Muss austreten. Und hab Hinnert versprochen, dass ich gleich mit ihm den Zaun repariere. Dat Trudchen ist heute Nacht ausjebüxt.«

»Sicher.« Mo zeigte in Richtung Decke. »Es fängt aber an zu regnen.«

»O Gott, dann muss ich schnell das Hochbeet abdecken!« Ulli stürmte hinaus. Genau in dem Moment trommelten die ersten Tropfen auf das Dach des Gewächshauses.

»Ich mag Regen«, sagte ich leise und merkte genau, dass wir uns schon viel zu lange in die Augen sahen. Aber ich konnte nicht wegschauen. Irgendwas hatte dieser Mann an sich, mit seiner braunen Wachsjacke, seinem struppigen Bart, den erdigen Schuhen und diesen verdammt grünen Augen, das mich einfach komplett durcheinanderbrachte. Dabei wusste ich nicht einmal, was ich eigentlich von ihm wollte. Ganz sicher keine Beziehung, dafür hatte ich keine Zeit und keine Nerven. Nicht jetzt, nicht während der Proben. Vielleicht einfach eine kleine Romanze. Oder nur ein Flirt? Irgendwas, es war vollkommen egal.

Ich wollte einfach nur, dass er da war.

»Ja«, sagte er nur. »Ich auch.«

Wie magisch angezogen machte ich einen Schritt auf ihn zu – und stolperte über eine Palette mit Blumentöpfen.

»Vorsichtig!« Er lachte und fing mich am Ärmel auf, bevor ich auf den Boden knallte.

»Ich weiß nicht, was du mit mir machst, aber ich schwöre, ich stolpere normalerweise nie«, rief ich, ebenfalls lachend, und verstummte dann schockiert, als mir klarwurde, wie man meine Worte interpretieren konnte.

Mo räusperte sich verlegen, dann kniete er sich hin, um die Pflanzen wieder einzusammeln, die ich über den ganzen Boden verteilt hatte. Zum Glück waren es keine von Ullis Keimlingen, sondern irgendwas Altes, Verschrumpeltes.

»Wollen wir die gleich auf den Kompost werfen?«, fragte ich in geschäftigem Ton, um die peinliche Stille zu durchbrechen, und nahm einen Besen, der in der Ecke stand.

»Der Natternkopf. Um Himmels willen!« Er hielt mir eine der trockenen, braunen Pflanzen entgegen. »Im Sommer hat er wunderschöne blaue Blüten. Er ist sehr wichtig. Wir brauchen ungefüllte Blüten. Mit ganz vielen Pollen, damit die Insekten genug Nahrung finden. Offene Blüten mit Pollen, die du auf den ersten Blick siehst, sind die Grundlage für einen guten Naturgarten.«

Bildete ich es mir nur ein, oder redete auch er einfach drauflos, um den Moment zwischen uns zu überspielen? Ich nahm es dankbar auf. »Ihr und eure geliebten Insekten.« Ich stellte den Besen wieder hin. »Ich werde es nie verstehen.«

Mo machte mit der Arbeit an den Setzlingen weiter, die Ulli und ich begonnen hatten. Ich stellte mich neben ihn und tat es ihm gleich. Der Regen trommelte inzwischen beruhigend über unseren Köpfen, und fast schien es, als wären wir ganz allein im Garten.

Mo lächelte in sich hinein, während er, beinahe genauso behutsam wie Ulli vorhin, einen Setzling von Erde befreite.

»Weißt du noch, dass früher die Windschutzscheiben der Autos immer voller Insekten waren?«

Ich nickte verwundert. »Klar, aber das sind sie doch immer noch.«

»Nicht so wie früher.«

Dunkel kamen mir Szenen der samstäglichen Autowaschung in den Sinn. Papa und ich hatten das Radio auf volle Pulle gedreht und eine Schaumparty veranstaltet, bis die alte Knauer von gegenüber strafend aus dem Fenster guckte und demonstrativ mitten am Tag den Rollladen runterknallen ließ. Es stimmte, er hatte immer sehr über die klebrigen kleinen Überreste geschimpft, die mit einem normalen Schwamm kaum abzukriegen waren. Ich hatte noch nie darüber nachgedacht, aber jetzt wurde mir bewusst, dass ich schon ewig keine mit Insekten verklebte Windschutzscheibe mehr gesehen hatte.

»In den letzten Jahren ist die Zahl der Insekten in Deutschland um 75 Prozent gesunken. 75 Prozent! In so kurzer Zeit. Das ist einfach ... Wahnsinn«, murmelte Mo.

Wenn ich ehrlich war: Ich hatte es schon irgendwie mitbekommen, doch interessiert hatte es mich nicht wirklich. Weniger Mücken waren schließlich gut. Dass wir mehr Bienen brauchten, verstand ich, aber ich hatte immer gedacht, dass sich da schon jemand etwas einfallen lassen würde. So schwer konnte das doch nicht sein.

»Aber ... wo sind denn die alle hin?«, fragte ich und hätte mir dann gerne auf die Zunge gebissen.

Doch Mo war wie Lila, er fand meine Fragen zwar manchmal amüsant, aber nie dumm. »Sie sterben. Durch die Landwirtschaft. Durch Insektenschutzmittel. Es gibt natürlich noch andere Gründe, aber das ist einer der wichtigsten. Das Problem ist nur, ohne Insekten gibt es auch immer weniger Vögel. Auf den Feldern können die meisten Tierarten nicht überleben. Wenn die Blüte vorbei ist, oder wenn geerntet wird, ist plötzlich nichts mehr da und sie verhungern.«

»Aha! Euch geht es also eigentlich um die Vögel? Das erklärt natürlich eure seltsame Besessenheit mit Spinnen und Käfern.«

Er lachte leise. »Mit Spinnen kannst du mich auch jagen«, gab er zu. »Aber Elvis liebt alles, was klein ist und krabbelt. Ich weiß nicht, wo er es hernimmt. Wahrscheinlich von seiner Mutter, sie hat vor gar nichts Angst.«

Das Letzte, worüber ich jetzt reden wollte, war Elvis' Mutter. Besonders, wenn sie vor nichts Angst hatte. Damit konnte ich nicht dienen. Aber tatsächlich hätte ich alles dafür getan, dass er einfach immer weitererzählte und wir für immer hier in unserer kleinen Regenhöhle bleiben konnten. Leider topfte ich aber gerade den letzten Keimling um. »Fertig«, sagte ich enttäuscht, als ich ihn sicher in der neuen Erde hatte.

»Noch nicht ganz. Sie brauchen noch Wasser.«

Beschwingt nahm ich eine Kanne hoch, die schon voll Wasser bereitstand. Um an die hinteren Pflanzen heranzukommen, musste ich mich weit über die Anrichte beugen. Schon nach wenigen Sekunden begannen meine Arme vom Gewicht der Kanne zu zittern. Die Setzlinge waren so klein und zart, dass ich nur ein paar Tropfen auf einmal aus der Kanne lassen konnte. Obwohl ich den Blick nicht von den Pflanzen hob, spürte ich, dass Mo mich die ganze Zeit über beobachtete.

»Ulli killt uns, wenn wir das so lassen.« Nachdenklich beugte Mo sich über die Babytomaten, die alle auf der Seite lagen, niedergedrückt vom Gewicht des Wassers. Er begann, eine nach der anderen behutsam wieder aufzurichten. Dabei schien er ganz auf die Aufgabe fokussiert, hatte die Stirn gerunzelt und die Augenbrauen zusammengezogen.

»Bist du immer so konzentriert, wenn du gärtnerst?« Ich lehnte mich neben ihm an die Ablage. Der Geruch seiner Wachsjacke war vom Regen so intensiv, dass mir ein bisschen schwindelig wurde.

Er merkte, dass ich sein Gesicht beobachtete, und lächelte, ohne den Blick von den Tomaten zu nehmen. »Nur mit Ullis und Gabis historischen Züchtungen. Jedes einzelne dieser kleinen Dinger ist wie ein Baby für sie, was glaubst du, was hier los ist, wenn er nachher wieder kommt, und wir haben seine Galapagos-Setzlinge umgeknickt und nicht wieder aufgerichtet.«

»Ich kann es mir in etwa vorstellen, ein Drama epischen Ausmaßes.«

»Ganz genau.«

Er hob plötzlich den Blick.

Und ich zuckte zurück.

Es war mir so peinlich, dass ich sofort spürte, wie mein Gesicht feuerrot wurde. Warum war ich zurückgezuckt, verdammt nochmal? Wie ein Teenie, der unverhofft seinem Schwarm begegnet. Ich starrte ihn an und wusste nicht, wie ich reagieren sollte.

Er runzelte die Stirn. »Was ist?«

»Äh nichts ... Gar nichts.« Mit glühenden Wangen wandte ich mich ab und begann, mit den Händen die Erde zusammenzufegen, die überall auf der Arbeitsplatte verteilt lag. Natürlich eine vollkommen unnütze Handlung. Er sah mir eine Weile zu und fragte dann amüsiert: »Was genau machst du da?«

»Ich räume auf.«

»Die Krümel?«

»Genau.«

»Die können wir später einfach wegspritzen.«

»Ich mach das lieber so.«

»Ah. Und warum?«

»Ich – arbeite eben gern mit meinen Händen.«

Er nahm sanft meinen Arm. Als sich unsere Blicke trafen, dachte ich: Ich küsse ihn jetzt einfach.

Das überraschte mich. Normalerweise brauchten solche Gedanken bei mir einen Vorlauf von mindestens zwei Gin Tonic. Eher drei.

Es war, als hätte Mo den Entschluss in meinen Augen

gesehen, denn seine Mimik veränderte sich schlagartig. Er schien erschrocken, beinahe ängstlich. Bevor ich noch Zeit hatte, das zu registrieren und mich zu wundern, trat er zwei Schritte zurück – und stolperte über dieselbe Natternkopfpalette wie ich zuvor. Erstaunt ruderte er mit den Armen in der Luft und wäre nach hinten gekippt, hätte ich nicht einen Satz nach vorne gemacht und ihn im letzten Moment zu fassen bekommen.

Ich wäre ja beleidigt gewesen. Doch wirklich, und zwar ziemlich. Und zudem zutiefst gekränkt über seinen Rückzug.

Aber dafür hatte ich keine Zeit.

Ich wusste nicht, wie genau es passierte, oder wer begonnen hatte, aber noch bevor ich wieder richtig stand, küssten wir uns.

Und ich würde mein Leben lang den Geruch von Wachsjacken und das Trommeln von Regentropfen mit diesem Moment verbinden.

Erst war es ein romantischer Kuss. Dann wurde es schnell ein heißer Kuss. Sehr schnell sogar. Meine Hände zerrten an seinem Hemd, ich wollte ihn nicht nur küssen, sondern auch seine Haut fühlen, seinen Bauch, seinen Rücken, er hatte mich am Nacken gefasst und drückte mich an sich. Es gibt nichts Besseres, als wenn einen jemand beim Küssen so richtig fest an sich zieht. In meinem Bauch stieg Hitze auf. Die Welt um uns herum verschwand, ich hörte nicht mal mehr den Regen, der Geruch nach Erde und Wachsjacke war so intensiv, dass es sich anfühlte, als wären wir kurz in eine Parallelwelt gefallen. Eine Parallelwelt in einem kleinen Garten. Mitten in einer riesigen Stadt. In einem winzigen, duftenden

Gewächshaus. Hinter einem Regenvorhang, in dem es nur noch uns beide gab.

Bis da plötzlich noch jemand war.

»Papa!«

Elvis kam durch die Tür geschossen, seine Jacke wie einen Umhang um seinen Kopf gelegt. Sofort tauchten wir aus unserer Kussblase auf. Mo stieß mich beinahe von sich weg, als er seinen Sohn registrierte, und ich rempelte erschrocken mit dem Rücken gegen das Metall der Ablage. Ich wusste, dass es das Richtige war, dass er einfach instinktiv gehandelt hatte. Und trotzdem hatte ich plötzlich einen sauren Kloß in der Kehle. Wir beide atmeten schnell, und ich drehte mich zur Seite und hoffte, dass Elvis nichts bemerkt hatte.

Er schüttelte sich das Wasser vom Körper wie ein nasser Hund. »Papa, es regnet!«, rief er glücklich, als wäre das eine sensationelle Neuigkeit.

»Ach was, ehrlich?« Mo sah mit gerunzelter Stirn nach draußen. »Tatsächlich. Das ist ja phantastisch! Das muss daran liegen, dass du gestern deinen Chicorée aufgegessen hast.« Behutsam wischte er Elvis über das nasse kleine Gesicht, nahm ihm die Brille ab und rieb sie an seinem Hemd trocken.

»War das nicht eigentlich immer umgekehrt?« Ich beschloss, nicht kindisch zu sein und das Brennen in meiner Kehle zu ignorieren. Schließlich hatte niemand damit rechnen können, dass Elvis plötzlich hier hereingeschossen kam. Es hatte Mo genauso kalt erwischt wie mich, und sicher wollte niemand von seinem siebenjährigen Sohn beim Knutschen erwischt werden. »Wenn man sein Gemüse isst, gibt es doch Sonnenschein!«

Elvis schüttelte den Kopf. »Bei uns nicht. Wir wollen Regen. Dann müssen wir nicht gießen«, verkündete er fröhlich. Dann sah er mich forschend an. »Warum bist du so rot im Gesicht?«

»Äh ... Sonnenbrand?«, fragte ich, und er hob die Augenbrauen. »Du bist wieder seltsam«, stellte er fest, und es klang, als fände er das eigentlich ganz gut.

»Na, das passt doch, ich heiße ja auch Wunderlich«, erwiderte ich trocken, und das brachte ihn zum Lachen. »Madita Wunderlich ist wirklich sehr, sehr wunderlich«, sang er und wich aus, als ich versuchte, ihn dafür in den Hintern zu zwicken.

»Kommt ihr zum Bauwagen? Hanni hat Kakao gemacht, zum Aufwärmen zwischendurch. Und Kekse. Sie sagt, dass der Guss bald vorbei ist und wir ihn genießen sollen.«

Mo und ich sahen uns an, und ich nickte kaum merklich.

»Alles klar.« Er wuschelte Elvis durchs Haar. »Renn schon vor!«

Elvis warf sich wieder die Jacke über den Kopf, hob die Plane, die als Tür diente, und stürmte hinaus in den Regen. Ich lächelte Mo etwas zaghaft an und machte eine Geste, die »Gerade noch mal davongekommen« bedeuten sollte.

Er erwiderte das Lächeln nicht. Sein Gesicht war ernst geworden. Er sah mich an, als wüsste er nicht, wen er da vor sich hatte. Weil ich seinen Blick plötzlich nicht mehr aushielt und außerdem alles in mir drin durcheinanderwirbelte, ging ich hinter Elvis her. Aber bevor ich die Plane heben konnte, spürte ich plötzlich Mos Hand im Nacken. Er hielt mich fest und zog mich für eine Sekunde an sich. Und so gut es sich anfühlte – es brachte mich noch viel mehr durcheinander.

Dann ließ er mich los. Wir gingen zusammen in den Regen hinaus und ohne etwas zu sagen nebeneinander her zum Bauwagen.

Drinnen saßen schon alle zusammen, Hinnert und Ulli, Lila, Sina, Elvis, ein anderer kleiner Junge, Prija, Hanni, Tobi und noch zwei weitere Frauen, die ich bisher nur flüchtig kannte. Das Feuer loderte, und es roch nach Kaffee und Schokolade. So durcheinander ich war, plötzlich erfüllte mich ein tiefes, brodelndes Glücksgefühl. Zu gerne hätte ich irgendwem erzählt, was gerade passiert war, aber das ging natürlich nicht, und so musste ich mich damit begnügen, in mich hineinzugrinsen und den Moment im Gewächshaus in Gedanken auf Dauerschleife abzuspielen. Mo hingegen wirkte immer noch seltsam ruhig. Er strich Elvis über das Haar und kniete sich dann neben das Feuer, um Holz nachzuwerfen. Ich beobachtete einen Moment sein Gesicht, das von der Glut rot angeleuchtet wurde, und fragte mich, warum er so ernst aussah. Beinahe sorgenvoll. Als er aufsah, blieb sein Blick an Sina hängen, und obwohl er sie nur ansah, fühlte ich mich plötzlich ganz seltsam.

»Na, wie geht's meinen Babys?« Ulli riss mich aus meinen Gedanken, und ich erzählte stolz, dass sie alle umgezogen waren und sich in ihrem neuen Zuhause sichtlich wohlfühlten.

»Mama, kann ich noch Kakao haben?«

Ich sah zu dem fremden kleinen Jungen auf, der gerade gesprochen hatte, und musterte ihn. Er schien in Elvis' Alter, seine Nase lief ein bisschen, und ich blickte mich nach der Mutter um, ob sie es bemerken würde. Es musste eine der zwei neuen Frauen sein.

»Mama, kann ich noch Kakao haben?«

Alles in mir erstarrte.

Es war, als hätte jemand im Wagen den Ton stumm gedreht. Um mich herum lachten und plauderten die anderen weiter, aber ich nahm nichts davon wahr. Der andere Junge, das wurde mir in diesem Moment klar, hatte gar nicht gesprochen. Das konnte er gar nicht, sein Mund war zum Bersten voll mit Haferkeks. Es war Elvis, der gesprochen hatte. Er hatte sich zur Seite gedreht und zupfte Lila, die in ein aufgeregtes Gespräch mit Hanni verwickelt war, ungeduldig am Ärmel. »Ma-ma! Hör mir zu! Kann ich noch Kakao!«

Und Lila drehte sich zu ihm um und strich ihm liebevoll mit beiden Händen über die Wangen, sah ihn einen Moment ganz intensiv an. »Entschuldige. Ich hab dich nicht gehört. Immer, mein Schatz! So viel Kakao, wie du willst«, sagte sie, küsste ihn auf die Nase und drehte sich wieder um.

»Elvis ist dein *Sohn*?«

Ich hatte viel zu laut gesprochen. Und meine Stimme klang viel zu entsetzt. Sofort verstummten die Gespräche. Alle sahen mich an, auf den Gesichtern rund um den Tisch Verwunderung.

Ich hätte es wissen müssen, das wurde mir im selben Augenblick klar. Niemand hatte es mir verheimlicht, es hatte so viele Situationen gegeben, in denen ich es hätte begreifen können. Mo, der noch immer vor dem Feuer kniete, hob den Kopf. An seinem verwirrten Gesichtsausdruck konnte ich sehen, dass er die Situation nicht mitbekommen hatte. Sein Blick wanderte zwischen mir und Lila hin und her.

Lila sah mich an. Eine Sekunde lang war da etwas Seltsames

in ihrem Blick, eine Mischung aus Wachsamkeit und Misstrauen. Dann lächelte sie. »Das hast du gar nicht gewusst?« Sie grinste Elvis an und drückte ihn an sich. »Dabei ist er doch mein Ebenbild!« Alle lachten, denn Elvis sah Lila nicht im mindesten ähnlich. Doch als ich jetzt ganz genau hinsah, war da etwas von ihr in der Art, wie er die Nase krauszog, wie er gestikulierte, und auch in seinen intensiven, warmen Augen. Sie war seine Mutter, kein Zweifel möglich.

Ich zwang mich, ebenfalls zu lächeln. »Nein«, sagte ich. »Nein, das wusste ich nicht. Es hat irgendwie ... nie jemand erwähnt.« Ich warf Mo einen raschen Blick zu. Sein Gesicht war wie versteinert. Sina schien durcheinander, und Elvis sah aufmerksam zwischen uns allen hin und her.

Lila runzelte leicht die Stirn, schien das Ganze aber nicht weiter schlimm zu finden. »Wie witzig«, sagte sie, dann biss sie Elvis spielerisch in den Nacken. »Du sprichst also nie von deiner Mutter, was?«, fragte sie und kitzelte ihn. »Hast mich nie auch nur mit einem Wort erwähnt!«

»Doch das tut er.« Ich konnte nicht anders als mitzulachen, denn Elvis wand sich laut kichernd auf seinem Stuhl. »Aber er hat immer nur Mama gesagt, nie deinen Namen.« Ich merkte genau, dass auch Lila es vermied, in Mos Richtung zu blicken.

Die Gespräche nahmen langsam wieder an Fahrt auf, und ich saß inmitten der plaudernden Menschen und hatte ein leises Summen in den Ohren. Es bedeutete nichts, es war vollkommen egal.

Und trotzdem fühlte ich mich betrogen.

Wenig später verabschiedete ich mich unter einem Vorwand. Niemand hielt mich zurück. Ich hatte gehofft, dass Mo mitkommen würde, aber er hatte mit den beiden Jungs ein Puzzle begonnen, und obwohl sein Blick mir zur Tür folgte und an mir hängen blieb, bis ich gegangen war, machte er keinerlei Anstalten aufzustehen.

Obwohl es noch regnete, schnappte ich mir ein Rad und jagte durch das nassgraue Neukölln. Ich spürte, wie mich eine dunkle Welle zu überrollen begann. Sie war die ganze Zeit schon in greifbarer Nähe gewesen, hatte im Hintergrund gelauert, und nun walzte sie über mich hinweg. Die Anzeichen waren immer dieselben, meine Grübeleien begannen abzudriften in andere, gefährliche Gebiete. In solchen Momenten stellte ich mindestens ein Viertel meiner Lebensentscheidungen in Frage. Während ich immer schneller in die Pedale trat und die Lichter der Sonnenallee an mir vorbeizischten, donnerte es auf mich ein: Es war alles zu viel, viel zu viel, das Leben war zu kompliziert, ich war dafür nicht gemacht, ich wollte nur nach Hause zu meinem Strickzeug und nie wieder mit jemandem reden müssen. Wie sollte ich es jemals schaffen, hier anzukommen, gute Freunde zu finden, ein soziales Umfeld, am Theater erfolgreich zu sein und trotzdem alles zu meistern, was das Leben einem tagtäglich so vor die Füße warf: Steuern, einkaufen, Haushalt, glücklich sein. Wie bekam man diese Balance hin? Andere Leute konnten das vielleicht, aber ich nicht, ich war sogar zu blöd zu merken, dass Elvis Lilas Sohn war. Wie hatte ich nur so dermaßen dämlich und blind sein können?

Pitschnass und durchgefroren brachte ich mein Rad in den Keller und sprang unter die Dusche. Aber das warme Wasser half nicht, die Gedankenspirale zu unterbrechen, sie ratterte einfach immer weiter. Ich wusste, dass es nur eine Stimmung war, dass es wieder vorbeigehen würde. Bis dahin gab es nur eins: Aufräumen. Ich zog einen alten Schlafanzug an, stellte meinen Podcast auf volle Lautstärke, so dass er alles übertönte, und verpasste meiner Wohnung eine Generalüberholung. Das war gar nicht so leicht – denn bei mir war es immer ordentlich. Mit Chaos konnte ich eben nicht umgehen, alles hatte seinen Platz, mein Labelmaker lag immer neben dem Wasserkocher, meine Stricknadeln hatten ein extra für sie vorgesehenes Etui, und sogar im Tiefkühlfach war alles eingetuppert und ordentlich gestapelt. Das machte das Leben für mich einfach leichter.

Trotzdem fand ich natürlich immer etwas, das ich noch verbessern konnte: Ich holte meine Schmutzradierer aus der Dose unter der Spüle und wischte die Heizungen und Lichtschalter ab, bezog das Bett neu, saugte alle Teppiche und sogar den Badvorleger und sortierte meine Klamotten in Sommer- und Wintersortiment. Damit war ich drei Stunden voll und ganz beschäftigt, und als Wasch- und Spülmaschine beruhigend vor sich hin gurgelten (mein Lieblingsgeräusch), es überall nach Glasreiniger roch (die Fenster hatte ich auch geputzt) und ich mir eine Tasse Tee kochte, fühlte ich mich schon viel besser. Die Welle war vorübergerollt, das Wasser kräuselte sich zwar noch, aber die Gefahr eines Tsunamis war fürs Erste gebannt.

In einem frischen Schlafanzug setzte ich mich zu Opa aufs Sofa und schrieb eine Putzliste. Das war ein Trick, den ich oft und gerne anwandte, eine Liste schreiben, *nachdem* ich schon alles erledigt hatte – und dann jeden einzelnen Punkt genüsslich und mit voller Power durchstreichen.

Herrlich.

So hatte man schwarz auf weiß, was schon alles geschafft war, und auch noch den Glückskick des Durchstreichens. Dann schrieb ich eine Liste mit den Dingen, die ich heute von Ulli über die Setzlingswurzeln und das Pikieren gelernt hatte.

Ich musste heute noch laufen gehen oder irgendeine andere Art von Sport machen, aber das verschob ich auf später. Ich lief gerne nachts, dann war man alleine mit sich und der dunklen Stadt, konnte durch die Straßen rennen, ohne angemacht zu werden und vollkommen anonym bleiben. Opa legte sich neben mich, und ich streichelte ihn eine Weile. »Wenigstens mit uns beiden klappt es gut, was?«, murmelte ich und kraulte ihm die Ohren. Kurz betrachtete ich ihn. Eigentlich brachte er die günstigsten Voraussetzungen mit: Er war im besten Alter von drei Hasenjahren (die umgerechnet einer knackigen Menschen-Dreißig entsprachen), kuschelte gerne, ernährte sich gesund und war ein wunderbarer Zuhörer.

Leider kackte er auch ins Wohnzimmer.

Aber gut, Kompromisse musste man immer machen.

Während ich ihm mit der linken Hand eine Möhre fütterte, aß ich mit der rechten einen Keks aus meiner Prinzenrolle. Alles in mir kribbelte. Ich musste mit irgendwem über das reden, was heute passiert war, sonst würde ich platzen.

»Maddie, endlich!«

»Was heißt hier endlich, ich hab dich gestern zweimal angerufen und vorgestern auch!«

»Und ich dich davor!«

Es entspannte mich sofort, Ellas Stimme zu hören. In letzter Zeit schafften wir es einfach viel zu selten, uns auszutauschen. Ich warf mir eine Decke über die Beine, hob sie hoch, so dass Opa drunter krabbeln konnte, und erzählte ihr alles, was in den letzten Tagen passiert war. Vom Theater und der »Bitchtussie«, wie sie Annika seither nannte, wusste sie schon, und auch, dass es einen jungen Gärtner mit grünen Augen und nachdenklichem Lächeln gab, der mich ein bisschen, sehr, ziemlich durcheinanderbrachte. Aber sie hatte mir vom ersten Moment an abgeraten: »Väter, Maddie. Mach das nicht! Du wirst immer die zweite Geige spielen, musst mit der Mutter und der Ex gleichzeitig konkurrieren, darfst nicht richtig mitreden, wirst permanent verglichen, und durch die Trennung hat er bestimmt Komplexe. Und die führen zu Erektionsstörungen.«

»Ich mach ja überhaupt nichts«, hatte ich damals entrüstet entgegnet, aber sie hatte nur geseufzt, als wüsste sie schon, dass ihre guten Ratschläge in den Wind gingen. Manchmal konnte sie mich besser lesen als ich mich selbst. »Finde auf jeden Fall heraus, warum sie sich getrennt haben«, mahnte sie jetzt, und ich hörte, dass sie etwas kaute. »Dann mah du ni den gleichn Fehl wisie!«, nuschelte sie.

»Chips?«, fragte ich sehnsuchtsvoll.

Sie schluckte. »Apfel!«

»Erzähl mir nichts, das ist nie im Leben ein Apfel! Der cruncht ganz anders.«

»Schön, Pringles«, gab sie zu, und ich seufzte. Die hätte ich jetzt auch gerne gehabt. Aber ich war da extrem streng, außer Prinzenrolle kam mir nichts ins Haus. Und zwar aus einem sehr einfachen Grund: Wenn es da war, aß ich es auch. Deshalb gab es Sünden nur draußen, und auch die nur ab und an, wie meine Currywurst bei der Bude am Netto. Ich konnte die Kalorien vertragen, schließlich trainierte ich für die Bühne andauernd, aber wer fit sein wollte, musste bei Zucker und raffinierten Fetten eben diszipliniert bleiben.

»Was stört dich denn daran so?«, fragte sie jetzt und crunchte weiter. »Es hat doch eigentlich keiner was gemacht.«

»Ich weiß nicht. Irgendwie fühle ich mich dumm. Und als hätten sie mich reingelegt. Dabei weiß ich genau, dass sie es mir nicht absichtlich verheimlicht haben …«, musste ich zugeben und biss statt in meinen Keks aus Versehen in Opas angeknabberte Möhre. Schnell spuckte ich sie mir in die Handfläche, tappte ins Bad und warf die Reste ins Klo. »Hasen übertragen keine gefährlichen Krankheiten, oder?«, fragte ich, als der letzte Rest Orange im Strudel der Spülung verschwand.

»Nicht, dass ich wüsste. Wieso, hast du mit Opa geknutscht?« Sie lachte laut und hustete, als sie offensichtlich einen Pringleskrümel eingeatmet hatte.

»Karma«, sagte ich trocken, und sie gab liebevoll zurück, dass ich die Klappe halten sollte. »Apropos. Wie war denn der Kuss?«, fragte sie jetzt, und ich hörte, dass sie genussvoll-anzüglich grinste.

»Gut«, erwiderte ich, ebenfalls grinsend. »Sehr gut. Eine Neuneinhalb.«

»Was hat zur Zehn gefehlt?«

»Eigentlich nichts. Aber wir wurden unterbrochen, als es gerade anfing, richtig interessant zu werden.«

»Von wem?«

Ich zögerte eine Sekunde. »Seinem Sohn.«

Ella stöhnte. »Und was hab ich dir bitte von Anfang an gesagt?«

»Jaha. Ich weiß ja. Aber ich mag Elvis. Er ist toll, ich finde ihn gar nicht nervig oder störend. Gut, sein Timing könnte besser sein, aber …«

»Noch nicht«, rief Ella. »Aber warte mal, bis ihr keinen Sex haben könnt, weil er denkt, sein Sohn könnte was hören. Oder du gar nicht erst über Nacht bleiben darfst, weil es das Kind schädigen könnte, wenn es dich zufällig im Badezimmer trifft. Oder er euer Date verschiebt, weil der Kleine Windpocken hat, und er leider nicht mit dir in Urlaub fahren kann, weil er diese Woche dran ist mit Elternsein …«

»Jetzt komm mal runter.« Ich lachte und nahm meinen Schmutzradierer zur Hand, weil ich soeben bemerkt hatte, dass mir der Lichtschalter im Flur vorhin durchgewischt war. »Wer denkt denn an Urlaub. Ich will ihn nur küssen, ohne dass jemand reinplatzt.«

»Und, klappt das vielleicht?«

»Noch nicht«, gab ich zu. »Aber das müssen wir eben einfach besser planen.« Falls er mich überhaupt noch mal küssen will, schoss es durch mein Hirn, und ich musste einen Moment daran denken, wie Mos Gesicht ausgesehen hatte, kurz bevor es passiert war. Wie er mich weggeschubst hatte, als Elvis hereinkam. Wie nachdenklich er gewirkt hatte, als er vor dem Feuer kniete. Dass er nicht mit rausgekommen war, als ich ging. Aber dann fiel mir wieder ein, wie er mich festgehalten und an sich gezogen hatte, als wir das Gewächshaus verließen, und einen Moment lang hatte ich das Gefühl, seine Wachsjacke zu riechen und den Regen zu hören.

»Wie ist *sie* denn so?«, wollte Ella jetzt wissen. Irgendwas summte im Hintergrund.

»Was machst du denn jetzt?«, fragte ich verwundert.

»Oh, Microneedling«, erwiderte sie. »Stört dich das Geräusch?«

Ich lächelte. Es störte mich überhaupt nicht. Es war im Gegenteil beruhigend vertraut. Wir hatten schon immer die Angewohnheit, Dinge zu erledigen, während wir telefonierten. Manchmal nahm ich sie sogar mit in den Netto. Es war einfach praktisch, man konnte zwei Fliegen mit einer Klappe schlagen und langweiliges Einkaufen durch witzige Gespräche aufpeppen. Es fühlte sich an wie immer. Und genau das hatte ich heute gebraucht. »Nein, überhaupt nicht. Schick mir dann ein Foto!«

»Haha. Lenk nicht ab«, sagte sie, und ich hörte, wie sie mit dem Gerät über ihr Gesicht fuhr.

»Sie ist leider ziemlich toll«, seufzte ich, holte ein Nagellackfläschchen aus meinem Korb im Badezimmer und schüttelte es. Dann begann ich, auf dem Klodeckel sitzend, meine Zehen neu anzumalen.

»Sie passt total zu Berlin, so eine Mischung aus ist-mir-scheißegal-was-ihr-über-mich-denkt und ich-seh-sowieso-immer-lässig-und-cool-aus-egal-was-ich-mache-oder-trage. Kombiniert mit etwas Hippie-Charme und Prenzlauer-Berg-Mutti. Schwer zu beschreiben, aber ich mag sie … Sie wartet nicht einfach nur, bis man mit Reden aufhört, damit sie was sagen kann, sie hört richtig zu. Und denkt darüber nach. Das hat man nicht oft.«

»Hm.« Bildete ich es mir nur ein, oder war da ein Unterton in Ellas »Hm«?

»Was?«

»Hm, du denkst ja wohl nicht wirklich, dass es gutgehen wird, wenn du dich gleichzeitig mit der Ex anfreundest?«

Genau das war es, was ich nicht hören wollte. »Aber vielleicht ist es gar nicht schlimm, sie sind ja freundschaftlich getrennt, und sie ist jetzt mit einer Frau aus dem Garten zusammen. Es ist was Lockeres, aber ...«

»Und die ist sicher die beste Freundin von Mo, oder? Alles eine große Familie.«

Ich rollte mit den Augen. »Das nicht. Ich glaube, sie können sich nicht leiden, aber ...«

»Kein Aber. Wie soll das gutgehen? Wollt ihr dann darüber reden, wie gut er küssen kann, oder was? Sie mag jetzt vielleicht noch cool spielen und aufgeschlossen. Sobald es ernster wird, wird sie eifersüchtig.«

»Du kennst sie doch gar nicht«, murmelte ich, etwas beleidigt. Ich hatte den Impuls, Lila zu verteidigen. »Sie ist nicht so engstirnig. Außerdem, wer sagt denn, dass ich was Ernstes will? Das will ich doch genau eben nicht. Dafür habe ich keine Zeit.«

»Genau«, erwiderte Ella nur und kaute wieder.

Das Gute an Freundinnen war, wie genau sie einen kannten. Das Schlechte war ebenfalls, wie genau sie einen kannten.

7

Das Kleid floss geradezu an mir hinunter. Eine blutrote Robe aus glitzerndem Samt, Spitze und Satin. Ins Mieder waren Perlen und Bänder eingeflochten, hinten am Rücken endete es in einer riesigen Schleife. Gebannt beobachtete ich, wie es sich um meine Taille schmiegte, mich von Madita Wunderlich in den Bühnenvamp Sarah verwandelte. »Kann ich das jetzt bitte immer anhaben?«, seufzte ich und befühlte den Stoff. Das Kleid machte etwas mit mir, meine Wangen schienen röter, mein Mund voller, meine Augen funkelten.

»Klar, wenn du so in den Rewe gehst, ist das auf jeden Fall beste Promotion für uns!«

»Stimmt.« Ich lachte. »Nur krieg ich es ohne deine Hilfe abends leider nicht mehr aus.«

»Hinten müssen wir noch ein bisschen lockern.« Marvin, der Head-Kostümdesigner, hatte den Mund voller Nadeln und rüttelte jetzt mit konzentrierter Miene an meinem Rücken herum. »So kannst du ja nicht singen.«

»Aua. Hallo, ich stecke hier noch drin«, lachte ich, als er begann, an dem Kleid Nadeln zu verteilen.

»Das weiß ich. Und du siehst heiß aus, richtig heiß. Wärst du ein Mann, ich würd's dir auf der Stelle vom Körper reißen!« Er grinste mich im Spiegel anzüglich an.

»Und ich würd nicht nein sagen«, grinste ich zurück.

Er warf mir ein Luftküsschen zu und konzentrierte sich wieder auf seine Arbeit. »Trotzdem sitzt es noch nicht richtig. Sei bloß vorsichtig, wenn ihr morgen mit Kostümen probt und du dich im Ballsaal hinschmeißt, das Ding hat uns 'ne Woche Arbeit gekostet. Minimum.«

»Ich gebe mein Bestes, aber so ein bisschen Dramatik muss es schon überstehen.«

In diesem Moment ging die Tür auf. Annika und Paula kamen herein. »Wow! Das ist ja mega geworden!« Paula quietschte, wirbelte mich herum und bestaunte, wie das Kleid die Bewegung mitmachte und um meine Füße floss. Es hatte mehre Reifröcke und sah aus wie etwas, das Scarlett O'Hara zum Sommerball getragen hätte. »Ist noch ein bisschen eng. Aber ich finde es auch unglaublich«, sagte ich und drehte mich wieder zum Spiegel. Auch Annikas Blick glitt bewundernd an mir hinab. »Oh, vielleicht hast du unsere Kleider verwechselt, Marvin? Meins ist ja schmaler als Maddies.« Sie lächelte zuckersüß. »Du siehst toll aus, wirklich! Rot steht dir.«

Marvin warf ihr einen Blick zu. Sein Mundwinkel zuckte. Zu einer Antwort ließ er sich gar nicht erst herab. Er war der entspannteste Mensch, den ich kannte.

»Vielleicht hab ich auch einfach seit dem Ausmessen ein paar Kekse zu viel gegessen«, scherzte ich, um die Situation zu überspielen.

Marvin trat zu mir, gab mir einen Kuss aufs Haar, das wir improvisatorisch wild aufgesteckt hatten. »Es steht dir Hammer, Maddie! So, und jetzt raus mit deinem schönen Hintern, ich muss weitermachen.«

Annika warf ihm einen Blick zu, aber er ignorierte sie. Er

half mir aus dem Kleid, dann war sie dran. Ihre Robe hing neben Paulas an einem Haken im hinteren Teil der Maske. Alle drei sahen auf den ersten Blick gleich aus, waren es aber nicht, denn wir unterschieden uns tatsächlich um einiges in unseren Maßen. Außerdem war kein Bühnenoutfit genau gleich, sie waren alle handgemachte Einzelstücke und unterschieden sich in liebevollen kleinen Details.

Als Marvin Annika in ihr – zugegebenermaßen wirklich schmaleres – Kleid hineinhalf, dabei mit konzentrierter Miene am Stoff zuppelte und sich nebenher Notizen machte, ließ sie ihren ganzen Charme spielen, um ihn wieder für sich einzunehmen. Sie konnte anscheinend nur austeilen, wenn jemand es auch mit sich machen ließ. Aber wenn sie auf eine kalte Schulter stieß, machte sie das nervös.

Interessant, dachte ich.

Marvin ließ sich nicht einwickeln, und Annika wurde zusehends zappeliger. Paula half mir aus dem reifrockähnlichen Gestell, das ich unter dem Kleid trug. »Damit wird es bestimmt viel schwieriger, die Szene zu spielen«, sagte sie. »Gut, dass wir so früh anfangen mit den Kostümproben.«

»Ich kann es kaum erwarten, es auf der Bühne zu tragen. Dadurch fühlt sich gleich alles viel echter an!«

Mein Handy piepte, und ich blickte etwas gelangweilt auf das Display. Dann schnellte ich wie von der Tarantel gestochen in die Höhe.

Hey, Maddie. Ich hab deine Nummer vom schwarzen Brett im Wagen, hoffe, das ist ok. Ich bins, Mo. Du warst gestern so schnell weg …

Ich sprang auf. Plötzlich war mir heiß und kalt gleichzeitig. Mein Handy piepte wieder. *Ich wollte mir dir sprechen …*

»Was ist denn los?« Paula und Marvin musterten mich mit fragenden Mienen.

»Ein Typ, das sehe ich sofort. Raus damit, wer ist es?« Marvin hatte Annika, die halb im Kostüm, halb nackt vor dem Spiegel stand, völlig vergessen, er kam zu mir und riss mir fast das Handy aus der Hand.

»Nein, nicht wirklich. Also, ein bisschen ...«

»Ich wusste gar nicht, dass du jemanden hast, du bist doch gerade erst nach Berlin gezogen«, sagte Paula.

»Du lässt nichts anbrennen, was?« Annika betrachtete mich im Spiegel. Es klang nicht unfreundlich, trotzdem lächelte sie auf eine herablassende Art vor sich hin, als wollte sie sagen, dass sie das kein bisschen überraschte.

»Wo habt ihr euch kennengelernt? OkCupid? Bumble?« Paula warf Annika einen Blick zu. »Ich brauch auch ganz dringend mal wieder ein Date. Und Tinder ist ja so was von unbrauchbar geworden.«

»Nein, so ist es nicht. Moment, ich muss kurz antworten.« Ich entfernte mich ein paar Schritte und schrieb: *Ja, ich hatte heute Probe und musste früh raus.* Das stimmte natürlich nur halb.

Nervös wartete ich, dass er weiterschrieb, aber er war nicht mehr online. »Du wolltest doch mit mir sprechen ...«, murmelte ich und war kurz davor, ungeduldig das Handy zu schütteln. Aber obwohl ich es so intensiv anstarrte, dass es mich nicht gewundert hätte, wenn Feuerstrahlen aus meinen Augen gekommen wären, blieb es stumm.

Den ganzen weiteren Tag konnte ich an nichts anderes denken. Normalerweise nahmen wir unsere Handys nicht mit in den Probenraum, weil wir ohnehin keine Zeit hatten, drauf zu schauen – und das auch nur sehr ungern gesehen wurde. Heute probten wir auch noch auf der Bühne. Trotzdem behielt ich es den ganzen Tag in Reichweite unter einem Handtuch versteckt, und wann immer ich es riskieren konnte, schaute ich drauf.

Nichts.

Nicht ein Wort.

Ich verwechselte meine Schrittfolge und verpasste zweimal meinen Einsatz, wofür ich Augenrollen kassierte und eine gezischte Bemerkung von Lore. Michael, der Produzent, winkte mich beiseite und fragte mich, ob bei mir alles in Ordnung war. »Geh mal früher schlafen, du siehst müde aus«, sagte er und betrachtete mich mit gerunzelter Stirn.

Als ich nach Hause kam, dämmerte es bereits. Ich war fix und fertig von der Probe und stieg sofort unter die Dusche. Mein Handy ließ ich auf dem Waschbecken liegen und schielte mehrfach durch den Vorhang. Warum sagte er, dass er mit mir reden wollte, und redete dann nicht mit mir?

Während ich mich föhnte, beschloss ich, dass ich keine sechzehn mehr war und ihn einfach anrufen konnte. Genau da piepste mein Handy.

Ja … Tut mir leid, Elvis hatte einen Freund hier und ich musste den ganzen Tag mit ihnen Theater spielen. Maddie, ich schreibe dir, weil … So was wie gestern darf nicht noch mal passieren.

Mir klappte der Mund auf. Ich spürte, wie meine Zunge prickelte. »Was?«, zischte ich empört ins leere Bad hinein. »Wie bitte? Es darf nicht noch mal passieren?« Einen Moment stand ich einfach da wie die Kuh vorm Berg und ließ die Worte in mich hineinsickern.

Dann tippte ich wütend drauflos.

Äh, ich hab dich nicht gezwungen, mich zu küssen, schrieb ich zurück, und es klang genauso beleidigt und verletzt, wie ich mich fühlte.

Es dauerte beinahe eine Minute, bis er antwortete. Eine Minute, die mir vorkam wie Jahre. Ich tigerte auf und ab, das Handy vor der Nase in der Luft. Er schrieb, dann hörte er auf zu schreiben, dann schrieb er weiter, dann war wieder Stille. »Komm. Zu. Potte!«, brüllte ich das Handy an, und Opa, der auf dem Badvorleger gemümmelt hatte, zuckte zusammen und hoppelte aus dem Zimmer. »Nicht du«, rief ich ihm hinterher, machte es damit aber noch schlimmer, denn er schlug einen Haken, verlor ein paar Köttel und verschwand um die Ecke.

Nein, Maddie, ich hab doch nicht den Kuss gemeint!! Ich meinte, als Elvis reinkam und uns gesehen hat. Ach Scheiße, ich kann so was nicht über WhatsApp. Hast du heute noch Zeit? Wollen wir vielleicht irgendwo ein Bier trinken?

Mein Puls schlug ähnliche Haken wie Opa. Ich fühlte, wie ich langsam Luft durch die Zähne ausstieß, und mir wurde in dem Moment erst klar, dass ich sie angehalten hatte. »Danke für den Herzinfarkt«, murmelte ich.

Jetzt war ich es, die eine Weile für die Antwort brauchte. Und ich hoffte, dass er ebenso angespannt wartete wie ich.

Ach so. Ja, können wir machen. Am Dreiländereck? Um 9?

Ich war absichtlich kryptisch und kurz angebunden. Mal ehrlich, wie konnte man sich so missverständlich ausdrücken. »Männer«, knurrte ich. Nicht mal Smileys verwendeten sie, dabei waren die doch genau für solche Sachen erfunden worden – damit man Emotionen aus den Worten herauslesen konnte, die beim bloßen Schreiben verlorengingen.

Okay, sehr gern, schrieb er zurück. Dann kamen ein Doppelpunkt und eine Klammer. Ein Männer-Smiley. Plötzlich prickelte mein Hals wieder.

Eine Weile war ich noch sauer. Sogar ziemlich sauer. Und ein bisschen beleidigt. Doch je länger ich darüber nachdachte, desto mehr verpuffte die Wut. Ich konnte ja verstehen, dass er sich Gedanken machte. Schließlich ging es um Elvis.

Ich zog eine Jeansjacke und Sneakers an und radelte in der Abenddämmerung die Sonnenallee hinauf, an Dönerbuden, Shisha-Läden und Yogastudios vorbei aufs Dreiländereck zu. Und ich war so in Gedanken versunken, dass ich rein gar nichts davon wahrnahm. Hätte mich jemand gefragt, ich hätte hinterher nicht sagen können, ob viel Verkehr gewesen war oder nicht und welche Straßen ich genommen hatte. Dieser Mann hat entschieden zu viel Einfluss auf meine Psyche, dachte ich, als ich mein Rad anschloss und auf die Brücke ging, um auf ihn zu warten. Ganz entschieden. Ella hatte recht, ich durfte mich nicht so durcheinanderbringen lassen.

Ich nahm mir fest vor, ihn auf Abstand zu halten. Und ich hätte es auch geschafft, wäre da nicht dieses verdammt nachdenkliche Lächeln unter seinem verdammt gutaussehenden Bart gewesen, das sofort breiter wurde, als er mich sah, und dieser verdammt gute Mo-Geruch, der mich einhüllte, als wir uns zur Begrüßung umarmten.

Ich hätte es wirklich geschafft.

Nur leider war das alles da. Und es dauerte genau vier Sekunden, da küssten wir uns schon wieder. Mitten auf der

Brücke über dem Fluss. Zwar ohne Regentrommeln und Wachsjackengeruch, aber über uns am Himmel stand ein grinsender Vollmond, der sich ganz sicher dachte, dass ich diesmal selber schuld war an dem ganzen Schlamassel. Und wenn man's genau nahm, stimmte das ja auch.

8

Morgens hatte ich manchmal das Gefühl, von einer langen Reise zurückzukommen, von einem anderen Planeten, auf dem seltsame Visionen der Menschen herumspukten, die ich kannte, aber alles nach anderen Gesetzen funktionierte. Ich brauchte nach dem Aufwachen immer ein wenig, um wieder auf der Erde zu landen.

Als der Wecker klingelte und ich mit geschlossenen Augen nach meinem Handy tastete, um es auszumachen, fühlte ich stattdessen etwas Warmes, Haariges. Eine Millisekunde dachte ich, Opa hätte sich im Schlaf an mich gekuschelt.

Dann fiel mir alles wieder ein.

Vorsichtig öffnete ich ein Auge.

»Guten Morgen.« Mo machte den Wecker aus und sah halb grinsend, halb nachdenklich auf mich hinunter.

Ich öffnete das zweite Auge. »Endet das eigentlich immer so, wenn du einer Frau schreibst, dass du gerne mit ihr reden möchtest?«, murmelte ich.

»Generell nur donnerstags«, erwiderte er mit ernster Miene, und ich warf ein Kissen nach ihm. Er wich aus, küsste mich in den Nacken und brachte alles in mir zum Kribbeln. Das hatte er in der vergangenen Nacht übrigens auch ziemlich gut hinbekommen …

»Vorhin hat ein ziemlich großer Hase versucht, zu uns

ins Bett zu klettern. Es war doch richtig, ihn wieder rauszuschmeißen?« Er stand auf und angelte nach seinen Socken.

»Der arme Opa. Jetzt ist er bestimmt ganz verwirrt. Ich lass ihn eigentlich immer hier schlafen«, erklärte ich und sah mich suchend nach ihm um.

»Bisschen eng für drei.« Mo stand auf und ging mit nichts als Socken bekleidet Richtung Küche. »Kaffee?«

»Auf jeden Fall«, rief ich und sah ihm nach. Er hatte nicht nur ein schönes Lächeln, sondern auch einen sehr ansehnlichen Hintern. Der würde auf jeden Fall einen Platz auf einer meiner Listen bekommen.

Ich nahm mein Handy und tippte auf das Display. Als ich die Uhrzeit sah, schrie ich auf. »Warum ist es so spät?«

Mo steckte seinen Kopf zur Tür herein. »O ja, es hat schon ein paarmal gesnoozt, aber du hast so fest geschlafen, dass ich ...«

Panisch sprang ich auf und rannte an ihm vorbei ins Bad. »Ich muss in fünfunddreißig Minuten am Theater sein!«, brüllte ich.

Natürlich war es vollkommen unmöglich, in fünfunddreißig Minuten von Neukölln aus ans Theater des Westens zu kommen, noch dazu, wenn man nackt war, eigentlich hätte duschen müssen und seine Sachen noch nicht gepackt hatte. Ich versuchte es trotzdem. Die Dusche ließ ich ausfallen, hastig zog ich an, was vom Vortag noch auf dem Wäschekorb lag und peste mit dem Rad zur U-Bahn. Trotzdem war ich beinahe eine halbe Stunde zu spät, hatte nichts gegessen, so gut wie nicht geschlafen, meine Haare sahen aus wie ein geplatztes Sofakissen, und ich hatte noch nicht mal Kaffee in den Venen. Und obwohl ich mit absoluter Sicherheit sagen konnte, dass die letzte Nacht es wert gewesen war, brannte mein Gesicht, als ich in den Ballettsaal stürmte. Mein Magen fühlte sich an, als säße eine ziemlich wütende Wühlmaus darin und würde meine Eingeweide umpflügen.

Sie hatten mit Annika als Sarah angefangen, und es war nicht so schlimm, dass ich nicht da gewesen war. Aber trotzdem hätte ich natürlich dort sein sollen, zuschauen, zuhören, mitlernen. Jede einzelne Person im Raum wusste, dass ich zu spät war. Als ich reinkam, wandten sich alle Augen in meine Richtung, und mir schien es, als wären mir die Worte *Hatte gerade Sex* auf die Stirn tätowiert. Es war genau das eingetreten, was Ella vorhergesehen hatte: Ich ließ mich ablenken.

Von Lore erntete ich einen stirnrunzelnden Blick, von Annika einen gehässigen. Michael, der am Fenster stand und alles beobachtete, tippte auf seine imaginäre Uhr und machte eine fragende Geste mit den Händen. Schuldbewusst nickte ich und senkte den Blick.

Sobald sich die Gelegenheit ergab, kam Paula zu mir und flüsterte: »Und, was Neues von deinem Typen?«

Ich nickte, aber wir konnten nicht reden, weil sie in diesem Moment die Besetzung wechselten und sie dran war mit Singen. Den ganzen Tag versuchte ich verbissen, mein Bestes zu geben. Aber ich war müde und durcheinander, ständig tanzten Szenen von letzter Nacht vor meinem inneren Auge herum, und ohne was im Magen hielt ich genau zwei Stunden durch, bis ich mich wegschleichen musste, um in die Cafeteria zu gehen.

»Alles klar bei dir?« Als ich wiederkam, nahm Lore mich

zur Seite, wo sie mich musterte, als hätte ich etwas verbrochen. »Du siehst ganz schön fertig aus.«

Kleinlaut nickte ich. »Ja, ich musste nur kurz was essen.«

Sie kniff die Augen zusammen. Dafür waren die Pausen da, und das wusste ich auch. Natürlich konnte jeder zwischendurch mal in einen Riegel oder einen Apfel beißen, aber dass man die Bühne verließ, wurde nicht gern gesehen. »Ich hatte nichts dabei«, erklärte ich.

Sie nickte und legte den Kopf schief. »Du weißt, dass das hier quasi deine Probezeit ist?«

Genauso gut hätte sie mir eine Ohrfeige geben können.

»Ja ... ich, natürlich ...«, stammelte ich, aber sie sprach schon weiter. »Ich will dir keinen Druck machen, jeder hat mal schlechte Tage. Aber Vertrag hin oder her, wenn du dem Ganzen nicht gewachsen bist, wirst du ganz schnell ausgetauscht. Du weißt, wie die Produzenten sein können. Ersatz gibt es immer.« Sie warf einen Blick in Richtung Michael, fasste mich an der Schulter und drückte sie leicht. »Du bist gut, Maddie, wirklich gut. Aber reiß dich ein bisschen zusammen, okay?«

Ich nickte wie versteinert.

Es wurde ein richtiger Tag für die Tonne. Als ich schließlich erschöpft in der U1 saß, schloss ich die Augen und lehnte meinen Kopf ans Glas. So was darf nicht noch mal passieren, hämmerte es in meinen Gedanken. Du riskierst hier alles, alles, wofür du die letzten Jahre gearbeitet hast.

Denn es stimmte, was Lore gesagt hatte: Vertraglich hatten sich das Theater und Stage Entertainment zwar an uns gebunden, trotzdem konnten wir jederzeit »ausgetauscht« werden, während die Proben noch liefen. Unser Geld würden wir in jedem Fall bekommen, aber mir ging es nicht ums Geld. Das hier war mein Traum. Ich schüttelte den Kopf und kramte mein Handy aus meiner Jeansjacke.

Also, gestern Nacht war nicht übel, würde ich mal ganz objektiv sagen. Deswegen nehme ich es einfach mal nicht persönlich, dass du nach dem Aufwachen so schnell du nur konntest weggerannt bist.

Ich grinste. Die Nachricht war schon vor ein paar Stunden gekommen, aber ich hatte heute natürlich nicht gewagt, aufs Handy zu schauen.

Nicht übel?, schrieb ich zurück und setzt ein stirnrunzelndes Smiley hinter meine Worte.

Diesmal antwortete er sofort. *Gut, man könnte auch sagen, sie war ziemlich grandios.*

»Schon besser«, murmelte ich, und der Mann neben mir warf mir einen fragenden Blick zu.

Würde ich auch sagen. Wiederholung gefällig?, schrieb ich, ohne nachzudenken, und schob die Tatsache, dass ich mir eben noch geschworen hatte, dass so was nicht noch mal passieren sollte, ganz weit weg in den hintersten Winkel meines Bewusstseins. Dann würde ich eben ab jetzt ganz besonders aufpassen. Das bekamen andere schließlich auch hin. Es konnte ja nicht sein, dass man im Zölibat leben musste, wenn man für ein Musical probte. Man musste es eben nur genau planen und durfte sich nicht zu sehr mitreißen lassen. Irgendwo in meinem Hinterkopf wusste ich schon, dass das nicht so leicht war, wie es sich anhörte, und ich mir selber was vormachte, aber das war mir in diesem Moment egal. Alles, woran ich denken konnte, war Mo.

Jederzeit ... aber, können wir vorher kurz reden?

Ich stöhnte leise auf.

Das wolltest du gestern eigentlich auch.

Ich weiß. Hat nicht so gut geklappt, was?

Ich musste gegen meinen Willen lächeln. *Nein, nicht wirklich.*

Tatsächlich hatten wir fast gar nicht gesprochen. Wenn es nach mir ginge, könnte das gerne auch so bleiben, ich musste das Ganze so locker wie möglich halten. Denn ich merkte jetzt schon, dass ich drauf und dran war, mich ernsthaft zu verlieben.

Und das passte mir überhaupt nicht in den Kram.

Willst du herkommen? Ich habe sturmfrei. Elvis ist bei seinen Großeltern.

Das klingt toll, tippte ich, und obwohl ich schrecklich müde war, prickelte mein Bauch allein bei dem Gedanken, ihn wiederzusehen. *Aber ich muss vorher duschen und was anderes anziehen. Ich sehe noch genauso aus, wie ich heute Morgen aus dem Haus bin.*

Also super, schrieb er, und ich stöhnte leise auf. »Warum muss er auch so scheiße süß sein«, fauchte ich an mein Handy gewandt, und der Mann neben mir rückte demonstrativ ein Stück von mir ab.

Als Mo die Tür öffnete und ich den Wein in die Höhe hielt, den ich mitgebracht hatte, strahlte er übers ganze Gesicht, und diesmal wusste ich ganz sicher, dass es ein Lächeln war, das nur ich bekam und niemand sonst. Was soll ich sagen ... Bevor er mich begrüßen konnte, küssten wir uns schon. Und diesmal war es definitiv meine eigene Schuld.

Als wir uns gefühlte zwei Stunden später etwas atemlos voneinander lösten, musste ich lachen. »Ich dachte, du wolltest reden.«

Er grinste ertappt. »Will ich auch.«

»Na, solange du nicht mit allen Menschen so redest, geht das klar.«

Plötzlich wurde seine Miene ernster. »Ich wollte eigentlich tatsächlich reden. Willst du ein Bier, bevor wir kochen?«

Er ging zum Kühlschrank, ich warf meine Jacke über die Garderobe und sah mir die Wohnung an. Es war kein Altbau, aber was die Räume an Charme vermissen ließen, machte die Einrichtung wett – überall standen Pflanzen in großen Töpfen, an den Wänden hingen selbstgemalte Bilder von Elvis neben großen Fotodrucken mit botanischen Motiven, und es war zwar ziemlich unaufgeräumt, dafür aber gemütlich. *Ich* hätte es nicht ausgehalten, aber mich machte generell nur mein eigenes Chaos kirre. Das von anderen Leuten gab mir im Gegensatz meist das Gefühl, mein Leben ganz gut im Griff zu haben. Durch die Fenster sah man die blinkenden Lichter der Gropiusstadt-Hochhäuser. Als ich ins Wohnzimmer kam, das zur Küche hin offen war, lächelte ich überrascht. Neben einem kleinen Sofa baumelten zwei Hängematten von der Decke. Über dem Wohnzimmertisch hing ein riesiges Gebilde aus Ästen und gelb angemalten Papierkugeln in unterschiedlicher Größe. Fasziniert blieb ich davor stehen und stupste es mit dem Finger an. Das Ganze wackelte bedrohlich.

»Was ist das?«, fragte ich, als Mo mir ein Bier reichte.

»Das …«, sagte er und ließ sich in eine der Hängematten fallen, »… ist die Milchstraße.«

»Ahhh …« Ich blickte noch mal nach oben, um zu schauen,

ob mir diese Info half, das Gebilde besser zu verstehen. Sie tat es nicht. »Dachte ich es mir doch!« Schwungvoll ließ ich mich in die andere Matte fallen – und wäre beinahe hintenübergekippt. Mo konnte gerade noch den Arm ausstrecken, um mich festzuhalten.

»Und warum habt ihr ein lebensgroßes Abbild der Milchstraße im Wohnzimmer hängen?«, wollte ich wissen, als ich einigermaßen sicher saß.

Er lachte in sein Bier. »Na, ganz maßstabgetreu ist es nicht. Das haben Elvis und Lila mir mal zum Geburtstag geschenkt«, erklärte er dann.

»Weil du Hobbyastrologe bist?«

»Weil ich Milchstraßensehnsucht habe.« Er grinste etwas verschämt, und die Haut um seine Augen legte sich in winzige Lachfalten. »Weißt du, ich wollte nie nach Berlin. Das hat sich damals so ergeben durch Lilas Job. Ich bin für sie geblieben, und dann natürlich für Elvis. Und obwohl ich mittlerweile sogar irgendwie gerne hier lebe, habe ich immer auch ziemlich viel gemeckert. Du weißt schon, der Schmutz, die unfreundlichen Menschen, die U8 ... Gibt schon 'ne Menge, was man an Berlin nicht so toll finden kann. Na ja, und an jedem schönen Sommerabend habe ich mich wohl – so wird es mir zumindest nachgesagt – darüber beschwert, dass man in der Stadt die Milchstraße nicht sehen kann.«

»Wegen der Lichtverschmutzung?« Ausnahmsweise war ich ziemlich sicher, dass das keine dämliche Frage war.

Er nickte. »Und irgendwann konnten sie es nicht mehr hören und haben sie mir einfach geschenkt, damit ich Ruhe gebe.«

Das war ziemlich rührend. Aber irgendwo ganz tief in meinem Bauch lösten seine Worte ein ungutes Gefühl aus. Vielleicht, weil sie mir klarmachten, wie viele unzählige kleine und große Geschichten die drei in den Jahren zusammen angesammelt hatten. Wie viele Erlebnisse und Erinnerungen. Wie sehr sie zusammengehörten, auch wenn sie nicht mehr zusammen waren.

Dass ich nicht dazugehörte.

Dass sie eine Familie waren.

Dass er ein Vater war und ich keine Mutter.

Zum Glück will ich ja sowieso nur was Lockeres, dachte ich und trank von meinem Bier. Aber mein Hals war enger geworden und machte es schwer zu schlucken. Die Wühlmaus in meinem Magen machte sich wieder bemerkbar und ich versprach ihr, sie später gut zu füttern, wenn sie jetzt mal kurz Ruhe gab.

Als ich genauer hinsah, entdeckte ich überall in der Wohnung Spuren von Lila. Ihr Bild stand auf einer Kommode, an der Garderobe hing eine Jacke von ihr, und die Einrichtung war ganz sicher auch nicht nur von Mos Hand. Und ich vermutete stark, dass überall in den Schubladen und Schränken noch Dinge von ihr lagen. Ein Jahr Trennung war lang und gleichzeitig sehr, sehr kurz. Außerdem würden hier wahrscheinlich auch nach zehn Jahren noch Bilder von ihr stehen. Und eigentlich war das genau richtig. Schließlich würde sie immer Elvis' Mutter sein.

»Du wunderst dich wahrscheinlich …« Mo deutete auf Lilas Jacke. »Wir leben im Nestmodell.«

»Im was bitte?« Ich lachte. »Keine Ahnung, wovon du sprichst.«

»Ist auch nicht so sehr verbreitet, würde ich sagen. Es ist eine Art, wie soll ich sagen … Elterntausch.« Er hob die Schultern und lachte leise. »Okay, das klingt jetzt wie ein Disneyfilm. Es ist eigentlich ganz einfach. Elvis lebt immer hier, und Lila und ich tauschen. Meistens jede Woche, ab und an auch mal jede zweite. Wir haben noch eine andere kleine Wohnung, in der der jeweils andere lebt.« Er sah mich an, als wäre er unsicher, was ich davon halte. »Hört sich schräg an, was?«

»Hört sich gut an«, erwiderte ich. »Für Elvis zumindest.«

Er nickte. »Ja, für ihn ist es auf jeden Fall das Beste so, es gibt ihm Sicherheit. Und er hat schon genug mit der Trennung zu tun, auch ohne die ganz Zeit hin und her geschoben zu werden. Wir fanden beide, dass wir es ihm nicht antun können, ständig seinen kleinen Rucksack zu packen. Deswegen ist das hier das Nest, und wir sind die Rabeneltern, die kommen und gehen.«

Ich musterte ihn. »Und für euch? Für dich?«, fragte ich und trank einen Schluck Bier.

Mo vermied meinen Blick. »Für uns ist es … okay.« Er zog eine Grimasse. »Es ist seltsam, zwei Zuhause zu haben. Und es ist seltsam, dass alles irgendwie gleich ist, aber auch ganz anders. Dass man ständig gehen muss. Ich weiß nicht, vielleicht machen wir es nur ein paar Jahre so, solange Elvis noch klein ist. Wir halten es schon aus. Aber es ist vor allem eins: anstrengend.« Er seufzte, und ich dachte zum ersten Mal, seit ich ihn kannte, dass er erschöpft wirkte. Und selbst wenn er lächelte, auch immer irgendwie traurig.

»Was würde Lila sagen, wenn sie wüsste, dass wir hier …«

Ja … dass wir was? Ich hatte keine Ahnung, wie ich den Satz beenden sollte, und ließ ihn in der Luft verklingen.

Zu meiner Überraschung gab Mo ein etwas abfälliges Geräusch von sich. »Sie würde gar nichts sagen. Das könnte sie auch gar nicht, schließlich hat sie schon lange wieder jemand Neues.«

»Du meinst Sina? Ist deshalb die Beziehung ...?«

»Nein. Das hatte andere Gründe.« Gedankenverloren knibbelte er am Papier seiner Bierflasche herum. Es war klar, dass das nicht sein Lieblingsthema war. Er seufzte. »Vor der Trennung war es einfach schlimmer als hinterher. Deswegen weiß ich, dass es richtig war. Wir beide wissen es. Aber trotzdem ist es nicht immer leicht. Wir haben uns einfach ... nicht mehr richtig glücklich gemacht.«

Weil ich nicht wusste, was ich darauf antworten sollte, nickte ich nur unsicher. »Trennungen sind furchtbar, selbst wenn sie gut für einen sind«, flüsterte ich.

Er erwiderte nichts, trank nur einen Schluck Bier und starrte aus dem Fenster.

Ich fasste mir ein Herz, setzte mich so gut es ging in den Schneidersitz und räusperte mich leise. »Ich wollte übrigens auch mit dir reden.«

Erstaunt sah er auf. »Ja?«

Ich nickte. »Also, ich weiß ja nicht genau, was du mir sagen wolltest, aber ich gehe mal davon aus, dass es darum geht, dass Elvis was mitbekommt?« An seinem Gesicht sah ich, dass ich ins Schwarze getroffen hatte. Er öffnete den Mund, aber ich sprach rasch weiter. »Das verstehe ich. Es ist ja schon schwer genug für ihn mit der Trennung.«

Er schien erleichtert und gleichzeitig überrascht. »Genau. Das ist mir echt wichtig. Deswegen ...« Plötzlich lachte er. »Scheiße, so eine Unterhaltung sollte man wirklich nicht führen müssen, wenn man sich noch gar nicht richtig kennt. Das ist so was von …« Ihm schien kein Wort einzufallen. »Unlocker …«, sagte er dann, als wollte er probieren, wie es sich anhörte. »Und unlocker klingt gleich noch zehnmal unlockerer.« Er seufzte. »Du weißt, was ich meine.«

Ich wusste es tatsächlich haargenau.

Er rieb sich mit der Hand über das Gesicht. »Ich mag dich, Maddie«, sagte er leise, und irgendwie klang es nicht besonders froh. Er wich meinem Blick aus.

Ich lehnte mich zu ihm, fasste seinen Pulli, zog leicht an seinem Ärmel und stieß mich gleichzeitig am Boden ab, so dass die Hängematten sanft zu schaukeln begannen. »Ich mag dich auch. Ist das so schlimm?«

»Nein, natürlich nicht. Aber, es … Scheiße, ist das schwer.« Wieder brach er ab. »Ich habe ein Kind. Und ich weiß, dass es das Unromantischste ist, was man überhaupt machen kann, gleich mit dem Thema anzufangen. Normalerweise wäre es natürlich egal. Wir könnten uns einfach sehen, wenn Elvis bei Lila ist. Aber du bist im Garten, wir treffen dich die ganze Zeit, Elvis mag dich so, er spricht ständig von dir. Und du freundest dich mit Lila an …« Er machte eine hilflose Geste mit den Schultern. »Da ist es schwer, es einfach auf sich zukommen zu lassen.«

Ich wusste nicht, was ich sagen sollte. Ich mochte Mo. Ich mochte ihn sogar sehr. Vom ersten Moment an war da etwas zwischen uns gewesen. Ich freute mich immer viel zu sehr darauf, ihn zu sehen. Ich mochte seine Gegenwart, seine ruhige Art, seine dunkle Stimme, ich mochte es, wie er mit Elvis war, wie sehr er den Garten liebte, dass er sich immer Zeit nahm, um etwas zu erklären oder richtig zu verstehen. Alles in mir prickelte, wenn er in der Nähe war. So etwas hatte ich noch nie erlebt, nicht so schnell, nicht so intensiv. Ich mochte auch Elvis und wollte auf keinen Fall, dass er noch mehr durcheinandergebracht wurde. Und ich mochte Lila, ich mochte es, wie gut sie zuhörte, wie sehr sie sie selbst war, wie sicher und tough und gleichzeitig sensibel sie war, wie sie sich anzog, wie sie sprach, wie sie an einer Handvoll Erde roch, als wäre es das Schönste auf der Welt. Nichts fehlte mir mehr als eine Freundin, die mich wirklich verstand.

Und ich mochte den Garten.

Ich mochte es, wie ich mich abends fühlte, ausgelaugt und doch erfüllt, wie meine Hände rochen, wenn ich in der Erde gewühlt hatte, wie alle um den großen Tisch zusammensaßen und redeten. Ich mochte all die neuen Begriffe auf meinen Listen, ich mochte sogar Inge. Es war eine neue Welt, und sie passte eigentlich überhaupt nicht zu mir, und trotzdem fühlte ich mich in ihr wohl. Angekommen.

Und nützlich.

Noch war nicht viel passiert, das all das aufs Spiel setzen würde. Und vielleicht sollte es das auch nicht.

Nachdenklich trank ich einen Schluck aus meiner Bierflasche. »Ich denke, dass wir ständig gegeneinanderknallen, muss irgendwas bedeuten.«

Er öffnete den Mund, um etwas zu sagen, doch ich sprach rasch weiter: »Aber ich verstehe, wenn du nur was Lockeres willst und das von Elvis fernhalten musst. Das kommt mir ehrlich gesagt auch gelegen …« Ich holte tief Luft und sagte, was ich nicht sagen wollte: »Ich habe gerade einfach keinen Kopf für was Ernstes. Ich muss mich auf die Proben konzentrieren und darf mich nicht ablenken lassen. Das ist im Theater immer so, wenn sie merken, dass du es nicht bringst, kann es ganz schnell gehen und du bist weg vom Fenster. Und heute Morgen war wirklich nicht schön. Also, ich weiß ja nicht, ob du überhaupt ... du weißt schon«, setzte ich hastig hinzu. Er hatte recht, das Gespräch war grauenvoll unlocker. Aber ich hatte keinen blassen Schimmer, wie ich das ändern könnte.

Er legte den Kopf zurück und sah mich an. Eine ganze Weile sagte er nichts, schaukelte nur vor und zurück und schien tief in Gedanken versunken. Dann seufzte er. »Ja, so was Ähnliches wollte ich wahrscheinlich auch sagen.«

Es tat mehr weh, als ich erwartet hätte.

Viel mehr.

Aber er sprach nicht weiter, sah mich nur an, und so nickte ich. »Gut, dann sind wir erst mal einfach Gartenfreunde. Mit gewissen Vorzügen, sozusagen. Solange es funktioniert. Und das streng geheim.« Ich lachte, aber irgendwie fühlte ich mich gar nicht nach lachen. Er sah verwirrt aus, und ich hätte ihm so gerne gesagt, dass ich ihn nicht nur mochte, sondern *sehr* mochte. Dass ich beinahe ununterbrochen an ihn dachte. Dass ich nie wieder eine Wachsjacke würde tragen können, ohne sein Gesicht zu sehen und den Regen zu hören, der auf das Dach des Gewächshauses trommelte. Aber ich wollte drei Dinge auf gar keinen Fall:

1. *meinen Job gefährden*
2. *den Garten verlieren*
3. *mich wieder verlieben, um dann verlassen zu werden, weil ich nicht genug Zeit hatte*

Mo stand auf und stellte seine Flasche auf den Tisch. »So, nach diesem wunderbar schrecklichen Gespräch brauche ich was zu essen. Schwagetti?«

Ich lächelte, und er zog mich aus der Hängematte hoch. »Schwagetti sind immer gut!«

Er nickte und ging Richtung Küche. Doch plötzlich blieb er stehen und drehte sich noch mal um. »Übrigens wäre es mir sehr recht, wenn auch Lila erst mal nichts erfahren würde.«

9

Wie machten die das in den Filmen immer? Dieses unverbindliche *Wir schauen mal, was wird, und überstürzen nichts, wir treffen uns nur ganz casual nebenbei und definieren unsere Beziehung erst mal nicht weiter.* Es klingt locker flockig unkompliziert modern.

Ist es aber nicht.

Ganz und gar nicht.

Neben dem klitzekleinen Problem, dass ich mich nicht verlieben durfte / wollte / sollte, war es gar nicht so einfach, diese unkomplizierten Treffen zu organisieren.

Es war im Gegenteil sogar ziemlich kompliziert.

Nun hatte ich noch einen weiteren Punkt auf meinen Listen, den es irgendwie in meinen Zeitplan zu integrieren galt. Obwohl ich es selbst so gewollt hatte, wurde der Spagat zwischen Beruf und Privatleben in den nächsten Wochen mit jedem Tag weiter und weiter. Ich konnte nicht mehr auf den Garten verzichten, es machte mich einfach zu glücklich, mit Hinnert die Hühner zu versorgen, mit Hanni zu kochen, mit Ulli umzutopfen, mit Mo Tofu zu räuchern und mit Lila unter den Apfelbäumen zu sitzen und zu reden. Ich lernte, wie man einkocht und fermentiert, wie man Rosen zurückschneidet, Blumenzwiebeln fürs nächste Jahr aufbewahrt, Samen gewinnt, einen Teich entschlammt, Hochbeete baut, Tee trocknet, Sirup einkocht – und eines schönen Freitagabends zauberte ich im Küchenwagen ganz alleine für elf hungrige Gartenfreunde ein zwar etwas zermatschtes, aber doch sehr schmackhaftes Menü, das zu hundert Prozent aus Zutaten aus der Grünen Freiheit bestand. Selten war ich so stolz auf mich wie an diesem Abend.

Der Garten machte mich glücklich, ich mochte die Maddie, die ich war, wenn ich in den Beeten wühlte und mit den Hühnern schäkerte. Aber das Theater war mein Leben, meine Leidenschaft, meine große Liebe. Ich brauchte es wie die Luft zum Atmen. Und Mo war ... nun, eben plötzlich auch noch da. Und auf ihn konnte ich auf gar keinen Fall verzichten.

An manchen Abenden war ich so müde, dass ich auf dem Nachhauseweg in der Bahn oder im Bus einschlief. Einmal fuhr ich mit der M41 bis zur Köllnischen Heide durch und musste dann ein Uber nach Hause nehmen, was ein großes Loch in meine Haushaltskasse riss.

Im gleichen Maß, wie sich meine Beziehung zum Garten intensivierte, intensivierte sich auch meine Freundschaft zu Lila. Sie holte mich ab, wenn sie mit ihrem klapprigen Mondeo in den Baumarkt fuhr, wir beluden die Wagen mit Blumen und Gartenerde und tranken dann beim Bäcker am Eingang zwei Stunden lang Kaffee und quatschten über alles, was uns in den Sinn kam. Sie war einer dieser Menschen, mit denen man endlos reden konnte und dann nach Hause ging und sie anrief, weil man vorher etwas vergessen hatte, das man unbedingt noch erzählen wollte. Sie nahm mich mit, wenn sie mit Elvis aufs Land tuckerte, um in Gärtnereien besondere Blumen oder Samen zu kaufen, wir machten die

Secondhandläden der Stadt unsicher, probierten uns durch die Biergärten, tanzten Salsa am Monbijoupark und kochten im Garten so viel Marmelade ein, dass man halb Berlin damit hätte versorgen können.

Mo und ich trafen uns meist in der kleinen Wohnung – die in den Wochen, wenn er bei Elvis wohnte, auch Lilas Wohnung war. Das machte es auch nicht leichter. Zu wissen, dass sie normalerweise in dem Bett schlief, in dem nun ich schlief, fühlte sich falsch an. Dass ich ihr nichts von Mo und mir erzählen konnte, ließ mich nachts wachliegen und mit Bauchschmerzen an die Decke starren. Aber er bestand darauf, dass sie nichts erfahren sollte, solange es nichts zu erfahren gab. Ich fand, dass ich ihm diese Entscheidung nicht abnehmen durfte.

Aber mit den Tagen und Wochen wurde es doch auch immer mehr zu meiner Entscheidung.

*

»Wenn ihr mich in den Teich schmeißt, werde ich wirklich, wirklich sauer sein!«

Neben mir kicherte es leise. Ich versuchte, unter Mos Hand durchzuschauen, aber er presste sie mir als Antwort nur noch fester vor die Augen. »Stillhalten. Nicht schummeln!«, befahl er.

»Aber mir wird schwindelig«, beschwerte ich mich.

»Stell dich nicht so an. Wer überrascht werden will, muss das eben kurz aushalten.«

»Ich will nur überrascht werden, wenn es was Gutes ist«, maulte ich.

»Ist es«, brüllte Elvis. »Los, folge meiner Stimme!« Er lief offensichtlich vor mir her. »Los, los los, immer weiter. Puttputtputt. Komm, komm, komm. Brave Maddie.«

»Hey, ich bin kein Huhn«, rief ich, stolperte blind ein paar Schritte in die Richtung, in der ich ihn vermutete, und zog Mo hinter mir her, der mir immer noch die Augen zuhielt.

»Das wirkt nicht nur bei Hühnern«, kicherte Elvis, und plötzlich war seine Stimme hinter mir.

»Das gilt nicht.« Ich blieb stehen. »Was macht ihr mit mir?«

»Okay, schön. Wer hätte gedacht, dass du so ein Jammerlappen bist.« Mo schob mich vorwärts, und ich lief unfreiwillig ein paar Schritte, bis wir abrupt stehen blieben. Er nahm die Hände von meinen Augen, und ich blinzelte ins Sonnenlicht.

Dann sah ich Elvis, der aufgeregt auf der Stelle hüpfte. »Ähh ... die Überraschung bist duuu?«, fragte ich belämmert, und er verdrehte die Augen. »Dein eigenes Beet!«, rief er und zeigte auf einen Fleck kahler Erde neben sich, den ich jetzt erst bemerkte. »Ulli und Papa haben es gestern umgegraben. Damit du auch was zum Kümmern hast und richtig dazugehörst!«

»Oh!« Langsam verstand ich, was sie mir hier gerade präsentierten. Ich war so gerührt, dass ich einen Moment nicht sprechen konnte. »Das ... habt ihr für mich gemacht?«, fragte ich mit belegter Stimme.

Mo nickte und rieb sich den Nacken. Ich konnte sehen, dass es ihn freute, wie sehr ich mich freute. »Es war Elvis' Idee. Du musst es natürlich nicht nutzen, aber wenn du ...«

»Klar nutze ich es!« Ich fiel ihm um den Hals und vergrub

mein Gesicht in seinem Pullover. Er roch so gut, dass es mir sehr schwerfiel, ihn nicht zu küssen.

Mo schien das zu merken, denn er versteifte sich. Sofort rückte ich ein Stück von ihm ab und ließ ihn los. Dann ging ich in die Knie und umarmte auch Elvis. »Das. Ist. Die. Beste. Überraschung. Die. Ich. Je. Bekommen. Habe«, rief ich und drückte ihn bei jedem Wort ganz fest, so dass er protestierend strampelte. »Du musst mir jetzt aber alles erklären, wie man das macht, mit einem eigenen Beet. Das gehört zur Überraschung dazu, oder?«, sagte ich, und er nickte stolz. »Na klar. Ulli hat schon gesagt, er sortiert dir ein paar super Setzlinge aus, und Mama hat Samen für Blumen, falls du welche magst. Und du kriegst eine Erdbeere von mir!« Er sah zu mir auf. »Dann musst du jetzt aber noch viel öfter herkommen. Um dich zu kümmern.«

Ich zog eine Grimasse. »Da hast du natürlich eigentlich recht. Ich versuch es. Aber weißt du, ich habe nicht so viel …«

»Elvis, Maddie hat ihr eigenes Leben, sie kann nicht jeden Tag in den Garten kommen.« Mo wuschelte seinem Sohn durchs Haar. »Das weißt du doch.«

Elvis nickte enttäuscht und schob seine Brille hoch. Ich biss mir auf die Wange. Es war schon schwer genug, alles zu jonglieren, da brauchte ich wirklich nicht auch noch sein enttäuschtes kleines Gesicht, um mir ein schlechtes Gewissen zu machen. »Komm, wir gehen zu Ulli und holen diese Setzlinge, die er mir versprochen hat. Und dann zeigst du mir, wie man sie einbuddelt.« Ich nahm ihn an der Hand und zog ihn mit mir. »Aber ich sage es dir jetzt schon mal: In meinem Beet wird pingelige Ordnung herrschen! Nicht so Kraut und

Rüben wie bei dir da drüben. Ich will Reihen! Und ich will kleine Schilder. Sonst weiß ich nicht, was was ist. Und dann werde ich fuchsig.«

Er lachte, und ich konnte genau sehen, dass er mich mal wieder ziemlich seltsam fand. Aber er zog mich an der Hand hinter sich her Richtung Gewächshäuser. Als ich einen Blick über die Schulter zurückwarf, hatte Mo die Hände in die Seiten gestemmt und sah uns nach. Ich konnte den Ausdruck in seinen Augen nicht deuten, aber er sah nicht glücklich aus.

»Es gibt Leute, die sagen, Tomaten brauchen 'nen halben Meter, Minimum. Aber ich quetsch die immer jut. Hab das Gefühl, die mögen's, wenn's ein bisschen kuschelig wird. Ich geize dann lieber ganz viel aus, und wir ham ja auch jut Durchzug hier.« Ulli überhäufte mich geradezu mit Setzlingen für mein Beet. Er hatte eine ganze Schubkarre vollgeladen und fuhr sie mir in Position. »Buschbohnen, Mangold, Jakon, Spinat ... Das kannste alles da in den Schatten knallen. Kriechst dann nicht viel, aber besser wenig als wie nüscht, sach ich immer!« Er lachte. »Ich würde dir ja helfen, aber ich hab Hanni versprochen, ihr mit den Töpfen zur Hand zu gehen. Machst halt irgendwie 'ne Reihe, so nach Augenmaß, kriechste schon. Was wichtig ist, ist der Abstand. Nicht zu sehr quetschen, sonst haste nachher Kuddelmuddel. Außer bei die Tomaten, wie jesacht.«

Machst halt irgendwie 'ne Reihe.

Da kannte er mich aber schlecht.

Elvis und ich begannen gleich mit der Arbeit, und ich holte mir einen Rechen, dessen Stiel ich als Maßband benutzen konnte. Elvis lachte mich dafür zwar aus, aber wenn schon, dann wollte ich es gleich richtig machen.

Etwas Seltsames passierte, als ich so in der Erde kniete und die kleinen Pflanzen in die Löcher steckte. Ich fühlte mich ruhig. Nicht mehr gestresst. Irgendwann bemerkte ich, dass ich schon eine ganze Weile nicht mehr über Mo und Lila nachgedacht hatte. Nicht mehr über die Zukunft. Darüber, dass ich die Proben zwar noch gut hinbekam, aber morgens und abends vor Müdigkeit oft nicht mehr klar denken konnte. Dass ich einfach hier war, bei mir, ohne zu planen, zu fürchten, zu ordnen, zu hoffen, zu stressen.

Das Beet war ein größeres Geschenk, als die beiden ahnen konnten.

10

Man kann sagen, was man will, Altbau hat seinen ganz eigenen Charme. Nichts geht über knarzende Dielen und geheimnisvollen Deckenstuck. Noch charmanter war er allerdings in der renovierten Variante.

Etwas beklommen betrachtete ich den mannshohen alten Kachelofen in der Zimmerecke und die Tapete, die sich oben an den Rändern bereits abschälte. Die letzten Wochen über hatte ich erfolgreich verdrängt, in welchem Zustand meine Wohnung war. Nun aber würde mein Vater jeden Moment aus dem Bad kommen, und ich sah das Ganze mit seinen Augen.

Das Urteil war ziemlich vernichtend …

Ich verlagerte mein Gewicht nach vorne auf den rechten Fuß, und das ohrenbetäubende Knarzen der Dielen ließ mich zusammenzucken.

»1892 erbaut.« Gabis Stimme drang aus dem Laptop, der aufgeklappt auf dem Tisch stand. Durch das Zoomfenster grinste sie mir zu. »Und wenn du mich fragst, viel mehr als ’ne Wand zwischen Klo und Wohnzimmer einzuziehen, hammse seitdem auch nicht mehr dran gemacht.«

Es klang stolz.

Ich nickte unbehaglich. Das glaubte ich sofort. Und Papa würde damit sicher auch keine Probleme haben.

»Du, Gabi, ich muss jetzt wirklich los …«, setzte ich an,

aber da drang aus dem Bad Wasserrauschen und gleich darauf ging schon die Tür auf. »So, dann zeig mal her, dein neues Rei…« Mein Vater stockte mitten im Satz und riss schockiert die Augen auf.

»Tadaaaa!« Ich breitete die Arme aus, als würde ich ihm eine Geburtstagsüberraschung präsentieren. Er sah mich an, als zweifelte er an meiner geistigen Gesundheit. Ernüchtert ließ ich die Arme wieder sinken.

Es war wohl doch etwas blauäugig gewesen, mich in einem unrenovierten Altbau einzumieten. Aber wer den Wohnungsmarkt hier kannte, wusste, dass mir nicht viel anderes übriggeblieben war. Wochenlang hatte ich alle fünf Minuten die Anzeigen auf ebay-Kleinanzeigen erneuert. Aber es war zum Wahnsinnigwerden. Es gab einfach keine Wohnungen. Und wenn es welche gab, wurden sie nur zum Tausch angeboten. Oder sie waren so kurz online, dass ich es gerade schaffte, mein freundliches *Ist die Wohnung noch frei, ich würde mich so freuen, wenn ich sie anschauen dürfte …* zu tippen, um nach dem Absenden darüber informiert zu werden, dass die Anzeige nicht mehr existierte.

Gabi winkte meinem Vater, dem es die Sprache verschlagen hatte: »Tachchen. Gabi. Sie müssen der Maddie-Daddy sein. Freut mir!«

Mein Vater blickte einen Moment benommen auf den Bildschirm, als hätte er vergessen, wie Begrüßungen funktionierten, dann nickte er, wie in Trance. In diesem Moment hoppelte Opa ins Zimmer. Er hielt mitten auf dem Teppich an, verharrte ein paar Sekunden in scheinbarer Schockstarre, und als er weiterhoppelte lagen etwa fünfzehn braune, glänzende Köttel auf dem peruanischen Webmuster.

Die Augen meines Vaters wurden so rund wie Suppenteller. Man konnte ihm seine Gedanken am Gesicht ablesen. Er war ohnehin dagegen gewesen, dass ich nach Berlin ging. *Zu laut, zu voll, zu viele Verrückte* (seine Worte). *Sein kleines Mädchen alleine in der großen Stadt* … Ich wusste, dass es ihm schlaflose Nächte bereitet hatte. Meiner Mutter selbstverständlich auch, aber sie war bei solchen Dingen schon immer etwas entspannter als er, sah die Chancen eher als die Gefahren. Natürlich war auch ihm klar, dass mir keine große Wahl blieb, aber ich wusste, dass er sich trotzdem Sorgen machte. Er hatte sich gefreut, dass ich bei einer älteren Frau untergekommen war, die »mich ein bisschen betüddeln« konnte (ebenfalls seine Worte). Daher hatte ich Details über Gabi und unsere seltsame Hasen-WG bisher bewusst verschwiegen.

Ich versuchte, es positiv zu sehen. Ein paar Besuche im Baumarkt, ein paar Eimer Farbe und vielleicht ein neuer Vorhang würden das Ganze schon rumreißen. Dafür war Papa ja schließlich gekommen.

Mein Vater sah das jedoch offensichtlich anders. »Ach. Du. Scheiße«, entfuhr es ihm, wenig galant. Bestürzt fuhr er sich mit der Hand über den Bart. »Maddie, das kannste vergessen! Das kannste di-rekt vergessen.«

Gabi blinzelte ungerührt. »Is rudimentär, aber so was gibt's nicht mehr oft. Noch richtig original Altbau.«

»Wohl eher original Rokoko.« Mein Vater schnaubte. »Rudimentär. Dass ich nicht lache. Sie können nicht ernsthaft erwarten, dass jemand Geld dafür zahlt, dass er hier wohnt.«

»Papa!« Entsetzt zog ich mit meinem Finger eine Linie über meine Kehle. Angespannt blickte ich zum Laptop hinüber, aber Gabi schien sich an dem aggressiven Ton meines

Vaters nicht zu stören, sie zuckte nur mit den Schultern. »Von wegen, Sie hätten mal sehen sollen, wie die Hipster hier Schlange standen. Hatte mehr als hundertsiebzig Bewerbungen. Aber bin froh, dass ich Maddie gefunden habe!« Sie lächelte mir zu. »Hatte hier früher meinen Hobbyraum. Aber seit ich immer im Garten bin, mach ich nicht mehr viele Seidenschals«, erklärte sie und seufzte leise. »Und finden Sie erst mal jemanden, dem der Hasengeruch nichts ausmacht. Na ja, ich muss dann auch mal wieder. Tobt euch ruhig aus, bin froh, wenn sich mal einer kümmert. Hat mir jefreut!« Sie winkte in unsere Richtung, und das Zoomfenster wurde schwarz.

»Froh, wenn sich einer kümmert …« Mein Vater starrte auf den Bildschirm, als hätte er eine Erscheinung gehabt. »Froh, wenn sich einer kümmert. Ich glaub, ich bin im falschen Film.«

»Papa, jetzt reg dich nicht auf. Ich hab Kuchen gekauft, wir trinken jetzt erst mal einen Kaffee und besprechen die Lage.«

»Die Lage? Die Lage ist absolut inakzeptabel. Wie willst du denn hier bitte einen Winter überstehen, Maddie?« Er ging zum Fenster, öffnete es und betrachtete die Verglasung. »Hab ich's mir doch gedacht. Beim ersten Frost baumeln dir hier die Eiszapfen von der Nase!«

»Es gibt doch eine Heizung«, versuchte ich zu beschwichtigen, aber er ging jetzt an den Wänden entlang, presste ein Ohr gegen die Tapete und klopfte mit dem Knöchel dagegen, als suchte er eine verborgene Falltür. Das zurückhallende Geräusch schien ihm ganz und gar nicht zu gefallen, sein Blick wurde immer finsterer, und seine Augenbrauen wanderten in ungeahnte Höhen. »Hohl«, sagte er mit Grabesmiene.

»Will nicht wissen, was da alles drin wohnt. Und das hier …« Er trat in die Mitte des Zimmers, blieb neben Opas Kötteln stehen, die jetzt nicht mehr glänzten, sondern einen torfigen Braunton angenommen hatten, und wippte einmal auf und ab. Das Knarzen war ohrenbetäubend. »Das hier ist einfach … also mir fehlen die Worte. Und sag mir nicht, dass du vorhast, dieses Monster da anzufeuern!« Anklagend zeigte er auf den Kachelofen.

»Natürlich nicht«, versicherte ich rasch, aber er hörte mir gar nicht zu. »Da ist eine Kohlenmonoxidvergiftung vorprogrammiert. Auf gar keinen Fall wirst du das auch nur erwägen!« Kopfschüttelnd trat er an den Ofen und öffnete die Klappe. »Okay, das ist eindeutig ein Vorkriegsmodell. Meine erste Amtshandlung hier wird sein, dieses Baby zu verriegeln. Und zwar mit den dicksten Schrauben, die ich finde. In dieser Wohnung wird kein Feuer gemacht, auch wenn du am Boden festfrierst, ist das klar?«

Ich versprach es hoch und heilig. Und nachdem ich Opas Köttel aufgefegt und meinem Vater zwei große Kaffee und eine Schnitte Schmandkuchen eingeflößt hatte, beruhigte er sich wieder ein bisschen. Küche und Bad waren in besserem Zustand als das große Zimmer, wahrscheinlich, weil sie irgendwann nachträglich eingebaut worden waren, und das schien ihn zu besänftigen. Außerdem telefonierten wir während des Kuchenessens mit Mama, die leider nicht freibekommen hatte und daheim geblieben war. Sie hatte immer eine deeskalierende Wirkung. »Jetzt kommste wieder runter und packst eben an, was es anzupacken gibt. Du weißt ja, sie hat ewig gesucht. Es wird schon gehen, wir sind früher schließlich auch nicht erfroren.«

Ich hatte das Handy gegen die French Press gelehnt, und mein Vater nickte nun in Richtung des Videobildes. »Hm«, brummte er nur. »Aber wir sind ja auch groß geworden mit dem Wissen, dass wir uns selber helfen müssen. Da gab's kein YouTube, das dir den Wasserhahn angeschlossen hat.«

»Na, aber heute schon, und das ist doch umso besser«, flötete meine Mutter und verschwand aus dem Bild, um etwas aus dem Kühlschrank zu holen. »Und Maddie braucht kein YouTube, sie hat ja dich«, rief sie aus dem Off.

Den restlichen Tag verbrachten wir im Baumarkt. Dann sah ich dabei zu, wie mein Vater mit einer Wasserwaage und einem Akkubohrer bewaffnet in meiner Wohnung hin und her stiefelte, Grimassen zog und mit verdrossener Miene alles ausmaß, was ihm unter die Finger kam. Mantraartig spulte er dabei immer wieder dieselben Sätze ab:

»Das ist keine tragende Wand.«

»So viel improvisiert habe ich noch nie.«

»Unmöglich, schlicht unmöglich.«

»Ich bin Heimwerker und kein Zauberer.«

»Na, wenn wir hier mal nicht jeden Moment durch die Decke krachen.«

Irgendwie fand ich es schön, dass er sich so um mich sorgte. Abends bestellten wir Pizza, und bevor er in sein Hotelzimmer zurückfuhr, erzählte ich ihm von meinem neuen Engagement im Garten. Seltsamerweise schien ihn das aufzumuntern. »Das ist ja wunderbar. Dann war deine schräge Vermieterin ja doch zu was gut.« Hungrig biss er in ein Stück Käsekruste. »Ich find's ja immer noch ungeheuerlich, dass sie dir auch noch diesen Monsterhasen aufgebürdet hat.« Er warf Opa, der ausgestreckt auf den Dielen lag, einen misstrauischen Blick zu und öffnete ein Bier.

»Ich habe es angeboten. Um Opa muss man sich nicht groß kümmern, er macht sein eigenes Ding«, erklärte ich und leerte meine Flasche.

»Gibt es eigentlich gerade jemanden bei dir?« Mein Vater droppte die Frage wie aus dem Nichts und räusperte sich dann unbehaglich.

»Was? Ich bin doch gerade erst hergezogen«, rief ich ein bisschen zu laut und merkte, wie ich sofort rot anlief. Zum Glück war es so dunkel hier drin.

»Ich frage doch nur! Na, jedenfalls finde ich das mit dem Garten toll. Du verbringst dein Leben ja immer in irgendwelchen Übungsräumen, auf Bühnen und beim Training. Ich mache mir schon lange Sorgen, ob das nicht viel zu viel ist. Du siehst ja nie die Sonne. Das kann auf Dauer nicht gut sein.«

Mein Pizzastück auf halbem Weg zum Mund hielt inne. »Das hast du noch nie gesagt.« Überrascht sah ich ihn an. Solche Töne von ihm waren mir vollkommen neu, und sie schockierten mich, ehrlich gesagt. Ich hatte immer gedacht, dass er meine Karriere voll und ganz guthieß.

Bevor er antwortete, kaute er bedächtig fertig und wischte sich mit einer Serviette langsam über den Mund, als wollte er sich genau überlegen, wie er reagierte. Wir saßen auf meinem Teppich, ziemlich genau da, wo Opa sich zuvor entleert hatte, und der Schein der Sofalampe spiegelte sich in seinen Brillengläsern. Obwohl das Fenster zu war, hörte man in diesem Moment das Quietschen der Ringbahnbremsen von der Sonnenallee-Haltestelle, und er blickte mit gerunzelter Stirn

Richtung Fenster, als wäre das ein weiterer Beweis für den desaströsen Zustand der Wohnung. »Na ja, du bekommst ja immer alles hin. Was du dir vornimmst, das schaffst du, das war schon immer so.« Er lächelte, aber es war ein beinahe trauriges Lächeln.

Als fände er das eigentlich gar nicht so gut.

»Und ich weiß, wie wichtig dir das alles ist, deswegen wollte ich dir da nie reinreden. Wir sind ungeheuer stolz auf dich, ich hoffe, das weißt du. Wir sagen es vielleicht nicht oft genug, aber das sind wir wirklich. Deine Mutter hat im Wohnzimmer einen Freudentanz aufgeführt, als du verkündet hast, dass du die Rolle bekommst. Mit Pirouette. Ich dachte schon, sie hebt ab. Und ich gleich dazu. Aber ich denke schon lange, dass es ... wie soll ich sagen ... sehr raumeinnehmend ist. Es bleibt einfach nicht viel Leben übrig.« Er zögerte. »Oder?«

Jetzt sah er mich an, als hätte er Angst, etwas Falsches gesagt zu haben.

Ich schluckte. Plötzlich hatte ich einen Kloß im Hals. Seinen Blick vermeidend biss ich in meine Pizza, die in meinem Mund zu einem dicken Klumpen wurde. Er hatte recht. Natürlich hatte er recht. Aber so war es nun mal. Wenn man etwas Großes wollte, etwas, das nur ganz wenige Menschen erreichten, etwas Besonderes, dann musste man dafür Opfer bringen. Und dieses Opfer hieß Zeit. Und es hieß auch Beziehung. Und es hieß Freunde. Auch der engste, vertrauteste Kreis konnte nur so viele Umzüge überstehen, so viele geplatzte Verabredungen und verschobene Urlaube. Und es hieß Geborgenheit. Man konnte nicht da wohnen, wo die Familie war. Wenn man etwas Großes wollte, musste man dem Job hinterherziehen und ihm alles andere unterordnen.

Aber das war es mir wert. Ich war in einem weltbekannten Musical engagiert. Man glaubte an mich, ich hatte eine Zukunft, ein Sprungbrett, eine Perspektive. Wie viele Menschen konnten das schon von sich sagen? Klar blieb da nicht viel Leben außerhalb des Jobs übrig. Aber es war ja auch nicht irgendein Job. Es *war* mein Leben.

»Manchmal frage ich mich … also.« Wieder brach er ab, sah mich an und dann ganz schnell wieder weg. »Du machst das doch nicht wegen Mama?«

Ein kleiner Stromschlag durchzuckte mich. Ich fühlte mich gleichzeitig ertappt und zu Unrecht beschuldigt. Vehement schüttelte ich den Kopf. »Natürlich nicht!«, wehrte ich mich, vielleicht ein wenig zu brüsk. »So etwas macht man nicht, wenn es nicht der eigene Traum ist, Papa. Glaub mir. Das musst du wirklich, wirklich wollen. Sonst kannst du gleich einpacken.«

Er nickte. »Ja, das stimmt wohl.« Nachdenklich fuhr er mit dem Finger über den fettigen Pizzakarton. »Aber man kann etwas auch wirklich, wirklich aus den falschen Gründen wollen.«

Einen Moment war es still im Zimmer.

Als Kind war meine Mutter Ballerina gewesen. Eine extrem begabte. Und sie wäre eine Primaballerina geworden, eine Première danseuse étoile, wie sie in Paris sagten. Wenn sie nicht eines Winters, sie war gerade vierzehn geworden, mit ihrer besten Freundin zum Schlittschuhfahren gegangen wäre.

Und sich das Bein gebrochen hätte.

Es war ein absolutes Tabu, so verboten wie es nur sein konnte. Balletttänzerinnen gingen niemals, niemals auch nur in die Nähe von Eis. Sie rauchten nicht, tranken nicht, lebten nicht. Immer hatte sie sich daran gehalten. Und dann hatte sie einen Tag, einen einzigen Tag nur, eben doch ein wenig leben wollen. Einmal normal sein, das tun, was die anderen auch taten.

So schnell konnte es vorbei sein mit dem ganz großen Traum. Er war auf dem Eis des zugefrorenen Sees buchstäblich zerbrochen.

Sie hätte danach Tanzpädagogin oder Choreographin werden können, aber sie hatte sich abgewandt von den Bühnen der Welt, die ihr Wunderkind so schändlich fallenließen, und stattdessen Pharmazie studiert. Nie wieder hatte sie ihre Ballettschuhe angefasst. Aber es gab sie noch, in einer kleinen Schachtel hinten in ihrem Kleiderschrank, zusammen mit ihren Trophäen, ein paar alten Fotos und einem Haufen Erinnerungen an zerronnene Träume und ein Leben, das nicht hatte sein sollen.

Es stimmte schon, als ich klein war, hätte man den Eindruck gewinnen können, dass sie versuchte, ihren Traum durch mich weiterzuleben. Aber man konnte es auch anders sehen: Sie hatte meine Talente gefördert, mich unterstützt, so sehr es nur ging, immer hinter mir gestanden bei den Auswahlverfahren, den Wettbewerben und Trainingsstunden. Nie hatte sie mir etwas aufgezwungen, der Antrieb war immer aus mir selber gekommen. Aber immer war sie da, ihre funkelnden Augen, ihre Begeisterung. Sie hatte dafür gesorgt, dass ich ein Feld wählte, das mehr Chancen bot und weniger grausame Auswahlverfahren hatte als das Ballett, wo man ab dreißig die Schuhe an den Nagel hängen konnte.

»Ich weiß, dass du es liebst.« Mein Vater öffnete eine

weitere Flasche Sterni-Bier und streckte auf dem Teppich die Beine aus. »Aber ich frage mich – hast du denn jemals etwas anderes wirklich ernsthaft erwogen? Deine Mutter hat dich nie zu etwas gedrängt, das ist mir schon klar. Aber … wie frei kann eine Entscheidung denn sein, wenn man aufwächst und immer hört, wie wundervoll es war, wie sehr sie es sich gewünscht hätte, wie viel Talent man doch geerbt hat, wie verschwendet es wäre, es nicht zu versuchen? Weißt du, manchmal denke ich, dass man ein Talent hat, bedeutet oft fast zwangsläufig, dass man ihm auch folgt. Und dabei vielleicht andere Sachen übersieht.«

Ich war wie vor den Kopf gestoßen, starrte ihn benommen an. Warum sagte er mir das alles *jetzt*? Jetzt, da es so gut wie geschafft war, da ich schon fast am Ziel angekommen war, den Weg gemeistert, beinahe alle Hürden genommen hatte? Ich fragte mich entsetzt, was ihn dazu veranlasste.

Und ob er vielleicht recht hatte.

Mein Vater nahm sich noch ein Stück Peperoni-Käse und schüttelte den Kopf, wie um sich selbst zu korrigieren. »Ach, du machst das schon alles richtig, Maddie. Hör nicht auf mich. Ich hab wohl heute ein bisschen zu viel Farbe eingeatmet. Jeder muss selber entscheiden, was ihn oder sie am Ende glücklich macht. Aber ein bisschen frische Luft und Erde unter den Fingern kann nie schaden. Ich meinte ja nicht, dass du etwas ändern sollst, ich meine nur, dass du einen Ausgleich brauchst. Neben all dem Sport und dem Stimm- und Tanztraining solltest du etwas machen, das keine hervorragenden Leistungen erfordert. Sondern einfach Spaß macht.«

11

Sonntagmorgen war meine liebste Zeit in Berlin. Alle schliefen aus. Es war so still, dass man sogar die Spatzen hören konnte, die sich in den Büschen an der Sonnenallee um Pommesreste stritten. Samstags waren alle unterwegs, im Berghain oder im KitKat, die Menschen tanzten, feierten, bevölkerten die überfüllten Bars und Biergärten – und Sonntag früh hatte man dann die Stadt für sich. Zumindest, wenn man zu der sehr kleinen Minderheit gehörte, die nicht tanzte und feierte, sondern mit einem fetten Riesenhasen *Bachelor*-Reruns auf dem Sofa guckte, zu viel Prinzenrolle aß und den Kragen für einen neuen Waffelpatentpulli abkettete.

Ich hatte gute Laune, die Sonne blinzelte schüchtern zwischen den drohenden Regenwolken hervor, in den letzten Proben war nichts Ungewöhnliches vorgefallen, so dass mir meine Bedenken im Hinblick auf Annika schon wieder lächerlich erschienen – und ich hatte mir auf dem Türkenmarkt am Maybachufer ein neues Fahrrad gekauft. Im Vorbeigehen hatte ein Händler auf der Kottbusser Brücke mir zugeflüstert, dass er mir ein ganz superspezielles Angebot machen würde, wenn ich direkt zuschlug. Ich war zu etwa zwei Prozent sicher, dass das Rad nicht geklaut war. Aber Gabi hatte mir erklärt, dass die Fahrradmafia in Berlin ohnehin nicht zu besiegen war und ich das Ganze einfach als ewigen Kreislauf ansehen sollte.

Nun flitzte ich auf meinem hellgrünen Hollandrad die Sonnenallee hinunter. Die Kette quietschte leicht, und die hintere Bremse schien mir nicht besonders gut zu funktionieren, aber die Hoffnung, bald Mos nachdenklichen grünen Augen zu begegnen, ließ mich trotzdem noch ein wenig schneller in die Pedale treten. Ich machte einen Schlenker, um mir einen Kaffee und ein Croissant zu holen. Schließlich war Sonntag. Und ich hatte so ein Gefühl, dass ich um eine Runde Edelkirsch wahrscheinlich nicht herumkommen würde. Besser, ich hatte was im Magen.

Als ich an der Ampel kurz vor der S-Bahn-Haltestelle anhalten musste, wurden die Geräusche der Stadt plötzlich leiser, während ich in Gedanken abdriftete. Obwohl die Sonne schien und ich gut geschlafen hatte, stimmte etwas nicht. Die Worte meines Vaters, der inzwischen wieder im Zug Richtung Heimat saß, nagten an mir, ich spürte ihre Wirkung wie ein bitteres Prickeln auf der Zunge, ein dumpfes Summen im Hinterkopf. Er hatte mir beim Abschied noch zweimal gesagt, wie sehr er sich für mich freute. Er wollte nur, dass ich glücklich war.

Ich wusste, dass das stimmte.

Und trotzdem hatte er mich durcheinandergebracht.

Obwohl man von außen denken könnte, dass meine Mutter und mich mehr verband, weil wir eine so große Leidenschaft teilten, war ich schon immer ein Papa-Kind gewesen. Hans und Maddie durch dick und dünn. Er war mein bester Freund, ich wusste, dass er immer, absolut immer für mich da war. Im Sommer, in dem wir alle unseren achtzehnten Geburtstag hinter uns hatten, machten Kira, Simmi, Ella und ich zusammen einen Interrail-Trip quer durch Europa. Es war absolut herrlich, wir schliefen bei fremden Leuten auf der Couch und auf Bahnhofsbänken, wuschen unsere Klamotten mit Rei aus der Tube, halfen in Italien bei der Zitronenernte, klauten eine Fliese aus der Alhambra und verliebten uns in die kleinen Dörfer der Algarve. Es war der schönste Sommer meines Lebens.

Bis wir nach Paris kamen und uns nachts im falschen Viertel trennten.

Simone und ich wollten noch ausgehen, Ella und Kira schon zurück ins Hostel, wo sie bald darauf auch sicher ankamen. Simmi und ich hingegen verirrten uns auf der Suche nach einer Weinbar und nahmen die falsche Tram. Um es kurz zu machen: Wir wurden von einer Gruppe angetrunkener junger Männer eingekreist. Ich weiß keine Details mehr, die Panik hatte mir die Sinne vernebelt, aber plötzlich war da ein Messer. Wir entkamen der Situation nur, weil Simmi irgendwann die Geistesgegenwart besaß, zu schreien wie am Spieß. Mir hatte es komplett die Kehle zugeschnürt. Als wir von der Polizeiwache aus daheim anriefen, hysterisch weinend und vollkommen aufgelöst, setzte mein Vater sich sofort ins Auto und fuhr die ganze Nacht durch. Am Morgen nahm er uns vier wieder mit nach Hause.

So war er. Papa Wunderlich. Er stand immer hinter mir, egal, was ich machte. Und gerade deshalb taten seine Worte so weh, auch wenn ich wusste, dass er damit genau das Gegenteil bezwecken wollte. Als ich weiterfuhr, schüttelte ich energisch den Kopf. Ich liebte meinen Job, liebte ihn von ganzem Herzen. Woher diese Liebe kam, wie sie gewachsen oder von wem sie in mich hineingepflanzt worden war, wusste ich nicht, aber das war egal. Sie war da.

Nur änderte das eben auch nichts daran, dass ich in letzter Zeit immer stärker spürte, dass es noch Dinge neben dieser großen Liebe gab, die auch einen Platz in meinem Leben haben sollten. Und diese Erkenntnis machte es nicht gerade leichter.

Obwohl noch nicht einmal halb zehn vorbei war, saßen Jürgi, Cordula und Rainer tatsächlich bereits im Garten. Senile Bettflucht, vermutete ich. Aber warum sollten sie auch nicht früh aufstehen – im Berghain waren sie gestern Abend sicher nicht gewesen.

Ich versuchte erst gar nicht, mich an der Hecke vorbeizuschleichen, sondern ging schnurstracks durchs Törchen auf die Terrasse zu. Als ich näher kam, sah ich, dass alle drei Bademäntel trugen.

»Das Madita.« Rainer ließ die Bildzeitung sinken und prostete mir mit seiner Kaffeetasse zu. »Na, so früh schon die Hühner gesattelt?«

»Dat bedeutet juten Morgen auf Rainisch!«, erklärte Cordula, als sie meinen verwirrten Blick sah. Sie war bereits aufgestanden, um ein viertes Gedeck für mich zu holen, und wischte erst mal den Stuhl mit Pinienschaum ab. »Setz dir, setz dir, die Schrippe liegt schon auf«, rief sie mit ihrer Reibeisenstimme und zeigte auf einen rauchenden Toaster auf dem wackeligen Beistelltisch. Es wirkte idyllisch, ihre kleine Frühstücksrunde, ein Radio dudelte durchs offene Fenster, und Jürgen köpfte gerade ein Ei. Sein Bademantel über dem Bierbauch klaffte für meinen Geschmack etwas zu weit auseinander, aber ich ließ mich trotzdem auf den Stuhl sinken.

»Hab mir schon gedacht, dass du heute irgendwann rumkommst.«

Genau wie ich es vorhergesehen hatte, zauberte Cordula eine neue Flasche Edelkirsch aus der Eckbank und schwenkte sie verführerisch hin und her. »Zwar bisschen früh, aber ist schließlich Feiertag!« Verschwörerisch stupste sie mich mit ihrem flaumigen Bademantelellbogen an und reichte mir die Käseplatte. Dann schenkte sie eine Runde ein.

Wir tranken einen auf den Sonntag und dann noch einen auf Rainers gute Hüfte, die sich diese Woche zum zweiten Mal jährte. Jürgen kämpfte noch immer mit seinem Ei und schob mir jetzt eine dicke Salami über den Tisch. »Vom Polenmarkt. Wir fahren einmal im Monat rüber. Damit du keinen Vitaminmangel kriechst von den Tofusachen da drüben!« Er zwinkerte.

Zögerlich nahm ich die Wurst. Ein bisschen kam ich mir vor, als würde ich die Grüne Freiheit verraten. Grundsätzlich fand ich ihre Philosophie ja total richtig. Allerdings war ich noch auf der anderen Seite des Zauns. Und die Wurst roch wirklich verdammt gut ... Auch wenn ich mir sicher war, dass sie einem Vitaminmangel nicht vorbeugen, sondern mir eher Herzverfettung bescheren würde, säbelte ich ein Stück ab. Vielleicht würde sie ja den Alkohol aufsaugen.

»Übernachtet ihr am Wochenende öfter hier im Garten?«, fragte ich, nachdem ich mein drittes Glas Edelkirsch geleert hatte, und schmierte mir Butter auf die Schrippe. Es war eine so vertraute Szene, wie die drei hier saßen, dass es beinahe schien, als frühstückten sie jeden Tag miteinander.

»Jedes Wochenende und auch wat dazwischen«, brummte Jürgen. Dann erstarrte er plötzlich. Sein Blick flackerte zu

Cordula und Rainer hinüber. Die beiden hatten aufgehört zu kauen.

Ich sah verwundert zwischen ihnen hin und her.

Plötzlich machte es klick.

Die Bademäntel, Cordulas verschlafene Augen, Jürgens Badelatschen. »Ach ... ihr *wohnt* hier?«, rief ich und ließ mein Messer sinken. »Immer?«

Es wurde sehr still. Rainer und Cordula warfen sich vielsagende Blicke zu, Jürgen kratzte sich an der Halbglatze. Niemand sah mich an.

»Ja nu ...« Rainer räusperte sich und brach ab. Er stand auf, schien nicht zu wissen, was er damit bezweckte, und warf seiner Frau einen hilflosen Blick zu.

»Ach, dem Madita kannste dat doch sagen!« Cordula schürzte die Lippen. »Die erzählt's keinem!«

Schnell schüttelte ich den Kopf. »Ich erzähl überhaupt niemandem irgendwas. Generell! Nie. Versprochen«, rief ich und dachte, dass ich auf gar keinen Fall auch nur noch einen einzigen Schluck trinken durfte. Die Salami hatte anscheinend nicht die erhoffte Aufsaugkraft.

Jürgen hatte inzwischen die Arme vor der Brust verschränkt und starrte nachdenklich vor sich hin. Rainer seufzte tief. »Tja weißte, Madidda. Wir leben alle hier. Jürgi, Cordula, ich. Marion. Sogar der alte Pannecke. Und darüber können wir verdammt froh sein, sonst hätte der Hund uns nämlich schon längst angezeigt.«

Rainer hatte sich wieder auf seinen Stuhl fallen lassen. »Wenn ich schätzen sollte, würde ich sagen, dass in jedem dritten Haus hier abends Licht brennt, wenn de verstehst, was ich meine.«

Das tat ich. Was ich aber nicht verstand, war, warum sie sich verhielten, als hätte ich soeben ein Drogenversteck in ihrem Geranienkübel aufgetan. Gut, es war etwas klein und beengt, das Häuschen hinter mir hatte allenfalls 30 Quadratmeter, aber drucksten sie deswegen so rum? Plötzlich fiel es mir wie Schuppen von den Augen. »Ach, das ist wohl nicht wirklich erlaubt, was?«, murmelte ich, und nach einer Sekunde peinlichem Schweigen schüttelten alle drei unisono den Kopf.

»Und ein Verbrechen ist das, ich sag's dir. In den, wie heißen sie doch gleich, Cordula? Den Tiny Houses, jaaaa, da darfste wohnen, kein Problem. Alles gut und legal. Aber bei uns, da macht dir das scheiß Kleingartengesetz 'nen Strich durche Rechnung! Kriminelle sind wir nämlich, so sieht's aus. Weißt du, was wirklich kriminell ist?« Rainer sah mich herausfordernd an, und ich schüttelte kleinlaut den Kopf. »Die Mieten in Berlin. Die sind kriminell. Noch vor zehn Jahren haste die Hälfte bezahlt. Jürgi und ich, wir sind beide Frührentner. Der Rücken hat nicht mehr mitgemacht, und bei dir war's die Blase, nicht, Jürgi?«

Jürgi sah aus, als hätte er diese Information lieber für sich behalten. Aber schließlich nickte er mit roten Wangen.

»Wir haben uns unsere Wohnung nicht mehr leisten können, Cordula und ich. Sie hat ja nie richtig gearbeitet, wegen der Kinder. Und dann hat se nichts gefunden, nur das Ehrenamt. Und ich konnte nicht mehr.« Er seufzte und rieb sich mit beiden Händen über das rote Gesicht. Dann schenkte er Edelkirsch nach. Mit einem Mal hatte die Wut in seiner Stimme müder Resignation Platz gemacht. »Die Rente tuts einfach nicht, vastehste? Man will ja auch ein bisschen leben.

Und hier zahlen wir nur tausend Euro im Jahr für die Pacht und die Nebenkosten. Jetzt sind wir bei unseren Kindern gemeldet, aber wohnen tun wir hier.« Seine Wangen schienen plötzlich eingefallen. »Das hab ich mir auch anders vorgestellt, glaub mir. Fühlt sich nicht gut an, so mit einem Bein in der Delinquenz. Aber wir mögen es hier. Hier hastes ruhig und beschaulich. Bisschen eng im Winter. Aber im Sommer kannstes nicht besser treffen.«

Einen Moment war ich still, weil ich das alles erst verarbeiten musste. »Und wie macht ihr das dann mit dem Abwasser?«, fragte ich irgendwann. Keine Ahnung warum, aber es war das, was mir als Erstes in den Sinn kam.

Rainer zuckte die Achseln. »Wie haben Gruben für Küche und Bad. Alle paar Monate werden die geleert.«

»Und wie heizt ihr im Winter?«

»Im Sommer stapeln wir Holz anne Wand. Und im Baumarkt gibt's Kohle. Der Ofen ist ... na, ich sach mal, Grauzone. Also eigentlich verboten. Aber alle ham einen, also schert's keinen. Du weißt, was ich meine. Der Bezirksverband macht ab und an eine Begehung, aber es sind so viele Vereine, dass sie nur alle Jubeljahre mal rumkommen, und dann sind wir eben gerade zufällig da. Können die ja nicht wissen, dass wir abends nicht nach Hause gehen. Solange wir woanders gemeldet sind, kann uns eigentlich keiner was.«

Jürgen räusperte sich. »Tja, und ich, ich hab 'nen Schufa-Eintrag. Alte Geschichte, aber da findeste ja nüscht. Nimmt dich ja keener. Und hier ham wir die Gemeinschaft, hier kannste tüddeln und gärteln und hockst nicht alleine in deiner Bude.« Er wollte anscheinend reinen Tisch machen, wo ich nun schon von seiner Blase wusste.

»Und das neulich mit diesen Leuten, über die ihr euch so aufgeregt habt …« Wo sie nun mal in Beichtstimmung waren, wollte ich doch gleich alles wissen. »Sind die euch auf die Schliche gekommen, oder was war da los?«

Mit einem Mal war es, als hätte sich eine Wolke vor die Sonne geschoben. Die drei machten so betrübte Gesichter, dass ich die Frage sofort bereute. »Verbrecher waren das, Madidda, nichts weiter als Verbrecher. Die übelste Sorte, wenn du mich fragst.« Jürgi schien dieser kryptischen Antwort nichts weiter hinzufügen zu wollen, sondern steckte ein Stück Schrippe in sein Eigelb und rührte gedankenverloren um. »Das waren Baulöwen!«

»Aha …«, sagte ich gedehnt und schielte hilfesuchend zu Rainer und Cordula hinüber.

»Wir stehen schon ewig auf der Wackelliste. In drei Wochen wird es entschieden. Aber es sieht nicht gut aus, ganz und gar nicht gut.« Cordula drückte ein Butterhörnchen in den Toaster. Ich hatte keine Ahnung, wovon sie sprachen, aber Rainer stand plötzlich auf und verschwand hinter dem Perlenvorhang im Inneren des Hauses. Verwundert sah ich ihm nach, doch nach zwei Sekunden kam er wieder heraus. »Das hier kommt morgen an den Zaun.« Stolz hielt er ein offensichtlich selbstgemaltes Plakat in die Höhe.

Unser Garten bleibt. Kein Abriss im Finkengrund.

Ich brauchte kurz, bis ich verstand. »Sie wollen den Garten abreißen? Aber das können die doch nicht machen. Warum denn?«, rief ich, ehrlich erschrocken.

»Geld, Madidda. Geld und nichts weiter. Wie es immer ist.« Jürgen zerquetschte seine Schrippe mit beiden Händen, als wäre sie der Kopf eines der Baulöwen. Dann haute er sie flach auf den Teller. »Aber wir lassen uns das nicht gefallen.«

»Nebenan haben se für die neue Stadtautobahn schon vor Jahren abgerissen, da konnte auch keiner was machen.« Cordula reichte mir unaufgefordert den Multivitaminsaft, und verdattert nahm ich ihn entgegen und schenkte mir ein Glas ein.

»Wir müssen gehen. Soziale Infrastruktur nennen sie das, wat sie bauen wollen. Da kommt man nicht gegen an. Nicht bei sozialen Sachen. Irgendeine supermoderne Schule wollen sie hier hinpacken.«

»Sie bieten uns 'ne Ersatzparzelle irgendwo in Pankow auf 'nem alten Friedhof.« Rainers Augen schimmerten. »Aber da steht doch nur ein kleiner Schuppen drauf. Wo sollen wir denn da hin? Wir können es uns nicht leisten, ein neues Häuschen bauen zu lassen.«

Cordula zog stumm an ihrer Zigarette. Ich bemerkte erst jetzt, dass sie eine angezündet hatte. »Grausig. Wenn ich mir das vorstelle, mit den alten Klapperskeletten sollen wir zusammenwohnen«, murmelte sie zwischen zwei Zügen und schüttelte den Kopf. Ihr Gesicht war ganz grau geworden.

»Na, die werden sie ja wohl hoffentlich vorher ausbuddeln?«, fragte ich und wollte damit die Stimmung wieder ein wenig aufheitern. Doch sie nickte nur traurig. »Det hoff ick doch. Aber das bringt uns auch nicht viel, nich, Rainer?«

»Nee, das bringt uns auch nicht viel«, murmelte er abwesend, und ich war nicht sicher, ob er sie überhaupt verstanden hatte. »Wir haben doch hier eine Gemeinschaft. Wir frühstücken jeden Tag zusammen. Nicht nur mi'm Jürgi. Heidi und Manfred von nebenan kommen auch oft rum und Marion von zwei weiter. Wenn sie abreißen, werden wir alle zerstreut. Himmel, ich würde sogar den Pannecke vermissen.«

Entsetzt sah ich, dass Rainer zu weinen begann. Aber dann schniefte er laut, zog die Nase hoch und reckte kämpferisch eine Faust in die Höhe. »Aber noch ist nicht aller Tage Abend, Madidda. Noch ist nicht aller Tage Abend.«

12

Marvin musterte mich im Spiegel. »So könntest du natürlich auch in den Rewe, das würde noch wesentlich mehr Promotion bringen.«

»Was das bringen würde, wäre ein Haufen perverser alter Säcke, die nach meiner Telefonnummer fragen«, erwiderte ich.

Ich probierte gerade den Bodysuit an, den ich in der Badewannenszene tragen würde. Er ließ es so aussehen, als wäre ich komplett nackt, bedeckte aber eigentlich meinen Körper von oben bis unten mit einer blickdichten, beigefarbenen Hülle.

»Auch wieder wahr.« Er betrachtete einen Moment mein Gesicht. »Sonst alles gut bei dir?«

Erstaunt erwiderte ich seinen Blick. »Was soll nicht gut sein?« Sofort schoss mir das Blut ins Gesicht, ich dachte daran, dass ich heute bei der Probe zweimal den Einsatz nicht richtig hinbekommen hatte. Manche von den Tanzszenen ähnelten sich einfach so sehr, es war leicht, sie durcheinanderzuwerfen. Zumindest, wenn man müde war. Und ich hatte bei Mo übernachtet und so gut wie nicht geschlafen …

Er zuckte die Achseln. »Nur ’ne Frage.«

Ich sah genau, dass mehr dahintersteckte. »Rück schon raus damit. Worum geht es?«

»Ist nur ... Ich hab gehört, du sollst ... psychisch ein bisschen durch sein?« Fragend hob er die Augenbrauen.

»Was?« Ich fuhr herum. »Was meinst du? Das ist doch totaler Bullshit, mir geht's super.«

»Flipp nicht gleich, ich wiederhole ja nur, was ich gehört hab. Du sollst Beziehungsprobleme haben. So dass du neulich nicht zur Probe kommen konntest und oft schlapp machst oder unkonzentriert bist?«

»Aber – das stimmt doch überhaupt nicht!«, fauchte ich. Ich spürte, wie meine Wangen heiß wurden. Die Wühlmaus war natürlich auch prompt zur Stelle und schaufelte meinen Magen um. Man merkte es mir also doch an. Ich hatte so sehr versucht, immer alles zu geben, mich mit Mate- und Cola-Überdosen wach zu halten.

Er hob beide Hände. »Don't kill the messenger, baby!«, rief er. »Es wird eben geredet. Warum warst du denn krank, neulich? Und was ist mit dem Typen, von dem du erzählt hast?«

»Ich war nicht krank. Sie haben kurzfristig den Plan geändert, und keiner hat mir was gesagt. Und neulich war ich ... wurde ich aufgehalten. Das ist doch jetzt schon ewig her. Von wem hast du das gehört?«

Aber ich wusste es schon.

»Diese miese kleine Bitchtusse«, flüsterte ich und krallte meine Nägel in die Handfläche. Was hatte Annika bloß gegen mich? In letzter Zeit waren wir eigentlich ganz gut miteinander ausgekommen – obwohl natürlich sonnenklar war, dass sie mich nicht leiden konnte. Face-to-face war sie freundlich, manchmal sogar überfreundlich. Aber dass sie zu lästern anfing, sobald ich ihr den Rücken zukehrte, durfte mich eigentlich nicht überraschen.

»Sei einfach vorsichtig, okay? Ihr seid zu dritt. Wenn die glauben, dass du zu labil bist für die Rolle, sitzt du ganz schnell auf der Bank. So wie der Vorverkauf anläuft, werdet ihr garantiert verlängern. Und dann sieht es schlecht aus für die neuen Verträge.«

»Aber ich bin doch gar nicht ...« Ich war so verwirrt, dass ich diese ganzen neuen Informationen erst mal verarbeiten musste. Ja, ich war vielleicht ein bisschen müde manchmal in letzter Zeit. Okay, ziemlich müde. Aber bei den Proben gab ich trotzdem alles, war immer voll da. Jeder verpatzte doch mal seinen Einsatz, es war wirklich nicht ... Plötzlich dämmerte mir, was Annika im Sinn haben könnte. »Meinst du, sie will mehr Spielzeit?«

Marvin zuckte die Achseln. »Alle wollen mehr Spielzeit. Zumindest bevor es losgeht. Wenn du dann erst mal ein paar Wochen jeden zweiten Tag das Gleiche gemacht hast, sieht das Ding schon wieder anders aus. Glaub mir, ich muss es mir am laufenden Band anhören.«

»Meinst du, sie verbreitet absichtlich solche Sachen über mich?« Ich konnte mir einfach nicht vorstellen, dass jemand so berechnend war.

Marvin schüttelte den Kopf. »Keine Ahnung, wer es erzählt hat. Du weißt doch, wie getratscht wird. Da gibt's nur eins.«

»Was?«, fragte ich.

Er grinste. »Trinken. Kommst du heute Abend mit feiern? Wir gehen ins SchwuZ.«

Ich schüttelte den Kopf. »Morgen ist Probe. Ich kann nicht feiern. Ich kann abends meistens nicht mal mehr normal laufen!«

Er zog eine Schnute. »Immer vernünftig, unsere kleine

Maddie. Aber gut, ist vielleicht auch gerade nicht die beste Idee, deinen Ruf noch weiter anzuknacksen.«

Erschrocken betrachtete ich ihn im Spiegel.

Ich hatte nicht gewusst, dass ich einen Ruf hatte.

*

»Habt ihr einen Werwolf im Schrank eingesperrt?«

Ohrenbetäubendes Gebrüll drang mir entgegen.

»Gut erkannt! Komm, wir brauchen noch einen Gegner, du kannst Leopard sein und die Höhle angreifen. Aber ich warne dich vor, Elvis nimmt solche Spiele sehr ernst. Er hat mir mal so fest ins Ohr gebissen, dass ich eine Woche lang nur auf der linken Seite schlafen konnte. Dreh ihm besser nicht den Rücken zu.« Lila, die mir mit zerzausten Haaren und roten Wangen die Tür geöffnet hatte, drückte mich zur Begrüßung und schob mich ins Wohnzimmer.

Hier herrschte das pure Chaos. Eine über die Hängematten geworfene Decke bildete eine improvisierte Höhle, überall lagen Kissen und Bücher verstreut und auf dem Couchtisch standen noch die Reste vom gestrigen Abendessen. Und die vom heutigen Frühstück. Elvis steckte in einem Kuhkostüm, saß in der Deckenhöhle und knurrte mich zur Begrüßung an. Die Milchstraße über ihm wackelte gefährlich.

»Meinst du nicht eher Muhhh?«, fragte ich und legte meinen Rucksack in weiser Voraussicht hoch oben auf ein Regalbrett.

»Pst, das hört er gar nicht gerne. Er ist ein genmutierter Arktis-Wolf mit besonderer Fellmusterung«, flüsterte Lila in meinem Rücken. »Kaffee?«

Ich nickte. »Immer«, flüsterte ich zurück. »Ich brauch aber auch ein Kostüm, sonst ist es unfair«, rief ich in Richtung Höhle. Elvis knurrte noch lauter. »Mama hat eine Tigerleggins, die liegt schon für dich im Schlafzimmer!«

Lila hatte nicht nur die Leggins, sondern auch ein Oberteil mit Leopardenmuster und einen passenden Schal bereitgelegt, den ich mir um den Kopf schlang. Kurzerhand trat ich an die Kommode und malte mir mit ihrem Eyeliner eine schwarze Nase und Schnurrhaare. Wenn schon Cosplay, dann richtig. Da machte ich keine halben Sachen. Es war seltsam, die Kommode nun mit Lilas Sachen bestückt zu sehen. Normalerweis standen auf der Holzplatte Mos Bartöl und sein Deo. Nun stapelten sich hier Kosmetiktäschchen, Parfüm, zwei Bücher, eine Tube Bodylotion einer Berliner Naturkosmetikmarke und mehrere Paar silberner Ohrringe. Einen Moment betrachtete ich die Fotos von den dreien, die im verblassten Holzrahmen des alten Spiegels steckten. Mo und Lila, jung und braun gebrannt, sich küssend, sich umarmend, mit einem winzigen Mini-Elvis auf dem Arm, an Lilas Brust, auf Mos Schultern. Sicherlich hingen die Bilder hier schon immer so, und keiner hatte es übers Herz gebracht, sie zu entfernen. Aber es musste seltsam sein, jeden Tag mit ihnen konfrontiert zu werden.

Oder war es genau richtig?

Mein Blick fiel auf das Bett, die zerwühlten Laken. Offensichtlich hatte Elvis heute bei Lila geschlafen, seine kleine Decke mit dem Dinomuster lag auf der linken Seite, ein aufgeschlagenes Buch daneben.

»Kaffee!«, brüllte Lila aus dem Wohnzimmer, und ich antwortete mit einem leopardenhaften Fauchen.

»Jetzt zeige ich euch aber erst mal, wie man eine richtige Höhle baut! Das fällt uns hier ja gleich alles auf den Kopf«, verkündete ich, als ich zurückkam, und trank einen Schluck aus der Tasse, die Lila mir reichte.

»Es ist ja gar nicht deine Höhle, du sollst ja nur angreifen!«, empörte sich Elvis, den Mund voller Schokokekse.

Ich nickte. »Erst bauen, dann angreifen! Los, pack mal mit an.«

Zwei Stunden später hatten wir aus dem Esstisch, den Stühlen und einem kleinen Schuhregal eine Festung gebaut, die ich viermal unter Einsatz meines Lebens angegriffen, zweimal erobert und zweimal wieder verloren hatte. Irgendwann hauten die Nachbarn zum dritten Mal gegen die Decke, und wir brachen in einem Lachanfall auf dem Boden der Höhle zusammen. Elvis strampelte sein Kuhkostüm von sich, und es dauerte keine Minute, da war er eingeschlafen, das Gesicht verschwitzt und die Brille über der Nase ein klein bisschen verbogen. Mein Hals brannte vom vielen Heulen und Fauchen, der Leopardenturban war irgendwann beim dritten Angriff verlorengegangen, ich hatte einen Kratzer von Elvis auf dem Oberarm und fühlte mich müder als nach Stunden auf der Bühne. Aber ich konnte nicht aufhören zu grinsen.

»Jetzt kommt der gemütliche Teil.« Lila krabbelte zwischen zwei Stühlen hindurch und reichte mir eine Lichterkette, die ich an der Decke der Höhle befestigte. Dann hörte ich sie in der Küche rumoren, und der Geruch nach Mikrowellenpopcorn zog zu mir herein. Erschöpft legte ich mich neben Elvis und lauschte seinem Atem. Er schien von unserem Kampf zu träumen, denn er knurrte leise im Schlaf, und sein Fuß zuckte. Ich küsste ihn auf die verschwitzte Stirn, rollte mich neben ihm ein und schloss eine Sekunde die Augen.

Leises Klirren weckte mich. Lila schob ein Tablett mit randvollen Aperol-Gläsern und Popcorn zu mir herein und krabbelte dann hinterher.

»Kinder machen müde«, ich lachte leise und setzte mich auf. Für ein paar Minuten war ich tatsächlich weggenickt.

»Ach, echt?« Sie grinste, stieß ihr Glas gegen meins und trank es in drei durstigen Schlucken halbleer. »Und hungrig. Ich hab Indisch bestellt.«

»Perfekt.« Tatsächlich bemerkte ich erst jetzt meinen knurrenden Magen. Ich nahm eine Handvoll Popcorn und schob es mir gierig in den Mund. »Wir haben so ein Chaos veranstaltet, es wird ewig dauern, das wieder aufzuräumen«, murmelte ich entschuldigend.

»Du musst nicht flüstern, wenn er schläft, schläft er. Und wir haben ein System. In der Mama-Woche räumen wir so wenig auf wie möglich. Und dann, am letzten Tag, stellen wir einen Timer, machen Musik an und putzen und fegen zwei Stunden am Stück. Und danach belohnen wir uns mit Burgern und Netflix. Es klappt super, Elvis liebt unseren Aufräumtag.«

Ich versuchte, mir nicht allzu bildlich vorzustellen, wie es hier nach einer Woche »So-wenig-aufräumen-wie-möglich« wohl aussah, bekam aber allein schon bei dem Gedanken Gänsehaut.

Lila lächelte. »Kinder brauchen Routinen, das stimmt schon. Aber niemand hat gesagt, dass man die Routinen nicht anpassen darf. Und so ist der letzte Tag immer weniger traurig. Und Mo macht am ersten Tag auch immer was Besonderes mit ihm, das erleichtert den Übergang.« Sie zog eine Grimasse. »Zumindest für Elvis.«

»Es ist sicher hart, oder?«, fragte ich leise und betrachtete den schlafenden Elvis. Er hatte die Arme neben den Ohren ausgestreckt und den Mund halboffen stehen. Lila lächelte, zog ihm sanft die Brille ab und setzte sie sich ins Haar. »Es ist die Hölle«, erwiderte sie leise. »Oft. Aber manchmal ist es auch gut. Manchmal freue ich mich direkt auf eine Woche nur für mich, ohne Verpflichtungen, ohne Spielen, ohne Hausaufgaben, ohne Stundenpläne und Verabredungen und Pausenbrote und schlechte Laune. Und manchmal habe ich Tage, an denen ich mich fühle wie früher, an denen ich wieder nur Lila bin und nicht Mama. Und dann komme ich abends nach Hause in die kleine Wohnung und keiner ist da, und ich vermisse die beiden so sehr, dass es weh tut.« Sie zuckte mit den Schultern. »Und wenn ich hier bin, ist es komisch, plötzlich alleine mit allem zu sein, allein verantwortlich für den Inhalt des Kühlschranks und Elvis' Termine, ihn alleine zu baden und abends alleine auf der Couch zu sitzen. Es ist jeden Tag anders. Aber so langsam haben wir uns alle daran gewöhnt.«

Ich nickte und betrachtete sie einen Moment. »Warum hast du eigentlich damals im Garten angefangen?«

Sie zuckte die Achseln. »Irgendwann wurde mir klar, dass Elvis denkt, Bananen wachsen im Supermarkt. Das war einer der Gründe, ich wollte, dass er versteht, wo unser Essen herkommt, wie es entsteht, wie viel Arbeit es ist, es anzubauen und zu ernten. Wir könnten für so viele Menschen Lebensmittel herstellen, 12–13 Milliarden. Aber weißt du, was wir stattdessen machen? Tierfutter. Es ist so absurd. Unser Obst und Gemüse wird von modernen Sklaven angebaut, unser Brot in Polen vorgebacken ... Und von Fleisch und Milchprodukten brauche ich gar nicht erst anzufangen. Ich glaube, ich habe einfach eine Alternative zu dieser verrückten Welt gesucht.«

Sie musterte mich. »Du schläfst ja gleich im Sitzen ein.« Ich schüttelte schnell den Kopf, obwohl mir tatsächlich gerade in diesem Moment die Augen zugefallen waren. Und dann knurrte auch noch mein Magen. Mit schuldbewusstem Grinsen nahm ich eine weitere Handvoll Popcorn und stopfte sie mir in den Mund.

»Wann hast du das letzte Mal was gegessen? Du hattest doch Probe heute, oder?«

Ich nickte. »Mittags in der Kantine«, nuschelte ich.

»Was ist los? Du kneifst die Augen so zusammen.« Lila musterte mich über ihr Glas hinweg und strich mir mit dem Zeigefinger über meine Zornesfalte, die ich immer bekam, wenn ich zu angestrengt über etwas nachdachte.

Tatsächlich hatte ich einen harten Bühnentag hinter mir und mich auf dem Weg hierher gedanklich zerfleischt.

Nachdenklich schwenkte ich meine Eiswürfel hin und her. »Unser Studiengangsleiter hat immer gesagt: Die Jury muss aufblicken, wenn ihr singt. Ihre Augen müssen leuchten, eure Persönlichkeit muss durch die Figur hindurchscheinen. Musical wird von vielen ein bisschen verlacht. Aber eigentlich ist es die Königsdisziplin. Es kommt oft vor, dass sie dir sagen, dass du nicht gut genug bist.«

»Haben sie das heute gesagt?« Erschrocken ließ Lila ihr Glas sinken.

Ich schüttelte den Kopf. »Niemand hat etwas gesagt. Es ist

nur …« Ich seufzte. Und dann sprach ich aus, was ich schon immer am meisten gefürchtet und noch niemals jemandem erzählt hatte. Nicht einmal Ella. »Ich weiß manchmal nicht, ob ich die Ausstrahlung habe, die man braucht …«, murmelte ich und trank noch einen Schluck.

Lilas Augen weiteten sich erstaunt. »Du hast die Hauptrolle in einem riesigen Musical. Und du fragst dich, ob du die nötige Ausstrahlung hast?«

Ich zuckte mit den Schultern und aß gedankenverloren noch etwas Popcorn. Es fühlte sich befreiend an, diese Angst endlich einmal in Worte zu fassen.

Lila dachte einen Moment lang nach. »Ich habe dich ja noch nie spielen sehen. Aber es ist doch unglaublich mutig, dass du das alles machst, dass du so weit gekommen bist und dich jeden Tag auf die Bühne stellst, obwohl du diese Angst hast.«

So hatte ich es noch nie betrachtet. Lila hatte diese besondere Art, einen die Dinge aus einer anderen Perspektive sehen zu lassen.

Und manchmal war das alles, was man brauchte.

»Das stimmt auch wieder«, sagte ich leise und fühlte mich sofort besser.

Lila hob die Hand und ließ eine Schattenfigur über die Wände der Höhle tanzen. »Eigentlich heißt Erwachsensein einfach nur, sich immer zwischen Arbeit und Privatleben zu zerreiben, oder?« Sie seufzte und nahm den letzten Schluck. »Da kommt wahrscheinlich niemand drum rum. So, und jetzt, würde ich sagen, mache ich dir Elvis' Bett zurecht. Du schläfst heute hier.«

»Nein, nein, so müde bin ich jetzt auch nicht«, protestierte ich, obwohl die Aussicht, jetzt nicht mehr aufs Rad steigen zu müssen, sondern einfach nur noch zu essen und dann ins Bett zu fallen, mehr als verlockend klang.

»Keine Widerrede. Die Entscheidung wurde dir abgenommen. Und außerdem mache ich jetzt noch einen Aperol. Betrunken darfst du eh nicht aufs Rad.«

*

»Können wir es ihr nicht einfach sagen?« Ich saß im Räucherhaus auf der Ablage. Mo stand vor mir und lehnte sich gegen mich. Eigentlich hatten wir verabredet, uns im Garten niemals anzufassen.

Das klappte so semigut.

Man konnte auch sagen, es klappte eigentlich überhaupt nicht. Vom ersten Tag an hatten wir die Regel gebrochen, sooft es möglich war. Zwar achteten wir beide darauf, dass besonders Elvis niemals in der Nähe war, aber unvorhergesehener Weise ergab es sich ziemlich oft, dass wir irgendwo alleine aufeinandertrafen. Vielleicht lag das daran, dass ich jede Gelegenheit abpasste. Und daran, dass er das Gleiche zu tun schien. Wir sprachen nicht darüber, aber es passierte immer wieder, dass ich irgendwo in einem Beet kniete und plötzlich seine Hand im Nacken fühlte, oder seinen Mund an meinem Hals. Und etwa siebzehnmal täglich schlenderte ich an der Räucherei vorbei, in der er gerade viel Zeit verbrachte, weil er mit Fermentationsprozessen experimentierte, und sprang dann kurz hinein, um ihn in eine dunkle Ecke zu ziehen und so heftig wie möglich abzuküssen. Wir waren vielleicht erwachsen, vernünftig und hatten Prioritäten gesetzt –

aber wir waren eben auch nur Menschen. Und irgendwie schienen unsere Körper sich einfach magisch anzuziehen. So war es vom ersten Moment an gewesen, auch wenn wir uns jetzt küssten, statt uns gegenseitig die Zehen zu zermatschen.

Durch das geöffnete Fenster drang ohrenbetäubender Vogelgesang, und eine dicke Hummel brummte über der Regentonne vor sich hin und schien zu überlegen, ob sich ein Bad lohnen würde. »Sie hat doch Sina. Und ich hab schon mehrfach gesehen, wie die beiden sich küssen.«

Alarmiert sah er auf.

»Wenn Elvis nicht da war«, erklärte ich rasch.

Er nickte beruhigt. Ich wusste inzwischen, dass seine Ablehnung nichts mit Sina persönlich zu tun hatte. Doch obwohl auch er die Trennung gewollt hatte, gehörte Lila in seinem Kopf noch immer zu ihm und Elvis. Und das konnte ich sogar verstehen. »Es ist mir wirklich lieber, wenn sie es nicht weiß. Warum auch, wenn es doch zu nichts führt«, sagte er und begann, meinen Hals abzuküssen. Immer, wenn er das machte, bekam ich Gänsehaut am ganzen Körper.

»Ich will sie nicht mehr anlügen.«

»Du musst doch nicht lügen, sag einfach gar nichts.«

»Das ist auch eine Art von lügen.«

»Es würde nur zu Komplikationen führen. Wir haben uns versprochen, dass wir immer ehrlich sind, wenn jemand von uns jemand Neues kennenlernt, aber solange das hier nur … das hier ist, will ich es wirklich nicht ernster machen, als es ist.«

»Sie ist meine Freundin«, sagte ich leise. »Was wird sie

sagen, wenn sie herausfindet, dass ich es ihr die ganze Zeit verheimlicht habe?«

Er fuhr mit den Händen unter mein T-Shirt und kurz setzten meine Gedanken aus. »Lenk nicht immer ab«, lachte ich und drückte ihn von mir weg. Mo seufzte und hielt meine Hände fest, damit ich ihn nicht noch weiter wegschob. »Wir haben doch gesagt, dass das hier nur für uns ist. Und nur was Lockeres.«

Ich nickte. »Das ist es doch auch.«

»Ja, aber wenn wir es Lila sagen, wird daraus gleich ein Fass. Dann sind es nicht mehr nur wir zwei, sondern drei. Und sie wird es Sina erzählen, und die wird es anderen erzählen, und dann wissen es am Ende alle. Glaub mir, es ist besser so.«

Einerseits wollte ich es ihr unbedingt sagen. Andererseits hatte ich Angst, sie dadurch zu verlieren und damit auch einen Teil des Lebens im Garten, der mir in diesen wenigen Wochen so wichtig geworden war.

Also sagte ich nichts.

Elvis und ich hatten eine ganz eigene Art der Freundschaft entwickelt. Durch ihn und seine Apps lernte ich nicht nur, Eichen von Linden zu unterscheiden, sondern auch die verschiedenen Vogelstimmen. Amseln waren seine Lieblinge, und manchmal gingen wir abends auf Expeditionen. Wir setzten uns dann still unter einen Busch und warteten, bis sie angehüpft kamen und ihr Lied anstimmten, das auch ich bald so schön fand, dass ich es als Klingelton auf mein Handy lud. Elvis lachte sich darüber zwar halbscheckig, aber ich mochte es, wenn die Leute verwirrt guckten, wenn meine

Tasche zu zwitschern begann. Er half mir und Hinnert mit Leidenschaft bei den Hühnern und mochte sogar das Ausmisten – das ich ihm gerne überließ. Außerdem bettelte er so lange, bis er mich einmal daheim besuchen durfte, um Opa kennenzulernen. Lila und er verbrachten einen ganzen Sonntag bei uns, wir backten Kuchen, tanzten in der Küche, schmusten mit Opa und schauten eine Wolfsdokumentation, die wir mit dem Beamer an die Decke warfen.

Je mehr Zeit verging, desto mehr sehnte ich meine Treffen mit Mo herbei, desto mehr verliebte ich mich in Elvis und desto wichtiger wurde mir meine Freundschaft mit Lila. Umso mehr zerfraß es mich, sie zu belügen. Ich wollte Mo jeden Tag sagen, dass ich mir jetzt doch sicher war, dass ich ein Teil ihres Lebens sein wollte. Aber das würde Verpflichtungen mit sich bringen, für die ich keine Zeit hatte. Und außerdem sagte er selber nie etwas in diese Richtung, egal, wie gut wir uns verstanden, egal, wie sehr er strahlte, sobald er mich sah, wie oft er mich anrief, nur um zu reden, wie oft er abends spät schnell noch vorbeikam, damit wir ein Bier zusammen trinken oder eine Runde um den Block laufen konnten. Ich wusste, dass er mich mochte, mindestens genauso sehr wie ich ihn.

Aber er sagte es nie.

Und er sagte auch nie, dass er mehr wollte.

Und weil ich jeden Tag 200 Prozent gab und so, wie es war, irgendwie doch alles unter einen Hut bekam, die Proben, die Gartenzeit und die kleinen heimlichen Treffen mit Mo, die Flohmarktbesuche und Aperoltreffen mit Lila, sagte ich auch nichts.

Weil es *nichts Großes* sein sollte.

Weil wir an Elvis denken mussten.

Weil Lila immer noch nichts wusste.

Weil ich alles verlieren würde, wenn wir doch etwas Großes daraus machten und die Sache dann schiefging.

13

»Maddie, wir haben ein Problem!« Mit bekümmerter Miene drehte Hinnert seinen Strohhut in den Händen.

»Ach ja? Was ist?« Schnell trat ich näher.

»Da, siehst du, die Inge? Sie steht da so seltsam wie ein Pinguin und drückt den Rücken durch und den Po nach unten.« Bekümmert kratzte er sich die Halbglatze. »Sie ist ein Hybrid, aber auch bei Rassehennen kommt das vor. Sie hat Legenot. Das heißt, das Ei steckt fest. Sie sitzt schon seit Stunden so!«

»Oh.« Erstaunt betrachtete ich Inge. Es stimmte, sie hatte wirklich eine unnatürliche Haltung eingenommen, sah aus wie ein dicker, bekümmerter Pinguin. »Kann man irgendwie nachhelfen? Vielleicht ... mit einer Pinzette?«

Noch bevor die Worte meinen Mund verlassen hatten, wusste ich, dass ich diesmal die dämlichste aller dämlichen Fragen gestellt hatte.

Aber Hinnert schüttelte nur den Kopf. »Sie hat große Schmerzen. Es ist so furchtbar, man kann dem Nährstoffmangel kaum vorbeugen. Ich tue alles, was mir einfällt, aber sie sind einfach zu überzüchtet. Ich hoffe nur, sie hat keine Legedarmentzündung. Vielleicht ist das Ei nur verformt, durch den Calciummangel. Wir müssen in Zukunft besser aufpassen, dass sie nicht zu fett werden, Maddie, das kann auch dazu beitragen. Sie picken hier ja frei und holen sich dadurch so viele Schnecken und andere Schmankerl ... kein Wunder, wenn sie da ein Polster aufbauen.«

Ich nickte nur verständnisvoll. Inzwischen war ich daran gewöhnt, dass Hinnert mich als Verbündete in der Hühnerfürsorge ansah.

»Schau da, es kommt blutiger Kot!« Er zeigte auf Inge.

Ich verzog angeekelt das Gesicht, aber er merkte es nicht einmal.

»In der Legeindustrie würde sie jetzt jämmerlich sterben. Das passiert da ununterbrochen, die haben alle Mineralmangel. Die Eier bleiben stecken, und sie krepieren.«

Wir bauten eine Rotlichtlampe auf und setzten Inge vorsichtig darunter. »So, und jetzt wird's ein bisschen unangenehm. Inge, beiß die Zähne zusammen.« Hinnert holte ein paar Einmalhandschuhe hervor und hielt sie mir hin. »Mach am besten du. Learning by doing, sach ich immer.«

Ich war so verdutzt, dass ich den Moment verpasste, um wegzurennen. Plötzlich hatte ich die Einmalhandschuhe an, und Hinnert tröpfelte mir Olivenöl in die Handfläche. »So, und nu schön langsam massieren. Immer im Uhrzeigersinn. Und dann träufelst du noch ein bisschen in ihre Kloake. Aber ganz sachte. Wärme und Öl, das ist das Geheimnis. Du schaust, ob du was aus ihr rauskriegst, und ich koche einen Kamillentee. Das wirkt krampflösend.« Er verschwand und ließ mich mit Inge allein, die mich ansah, als wollte sie mir sagen, dass sie die Situation genauso seltsam fand wie ich.

Ich beobachtete mich selber, wie ich in dem kleinen Schuppen stand, Inge unter einer Rotlichtlampe den Unterleib massierte und dachte, dass mein Leben noch vor ein paar Wochen ziemlich anders ausgesehen hatte.

Nach einer Weile spürte ich, wie sie sich unter meinen Händen tatsächlich entspannte. »Ich glaube, es wirkt!«, flüsterte ich aufgeregt, als Hinnert wenig später mit einer Teekanne wiederkam. Er flößte ihr den Tee mit einer Pipette ein. »Muss nur schauen, dass nichts in die Luftröhre kommt«, murmelte er und streichelte Inge mit seiner riesigen Hand behutsam über den Kopf.

»Ich hoffe nur, dass nicht bald die Mauser einsetzte, danach kommt die zweite Legeperiode und sie kriegen deutlich größere Eier. Nicht dass wir hier ständig Stau im Tunnel haben, wenn du verstehst, was ich meine.«

Ich verstand.

»Hoffentlich wirkt es. Sonst müssen wir operieren.«

»Wir?« Keuchte ich entsetzt und sah uns schon mit seiner Bastelschere Inges Gebärmutter aufschneiden.

»Die Tierärztin natürlich«, korrigierte er. »Aber das ist die letzte Lösung, vorher könnte sie ihr noch eine Hormonspritze mit Oxytozin geben, oder auch eine Calciuminjektion. Hoffen wir mal, dass wir es auch so schaffen. Aber ich hab Angelika immer auf Speed-Dial.«

Eine OP war zum Glück nicht notwendig. Wir verabreichten Inge noch eine Legedarmspülung mit einer Kochsalzlösung, und danach kam das Ei raus.

Als ich wenig später todmüde nach Haus radelte, hatte ich ein paar neue Begriffe für meine Hühnerliste im Kopf. Die Liste war inzwischen schon ziemlich beachtlich:

Federlinge
Kalkbeine
Kloakenvorfälle
Hybridhühner
Mauser
Windeier

*

Mangold und Salat wurden morgens geerntet, bevor die Sonne draufschien, und dann in nasse Handtücher gewickelt. Ich war an diesem Samstag bereits im Morgengrauen in die Kirschen geradelt, um Hanni dabei zu helfen. Mein Kopf war noch schwer und meine Augen brannten vor Müdigkeit, aber ich liebte die frische Gartenluft und den Nebel, der über die Wiese waberte. Aus Zeitmangel hatte ich mir angewöhnt, immer öfter auch vormittags kurz vorbeizukommen, wenn die Proben es erlaubten.

»Da sind ja lauter kleine Schneckenlöcher in den Blättern!« Ich drehte den angeknabberten Salatkopf hin und her, um ihn zu begutachten.

Hanni sah auf. »Ja, da haben die schon mal ein bisschen vorgekostet.« Sie strich sich die sehr dünn gewordenen Haare aus der Stirn und wuchtete eine Kiste mit gewaschenem Mangold auf eine Schubkarre. »Das ist gut, ein Zeichen, dass wir keine Gifte verwenden und die Tiere sich wohlfühlen.«

»Soll ich sie aussortieren?« Mit leichtem Ekel betrachtete ich die kleinen, glänzenden Spuren auf dem Salat.

»Nein, wenn es nicht zu dolle ist, lassen wir die drin. Man kann das einfach mitessen, und die Menschen wissen ja, dass wir ein Naturgarten ohne Pestizide sind. Die erwarten fast, dass die Schnecken schon vorknabbern.« Sie lachte in sich hinein. »Im normalen Bioanbau ist Schneckenkorn erlaubt, aber bei uns nicht. Da schaffen wir es natürlich nicht, sie ganz fernzuhalten. Ich freue mich immer, wenn ich die Spuren sehe, solange sie uns noch was übrig lassen. Es ist ein Zeichen, dass das, was wir machen, funktioniert.«

So viel Enthusiasmus für Schneckenschleim auf meinem Essen war mir dann doch suspekt. Aber ich ließ die Löcher, wo sie waren, und als ich unter einem Blatt eine kleine Schnecke fand, pflückte ich sie ab und setzte sie in ein Beet in der Nähe.

Dienstags und samstags wurde für die Abonnenten geerntet, die sich die Sachen dann im Abholschuppen selber abwogen und ihren Anteil mitnahmen. Wenn Hanni Zeit hatte, backte sie sonntags Brot, und je nachdem, ob jemand geräuchert oder eingelegt hatte, gab es auch davon im Angebot. Mit den Wochen wurden die Gemüseregale immer voller und voller, man konnte förmlich dabei zusehen, wie der Garten explodierte. Ich verstand langsam, wie genial durchdacht und angelegt alles war, so dass es immer genug, aber nie viel zu viel von einer Sorte gab und man jede Woche etwas nach- oder neu ernten konnte. Ich liebte es, morgens in aller Frühe zum Gesang der Vögel die Kisten und Körbe zu füllen, auszurechnen, wie viel da war, wer wie viel von was bekommen würde, und dabei Möhren zu knabbern und kleine Cocktailtomaten aus dem Gewächshaus zu naschen. Auch bekam ich immer mehr ein Bild davon, wie der Garten und die Menschen, die sich um ihn kümmerten, miteinander verwachsen und verwoben waren.

Heute sollten Blumenkohl, Gurken, Rhabarber, Rettich und die ersten Erdbeeren geerntet werden. Irgendwo hier musste der Liste nach der Blumenkohl zu finden sein, aber ich konnte ihn zwischen all dem Grün im Gewächshaus nicht entdecken. »Da drüben!«, rief Ulli, der meinen Blick bemerkt hatte.

Neugierig bog ich riesige dunkelgrüne Blätter zur Seite, um in der Mitte, ähnlich wie in einem Osternest, einen miniwinnikleinen Kopf an weißen Röschen zu sehen. »Ulli, mit dem Blumenkohl stimmt was nicht!«, rief ich besorgt, und er trat neben mich, um nachzusehen, was ich meinte. »Der hat ja nur Blätter und keinen Kohl!«

»Ja, Broccoli und Blumenkohl sind ein bisschen unsere Sorjenkinder.« Er kratzte sich unter der Mütze, für die es viel zu warm war. »Die meisten sind uns leider schon flöten gegangen, die kleinen Mimosen. Sie brauchen so viele Nährstoffe und 'ne Tonne Wasser. Wir haben viel zu wenig gegossen. Na, drauf jelernt!« Er zuckte mit den Schultern. »Aber die Sorte ist auch sehr klein, det liecht am Bio«, fügte er hinzu.

Verwundert schaute ich auf den Miniblumenkohl. Es waren etwa zwanzigmal so viele Blätter wie Gemüse. »Warum zieht ihr die dann, das lohnt sich doch gar nicht«, gab ich zu bedenken.

»Gabi und ich ... tja, wie soll ich sagen ... Wir hatten so ein bisschen was wie einen Wettbewerb am Laufen. Wollten so viel und so bunt wie möglich anbauen, verstehste? Alles, was man nicht im Supermarkt kriegt. Gurken in verschiedenen Formen und Farben, mit Sprenkeln und ohne. Gefleckte Bohnen, gelbe Zucchini, Minirosenkohl. Weißt du, das ganze

Zeug, was du in den Geschäften kaufst, das ist extra sozusagen designert, damit es gut zu transportieren ist und nicht so leicht kaputtgeht. Alles ist schön gerade, schön robust. Die Tomaten kannste aus 'nem Meter Höhe fallen lassen, und nüscht passiert. Da frag ich dich, klingt das vielleicht, als sollte das so sein?«

Vehement schüttelte ich den Kopf. »Klingt schrecklich.«

»Tja, wenn de unsere Tomaten aus 'nem Meter Höhe fallen lässt, weißte, was de dann hast? Ketchup. Und ick sach dir wat: Det is och jut so!«

Wieder nickte ich.

»Det ist det Jute an unserem solidarischen Konzept, dass wir eben nur produzieren, was im Vorhinein auch gewollt ist. Da sind wir frei anzubauen, was wir gut und richtig finden, und auch 'n bisschen zu experimentieren. Auf'n maximierten Ertrag kommts nicht so an, die Leute freuen sich ja, wenn sie was Besonderes kriegen, das es nicht überall gibt. Det is sozusagen unsere gemeinsame Leidenschaft, Gabis und meine«, fügte er hinzu und wurde plötzlich unter seiner Wollmütze knallrot.

Mich beschlich der dringende Verdacht, dass sie vielleicht außer dem Wettbewerb auch noch was ganz anderes am Laufen hatten und ihre gemeinsame Leidenschaft nicht so streng auf Tomaten beschränkt war, wie er vorgab. Grinsend warf ich ihm einen Seitenblick zu. »Gabi und du, also, soso? Das ist ja höchst interessant«, neckte ich, und er wurde noch ein wenig röter.

Er hustete und sah demonstrativ woandershin. »Nu mach dich mal schön anne Erbsen«, sagte er und stiefelte davon.

Als ich die Kisten gefüllt hatte und sie zum Abholschuppen trug, saß Elvis auf einer Bank in der Sonne und sah Hanni zu, die gerade mit einem Schlauch die Töpfe goss.

Kurzerhand parkte ich meine Gurken auf dem Boden, setzte mich neben ihn und wischte mir den Schweiß von der Stirn. »Ganz schön heiß, was?«, fragte ich und hielt Ausschau nach seinem Vater, der aber nirgends zu sehen war.

Elvis grinste. »Hanni, Madita ist heiß«, rief er, und sie reagierte sofort und hielt den Schlauch in meine Richtung.

Ich quiekte erschrocken, als das eisige Wasser meine Füße traf. »Nicht sooo heiß!«, rief ich.

Elvis lachte schallend – und bekam prompt auch eine Ladung ab.

»He, nicht ich«, protestierte er und sprang schnell auf die Bank.

Hanni grinste und hielt wieder auf die Pflanzen.

»Meine Füße muss man nun wirklich nicht gießen, die sind groß genug«, brummte ich und warf die Sandalen ab, damit sie trocknen konnten. Ich trug eine gutgefüllte 41.

»Meine nicht«, sagte Elvis und plumpste neben mir auf die Bank. Tatsächlich waren seine Füße für sein Alter ziemlich winzig. »Aber dafür ordentlich schmutzig«, bemerkte ich. Sie starrten vor Dreck, wie viele hier lief er den ganzen Tag barfuß herum.

Er grinste und wackelte mit den Zehen. »Mama sagt immer, genau so müssen Kinderfüße aussehen.«

»Da hat sie recht. Deine Mama ist klug.«

»Ich weiß.« Er nickte. In diesem Moment kamen zwei andere Jungs angerannt und zogen ihn mit sich. Angeblich hatten sie im Teich eine Schlange gesehen. Elvis bekam riesige, leuchtende Augen und war so schnell verschwunden, dass ich verwundert blinzelte.

»Wofür sind eigentlich die Töpfe?«, fragte ich und lehnte mich etwas schläfrig gegen die Wand des Schuppens. Dass ich nicht bereits vor lauter Schlafmangel zum Zombie mutiert war, überraschte mich jeden Tag. Vielleicht lag es an den Glückshormonen, die Mo in mir auslöste. Oder dem vielen Grünzeug, das ich jetzt unaufhörlich in mich hineinschaufelte. »Warum nicht gleich in den Boden?«

Hanni stellte den Schlauch ab. »Ganz einfach, weil man so den pH-Wert besser kontrollieren kann. Die Heidelbeeren hier zum Beispiel, die brauchen saure Erde. Wir könnten jetzt überall Löcher ausheben, sie mit saurer Erde befüllen und die Sträucher da reinpacken, aber warum kompliziert, wenn es auch einfach geht. Und das Wasser in Berlin ist unglaublich kalkhaltig.«

Ich nickte. »Meine Gläser haben immer weiße Flecken, und meine Espressokanne sieht innen aus, als hätte sie Windpocken.«

Sie zeigte auf ein paar Säcke mit Mulch, die neben ihr auf dem Boden lagen. »Hilfst du mir, den aufzufüllen?«

»Und wofür braucht man den?« Ich mochte es, wie der Mulch roch. Ein bisschen alt, ein bisschen neu, ein bisschen nach Erde und ein bisschen nach etwas Undefinierbarem, Würzigem. Wie der Opa aller Erde, dachte ich und nahm einen tiefen Atemzug.

»Er verrottet und macht die Erde sauer. Man muss ihn nur jedes Jahr erneuern«, erklärte sie.

Während ich den Mulch in die Töpfe füllte und festdrückte, nahm sie die Heckenschere und kappte einen der Topfbüsche am Ansatz.

»Verdammt, meine Granatäpfel sind kaputtgegangen. Der dämliche Frost. Erst hat es zwanzig Grad Ende Februar, und dann friert es plötzlich. Das überleben die nicht. Außer wir schneiden das ganze Alte weg, dann haben sie vielleicht eine Chance, hier ist schon ein kleiner neuer Trieb.« Bedauernd betrachtete sie den bereits hüfthohen Busch. »So viel Zeitverschwendung.«

Plötzlich ließ sie sich schwer auf die Bank fallen, auf der ich eben noch gesessen hatte, und wischte sich die Stirn. Es war wirklich warm heute, und man sah ihr an, dass die Arbeit sie mitnahm.

»Soll ich dir was zu trinken holen?«, fragte ich, aber Hanni schüttelte den Kopf. Eine Weile sah sie mir zu.

»Wenn ich mir so den Garten anschaue, denke ich manchmal, dass er das Ganze in ein größeres Bild einordnet. Meine Krankheit, meine ich.« Ihre Stimme war mit einem Mal verändert.

Ich hörte sofort auf, den Mulch zu verteilen, und setzte mich neben sie. »Wie meinst du das?«

Sie schüttelte den Kopf, stockte, als wüsste sie nicht genau, wie sie es sagen sollte. »Bei den Menschen ist es genau wie bei den Pflanzen, alle brauchen unterschiedliche Bedingungen, um gut zu gedeihen. Man gibt sein Bestes, und dann geht trotzdem was schief. Vielleicht war das Saatgut nichts, oder sie sind überzüchtet, oder im Boden ist etwas, das ihnen nicht passt, man hat falsch gedüngt, zu wenig gewässert, das Licht war nicht ausreichend, die Luftfeuchtigkeit nicht richtig, Gift im Boden, Gift im Wasser ... Es kommt ein plötzlicher Frost, und einige sterben, andere schaffen es, bekommen neue Triebe.«

Ich musste an Ulli denken und den miniwinnikleinen Blumenkohl, dem es viel zu warm war, der viel mehr Wasser brauchte als die anderen und viel mehr Nährstoffe.

»Der Krebs ist mein Frost, weißt du, was ich meine? Es lässt das Ganze gerechter erscheinen. Denn glaub mir, wenn du krank wirst, dann ploppt ständig die Frage nach der Gerechtigkeit hoch. *Warum ich, warum jetzt, womit habe ich das verdient, ich war doch immer gut, immer bemüht, warum dürfen andere gesund bleiben*, der ganze Mist. Wenn ich den Garten sehe, dann weiß ich, dass das keine höhere Strafe ist. Es gibt keine Gerechtigkeit. Es ist einfach ein Teil vom Leben. Das Sterben.«

»Aber du stirbst doch nicht!« Erschrocken fasste ich ihren Arm. »Du kriegst doch Chemotherapie und wirst wieder gesund.«

Sie lächelte und blickte auf die blühenden Büsche. »Ja. Natürlich. Ich meine doch nur. Ich muss mich damit auseinandersetzen. Mit dem Gedanken. Irgendwann sterben wir schließlich alle. Und in der Klinik bekommt man so viele Leidensgeschichten mit. Hier im Garten ist es leichter. Wenn wir im März die trockenen Stauden vom letzten Jahr aus den Beeten holen oder jetzt die Radieschenblüten ausreißen, um Tomaten in die Beete zu packen, dann bringen wir die alten Sachen auf den Kompost, sie verrotten und kommen dann wieder auf die Beete, werden zu einem Teil der neuen Pflanzen. Nichts ist wirklich weg, es nimmt nur eine andere Form an. Und es mag sich lächerlich anhören, das auf den Menschen zu übertragen, aber es beruhigt mich. Ich kann es nicht richtig erklären ...« Sie machte eine wegwerfende Bewegung mit der Hand, aber ich glaube, ich verstand sehr gut, was sie mir sagen wollte.

»Das Alte nährt das Neue.« Sie lachte, weil es so seltsam klang.

Plötzlich kamen Elvis und die Jungs über die Wiese gelaufen. »Ihr müsst schnell kommen, Hinnert ist nicht da. Und mit Caroline stimmt etwas nicht!« Elvis zog mich am Ärmel von der Bank hoch.

Besorgt eilten wir mit ihnen zum Hühnerschuppen. Caroline war ein asiatisches Rassehuhn mit fellartigen Federn, die sie aussehen ließen wie eine kleine Wolke mit Beinen. Hinnert liebte sie abgöttisch, und auch sie hatte einen Narren an ihm gefressen. Wenn er im Schuppen werkelte, saß sie meistens auf der Ablage neben ihm und sah ihm zu.

»Sie bewegt sich kaum. Und wenn sie sich bewegt, geht sie nur rückwärts«, erklärte einer der Jungen. Mo, Lila, Sina und einige der anderen standen bereits um Caroline herum und beobachteten sie kopfschüttelnd. Mo warf mir einen Blick zu, und obwohl auch er besorgt schien, lag diese Wärme in seinen Augen, die mir wohlige Schauer über den Rücken schickte.

»Vielleicht ein Hirntumor«, hörte ich jemanden murmeln. »Oder ein Schlaganfall. Ich hab gehört, so was soll's auch bei Hühnern geben.«

»O Gott, Caroline.« Ich kniete mich zu dem Huhn, das regungslos auf der Wiese vor dem Schuppen stand, und streichelte ihr sachte den Hals. »Das tut mir ja so leid.«

Caroline gackerte leise, bewegte sich aber nicht. Dann machte sie vorsichtig einen einzelnen Schritt rückwärts. Ich schluckte.

»Der arme Hinnert. Sie ist doch sein Liebling.« Hanni war ganz blass geworden. »Was, wenn wir sie einschläfern müssen? Er hängt an seinen Hühnern, als wären es seine Kinder.«

Als hätten wir ihn gerufen, trat plötzlich Hinnert in den Kreis und blickte uns unter seinen gewaltigen Augenbrauen hindurch verdutzt an. Er trug einen Peter-Lustig-Overall und einen Strohhut. »Is hier 'ne Versammlung oder so was?«

»Hinnert! Da bist du ja.« Hanni fasste ihn sanft am Arm. »Hör mal, mit Caroline stimmt etwas nicht. Sie hat aufgehört sich zu bewegen und ... nun ja, wie soll ich es sagen? Sie geht nur noch ... *rückwärts.*« Mitleidig verzog Hanni das Gesicht. »Vielleicht ist es ja nichts Ernstes, aber wir sollten vielleicht doch die Tierärztin rufen. Ich denke, es könnte ein Schlaganfall sein. Oder vielleicht ein Aneurysma?« Sie hatte die Stimme gesenkt und betrachtete sorgenvoll das regungslose Huhn, das in diesem Moment einen weiteren Rückwärtsschritt machte.

Hinnert zeigte keinerlei Gefühlsregung, außer dass seine Augenbrauen noch ein wenig weiter nach oben rutschten. Einen Moment starrte er Hanni an, als könnte er nicht glauben, was er da hörte. Ich sah den riesigen, wilden Mann schon in Tränen ausbrechen und wappnete mich innerlich, da hörte ich plötzlich ein leises Gluckern. Verdutzt sah ich mich um, dann verstand ich, dass Hinnert unter seinem Bart lachte. Er lachte so sehr, dass er sich verschluckte, röhrend hustete und einen kleinen Schleimball ausspuckte. Sofort kamen Inge und zwei andere Hühner angeschossen und pickten ihn auf. Ich würgte leise.

»Wartet mal einen Moment.« Hinnert hatte sich wieder gefangen und ging zum Hühnerschuppen. Kurz darauf kam er zurück, in der Hand eine große Schere.

Eine Sekunde lang hatte ich die Schreckensvision, dass Hinnert vor Trauer über den bevorstehenden Verlust seines Lieblingshuhnes verrückt geworden war, Caroline Leid ersparen und sie mit der Schere köpfen wollte. Er bückte sich zu ihr hinunter, und ich erstarrte, als ich ein Schnappen hörte, fasste mir unwillkürlich an die Kehle und hielt die Luft an.

Hinnert richtete sich wieder auf und hielt ein seltsames Büschel in der Hand. Ich brauchte zwei Sekunden, um zu erkennen, dass es nicht Carolines Kopf war. Langsam atmete ich wieder aus.

»Das passiert manchmal bei der Rasse. Der Pony wird zu lang, sie sehen nix mehr, und dann erstarren sie plötzlich. Ähnlich wie wenn's Licht ausgeht.« Er lachte schon wieder, leise und röhrend, wie ein stumpfes Reibeisen, und wischte sich Tränen von den stoppeligen Backen. Wir alle sahen uns verwirrt an, dann lachten auch wir. Caroline, die jetzt, da Hinnert die Federn gekappt hatte, die ihr wie ein Vorhang ins Gesicht gehangen hatten, wieder normal sehen konnte, machte ein paar vorsichtige Schritte nach vorne. Dann gewahrte sie uns, die alle im Kreis um sie herumstanden und sie anstarrten, stieß einen kleinen Schrei aus und rannte los in Richtung Hühnerstall.

»Na, Gott sei Dank!« Hanni lachte so sehr, dass sie sich ins Gras sinken ließ. Wir anderen taten es ihr gleich, ließen uns an Ort und Stelle auf dem warmen Rasen nieder. Es war ein wunderbares Gefühl, nach der Anspannung aus vollem Herzen zu lachen. Ich fühlte Mos Blick auf mir ruhen, und als unsere Augen sich trafen, strich er mir kurz über den Rücken. Doch dann sah ich zu Lila. Ihr Blick hing ebenfalls auf Mo, und als sie kurz darauf von ihm zu mir sah, runzelte sie die Stirn.

14

»Kannst du die Nase noch ein wenig prominenter machen?«

Die Maskenbildnerin nickte und malte mit konzentrierter Miene seitlich an meiner Nase einen dicken dunkelbraunen Strich entlang. Contouring für Vampire nannte man das wohl. Auf der Bühne musste das Make-up so plakativ wie möglich sein, maskenhaft und so dick, dass man es mit den Fingern abkratzen konnte. Meine Haut hatte darunter bereits ziemlich gelitten, aber es gab kaum einen unter uns, der damit keine Probleme hatte. Pickel waren vorprogrammiert, wenn die Haut nicht atmen konnte, man aber den ganzen Tag lang wie verrückt schwitzte. Doch das machte mir nicht viel aus, je dicker das Make-up, desto stärker die Verwandlung und damit die Illusion.

»Maddie, zwei Minuten bis zu deiner Szene!«

Ich nickte der Frau im Türrahmen zu. »Alles klar, bin bereit.« Heute probten wir den Durchlauf mit Maske und Kostüm, ich musste mich während des Musicals mehrfach umziehen und steckte bereits in dem Bodysuit, in dem ich in die Badewanne gleiten würde, die mitten auf der Bühne stand. Darüber trug ich ein Nachthemd. Angespannt sah ich auf die Uhr, noch einmal durch die Haare wuscheln und dann ab nach oben. Die Musik der ersten Szene dröhnte bereits zu uns herunter.

»Perfekt, danke, Carmen.« Ich hielt im Spiegel beide Daumen in die Höhe und lief nach oben, um neben der Bühne auf meinen Auftritt zu warten. Wie immer kurz bevor es losging, spürte ich die Musik tief in mir vibrieren, mein Körper konnte es nicht erwarten zu singen, meine Stimmbänder spannten sich bereits an, und alles in mir fieberte auf die Sekunde hin, in der ich auf die Bühne stürzen durfte. In diesen Momenten wusste ich felsenfest und zu hundert Prozent, dass ich das Richtige machte.

Ich liebte diesen Job.

Mit Haut und Haaren und ganzer Seele.

Als mein Einsatz kam, rannte ich auf die Bühne und sang aus vollem Hals. Die Minuten vergingen wie Sekunden, immer war es viel zu schnell vorbei, rauschte wie ein Nebel an mir vorüber. Alles lief perfekt, ich konnte Lores zufriedenes Gesicht zwar nicht sehen, aber ich wusste, dass ich heute in Höchstform war. Ich hatte ausnahmsweise mal genug geschlafen, weil Mo mit den Kindern von seiner Arbeit ein paar Tage ans Meer gefahren war. Außerdem hatte ich zwei Kaffee und eine Mate gefrühstückt. Mehr Energie ging nicht. Und auch wenn sie wahrscheinlich später in einem bodenlosen Tief crashen würde, jetzt war sie da, und jetzt würde ich sie ausnutzen.

Als ich zurück in die Maske hechtete, um mich umzuziehen, flog ich beinahe die Stufen hinunter. Sie hatten gesagt, ich solle mich mal zusammenreißen, und heute hatte ich gezeigt, was ich konnte. Glücklich schmetterte ich die Tür auf und rannte Carmen entgegen. Als ich ihr Gesicht sah, blieb ich stehen, als wäre ich gegen eine Glaswand gerannt. »Was ist?«, rief ich gegen den Lärm der Musik. Sie schüttelte den Kopf. »Ich finde dein Kleid nicht!«

»Was?« Ich lachte ungläubig. »Aber es hängt doch an den Stangen!«

Alle unsere Kostüme wurden sorgfältig gepflegt und nach jeder Probe gesteamt und in der richtigen Reihenfolge aufgehängt, so dass man sie sofort zur Hand hatte.

Carmen hatte weit aufgerissene Augen. »Ich habe Marvin schon angerufen, aber er sagt, es muss da sein, es wurde nicht gereinigt oder …« Hektisch sah sie mich an. »Willst du eins von Paula oder Annika nehmen?«

»Das geht nicht, was, wenn ich was kaputt mache? Und sie sind beide schlanker als ich.« Verzweifelt blickte ich nach oben zur Decke, wo das Musical erbarmungslos weiterging. Gleich war ich wieder dran. Hektisch rannte ich zu den langen Kostümstangen und begann sie durchzusehen. »Das kann doch nicht sein. Es ist bestimmt irgendwo dazwischengerutscht!«, rief ich.

Carmen ging ebenfalls noch einmal die Reihen durch. »Bist du sicher, dass du es nicht mit nach Hause genommen hast oder so?«

»Warum sollte ich es mit nach Hause nehmen?«, rief ich, nahe daran, hysterisch zu werden. Das Kleid durfte nicht weg sein. Nicht nur mussten wir dann die Show unterbrechen, und ich musste vor versammelter Mannschaft erklären, was passiert war, es war auch ein Einzelstück, und ich hatte noch sehr genau Marvins Worte im Ohr, der mir erklärte, wie lange es gedauert hatte, es herzustellen.

»Es muss hier sein!«, rief ich, aber ich wusste schon, dass es nun wahrscheinlich ohnehin zu spät war. Wir mussten noch meine Haare machen und mich umschminken. Nie im Leben würden wir das rechtzeitig schaffen.

»Jemand muss es weggenommen haben.« Hilflos sah Carmen mich an. »Aber wer sollte so was machen?«

Ich hatte durchaus einen Verdacht. Doch den wollte ich nicht einmal vor mir selber aussprechen. »Keine Ahnung«, sagte ich kleinlaut und begann von neuem, die Kostüme durchzugucken. Ich krabbelte sogar unter die Tische, um zu sehen, ob es nicht irgendwo dort unten lag.

Es endete damit, dass ich in meinem blöden Bodysuit hochgehen und die Probe unterbrechen musste. Ich musste erklären, dass wir mein Kleid nicht finden konnten, und einen Wutanfall von Lore überstehen, der sich zum Glück nicht explizit an mich richtete, sondern die gesamte unfähige/schlampige/unprofessionelle Belegschaft mit einschloss. Aber das machte es auch nicht besser, denn nun waren natürlich alle sauer, dass sie einen Anschiss kassierten, für den sie nichts konnten. Ich musste in Bodysuit und Nachthemd weitermachen, und meine verkrampfte Stimmung übertrug sich auf die anderen. Nichts klappte mehr, wir hatten einen Patzer nach dem anderen. Irgendwann brach Lore ab und verkündete, dass Annika weitermachen und wir noch mal von vorne beginnen würden. »Halbe Stunde Pause, während sie in die Maske geht!«, brüllte sie, und Annika, die heute eigentlich nur zusehen sollte, lief eilig davon, um sich vorzubereiten.

Überflüssig zu erwähnen, wie schlecht es mir an diesem Abend ging. Das Kleid wurde direkt nach der Probe in einem der leeren Spinde gefunden, die nicht mehr benutzt wurden. Niemand konnte sich erklären, wie es dort hingekommen war.

Niemand außer mir.

Die Probe mit Annika war reibungslos verlaufen, sie hatte

phantastisch gesungen, und ich hatte das Gefühl, dass sie absichtlich alles gab, um den Kontrast zwischen meiner und ihrer Performance noch zu betonen.

Lore hatte sie zum Abschluss in den höchsten Tönen gelobt und mich nicht mal eines Blickes gewürdigt. Ich hatte keine Beweise dafür, dass sie etwas mit dem verschwundenen Kleid zu tun hatte, aber ich wusste einfach, dass sie dahintersteckte. Es war wohl genauso, wie die Vampire es im Musical sangen: Die Welt gehört den Lügnern und den Rücksichtslosen.

15

»Was machst du denn da? Bist du jetzt von den Hühnern auf Raben gekommen?« Verwundert blieb ich an dem kleinen Tisch stehen, den Hinnert vor dem Stall aufgebaut hatte. Darauf standen mehrere große Vogelfiguren aus Holz, die er mit konzentrierter Miene schwarz anpinselte.

»Na, meinen Hennen gehört mein Herz!« Er lachte. »Die Viecherl sind mein Ein und Alles. Das hier ist für die Elstern.«

»Äh ... meinst du nicht, die merken, dass die Vögel aus Holz sind?« Verwundert stupste ich eine der Figuren mit den Fingern an. »Du hast da Farbe an der Augenbraue.«

»Ah. Dank dir.« Er wischte sich mit der Hand übers Gesicht und verteilte die schwarze Farbe dabei auf seinen Wangen und seiner Nase.

»Besser?«

»Auf jeden Fall«, grinste ich. »Aber ich verstehe immer noch nicht: Was sollen denn die Elstern mit diesen Dingern machen?«

Er gab ein Brummen von sich. »Machen? Sie sollen gar nichts mit ihnen machen. Sie sollen wegbleiben, das solln sie, diese kleinen Mistviecher.«

»Was hast du denn gegen sie? Ihr seid doch hier alle total verrückt nach Vögeln.«

»Ja, grad drum.« Er reichte mir einen Pinsel. Ich nahm

mir einen der noch nicht angemalten Vögel und begann vorsichtig, ihm schwarze Federn zu verpassen.

»Ich versteh's immer noch nicht.«

»Ja, die killen doch die Singvögel.«

»Ach sooo!« Jetzt fiel auch bei mir der Groschen.

»Ich pass eigentlich höllisch auf, aber vor kurzem hat ein Pärchen angefangen, da in der Linde zu bauen.« Er zeigte mit finsterer Miene auf einen Baum in der Nähe. »Deswegen müssen wir jetzt abschreckende Maßnahmen ergreifen.«

Ich musste an mich halten, um nicht zu lachen. Ob Hinnert wohl wusste, dass Pannecke, Rainer, Jürgi und er sich gegenseitig die Elstern zuschoben?

»Also, drüben im Finkengrund haben sie dafür eine Zwille«, erklärte ich und malte ein gelbes Auge auf einen der Holzraben. »Für Papierkügelchen. Und der Pannecke hat 'ne Erbsenpistole. Aber wenn du mich fragst, der schießt sich 'nen Zeh ab, bevor er damit 'ne Elster trifft.«

Hinnerts Kopf war bei meinen Worten herumgefahren. »Was?«, rief er und warf seinen Pinsel hin. »Ja, Herrschaftszeiten. Ich hab's doch gewusst. Also jetzt wird's mir zu bunt. Zu bunt wird mir das.«

Er rannte los in Richtung Finkengrund und warf dabei einen Farbtopf um, der sich gluckernd in die Wiese ergoss. Verdattert sah ich ihm nach, dann wetzte ich hinterher. »Hey, wo willst du hin?«, rief ich aufgeregt, den Pinsel mit der schwarzen Farbe noch in der Hand. Ulli und Hanni aßen gerade Kuchen in der Sonne vor dem Küchenwagen und sahen uns verdutzt zu. Panisch winkte ich ihnen. Einen wild gewordenen Hinnert einzufangen war keine Aufgabe, die ich mir alleine zutraute.

Er lief den Plattenweg durch die Parzellen entlang und schnaubte wie eine Dampflock. »Erst zeigen sie uns an wegen dem scheiß Giersch, und jetzt das. Aber die können was erleben. Wer war das, Maddie?«

Kleinlaut zeigte ich auf Rainers Häuschen. »Und der Pannecke von zwei weiter«, erklärte ich. »Aber die wollten doch auch nur …« Er hörte nicht auf mich, sondern stürmte auf den Zaun zu. Zum Glück sah ich, wie Ulli und Hanni bereits den Weg heraufkamen.

»He, ihr da! Eure Elstern könnt ihr gefälligst behalten!«

Rainer und Jürgi saßen mit dem Fässchenkühler auf der Terrasse und sahen verdutzt auf, als sie den riesigen, brüllenden Mann an der Hecke bemerkten.

»Was ist los?«, rief Jürgi, und beide kamen an den Zaun. Ich sah mich um, und natürlich hatte Pannecke den Tumult schon bemerkt und lief ebenfalls auf sein Gartentörchen zu. Hier ging eben nie etwas vor sich, ohne dass alle es sofort mitbekamen.

»Worum geht es?«, fragte er.

»Ihr sollt eure Elstern gefälligst bei euch behalten, darum geht es!«, rief Hinnert aufgebracht.

Pannecke musterte ihn verwundert, dann trat er blitzschnell durch Rainers Törchen und stellte sich auf die andere Seite der Hecke. Die drei warfen sich zufriedene Blicke zu. »Ist ein freies Land, die Elstern wohnen, wo sie wollen«, sagte er und verschränkte die Arme vorm Pullunder.

»Ja! Und sie wollten hier wohnen. Stimmt's, Madita? Bis ihr mit eurem illegalen Waffenarsenal nachgeholfen habt!«

Ich trippelte nervös von einem Fuß auf den anderen. Das hatte ich nun wirklich nicht gewollt.

»So ein Schwachsinn. Ihr seid doch nur sauer wegen dem Giersch damals«, rief Jürgi.

»Ja, was war das eigentlich?«, fragte ich.

»Sie haben uns angezeigt, weil angeblich unser Giersch zu ihnen rüber ist«, erklärte Hanni.

»Hat mir den ganzen Garten verwuchert«, nickte jetzt auch Rainer.

»So ein Quatsch, wir hatten den ganz normal im Beet angebaut, wie soll der denn zu euch rüber sein.« Ulli trat einen Schritt vor. »Ihr wolltet euch doch nur rächen, weil wir uns beim Vorstand über die Lautstärke beschwert haben.«

»So ein Laubgebläse ist nun mal laut!« Pannecke plusterte sich zu seiner ganzen Größe auf.

»Ja, und wie oft kann man Laub blasen? So viel Laub habt ihr doch in der ganzen Kolonie nicht, wie du da immer rumgepustet hast! Und wo sollen die Igel wohnen, wenn ihr das alles wegpustet?«

»Jetzt beruhigt euch doch.« Hanni wollte dazwischengehen, aber Rainer war nicht zu bremsen: »Hier herrscht eben Ordnung. Nicht so wie bei euch da drüben. Und eins sage ich euch: Wenn mir eure Brombeerranken noch näher rücken, dann mach ich irgendwann kurzen Prozess.«

»Ja, da werd mir doch einer ... So a Packerl Watschn is schnell aufgemacht!« Hinnert verfiel ins Bayrische, und ich verstand kein Wort mehr, wurde aber das Gefühl nicht los, dass er Rainer gerade mit einer Ohrfeige gedroht hatte.

»Also, das ist doch ... dich hamse wohl als Kind zu heiß gebadet«, brüllte Jürgi.

»Leute, jetzt kommt mal wieder runter. Es sind doch nur Elstern«, rief ich, aber keiner hörte mir zu.

»Was ist denn los?« Plötzlich hüpfte Elvis den Weg entlang. »Hallo Rainer, kann ich zu Cordula, eine Capri-Sonne trinken?«

Alle verstummten und blickten auf den kleinen blonden Jungen in ihrer Mitte, der in karierten Shorts und mit Superman-T-Shirt zu ihnen aufsah.

Rainer kratzte sich verlegen den Kopf. »Hallo, Elvis. Schön, dich zu sehen. Ja klar, geh nur rein, sie hat auch Kuchen gebacken. Hast du denn die Inge nicht mitgebracht?«

»Nein, sie wollte heute nicht«, erklärte Elvis fröhlich, öffnete die Pforte und hüpfte auf den Perlenvorhang zu. Etwas verdattert sahen wir ihm alle hinterher.

»Inge kommt nämlich oft rüber und pickt Cordulas Salat«, erklärte ich Hinnert.

Er brummte etwas Unverständliches. Hanni nutzte die Gelegenheit und packte ihn am Arm. »So, ich würde sagen, jetzt geht jeder wieder in seinen eigenen Garten, und die Elstern lassen wir mal Elstern sein.«

»Aber dass ihr die nicht wieder rüberschickt!«, rief Pannecke uns nach, und wir konnten Hinnert gerade noch so hinter uns herziehen.

»Diese Laubenpieper!«, knurrte er, ließ sich aber abführen. Vielleicht wollte er Inge nicht ihre kleinen Salatausflüge verderben, vielleicht lag es auch an Elvis und seiner Capri-Sonne, aber er gab plötzlich jeden Widerstand auf.

»Herrje, ich wusste ja gar nicht, dass ihr so einen Kleinkrieg führt«, sagte ich zu Ulli, als wir wieder auf sicherem Terrain waren.

Er nickte mit düsterer Miene. »Die ham uns doch von Anfang an gehasst. Wollten uns nie hier haben«, erklärte er.

»Ach wirklich? Mir schienen sie bisher immer eher neugierig«, sagte ich und blickte zurück in Richtung Finkengrund, von wo aus uns jetzt ein köstlicher Grillgeruch hinterherwehte.

»Nee nee, lass dich nicht einlullen, Maddie. Kleingärtner und Freiheitsliebhaber wie wir, das lässt sich nicht gut vereinbaren.«

16

Lila stand im Saathäuschen. Heute trug sie eine ausgefranste Jeans, Schnürstiefel und ein rückenfreies Top. Wie immer durchfuhr mich bei ihrem Anblick ein kleiner neidvoller Stich. Sie war nicht schön im klassischen Sinne, aber sie hatte etwas an sich, das mich endlos faszinierte. Ich konnte nicht genau sagen, was es war, sie schien so vollkommen sie selbst zu sein, etwas ganz Eigenes, Besonderes. Etwas, das einfach sein durfte, wie es wollte, und das dadurch perfekt war.

So etwas kannte ich von mir selbst nicht.

»Maddie«, sie lächelte mich an, und ich hatte mal wieder das Gefühl, dass sie einen Augenblick länger hinschaute als andere Menschen, mich für den Moment der Begrüßung ein paar Sekunden lang ganz bewusst wahrnahm. Dass sie so aufmerksam war, so ehrlich an mir interessiert, wir uns inzwischen so gut kannten, machte die ganze Situation mit mir und Mo nur noch verwirrender und schwieriger. Aber ich konnte auf ihre Freundschaft genauso wenig verzichten wie auf ihn. Es war ein Dilemma, das mich jeden einzelnen Tag begleitete.

Lila legte den Schlauch weg, mit dem sie gerade eine Kanne füllte, und trat mit gerunzelter Stirn einen Schritt auf mich zu. »Was ist los?«

Ich hatte einen mehr als anstrengenden Probenvormittag

hinter mir, bei dem alles schiefgelaufen war. Was Marvin mir neulich erzählt hatte, saß nun immer am Rande meines Bewusstseins, steckte mir tief in den Knochen und ließ mich unkonzentriert werden. Dass ich angeblich unprofessionell oder nicht gut genug war, instabil oder psychisch angeknackst, oder was auch immer sie redeten, machte mich fertig. Genau das war mein Schwachpunkt. Sie konnten gerne sagen, dass ich langweilig war oder hässlich, dass sie meine Stimme nicht mochten oder mich doof fanden. Das würde weh tun, klar, aber es würde mich nicht so ganz tief drinnen zerfressen wie das. Und nun kam noch die Sache mit dem Kleid dazu.

Lila hörte mir ruhig zu, bis ich zu Ende erzählt hatte. »Stimmt es denn, dass du verliebt bist?«

Mein Herz setzte einen Schlag aus. Irgendwie hatte ich kurz vergessen, dass sie in der ganzen Sache ja auch mit drinhing. Ich schluckte. Eigentlich hätte ich jetzt lügen müssen. »Ja, es gibt da jemanden«, gab ich zu. »Aber es ist nur was Lockeres. Einmal bin ich wirklich wegen ihm zu spät gekommen, aber das andere Mal war ein Missverständnis. Oder ein Irrtum. Ich weiß auch nicht genau.«

»Und warum ist es nur was Lockeres? Bist du dir noch nicht sicher? Oder willst du gerade nichts Ernstes?«

»Doch. Ich weiß nicht …«, sagte ich wahrheitsgemäß, und fragte mich, was ich hier eigentlich gerade machte.

Mehrmals schon hatte ich dazu angesetzt, es einfach zu erzählen. Immer dann, wenn unsere Gespräche ernster wurden und wirklich persönlich, hatte ich das Gefühl, sie zu verraten. Wie konnte ich so viel Vertrauen fordern, mir ihre privaten Geschichten und Gedanken anhören und gleichzeitig etwas so Großes vor ihr verheimlichen? Aber eigentlich war es ja eben nichts Großes. Und vielleicht würde es alles nur kaputt machen, genau wie Mo gesagt hatte.

»Und?«, fragte sie und riss mich aus meinem Gedankenstrom. »Wenn er dir wichtig ist, was ist es dann?«

»Ach, es ist kompliziert. Das Theater ist alles für mich. Es ist mein Leben, alles, wofür ich immer gearbeitet habe. Ich darf mir das nicht kaputt machen.«

»Warum solltest du es kaputt machen?«

»Weil ich mich ablenken lasse. Beziehungen brauchen Zeit. Und das geht jetzt einfach nicht.«

Sie nickte langsam. »Verstehe, du willst auf den richtigen Zeitpunkt warten?«

»Genau!« Erleichtert sah ich sie an. Doch sie schüttelte den Kopf. »Und wann soll diese Zeit sein, in die eine Beziehung perfekt reinpasst?«, fragte sie und sah plötzlich ernst aus. »Maddie, man kann nicht überall hundert Prozent geben. Du willst eine perfekte Karriere und eine perfekte Beziehung, und weil das beides nicht nebeneinanderpasst, willst du es nacheinander? Die Dinge passieren nun mal nicht geregelt und in bequemer Reihenfolge, sie passieren gleichzeitig und oft dann, wenn es wirklich am allerwenigsten passt. Was kommt denn nach deiner Spielzeit?«

Ich schluckte. »Hoffentlich eine verlängerte Spielzeit.«

Sie sah mich an. »Aha. Und dann?«

»Ich weiß nicht. Hoffentlich ein anderes Engagement.«

Diesmal musste sie gar nichts mehr sagen.

»Ich weiß ja. Es macht keinen Sinn. Aber du verstehst das nicht. Lennard hat mich verlassen, weil ich nicht genug Zeit hatte.«

Sie seufzte tief. »Weißt du, was ich in meiner Beziehung

mit Mo gelernt habe? Es liegt fast nie an der fehlenden Zeit, sondern daran, was in der Zeit passiert, die nicht fehlt. Verstehst du, was ich meine?«

Ich machte eine Bewegung, die ein Nicken und ein Kopfschütteln gleichzeitig war, und hob etwas hilflos die Schultern.

»Muss dann das nächste große Engagement kommen, die nächsten Monate, in denen du nur von einer Probe zur anderen hetzt und dir selbst beweist, wie gut du funktionieren kannst?«, fragte sie. Dann lachte sie. »Ich klinge wie meine Psychotherapeutin.«

»Du klingst sehr klug«, sagte ich seufzend und umarmte sie, weil ich das plötzlich brauchte. Eine Weile hielten wir uns einfach fest. »Ich weiß auch nicht, was danach kommt«, murmelte ich, und das überraschte mich selber. Denn mir war immer vollkommen klar gewesen, was danach kommen würde: das nächste ganz Große. Ich wollte immer besser werden, immer weiterkommen. Aber in diesem Moment wurde mir bewusst, dass ich mir da vielleicht zum ersten Mal gar nicht mehr so sicher war.

»Glück sind immer kleine, fliehende Momente, Maddie«, murmelte Lila. »Glück ist nie anhaltend. Man muss es finden, indem man genau hinsieht.«

»Ach ja?«, ich löste mich von ihr und grinste sie unsicher an.

Sie nickte und rollte mit den Augen. »Glaub der Psychotante. Nicht, dass ich es bisher geschafft hätte, das alles besonders gut umzusetzen.« Sie legte den Kopf schief. »Ich glaube, man stresst sich nur unnötig, wenn man immer erwartet, dass das Leben einfach sein sollte. Das ist es nicht, war es nie, wird es nie sein. Entscheidungen sind schwer, und man muss seine Prioritäten ständig neu aushandeln.« Sie zuckte mit den Schultern. »Alles verändert sich. Besser man akzeptiert das einfach.«

Etwas in ihrer Stimme ließ mich aufhorchen. »Wie läuft es eigentlich mit Sina?« Plötzlich wurde mir klar, wie lange wir schon nicht mehr über sie gesprochen hatten, und ich bekam ein schlechtes Gewissen. Immer drehten wir uns um meine Themen.

Lila zuckte die Achseln und begann wieder, die Kannen zu füllen. »Ganz gut. Aber ich weiß nicht ...« Nachdenklich schob sie sich eine Haarsträhne hinters Ohr. »Manchmal werden Beziehungen für mich zu einengend. Ich habe dann das Gefühl, nicht mehr ich selbst zu sein. Nicht frei entscheiden zu können. Weißt du, was ich meine?«

Ich nickte, obwohl ich mir nicht sicher war.

In diesem Moment kam Hanni herein. »Meine Mädchen!« Sie lächelte ihr warmes Hanni-Lächeln. »Wie geht's voran? Braucht ihr Hilfe?«

»Ehrlich gesagt halte ich Lila von der Arbeit ab, wir haben uns mal wieder verquatscht«, gestand ich.

»Ach, genauso soll es doch sein.« Hanni lachte und trat an die Saattische. Hier standen überall Gläser mit Samen, Etikettiergeräte und Briefumschläge lagen bereit. Darin wurden die Samen aufbewahrt, die im Garten für das nächste Jahr gezogen wurden.

»Du warst ja schon unheimlich fleißig, Lila.« Anerkennend betrachtete sie das Chaos. »Ist das nicht eigentlich unglaublich?« Sie nahm eines der Gläser, hielt es in die Höhe, und das Licht brach sich darin. »Davon geht alles aus. Damit fängt es an, mit diesen winzigen, kleinen, dunklen Körnern.«

Ihr Blick war entrückt, sie betrachtete das Glas wie einen wertvollen Schatz, und ich glaube, ich begriff erst in diesem Moment so richtig, dass es das auch war. Dass der ganze Garten ein wertvoller Schatz war, der Garten und die Menschen, die sich um ihn kümmerten. Dass sie etwas Besonderes taten, etwas am Leben hielten und bewahrten. Etwas, das auf den ersten Blick normal und unscheinbar wirkte, aber so viel mehr war als nur Gemüse und Blumen.

Hannis Gesicht hatte sich verändert. Mit einem Mal gab sie sich einen Ruck, stellte das Glas weg und nahm uns beide an der Hand. »Könnt ihr mir was versprechen?«, fragte sie und sah plötzlich so ernst aus, wie ich sie noch nie gesehen hatte. Wir beide nickten gleichzeitig, ohne zu wissen, was sie sagen würde. »Versprecht mir, dass ihr weitermacht, wenn ich mal nicht mehr können sollte.«

Lila warf mir einen alarmierten Blick zu.

»Dass ihr das hier erhaltet. Dass ihr dafür kämpft, egal, was passiert.«

»Aber Hanni«, begann Lila, doch Hanni unterbrach sie. »Nichts aber Hanni. Man muss den Tatsachen ins Gesicht sehen. Leben ist endlich. Ich bin krank. Auch wenn ich das alles schaffe, werde ich nicht viel Kraft haben. Ich brauche Leute, die das hier stützen können. Die den Garten verteidigen. Und ihr könnt das. Ihr seid jung und stark. Ihr schafft alles.« Plötzlich seufzte sie leise. »Wie sagt man doch so schön: Die Tage sind lang, aber die Jahre vergehen schnell. Das tun sie wirklich, glaubt mir das.«

»Den Garten verteidigen. Du redest ja, als würden wir angegriffen.« Lila war sichtlich gerührt, ihre Augen schimmerten. »Natürlich kümmern wir uns, wir alle hier. Das weißt du doch. Nicht, Maddie?«

Ich nickte. Auch mir hatte es die Kehle zugeschnürt. Aber auch noch aus einem anderen Grund. Zum ersten Mal hatte ich das Gefühl, dass ich jetzt wirklich dazugehörte.

Voll und ganz und genau so, wie ich war.

17

An einem strahlend blauen Sonntag war ich vormittags mit Ulli verabredet, um die Hochbeete hinter der Räucherei auf Vordermann zu bringen und endlich die späten Kohlsetzlinge einzupflanzen, die schon seit einer Woche darauf warteten, dass jemand sich um sie kümmerte. Wir packten die Platten mit den kleinen Töpfen auf Schubkarren und fuhren sie vorsichtig durch den Garten, bis wir vor ein paar hölzernen Hochbeeten hielten.

»Hier drin hatten wir über den Winter Möhrchen gemulcht. Die sind aber abgeerntet«, erklärte Ulli. »Nu können wir die Kohlkinder reinpacken. Die sollten unter die Netze, die Kohlfliege ist bestimmt schon wieder unterwegs. Da müssen die jetzt acht Wochen oder so drinbleiben, bis sie groß genug sind, um ins Beet zu dürfen.«

»Ein Kohlkindergarten also«, lachte ich.

»Genau. Und wenn die dann geschlüpft sind, sozusagen, und inne Schule gehen, kommen hier Buschbohnen rinn.«

»Braucht ihr Hilfe?« Mo war plötzlich aufgetaucht und inspizierte die Schubkarren.

»Immer doch. Dachte, du hilfst Lila beim Mähen.«

»Wir sind schon fertig.«

Wie auf Bestellung kam Lila um die Ecke. »Du bist da!« Sie gab mir einen Kuss aufs Ohr. »Was macht ihr Schönes?«

»Einen Kohlkindergarten«, erklärte ich, und sie lachte.

Beide packten mit an, und eine Weile arbeiteten wir einfach vor uns hin. »Erzähl uns was über dein Musical, Maddie.« Lila stupste mich an. »Du wirst immer so begeistert, wenn du davon sprichst.«

Mo lächelte. »Sogar ihre Stimme verändert sich.«

»Das stimmt doch gar nicht!«, protestierte ich, aber es dauerte keine zwei Minuten, bis ich in einen schwärmerischen Monolog versunken war. Ich konnte nichts dagegen tun. »Bei dem ersten Musical gab es sogar ein Zahnlabor, das monatelang an den Gebissen rumgefummelt hat, bis die Vampire vernünftig singen konnten. Sie hatten über zweihundertfünfzig Kostümentwürfe, über hundert Menschen haben acht Monate daran gearbeitet.« Ich lächelte, als alle drei sich schmunzelnde Blicke zuwarfen. »Ja, ich weiß, das interessiert keinen außer mir. Ich habe mir alle alten Dokus auf YouTube angeschaut. Etwa tausendmal, würde ich sagen. Die Produktion hat damals dreißig Millionen Schilling gekostet.« Ich machte eine theatralische Pause, damit sie auch begriffen, wie krass das war. »Und über zweihundert Handwerker beschäftigt! An den Kostümen gibt es Details, die kein Zuschauer je sehen wird, alle von Hand gefertigt und in stundenlanger Arbeit designt und genäht. Weil Menschen, die künstlerisch arbeiten, eigentlich immer alles geben, wenn sie Spaß haben.« Alle drei hatten aufgehört zu arbeiten und sahen mich mit schiefgelegten Köpfen an, als fänden sie mich ein bisschen niedlich und ein bisschen seltsam. »So, und jetzt wünscht ihr euch, ihr hättet nie gefragt!«, schloss ich meinen Monolog und grinste. »Aber selber schuld.«

»Ich wünschte eigentlich, ich hätte das auch. Diese Begeisterung für etwas.« Lila seufzte leise.

»Machst du Witze? Das habt ihr doch. Ihr alle. Ich kenne niemanden, der sich so sehr für historische Tomatensorten interessiert wie Ulli. Oder für Disteln und Kletterpflanzen. Oder Wildblumen und Samen. Und Insekten ...«

Sie schüttelte den Kopf. »Ja, aber das ist doch was anderes. Es ist nicht unser Leben. Es ist nur ein Hobby.«

Meine Begeisterung fiel in sich zusammen. »Musical ist ja auch nicht mein Leben ...«, wehrte ich ab, stockte aber sofort. Denn natürlich war es das. Und das hatte ich auch immer genau so gewollt.

Mo beobachtete mich, und sein Gesicht wirkte verschlossen. Er setzte einen kleinen Kohl ins Beet und klopfte mit nachdenklicher Miene die Erde fest.

»Ich find's jedenfalls seltsam, ein Musical über Vampire«, sagte Ulli gutgelaunt. »Sind doch, wenn man's genau nimmt, bessere Fledermäuse. Aber ich werde es mir auf jeden Fall anschauen.«

Ich stellte mich auf die Zehenspitzen und gab ihm einen schallenden Kuss auf die Wange. »Du wirst nicht enttäuscht werden. Ich versprech's«, sagte ich, und er wuschelte mir väterlich durch die Haare und wurde ein bisschen rot. Dann stiefelte er in Richtung Hühnerstall davon.

»Vampire sind doch perfekt für ein Musical.« Lila setzte sich in die Schubkarre, um zu verschnaufen.

»Ach ja?« Mo lehnte sich gegen das Beet. »Warum das?«

»Na ja, sie sind ziemlich sexy.«

Ich lachte und setzte mich ebenfalls auf den Rand der Schubkarre. Lila rutschte nach hinten, um mir Platz zu machen. »Es geht im Grunde darum, was das Leben lebenswert macht«, sagte ich und lehnte mich an sie. »Die Vampire sind unsterblich, aber trotzdem unzufrieden, weil sie nur nachts raus können. Der Graf ist reich, aber einsam, er leidet unter seiner Gier nach Blut. Sarah wird von ihren Eltern eingesperrt, sie will Freiheit, ein selbstbestimmtes Leben. Der Professor will immer mehr lernen. Alfred will die große Liebe. Alle wollen irgendwas, das sie nicht haben können.«

»So wie wir alle«, sagte Lila, und ich sah, wie Mo ganz leicht zusammenzuckte.

»Was ist euch am wichtigsten?«, fragte Lila plötzlich. »Ein Satz. Oder besser, ein Wort. Ohne zu überlegen!« Sie zeigte auf Mo. »Go!«

Er zögerte keine Sekunde. »Elvis«, sagte er, wie aus der Pistole geschossen. Ich konnte spüren, dass sie in meinem Rücken nickte. »Ich hätte Liebe gesagt, aber das ist eigentlich die gleiche Antwort.«

»Maddie?«

Ich erstarrte. »Ähm ...«, stotterte ich. »Das ist nicht so ein...«

»Los, ohne nachzudenken«, lachte sie. »Es ist doch nur ein Spiel.«

Noch vor ein paar Wochen hätte ich ohne zu überlegen »die Bühne« gesagt. Natürlich konnte ich auch nicht ohne Liebe leben, aber meine Erfüllung hatte ich immer in der Kreativität gesucht, in der Karriere, in Musik, Tanz, Gesang. In Anerkennung und Applaus.

Ich musste an Hanni denken, daran, dass die Tage lang waren, aber die Jahre schnell vergingen. Daran, dass ich gerade meinen Traum lebte, aber trotzdem abends oft nach Hause ging und das Gefühl hatte, dass etwas fehlte. Daran, dass ich mich in letzter Zeit im Garten wohler gefühlt hatte als am Theater. Daran, dass ich keine Antwort auf diese Frage wusste. »Glück«, murmelte ich deswegen.

»Ahhh, sehr gut«, brummte Lila zufrieden in mein Ohr. »Glück ist immer gut. So, und jetzt steh auf, ich muss pinkeln, und du zerquetschst mir die Blase.«

Sie lief lachend über die Wiese davon in Richtung Toiletten.

Ich saß noch immer in der Schubkarre und sah jetzt zu Mo auf. Er lehnte am Beet und betrachtete mich nachdenklich. »Was?«, fragte ich und lachte unsicher.

Er schüttelte den Kopf. »Nichts.«

»Sag schon!«

»Du bist ein ziemlich besonderer Mensch, weißt du das?«

»Hm, ist das gut oder schlecht?«

»Das ist besonders«, sagte er und lächelte warm. »Schon ein bisschen absurd, die Situation, oder nicht?«, fragte er dann.

»Ja, das dachte ich auch gerade. Aber du willst es ihr immer noch nicht …«

Er schüttelte schnell den Kopf. »Auf keinen Fall. Nicht, solange wir nicht …« Er brach ab und fuhr sich mit beiden Händen über den Bart. »Solange sich nichts mit uns ändert, meine ich.«

Ich seufzte. Aber er hatte recht. Einerseits. »Irgendwann findet sie es raus, und dann wird es furchtbar«, prophezeite ich.

Er sah sich um, ob auch niemand in der Nähe war, und obwohl es klar gegen die Regeln war, beugte er sich über die

Schubkarre und küsste mich. Es tat so gut, ihm nahe zu sein, dass ich meine Arme um seinen Hals schlang und ihn für ein paar Sekunden noch fester an mich zog.

Genau da hörte ich ein seltsames Geräusch.

Als wir beide gleichzeitig herumfuhren, stand Lila vor uns.

Bevor einer von uns etwas sagen konnte, kam Elvis um einen Fliederbusch gerannt. »Da seid ihr ja alle. Es gibt eine Versammlung. Hanni muss etwas verkünden! Jetzt gleich. Mama, komm!« Er griff Lila an der Hand und zog sie mit sich. Wie in Trance drehte sie sich um und folgte ihm, ohne ein Wort zu sagen. »Los, kommt schon!«, brüllte Elvis über die Schulter.

Mo und ich sahen uns an, und ich wusste, was er fühlte.

»Scheiße«, murmelte ich. Statt der Wühlmaus schien mit einem Mal ein schweres Gewicht in meinem Magen zu liegen. Ich kletterte aus der Schubkarre, und zusammen gingen wir stumm hinter den beiden her.

Alle waren schon vor dem Küchenwagen versammelt und hatten sich auf die bunten Stühle verteilt. Hanni saß auf den Stufen und blickte uns entgegen. Ihre Miene war so ernst, dass das Gewicht in meinem Magen unwillkürlich noch ein bisschen schwerer wurde. Ich wusste plötzlich, dass es um ihren Krebs ging. Und dass es keine guten Nachrichten waren. Ich suchte Elvis in der kleinen Ansammlung von Menschen. Er saß mit Lila und seinen Freunden an einem kleinen Tisch und trank ein Glas Limonade. Lila wirkte wie versteinert, sie sah nicht zu uns, sondern blickte starr geradeaus.

Als auch wir uns gesetzt hatten, stand Hanni auf und räusperte sich. Sie begann zu sprechen, und ich hörte an ihrer Stimme, dass sie gleich weinen würde. Mein Hals verengte sich.

»Ihr Lieben. Ich muss euch etwas sagen, das ich euch schon lange hätte sagen sollen.« Sie schluckte, brach ab, fuhr sich mit den Händen über die Arme, als wäre ihr kalt. »Aber ich dachte die ganze Zeit, dass es vielleicht noch einen Ausweg gibt, dass ein Wunder geschieht und ich es abwenden kann.«

Mo griff unter dem Tisch nach meiner Hand. Ich nahm sie. Dann blickte ich zu Lila. Und ließ sie wieder los.

Hanni schloss einen Moment die Augen. »Es tut mir leid, dass ihr es so erfahren müsst.«

Elvis hatte aufgehört zu trinken und sah sie mit großen, angstvollen Augen an. Lila schien aus ihrer Trance erwacht, denn sie zog ihn plötzlich auf ihren Schoß, schlang ihre Arme um ihn und flüsterte ihm etwas ins Ohr. Er nickte kaum merklich, nahm seinen Blick aber nicht von Hanni.

Die seufzte tief. »Kurzum. Der Garten ist am Ende. Sie haben beschlossen, hier eine Schule zu bauen. Hier, und auf der Kolonie nebenan. Ich weiß schon lange, dass die Möglichkeit besteht. Nun wurde es endgültig entschieden. Wir müssen hier weg.«

Mo gab neben mir einen schockierten Laut von sich. In meinen Ohren summte es. Mit allem hatte ich gerechnet. Aber nicht damit. Einen Moment lang war ich so erleichtert, dass Hanni nicht sterben würde, dass ich gar nicht richtig wahrnahm, was sie gesagt hatte. Erst als Ulli langsam aufstand, wurde mir bewusst, was das alles bedeutete.

»Was?«, fragte er mit rauer Stimme und nahm seine Mütze ab. »Det ist nicht dein Ernst!« Er wirkte mit einem Mal ganz grau im Gesicht. Ich dachte, dass ich es nicht ertragen würde, ihn weinen zu sehen.

Hanni ließ sich schwer auf die Stufen sinken. »Leider doch. Senatsentscheidung.«

»Aber das können die doch nicht …« Eine Welle der Empörung erfasste unsere Gruppe. Mit einem Mal standen alle auf und riefen durcheinander, ein paar fingen an zu weinen, Hinnert nahm Caroline, die auf seinem Schoß gesessen hatte, und presste sein Gesicht in ihre Federn. Seine Schultern zuckten.

Ich sah zu Elvis und Lila. Elvis saß mit offenem Mund da und starrte Hanni an. Dann blickte er sich hilfesuchend nach seiner Mutter um. Lila schien ebenfalls schockiert, aber ich konnte nicht sagen, was sie dachte. Plötzlich warf sie mir einen Blick zu, und ich zuckte zusammen. Dann stand sie auf, gab Elvis einen Kuss auf den Kopf und zeigte auf Mo. Er nickte und lief auf uns zu. Lila wartete, bis er in die Arme seines Vaters fiel, dann drehte sie sich um und ging über die Wiese davon.

»Hast du davon gewusst?« Nachdem wir uns alle etwas beruhigt hatten, saßen wir im großen Kreis zusammen und redeten. Hanni erklärte, die Runde stellte Fragen, wir diskutierten und suchten nach Lösungen, aber es wurde schnell klar, dass es keine gab. Das Grundstück gehörte der Stadt. Und die hatte die Entscheidungsgewalt.

Ich konnte es einfach nicht fassen, es war im wahrsten Sinne des Wortes so, als hätte mir jemand den Boden unter den Füßen weggezogen. Oder das Gras.

Mo schüttelte den Kopf auf meine geflüsterte Frage. »Ich wusste immer, dass der Garten uns nicht gehört und wir hier sozusagen zu Gast sind. Und dass sie theoretisch einen Anspruch anmelden können. Aber ich hätte nie gedacht ...« Er brach ab und schüttelte den Kopf. Elvis und die anderen Kinder waren wieder spielen gegangen, nachdem wir ihnen versichert hatten, dass wir ihnen später alles genau erklären würden.

»Was meinst du, wo Lila ist?«, fragte ich und blickte mich suchend um. Ich konnte sie nirgends entdecken.

Mo runzelte die Stirn. »Wahrscheinlich bei ihren Blumen.«

»Lass sie suchen gehen! Wir müssen reden.« Ich stand auf und zog ihn hoch. Plötzlich konnte ich es keine Sekunde länger aushalten. Er nickte seufzend und folgte mir.

Lila war tatsächlich bei ihren Wildblumen. Regungslos stand sie vor der wogenden Wiese, auf der sich bereits die ersten Blüten öffneten. Als wir näher kamen sah ich, dass sie ein Wiesen-Schaumkraut abgepflückt hatte, das sie nachdenklich in den Händen hin und her drehte.

»He«, sagte ich leise.

Sie sah auf. »He«, erwiderte sie und betrachtete mich einen Moment. Immer noch war ihr Gesicht verschlossen. Ich konnte nicht sagen, was sie dachte.

Mo fasste sie sanft an der Schulter. »Können wir kurz reden?«, fragte er.

Sie nickte wortlos.

Wir setzten uns auf die Wiese, und bevor einer von den beiden etwas sagen konnte, sprudelte es schon aus mir heraus, so eine Erleichterung war es, endlich darüber sprechen zu können. »Es tut mir so leid. Ich wollte es dir die ganze Zeit schon sagen! Aber wir dachten, wir warten noch, weil es sowieso nichts Großes ist. Das heute war nur ein Ausrutscher, es gibt strenge Regeln, damit Elvis nichts mitbekommt!«

Sie sah zwischen uns beiden hin und her, sagte aber nichts.

»Maddie hat recht, wir sind nicht zusammen oder so, sonst hätte ich es dir natürlich gesagt. Elvis weiß von nichts, und das wird auch so bleiben. Wir sehen uns nur, wenn er nicht da ist. Es ist nichts Ernstes, Lila.«

Bei seinen Worten versteifte sich mein ganzer Körper. Aber ich nickte. »Ja, genau. Wir mögen uns, aber ich habe gar keine Zeit für was Ernstes. Und Mo will Elvis nicht verletzen. Deswegen halten wir es ganz ... unverbindlich.« Etwas lahm setzte ich ab. Das klang, als würde ich eine Versicherung verkaufen.

Lila kaute nachdenklich auf ihrer Unterlippe. »Jeder kann sehen, dass ihr euch mögt«, sagte sie dann.

Erstaunt tauschte ich einen Blick mit Mo.

»Ich habe die ganze Zeit schon gedacht, dass ihr gut zueinander passen würdet.«

Mo hob ungläubig die Augenbrauen. »Du musst das nicht sagen. Nur weil du immer so unkompliziert und offen sein willst.« Es klang beinahe ärgerlich.

»So ein Quatsch«, erwiderte Lila schroff. Man sah, dass es ihn verletzte, dass sie so wenig verletzt schien. Was wiederum mich verletzte. Gott, was ist das alles kompliziert, dachte ich. Und das, obwohl wir es doch gerade deshalb ganz locker halten, damit es das eben nicht wird.

Lila schien in etwa das Gleiche zu denken. Sie setzte sich plötzlich gerader hin. »Pass auf. Gefällt es mir, wenn ich sehe, wie du eine andere küsst? Nein«, sagte sie. »Natürlich nicht. Das ist komisch. Total komisch und irgendwie furchtbar. Es tut weh. Aber *ich* wollte die Trennung. Weil ich dich liebe, aber wir nicht zusammenpassen. Und weil ich nicht mehr glücklich war. Und du auch nicht.«

Mo wurde blass, er setzte an, etwas zu sagen, aber sie hob eine Hand. »Und ich weiß, dass dir das alles schwerfällt. Deswegen halten Sina und ich uns ja auch so zurück. Und wegen Elvis natürlich, da bin ich ganz deiner Meinung. Je weniger Menschen er kommen und gehen sieht, desto besser. Aber ... es war doch klar, dass du irgendwann wieder jemanden findest. Und ich mag Maddie.« Zu meinem Erstaunen lächelte sie mich plötzlich an. Es war ein kleines Lächeln, etwas gezwungen. Aber es war ein Lächeln. »Ich werde mich dran gewöhnen«, sagte sie dann und atmete einmal tief ein und aus, als wollte sie sich selbst beruhigen. »Wenn ich nicht Sina hätte, hätte ich mich vielleicht auch in dich verliebt.« Sie grinste jetzt und stupste mich sanft mit einem Finger an. »Du bist schon ziemlich toll mit deinen Pullis, deinen Listen, deinem Riesenhasen und deinen Vampiren«, sagte sie.

Ich war vollkommen durcheinander. »Es ist wirklich okay für dich?«, fragte ich, weil ich einfach nicht fassen konnte, dass es so einfach sein sollte. Auch Mo schien es nicht so richtig glauben zu können. Er schüttelte zweimal hintereinander den Kopf, öffnete erneut den Mund, aber dann blickte er auf seine Hände und rupfte gedankenverloren etwas Gras aus dem Boden.

Lila nickte. »Irgendwie habe ich es schon gewusst. Ich sage nicht, dass mir das total egal ist. Ich werde 'ne Weile dran knabbern. Aber ... eigentlich ist es doch was Schönes!« Man sah ihr an, dass sie mit widerstreitenden Emotionen kämpfte. Einen Augenblick war es ganz still, nur eine Amsel sang in einem der Büsche.

»Wir müssen lernen, uns loszulassen«, sagte sie dann leise, an Mo gewandt. »Uns füreinander zu freuen. Ich weiß, du kannst Sina nicht leiden, aber wenn du ihr mal eine Chance geben würdest ...«

»*Sie* kann *mich* nicht leiden!«, erwiderte Mo. Es war ihm anzusehen, wie schwer die Situation für ihn war. »Ich habe sie immer gemocht. Aber seit ihr zusammen seid, sieht sie mich als Konkurrenten.«

Eine ganze Weile schaute Lila ihn einfach nur an. Dann senkte er den Blick. »Wir müssen miteinander leben können, Mo. Das ist doch genau das, was du willst – nicht so zu werden wie deine Eltern. Und wenn wir uns ständig streiten und uns alles missgönnen, wird es so kommen. Wir sind eine Familie. Aber wir werden nie wieder ein Paar sein. Deswegen ... finde ich das eigentlich ziemlich gut.« Sie lachte unsicher. »Also, morgen finde ich es gut. Heute bin ich noch zu durcheinander. Aber ich werde mich dran gewöhnen. Ich muss nur noch ein bisschen dran arbeiten.«

Ich konnte sehen, dass sie mit den Tränen kämpfte, und hätte sie gerne umarmt, aber ich traute mich nicht. »Wir sind ja auch nicht zusammen«, sagte ich leise. Mo war inzwischen vollkommen verstummt, aber auf meine Worte hin nickte er entschlossen. »Elvis geht vor. Er braucht Sicherheit. Und solange alles noch ungewiss ist und Maddies Karriere so viel Zeit braucht, wird sich daran auch nichts ändern.«

Ich biss mir auf die Lippen. Meine Karriere würde *immer* viel Zeit brauchen. Lila blickte zwischen uns hin und her. Es wirkte, als wollte sie etwas sagen. Aber sie hatte mir einmal erklärt, dass man als Therapeutin dazu neigte, den Menschen ständig gute Ratschläge geben zu wollen, dabei war das eigentlich das Gegenteil von dem, was man tun sollte. Ich konnte sehen, dass sie sich ihre Worte verkniff.

»Glaubt ihr wirklich, dass es so weit kommt?« Plötzlich war mir der Garten wieder eingefallen. Die ganze Sache mit Lila hatte für einen Moment die drohende Gewitterwolke verdrängt, die über uns hing. »Es kann doch nicht sein ... Es ist doch ... Wie können sie nicht sehen, wie unglaublich wichtig das hier ist?«

Mo schnaubte wütend. »Für die ist das nur ein bisschen Grünzeug, ein paar Tomaten und Gurken, die man genauso gut auch woanders anbauen kann. Man kann nicht verstehen, was ein solches Projekt bedeutet, wenn man es nicht lebt.«

»Dann müssen wir es ihnen eben zeigen!«, rief ich.

Beide sahen mich traurig an. »Wir wissen schon eine ganze Zeit, dass es in der Schwebe steht, Maddie«, sagte Lila und strich mir über den Arm.

»Was? Aber ihr ... Warum habt ihr denn nie was gesagt?« Sofort fühlte ich mich ausgeschlossen.

Mo zuckte die Achseln. »Wir reden alle nicht viel drüber. Lieber nicht die Pferde scheu machen, bevor was passiert. Ich hatte wirklich gehofft, dass es nicht so weit kommt. Irgendwie dachte ich, dass es einfach nicht sein kann. War wohl ziemlich naiv von uns.« Er sah so müde und mitgenommen aus, dass ich ihn gerne in den Arm genommen hätte. Aber vor Lila traute ich mich nicht.

»Und so konntest du doch viel besser hier ankommen.

Hättest du dich so sehr auf den Garten eingelassen, wenn du gewusst hättest, dass er vielleicht gar nicht mehr lange existiert?«, fragte Lila.

Ich dachte ein paar Sekunden darüber nach. »Wahrscheinlich nicht«, erwiderte ich leise. »Aber ich kann das einfach nicht glauben. Wo sollen wir denn alle hin? Wo sollen Inge und Caroline hin? Hier wohnen doch so viele Amseln. Und das Sandarium ist gerade erst richtig fertig geworden. Ulli wollte im Herbst den Teich erweitern. Mein Beet fängt an zu wachsen, ich habe doch erst den Popcornmais gepflanzt.«

Sie sahen mich einfach nur an. Was hätten sie auch sagen sollen.

Als Mo mich wenig später zum Tor begleitete, sahen wir Ulli am Teich stehen. So still stand er da, dass wir ihn zunächst gar nicht bemerkten. Er blickte über das Wasser, aber sein Gesicht sagte mir, dass er innerlich ganz weit weg war. Ein kleiner alter Mann mit Jeans und Wollmütze auf dem Kopf, der aussah, als hätte ihm soeben jemand das Herz herausgerissen.

Vorsichtig näherten wir uns. Eine ganze Weile schwiegen wir einfach, er hatte mit keinem Wort und keiner Geste gezeigt, dass er uns wahrnahm.

»Die Jungs hatten recht, da ist wirklich eine Schlange im Teich.«

Erstaunt sahen wir ihn an. Er hatte leise gesprochen und den Blick nicht vom Wasser genommen, aber jetzt zeigte er in eine Ecke, in der das Schilf besonders dicht wuchs.

»Eine Ringelnatter. Erst kamen die Frösche, und jetzt ist sie da, um die Frösche zu jagen. Der Kreislauf schließt sich.«

Er seufzte lang und tief. »Wisst ihr, wie besonders das ist? Eine Ringelnatter mitten in Berlin?«

Mo klopfte ihm auf die Schulter, und ich drückte seinen Arm. »Vielleicht ist ja noch nicht alles verloren, vielleicht fällt uns ja etwas ein!«, murmelte ich, aber ich merkte selbst, wie wenig tröstlich es klang.

Langsam ging ich mit Mo über die Wiese zum Tor. »Jetzt, wo Lila es weiß, können wir doch auch mal was mit Elvis unternehmen, oder? Nur als Freunde selbstverständlich«, sagte ich, als wir draußen vor der Hecke standen.

Mo hatte die Hände in den Taschen seiner Jeans vergraben. Er schüttelte sanft den Kopf. »Lieber nicht«, sagte er, lächelte aber. »Ich will nicht, dass er sich zu sehr an dich gewöhnt. Er sieht dich hier schon genug.« Er zog mich an sich und gab mir einen Kuss auf die Stirn. »Das haben wir doch schon besprochen.«

»Nur mal spazieren gehen oder so. Nicht ständig, nur ab und an! Dann könnten wir uns öfter sehen«, drängte ich, aber er umarmte mich nur noch fester. »Nein«, erwiderte er liebevoll. »Das ist nicht in seinem Interesse.«

Nachdenklich sah er mich an und strich mir eine Haarsträhne hinters Ohr. »Oder hat sich bei dir irgendwas geändert?«, fragte er in einem Tonfall, der klarmachte, dass er wusste, dass dem nicht so war.

Ich schüttelte den Kopf. »Nein, nicht wirklich«, erwiderte ich und spürte, dass mein Hals brannte. »Und bei dir?«

Er schüttelte den Kopf. »Nein, nicht wirklich.«

Scheiße war es schwer, erwachsen und vernünftig zu sein. Ich mochte Mo, ich mochte ihn so sehr. Ich war verliebt in ihn, auch wenn ich das bisher nicht einmal in meinen Gedanken ausgesprochen hatte. Und irgendwie auch in Elvis. Und in Lila. Aber Mo würde mich erst dann richtig in ihr Leben lassen, wenn ich bereit war, mich voll und ganz auf sie einzulassen.

Und das konnte ich einfach nicht.

Auf dem Nachhauseweg ging es mir so schlecht, dass es sich anfühlte, als wäre mein Herz ein pochender Zementklumpen in meiner Brust. Die Wühlmaus war auch in voller Fahrt, und meine Gedanken rasten umher, konnten sich an nichts festhalten. Ich spürte, wie mich *der Stress* überfiel, und zwar so schlimm wie selten zuvor. Er machte das Atmen schwer, trieb mir Schweiß auf Stirn und Rücken. Alles fühlte sich falsch an, war viel zu verworren, die Zukunft lag dunkel und abweisend vor mir. Ich kann nicht mehr, dachte ich und spürte, dass ich den Tränen nah war. Ich kann einfach nicht mehr, es ist zu viel.

Ich schmiss mein Rad in den Keller, rannte die Treppe hoch und begann, aufzuräumen und die Küche zu putzen. Als das nicht half, setzte ich mich hin und schrieb eine Pro- und Contra-Liste. Aber die war so verwirrend, weil irgendwie alles, was ein Contra war, auch ein Pro sein konnte und umgekehrt, je nachdem wie man es betrachtete, dass es alles nur noch schlimmer machte. Wenn sogar meine Listen versagten, was blieb mir dann noch?

Ich rief Ella an, und zu meinem Glück nahm sie sofort ab. Sie hatte schon immer gewusst, wie sie mich runterbringen konnte, wenn *der Stress* zu viel wurde.

»Jetzt erst mal schön durchatmen«, sagte sie auch sofort,

als sie schon bei der Begrüßung an meiner Stimme merkte, dass was nicht stimmte. »Ist jemand krank oder gestorben?«

»Nein«, presste ich hervor und versuchte, die Tränen zurückzuhalten.

»Dann ist alles nicht so schlimm. Wir kriegen das hin. Erst mal atmen. Und dann erzähl, ganz in Ruhe.«

Es sprudelte aus mir heraus. Lila, der Garten, Elvis, Mo, das Theater, wie kompliziert alles war. Natürlich wusste sie alles irgendwie schon, aber ich musste es noch mal neu ordnen. Sie unterbrach mich immer wieder, wenn ich zu schnell redete, und ließ mich durchatmen. Das half tatsächlich ein bisschen. Und reden half auch. Irgendwann ging es mir besser, und ich war nur noch müde. Mein Kopf flimmerte.

»Maddie, sei mir nicht böse, aber ich muss das jetzt mal sagen.« Ellas Stimme war ruhig, aber ernst. »Du willst die beste Freundin sein, die beste Partnerin, die beste Tänzerin, und jetzt mit diesem Garten gibst du auch wieder alles und bist dann am Ende überfordert, wenn die Dinge sich in die Quere kommen. Aber weißt du, was du hast, wenn du bei alldem immer hundert Prozent willst?«, fragte sie.

»Was?«, fragte ich kleinlaut.

»Vierhundert Prozent«, erwiderte Ella und seufzte leise.

Später am Abend, als ich vor Erschöpfung zwei Stunden durchgeheult hatte, mit einem Handtuch um den Kopf in der Küche saß und die aufgewärmten Nudeln vom Vortag aß, zwitscherte mein Handy. Es war eine Sprachnachricht von Mo. Mit einem beklommenen Gefühl im Bauch drückte ich auf Play, und seine dunkle Stimme hallte durch den Raum.

Also, ich hab noch mal nachgedacht. Vielleicht hast du ja recht, und ich bin zu übervorsichtig. Lila sagt das jedenfalls immer. Es ist ja auch nicht gut, wenn Elvis in einer Blase aufwächst, die dann vielleicht doch irgendwann platzt und so alles noch viel schlimmer macht. Er seufzte leise, und ich konnte hören, wie sein Bart über das Handy schabte. *Also, ich denke nicht, dass er erfahren sollte, dass wir ... uns sehen. Aber vielleicht können wir ja wirklich ab und an was zusammen machen. Das macht es dir ja auch leichter. Du hast ja sowieso einen so engen Stundenplan. Ich weiß nicht. Was denkst du?*

Ich lächelte, die Gabel noch im Mund, und rief ihn an.

»Ich fände das großartig«, sagte ich ohne Begrüßung, als er abnahm. »Solange es für dich okay ist!«

»Ja. Ich glaube, ich muss da ein bisschen an mir arbeiten«, sagte er. Seine Stimme klang angespannt. »Obwohl ich immer denke ... Wohin soll das führen? Du hast keine Zeit für eine ernste Beziehung, und ich habe keine Zeit, nur zu daten und zu schauen, was kommt ... Um zu wissen, wie es wäre, müsstest du unser Leben kennenlernen. Aber Elvis ist kein Experiment.« Er stockte und atmete einmal tief ein und aus. »Aber wenn es so eine Möglichkeit gibt, dich öfter zu sehen ... Ach Scheiße, ich weiß ja auch nicht.«

Ich wusste genau, was in ihm vorging, schließlich hatte ich die letzten zwei verheulten Stunden damit verbracht, genau darüber nachzudenken.

»Gut, dann vielleicht ... Eis essen und Inliner fahren?«, sagte ich deshalb einfach.

»Klingt toll«, erwiderte er leise.

»Ich kann diese Woche tagsüber aber nur Donnerstagnachmittag.«

»Da ist Elvis in der Musikschule. Und eigentlich sollte er danach zu einem Freund, weil ich bis vier arbeite.«

»Ich kann ihn doch abholen, und das Date mit dem Freund verschieben wir. Und dann gehe ich einfach mit ihm spazieren, und wir treffen uns nach deiner Arbeit.«

Er zögerte. »Du willst ihn von der Musikschule abholen?«

»Warum nicht?«

»Ja, okay. Warum nicht.« Ich konnte sogar durch das Handy spüren, dass er innerlich mit sich debattierte. »Gut, ich schicke dir die Adresse. Um halb drei ist er fertig.«

»Perfekt.«

Als wir aufgelegt hatten, stand ich auf, ging zum Schrank und nahm das Schokomüsli raus. Dieser Tag brauchte einfach Zucker. Und manchmal musste man Regeln eben auch brechen.

18

»Noch mal! Das klappt ja heute überhaupt nicht, Leute.«

Atemlos stemmte ich die Arme in die Hüften und tauschte einen Blick mit Paula. Mein Puls raste. Ich schwitzte und hatte wahnsinnigen Durst. Außerdem musste ich unbedingt auf mein Handy schauen, um zu sehen, wie viel Uhr es war. Aber das war momentan schlicht unmöglich, Lore würde mich in hohem Bogen von der Bühne werfen. Wir wiederholten die Szene bereits zum dritten Mal, immer ging irgendwo was schief. Ich sah, wie Michael mit unzufriedener Miene die Arme vor der Brust verschränkte. Er stand seitlich auf der Bühne und beobachtete uns mit Adleraugen. »Los, noch mal von vorne. Jetzt mit Annika und Nick!« Lore teilte die Gruppen ein, die die Szene spielen würden, und die anderen zogen sich in den Zuschauerraum und an den Rand der Bühne zurück. Ich beobachtete die Backgroundsänger. Auch sie schienen heute nicht richtig bei der Sache. Im Orchestergraben sah ich ebenfalls viele zweifelnde Gesichter und Kopfschütteln. Wenn einmal der Wurm drin war, ging meist alles irgendwie schief. Und jetzt, da die Proben von allen zusammengelegt waren und wir wirklich an der Perfektion feilten, noch viel mehr.

Als ich ausgetauscht wurde, stupste ich eine der Tänzerinnen neben mir an, und sie hielt mir ihre Apple Watch hin. Halb zwei. Ich spürte, wie ich nervös wurde. Eigentlich wären wir jetzt fertig, das Bühnenbild würde gewechselt, und sie würden eine Szene proben, in der ich nicht vorkam. Aber irgendwie sah es nicht danach aus, als ob wir den Zeitplan einhalten würden. Und bevor ich nicht entlassen war, konnte ich unmöglich weg. Nicht, nachdem ich wusste, dass ich einen *angeknacksten Ruf* hatte. Nicht nach der Sache mit dem Kleid.

Annika spielte gut, aber sie wirkte auf mich wie immer sehr verbissen. Danach war Paula dran, und anscheinend wollte Lore dann noch einmal wechseln. »Gut. Schon besser. Wir gehen jetzt alle noch mal durch«, rief sie, und ich zuckte zusammen. Das würde ewig dauern. »Geht das klar?«, rief sie in ihr Headset und blickte streng in die Runde.

»Natürlich«, erwiderte Annika laut für alle. »Wir wollen ja auch, dass es gut wird!«

Lore nickte. »Du zuerst.«

In meinem Kopf hämmerte es. Ich musste in einer halben Stunde bei Elvis an der Musikschule sein. Das würde ich nur schaffen, wenn ich jetzt sofort loslief. Ich hatte viel zu lange gezögert.

Die Szene begann. Und endlich riss ich mich los. Mit einer tobenden Wühlmaus im Magen ging ich zu Lore, die konzentriert den Takt mitwippte, und brüllte ihr über die Musik hinweg ins Ohr, dass ich gehen musste. Verständnislos sah sie mich an. »Was ist?«, brüllte sie ungeduldig, und ich zuckte kaum merklich zusammen.

Ich zeigte auf meine imaginäre Armbanduhr. »Ich muss! Tut mir leid«, rief ich und sah, dass sie begriff. Kurz blickte sie zur Bühne, dann nickte sie kaum merklich. Ihr Gesicht war versteinert, aber das war es auch schon vorher gewesen. Wenn etwas nicht klappte, war sie in der Verantwortung, und je näher die Generalprobe rückte, desto mehr merkte man ihr die Anspannung an.

Als ich die Treppe zur U1 hinunterraste, merkte ich schon, dass verdächtig viele Leute am Gleis standen. »Bitte nicht«, flüsterte ich durch die Zähne, während ich mich darauf konzentrierte, mir auf den Stufen nicht den Hals zu brechen. »Bitte, bitte nicht.« Dann sah ich die Anzeige. *Verkehr unregelmäßig. Polizeieinsatz.*

Die nächste Bahn war angekündigt in ... einundzwanzig Minuten.

»Neeeeeein!«, rief ich und erntete ein paar alarmierte Blicke von den Menschen um mich her. Verzweifelt lief ich zum nächsten Fahrplan, der in einem Glaskasten auf dem Gleis hing, und studierte die Anzeige. Wenn ich in die andere Bahn sprang und dreimal umstieg, dauerte es zwar ewig, aber wenigstens fuhr ich dann. Ich wetzte die Treppe hoch und am Nebengleis wieder runter. Ein Blick auf die Uhr über dem Kaffeekiosk versetzte mir einen Stromschlag. Es war 14.17 Uhr.

Elvis saß auf einer Bank vor der Tür, neben ihm eine junge Frau. Er baumelte mit den Beinen und plauderte gutgelaunt auf sie ein.

»Da bin ich! Es tut mir so leid!«, japste ich, als ich mit glühendem Gesicht vor ihnen zum Stehen kam und mir die stechende Seite hielt.

Die Frau sah auf, und ihre eben noch freundliche Miene

wurde sofort streng. »Sie sind Frau Wunderlich? Wir machen hier keine Individualbetreuung«, sagte sie, und ich zuckte zusammen. »Wenn Sie zu spät kommen, müssen Sie uns wenigstens Bescheid geben. Ich kann ja nicht mit jedem Kind hier auf der Bank sitzen, bis die Eltern mit ihren Terminen fertig sind.«

»Es tut mir wirklich sehr leid«, erklärte ich hastig. »Ich habe ihn nicht vergessen, aber ich wurde aufgehalten, und die Bahn fuhr nicht wegen Polizeieinsatz, und dann ...« Ich verstummte.

»Ich habe seinen Vater angerufen, er muss jeden Moment hier sein. Ich wusste ja nicht, ob Sie überhaupt noch auftauchen.« Sie musterte mich mit einem Blick, der genau sagte, was sie von mir hielt. Ich hatte immer noch meine Sportklamotten an, war total aufgelöst und stank wahrscheinlich nach Schweiß.

Am liebsten hätte ich laut aufgestöhnt. Innerlich fluchte ich ausgiebig. Shit, shit, shit. »Ah, wunderbar, vielen Dank!«, presste ich heraus und nahm Elvis an der Hand. Zum Glück war ich wenigstens noch vor Mo hier angekommen. Trotzdem wusste ich, was für einen Eindruck das Ganze machen würde. Und jetzt musste er früher von der Arbeit kommen. Ich fühlte mich furchtbar, versuchte aber, vor Elvis gute Miene zum bösen Spiel zu machen.

»Tut mir megaleid«, sagte ich, als die Frau gegangen war.

»Nicht schlimm, wir haben uns über Reptilien unterhalten. Sie hat Stabheuschrecken daheim!«, erwiderte er mit leuchtenden Augen.

Ich gab ihm einen Kuss auf den Kopf. »Wie gut, dass du immer alles faszinierend findest«, sagte ich und hoffte, dass sein Vater die Situation auch so locker sehen würde. Aber als Mo wenige Augenblicke später um die Ecke kam, zerstob diese Hoffnung. Ich hatte ihn noch nie so wütend gesehen. Unwillkürlich blieb ich stehen. »Ich hatte nicht …«, setzte ich an, doch er ließ mich nicht mal aussprechen. »Wir klären das später«, sagte er, ohne mir in die Augen zu sehen. Sogar seine Stimme war anders als sonst. Ich konnte sehen, dass er die Zähne aufeinanderpresste.

»Es tut mir so leid!«, rief ich. »Es war Polizeieinsatz bei der Bahn, und …«

»Wann anders!«, stieß Mo hervor. Dann nahm er Elvis an der Hand und zog ihn hinter sich her. »He, aua!«, rief Elvis und riss sich los. »Das tut weh!«

»Entschuldige.« Mo blieb stehen und atmete einmal tief ein und aus. »Das wollte ich nicht.« Er drehte sich zu mir um. »Wir verschieben das Eisessen«, sagte er nur, und noch immer sah er mir nicht direkt in die Augen. »Ich melde mich bei dir.«

Und dann ließ er mich einfach mitten auf dem Schulhof stehen und ging in Richtung Bushaltestelle davon.

Elvis drehte sich ein paarmal zu mir um und sah mir mit großen Augen nach. Ich konnte sehen, wie sehr ihn die Situation verwirrte.

19

»Aber warum hast du mich nicht einfach angerufen?«

»Ich hatte in der Bahn keinen Empfang. Und dann war es ohnehin zu spät, und ich bin einfach nur gerannt«, versuchte ich, mich zu verteidigen. »Ich hab irgendwie den Zeitpunkt nicht erwischt, an dem ich hätte gehen können, es lief nicht gut, alle waren total genervt und angespannt, und dann wollten sie wiederholen, und ich hatte direkt davor meinen Einsatz verpasst und wollte nicht als Einzige gehen. Außerdem hatte ich keine Uhr auf der Bühne, und irgendwie verliert man komplett das Zeitgefühl. Als ich realisiert habe, wie spät es ist, bin ich sofort los, aber dann war Polizeieinsatz, und ich hab die Schule nicht gleich gefunden, und, na ja …« Kleinlaut brach ich ab. Ich wusste, dass das alles für ihn keine Entschuldigung war.

Es war ein paar Tage später. Mo hatte sich beruhigt und sich entschuldigt dafür, dass er mich einfach stehen gelassen hatte. Wir holten unser Eistreffen nach und saßen vor zwei großen Fruchtbechern. Aber irgendwie hatte keiner von uns großen Appetit, das Eis schmolz vor sich hin, und meine Waffel rutschte langsam in die Soße. Elvis hatte sich mit einem Bernhardiner angefreundet und fütterte ihm ein wenig entfernt seine Eiswaffel, so dass wir ungestört reden konnten.

Mo klang nicht sauer, als er sprach. »Genau darum geht es. Wenn es nicht dein eigenes Kind ist, nimmst du es nicht richtig ernst«, sagte er und sah mich an. »Ich will ihm das nicht zumuten, dieses Gefühl, nicht wichtig zu sein. Lästig.«

»Aber er ist mir nicht …«, rief ich, doch Mo sprach schon weiter. »Ich weiß, du magst ihn sehr, Maddie. Aber es ist eben nicht das Gleiche. Das kann es ja auch nicht sein, niemand verlangt das von dir. Nur muss ich ihn doch trotzdem schützen. Ich kann doch nicht mein Wohl über seines stellen.«

»Und *das* verlange *ich* nicht!«, widersprach ich. »Ich will doch nur ein ganz klein bisschen Platz in eurem Leben. Und wenn das mit uns klappt und vielleicht doch irgendwann ernster werden sollte, dann gerne auch ein bisschen mehr Platz.«

»Aber du sagst doch, du hast selber nicht mehr Platz! Und man hat es doch gesehen, deine Karriere kommt eben an erster Stelle, und das ist ja auch vollkommen okay. Nur kommt für mich eben Elvis an erster Stelle.«

»Aber mein Platz und Elvis' Platz müssen doch nicht konkurrieren, sie passen ganz wunderbar übereinander. Das hatte nichts mit Elvis zu tun und damit, wie wichtig oder nicht wichtig er mir ist. Ich wäre auch zu spät gekommen, wenn er mein eigenes Kind wäre.«

Er seufzte tief, sagte aber nichts und betrachtete nachdenklich seine Hände.

»Er muss es doch lernen, Mo. Es hat doch keinen Sinn, ihn von allem abschirmen zu wollen.«

Eine ganze Weile erwiderte er nichts. Als er schließlich sprach, war seine Stimme angespannt. »Du weißt nicht, wie es war. Sie hat mich gehasst. Meine Stiefmutter, meine ich.

Anfangs nicht, da fand sie mich süß und hat mir immer was von dieser Maus mitgebracht. Wie hieß sie noch gleich. Dido? Diddl. Diese fette Ratte mit den seltsamen Klamotten. Ich war ganz verrückt danach. Na ja, egal. Jedenfalls, anfangs hat sie genau das Gleiche gesagt, dass ich überhaupt nicht störe und sie es schön findet, dass wir wie eine kleine Familie sind. Aber irgendwann, und es hat nicht lange gedauert, hat sich das geändert. Sie wurde eifersüchtig. Und sie hat mich immer bestochen, damit ich gehe und ihnen ›Zeit für sich‹ gebe. Ich bin dann stundenlang alleine rumgelaufen und habe mich nicht nach Hause getraut. Ich habe mich nie wieder richtig wohlgefühlt daheim. Eigentlich hatte ich kein Zuhause mehr. Mit siebzehn bin ich ausgezogen, und seitdem sehe ich sie nur noch bei Geburtstagen oder an Feiertagen. Mein Vater ruft ab und an durch, aber es ist immer total gezwungen. Wir kennen uns eigentlich gar nicht.«

Man konnte sehen, wie weh es ihm tat, darüber zu reden.

»Aber so bin ich doch nicht«, sagte ich leise.

Er schüttelte den Kopf. »Das weiß ich doch. Aber stell dir mal vor, wir verstehen uns weiterhin super, und er gewöhnt sich an dich. Du bist immer da, liest ihm abends vor, er vertraut dir, und dann klappt es nicht mit uns. Dann verliert er schon wieder den Halt. Du weißt nicht, wie es war nach der Trennung. Wusstest du, dass er zur Therapie geht, einmal die Woche? Seit Monaten. Ich kann ihm das doch nicht noch mal antun! Und mir auch nicht.« Er sah mich an.

»Das will ich doch auch nicht«, sagte ich hilflos.

Er nickte. »Aber du hast es doch selbst gesagt, du bist einer von diesen kreativen Menschen, denen ihre Kunst, ihre Leidenschaft über alles geht. Das bist einfach du, und das ist ja auch wunderbar. Aber ich kann nicht schon wieder in einer Beziehung das Gefühl haben, nicht genug zu sein.«

Meine Stimme versagte. Genau das war es, was mir Lennard damals vorgeworfen hatte. Und obwohl ich das Gefühl hatte, dass diese Beschreibung gar nicht auf die Maddie passte, die hier saß, dass etwas damit nicht mehr stimmte, widersprach ich nicht.

»Ja«, sagte ich nur. »Ich verstehe das. Also willst du jetzt, dass wir uns gar nicht mehr sehen?« Ich hielt den Atem an.

»Nein. Das ist auch keine Option für mich. Für dich?«, fragte er, und ich sah, dass er genauso angespannt auf eine Antwort wartete wie ich.

»Nein«, sagte ich wahrheitsgemäß.

»Gut, dann machen wir einfach weiter wie bisher«, schloss er, und ich dachte, dass er noch nie so traurig ausgesehen hatte wie in diesem Moment. Und dass es sich so anfühlte wie eine Trennung, obwohl wir doch nicht mal zusammen waren.

20

»He, hallo!«

Jemand hechtete auf mich zu, während ich gerade mein Rad vor dem Finkengrund an eine Laterne schloss. Alle Zäune und sogar die Hecken waren inzwischen mit Protestplakaten beklebt, und ich parkte direkt vor einem Betttuch mit einem durchgestrichenen Bagger. Als ich aufsah, kam mir der Mann vage bekannt vor, ich konnte ihn aber nicht zuordnen.

»Entschuldigung, gehören Sie zur Kolonie?« Er lächelte ein strahlend weißes Zahnpastawerbungslächeln, und plötzlich wusste ich, wer er war. Einer von den drei Baulöwenfatzkes. Der mit der Ray-Ban-Brille.

Erschrocken trat ich einen Schritt zurück. »Warum?«

Bei Ray-Ban-Trägern war ich grundsätzlich misstrauisch. Wer einen Hintern voll Geld nur für einen Markennamen zahlt, hat irgendwas auszugleichen. Oder zu überdecken. Wenn er dann noch meinen Freunden die Laube und mir die Grüne Freiheit unterm Hintern wegreißen wollte, stand er ganz oben auf meiner Mit-Vorsicht-genießen-Liste. Auf der Liste stand übrigens mittlerweile auch das Schokomüsli. Denn bei dem ganzen Stress in den letzten Wochen gönnte ich mir inzwischen regelmäßig ein Schüsselchen. Es gab schließlich kein Gesetz dagegen, Dinge zwischen Listen zu verschieben.

»Ich wollte gerne mit jemandem reden, der ein bisschen vernünftig wirkt.« Er strahlte immer noch und nahm jetzt die Brille ab. Über meine Schulter warf er einen beinahe nervösen Blick in Richtung der Parzellen. Ich konnte es verstehen. Schließlich hatte ihn das letzte Mal, als er hier war, der geballte Zorn der Kleingärtner getroffen.

»Ach, und was an mir sieht so vernünftig aus?«, fragte ich, etwas auf den Schlips getreten. Vernünftig war nun wirklich kein Adjektiv, mit dem man sich gerne schmückte.

Er musterte mich, und mir fiel auf, dass er recht sympathische Augen hatte. Ohne die Angeberbrille wirkte er auch gleich viel normaler. »Eigentlich alles«, sagte er.

Beleidigt trat ich einen weiteren Schritt zurück. »Auf eine gute Weise«, rief er schnell, als er merkte, dass er damit nicht die gewollte Wirkung erzielte.

»Sie finden also, dass ich *auf gute Weise* langweilig genug aussehe?«

Entsetzt riss er die Augen auf. »Vernünftig! Ich habe vernünftig gesagt.«

»Wo ist der Unterschied?« Ich ließ ihn ein bisschen zappeln und bewegte mich beim Sprechen auf das Tor zu. Er machte eine Geste, als würde er mich gerne zurückhalten. »Na, es ist etwas komplett anderes«, stotterte er, merkte dann aber wohl, dass er damit nicht weit kommen würde. »Ist ja auch egal, ich meinte nur, dass Sie nicht aussehen wie eine typische Kleingärtnerin.«

»Wie sehen denn typische Kleingärtnerinnen aus?« Ich verschränkte die Arme vor der Brust.

Er atmete tief ein und aus. »Also, das war jetzt vielleicht etwas zu verallgemeinernd gesprochen. Ich wollte doch nur …

ich ... äh ...« Er zuckte hilflos mit den Schultern. »Haben Sie vielleicht eine Minute?«

Ich grinste und hielt das Tor auf. »Klar, kommen Sie rein.«

»Vielleicht lieber hier draußen?« Er schielte auf die vielen bemalten Betttücher an den Zäunen:

Bäume statt Beton

Abriss ohne uns

Lasst Berlin die grüne Lunge

Baulöwen raus

Ich tippte darauf, dass Letzteres von Jürgi kam.

»Ich würde es vorziehen, hier zu reden. Sonst werde ich noch mit Kompost beworfen oder so. Anscheinend bin ich hier so etwas wie die Inkarnation des Kapitalismus.«

Ich machte das Tor wieder zu. »Und, stimmt das nicht?«

»Nein«, er schüttelte den Kopf. »Ich bin Architekt.« Jetzt trat er wirklich einen Schritt auf mich zu und streckte mir die Hand hin. »Und ich heiße Philipp.«

»Ach, Sie sind also gar kein Baulöwe?« Ich schüttelte sie und stellte mich ebenfalls vor: »Madita Wunderlich.«

»Um Himmels willen. Sehe ich so aus?«

»Ehrlich gesagt, total.« Ich lächelte zufrieden. Die Retourkutsche hatte er verdient. Und irgendwie war ich heute ein bisschen kratzbürstig drauf. Dabei wusste ich nun wirklich nicht, wie man als Baulöwe eigentlich so auszusehen hatte.

»Ach, echt?« Er schien ehrlich erstaunt und sah an sich hinunter. »Und warum?«

»Irgendwas mit der Brille und den Haaren, ich weiß nicht genau. Die Kombi machts«, erklärte ich wahrheitsgemäß. »Und der Hemdkragen so nach oben ... Das ist auch verräterisch.«

Verdutzt fummelte er am Kragen seines Polohemdes herum und murmelte etwas wie »... also, im Büro tragen das alle so«, das ich nicht genau verstand. Kurz überlegte ich, ob ich ihn an meiner zugegebenermaßen auch etwas verallgemeinernden Ray-Ban-Theorie teilhaben lassen sollte, entschied mich dann aber dagegen.

Wenn sie stimmte, hatte er wahrscheinlich ein empfindliches Ego.

»Also, worum geht es? Ich hab nicht viel Zeit, ich muss einem Huhn einen Pulli stricken.«

Er lachte schallend, aber als er sah, dass ich es offensichtlich ernst meinte, klappte er erstaunt den Mund wieder zu und sah mich an, als würde er überlegen, ob ich voll zurechnungsfähig war. »Sie hat keine Federn mehr und friert«, setzte ich hinzu, machte es damit aber wohl nur bedingt besser.

»Ah, verstehe. Äh, ja, wie dem auch sei ...« Er wirkte aus dem Konzept gebracht. »Ja, also, was ich sagen wollte. Könnten Sie den Leuten hier vielleicht irgendwie klarmachen, dass wir nichts dafür können, dass hier gebaut wird? Es ist nun mal eine landeseigene Fläche, und der Kleingartenentwicklungsplan steht seit langem fest. Berlin wird alle paar Jahre um eine kleine Großstadt größer. Da ist eben für neunhundert Anlagen kein Platz.«

»Ich fürchte, das ist den Menschen hier vollkommen schnuppe«, sagte ich. »Die wollen einfach nicht ihre Gärten verlieren.«

»Aber man bietet ihnen doch Ersatz!«

»Irgendwo in Pankow, mit lauter Skeletten!«, rief ich. »Das ist doch nun wirklich keine Alternative!«

Er sah mich einen Moment an. »Darf ich Ihnen vielleicht

was zu trinken anbieten? Ich würde wirklich gerne kurz in Ruhe reden.«

Ich seufzte. Aber irgendwie war er mir trotz allem sympathisch. Und man konnte seine Nervosität beinahe riechen. »Schön, eine Viertelstunde habe ich.«

Erleichtert deutete er auf einen Späti in der Nähe. Er entspannte sich zusehends mit jedem Schritt, den wir uns vom Finkengrund entfernten.

Wir hatten uns zwei Bier geholt und auf einer klapprigen Bank vor dem Späti niedergelassen. Es war warm, und ich streifte meine Sandalen ab.

»Maddie«, bot ich ihm nun doch an, als wir unsere Flaschen aneinanderstoßen ließen. Er lächelte. »Hast du hier auch einen Garten?«

»Wie man's nimmt, ich gehöre drüben zur Grünen Freiheit.«

»Ah.« Er nickte. »Darum ist es wirklich schade. Ich war noch nie auf dem Gelände, aber was man so hört, ist es ein tolles Projekt.«

»Allerdings. Und du willst es zerstören.«

»Ich mache doch nur meinen Job. Ich würde auch überall sonst bauen.«

»Warum macht ihr das dann nicht?«

»Die Stadt darf ihre Ränder nicht zu sehr ausdehnen, deswegen wird verdichtet und erhöht. Und das hier ist eben eine riesige ungenutzte Fläche.«

»*Ungenutzt?*« Empört schnaubte ich in mein Bier.

»So meine ich das nicht. Für die Stadt ungenutzt. Jedenfalls scheinen die Menschen hier nicht zu verstehen, dass unser Architekturbüro dafür nun wirklich nichts kann. Wir haben eben einfach die Ausschreibung gewonnen. Und jetzt hatten wir bereits dreimal Kompost im Briefkasten. Ständig rufen Leute bei uns an, um uns zu beleidigen, oder legen einfach wieder auf. Und jemand hat uns ein Paket mit Erde geschickt. Und dadrin verbuddelt eine rostige Harke. Ich weiß ja nicht, was genau das bedeuten soll, aber ich würde es mal als Drohung verstehen.«

Oje. Das war ganz eindeutig die Handschrift von Jürgi und Rainer. Ich würde mit den beiden reden müssen.

»Das ist natürlich nicht okay«, sagte ich. »Aber du musst das verstehen, es geht um ihre Existenz.«

Weil es ihn wirklich zu interessieren schien, erzählte ich ein wenig von der Grünen Freiheit, von Cordula, Rainer, Jürgen und dem alten Pannecke und davon, dass die Gärten für viele eben mehr waren als bloß irgendein Rückzugsort.

»Kannst du nicht irgendwas tun? Ich weiß, es ist dein Job, aber kann man nicht die Schule vielleicht einfach irgendwo anders bauen? Dann hast du weiter was zu tun, und die Leute verlieren nicht ihr Zuhause.«

Er lächelte nachsichtig. »In der Theorie klingt das so einfach. Aber in Kleingartenanlagen zu wohnen ist nun mal nicht legal.«

»Sie machen das ja nicht, weil es so schön ist, die meisten haben keine Alternative.«

»Das stimmt so ja nun auch nicht ganz. Und wenn man es jetzt erlaubt, dann kann das dazu führen, dass es bald ein Zweiklassenwohnsystem gibt.«

»Aber wo sollen sie denn hin?«, rief ich. »Altersarmut ist kein Spaß, dafür braucht man auch eine Notlösung! Jürgi hat einen Schufa-Eintrag, der kriegt nirgends was. Und Schulden.

Also kann er keine Kaution bezahlen. Und Cordula konnte nie richtig arbeiten wegen der Kinder. Deswegen ist die Rente so klein.«

Philipp schwieg einen Moment und sah auf seine Hände. Sie waren sehr sauber und gepflegt, und ich überlegte, ob er vielleicht zur Maniküre ging. »Ich verstehe das. Wirklich. Aber ökonomisch gesehen ist es einfach nicht richtig. Deine Kleingärtner haben riesige Grundstücke in bester Lage, auf die Mehrfamilienhäuser gebaut werden könnten. Und wir haben siebzigtausend Parzellen in der Stadt.«

»Manchmal muss man aber nicht ökonomisch denken, sondern menschlich«, erwiderte ich schroff.

Er schüttelte den Kopf. »Aber wenn man es offiziell erlaubt, dann wird der Pachtzins teurer. Und das wäre für die, die nur einen Garten haben, um zu gärtnern, dann unerschwinglich.«

Das hatte ich nicht gewusst. Wie nervig, dass er so gut informiert war.

»Hmpf!«, sagte ich deshalb und nahm einen Schluck Bier.

»Hmpf?«

»Ja. Das ist ein Wort.«

»Ach, und was bedeutet es?«

»Es bedeutet: Schön, du Besserwisser, du hast vielleicht recht, und das muss ich leider auch zugeben, aber es muss mir noch lange nicht gefallen, und deswegen sage ich nichts dazu außer Hmpf!«

»Ah so. Viel drin in dem kleinen Wort.« Er lächelte und nickte beeindruckt mit dem Kopf. Das brachte mich gegen meinen Willen ebenfalls zum Lächeln. »Du müsstest sie mal sehen. Sie sind so traurig. Das hier ist ihr Leben. Sie haben sich hier eine Gemeinschaft aufgebaut. Sie werden total entwurzelt.«

»Es *ist* traurig. Und wenn man die Kleingartenverordnung kippt, wird sofort spekuliert.«

»Aber ihr wollt hier eine Schule hinbauen. Eine *Schule*. Die kann doch wirklich überallhin.«

»Eine Schule kann wirklich nicht einfach überallhin«, korrigierte er.

Das stimmte wahrscheinlich auch, aber hören wollte ich es deshalb noch lange nicht. »Und die Grüne Freiheit ist sogar noch wichtiger für Berlin. Es ist so ein wundervoller Garten, es gibt sogar einen Teich mit einer Ringelnatter.«

»Sie wussten immer, dass es nicht auf Dauer ist.«

»Das haben sie nur akzeptiert, weil es die einzige Möglichkeit war, so etwas überhaupt aufzuziehen.«

»Aber dafür können wir doch nichts. So ist nun mal das Leben, es wird immer überall verändert und erneuert.«

»Das ist doch kein Argument!«

Er zuckte die Achseln. »Nein. Ich habe auch keins. Ich verstehe euch. Es ist furchtbar, Natur durch Beton zu ersetzen. Aber wie gesagt, wir sind nur die Ausführenden, nicht die, die entschieden haben. Wir kriegen es nur ab, weil überall unser Name draufsteht. Aber alles, was das bringen wird, sind Anzeigen.«

Plötzlich hatte ich keinen Kampf mehr in mir. Vor mir saß sowieso der falsche Gegner. Der richtige war namenlos, gesichtslos und übermächtig. Wir würden es nie schaffen, gegen ihn anzukommen, das wurde mir in diesem Moment klar. »Ich rede mit den Leuten«, seufzte ich. »Aber versprechen kann ich nichts.«

Er nickte dankbar. »Ich weiß. Aber das hilft schon.« Plötzlich betrachtete er mich von der Seite. »Also, das mit dem Huhn vorhin. Das habe ich nicht richtig verstanden.«

Ich grinste und leerte mein Bier in einem Zug. »Wäre auch seltsam gewesen, wenn du es verstanden hättest. Wenn du kurz Zeit hast, zeige ich es dir.«

Er sah so erschrocken aus, dass ich lachen musste. »Keine Sorge, ich schleuse dich um die Parzellen herum.«

Es war gar nicht so einfach, aber irgendwie schafften wir es, über die Baustelle zu kommen, so dass wir den Finkengrund nicht betreten mussten. Als wir das Tor zur Grünen Freiheit passiert hatten, atmete Philipp sichtlich auf. Dann hielt er erstaunt inne. »Wow!« Sein Blick schweifte über die Apfelwiese, die bunten Zirkuswagen, die vielen blühenden Beete. Ich wusste genau, wie es war, das alles zum ersten Mal in sich aufzunehmen. Schließlich war ich vor gar nicht allzu langer Zeit selbst zum ersten Mal durch das Tor hier getreten. Mitten in Berlin eine solche Oase der Ruhe und des Grüns – das erwartete man einfach nicht. Und nun, da der Sommer richtig angekommen war, alles zuwucherte und die Blumen in der warmen Brise wogten, wirkte es noch viel verzauberter. Es war wirklich eine einzige Grüne Freiheit.

»Ja, es ist toll, nicht wahr?« Fast durchzuckte mich so etwas wie Besitzerstolz. Nun gehörte ich dazu. War ein Teil der Gemeinschaft. Hatte Freunde gefunden. Mein eigenes kleines Beet. Ich war offiziell ein Hippie. Mit Kleingartenanhang. Und ich liebte es.

Ich durfte nicht mal daran denken, dass das alles bald vorbei sein würde.

Als wir zu den Hühnern kamen, bot sich uns ein erstaunliches Bild. Hinnert saß vor dem Stall in der Sonne, um ihn herum und auf ihm drauf wuselten acht winzige, piepsende Küken, die noch mal kleiner wirkten, einfach weil er so riesig war.

»Was ist denn hier los?«, rief ich und kniete mich hin, um die Federbällchen zu bewundern.

»Kaum zu glauben, was? Die kleinen Butzerl sind heute geschlüpft! Ich hab's mir ja schon gedacht, sie hat ewig nur gegessen und gebrütet. Gut, dass wir sie in Ruhe gelassen haben. Jetzt schaut euch diese kleinen Singerl an.« Hinnert war ganz verzückt, er hörte gar nicht mehr auf zu lächeln und nahm abwechselnd eins nach dem anderen hoch, um es abzuschmusen.

»Aber wie kann das sein?« Erstaunt betrachtete ich die quietschgelben Fellbälle. »Wir haben doch gar keinen Hahn.«

»Tja, Hermine ist ja erst ein paar Wochen hier. Bevor sie zu uns gekommen ist, muss ein Hahn drübergerutschelt sein, wenn ich das mal so salopp formulieren darf!« Er hüstelte.

Auch Philipp hatte sich neben mich gekniet und bestaunte die Küken mit einer Mischung aus Ehrfurcht und Belustigung. »Diese Füße. So klein!«, stellte er fest.

Hinnert nahm eines hoch und reichte es ihm wortlos. Nach kurzem Zögern nahm Philipp es entgegen. Ich hätte Geld gewettet, dass er noch nie ein Huhn aus der Nähe gesehen hatte. Geschweige denn ein Küken.

»Müssen sie nicht was essen?« Ich hatte mir ebenfalls vorsichtig eines genommen und kuschelte es gegen meine Wange. Es piepte leise und versuchte, mich in die Nase zu zwicken.

»Na, die ersten paar Tage brauchen die noch nix, die ham im Ei ja den Dottersack verputzt, das langt erst mal!« Hinnert winkte ab.

»Und was machen wir jetzt mit ihnen?«

Er sah mich erstaunt an und hob die Schultern. »Na, wir geben ihnen Namen«, erwiderte er. »Was sollen wir auch sonst machen?«

Die nächste Viertelstunde saßen wir im Kreis auf der sonnigen Wiese und dachten uns Namen aus. Von Dolly bis Hubert war alles dabei. Ich nannte mein Kleines Mütze, weil es einen Puschel auf dem Kopf hatte, der wie eine Kappe aussah. Und eines benannte ich nach meinem Vater, weil es irgendwie seine Augen hatte.

»So, und den Letzten benennen Sie!«, sagte Hinnert zu Philipp. »Wo er sich doch bei Ihnen so wohlfühlt.«

Tatsächlich war das Küken in Philipps großen sauberen Händen eingeschlafen. Er hielt es vor sich in die Luft, als könnte es jeden Moment zerbrechen.

»Hm. Vielleicht Günter?«, fragte Philipp zögerlich.

»Na. So hieß mein Onkel. Der war nix!« Hinnert schüttelte den Kopf.

»Tja, ich weiß nicht. Wie heißen denn Hühner so?«

»Wie heißen Sie denn?«

»Philipp Krause«, erwiderte er verdutzt.

»Na wunderbar, dann ist das hier ein kleiner Phil! Little Phil«, rief ich, und Hinnert nickte zufrieden. »Topname.«

Philipp blickte auf das winzige Küken in seiner Hand. Er hob einen Zeigefinger und strich Little Phil damit ganz sacht über den Rücken, als könnte er ihn zerquetschen. Little Phil hielt ganz still, und als Big Phil sich wenig später bückte, um ihn auf die Wiese hopsen zu lassen, lag ein kleiner schleimiger Kükenschiss in seiner Handfläche.

»Hoppla. Ja, stubenrein sind sie nicht. Das plumpst einfach raus, wies kommt.« Hinnert lachte und reichte ihm ein Taschentuch.

Danach machten wir einen Rundgang, und ich zeigte Philipp den Garten. Er ging mit auf dem Rücken verschränkten Armen neben mir her, und obwohl er mit seinen lackierten italienischen Schuhen, dem aufgestellten Kragen und dem teuren Parfüm, das ihn umwehte, nun wirklich nicht hierherpasste, sah man ihm an, wie sehr ihm die Grüne Freiheit gefiel. »Ich habe immer davon geträumt, aufs Land zu ziehen und mir was auszubauen«, murmelte er. »Ein altes Bahnhäuschen. Oder am besten eine alte Mühle. Davon träumen wahrscheinlich alle Architekten. Toll, wie das hier riecht. Und das, obwohl man die S-Bahn hört.«

Irgendwie konnte ich ihn mir nicht beim Unkrautzupfen vorstellen. Aber noch vor ein paar Wochen hatte ich das Gleiche über mich selber gedacht.

Ich zeigte ihm den Teich, das Sandarium, die Tofuräucherei, die Wildblumenwiese, die Saat- und Aufzuchthäuser, die Nistquirlen, die Außenküche, die Stauden- und Hochbeete, den Gemeinschaftswagen, das Abholhäuschen und die Kinderbeete. Besonders stolz präsentierte ich am Ende natürlich mein eigenes Beet. »Fenchel, Mangold, Erdbeeren, Lauchzwiebeln, Winterporree, Haferwurzel, Zuckererbsen uuuund Popcornmais!«, erklärte ich und zeigte mit dem Finger auf die extrem ordentlichen Reihen. »Und hier in die Ecke will ich noch Kräuter packen, am liebsten Borretsch und Dill.«

»Du hast ja sogar kleine Schilder für alles«, bemerkte er

und ging in die Knie, um sie sich genauer anzuschauen. Ich nickte stolz. »Mit meinem Labelmaker gemacht.«

Hey, ich war jetzt vielleicht ein Gartenhippie, aber ich war auch immer noch ich. Und ich mochte es nun mal ordentlich.

»Ich hab auch einen. Für die Ordner im Büro. Und die Gewürzgläser«, gestand er und grinste.

Gewürzglasetiketten fand ich eine grandiose Idee und nahm mir vor, es zu Hause sofort nachzumachen.

Als ich ihm erklärte, wie in den Kirschen alles funktionierte, wer für was zuständig war, welche Philosophie wir hier hatten und was wo wuchs, wurde mir mal wieder bewusst, was ich alles gelernt hatte.

Vor der Tafel, auf der stand, was man diese Woche für das Gemüseabo alles mitnehmen durfte, blieb Philipp stehen. »Wahnsinn. So viel? Und auch noch Brot! Habt ihr noch Plätze frei? Ist wie eine Gemüsekiste, oder?«

»Ja, nur zum Selbstabwiegen. Und das Brot gibt es nur ab und an, wenn Hanni backt. Es ist das beste Brot Berlins. Aber wir sind leider voll. Mit Warteliste. Und außerdem steht hier bald eine Schule«, ergänzte ich nach einer kleinen Pause, und er zuckte zusammen. Einen Moment lang hatte er anscheinend wirklich vergessen, dass die Grüne Freiheit von Schaufelbaggern zu einer Betonwüste gemacht werden würde. Um dann nach seinen Plänen bebaut zu werden.

»Scheiße. Tut mir leid.« Er rieb sich schuldbewusst den Nacken und warf mir einen Seitenblick zu.

»Ja, der Garten hat diesen Effekt, man lässt die Welt da draußen vor dem Tor. Geht mir auch oft so«, erklärte ich.

Als ich ihn zurückgebracht hatte, blieb er stehen. »Danke für die Führung.«

»Sehr gerne. Jederzeit wieder. Wenn du dich an Jürgen und Rainer vorbeitraust.«

Beklommen warf er einen Blick in Richtung Finkengrund. »Tue ich definitiv nicht. Wenn ich noch mal komme, um Little Phil zu besuchen, musst du mich vorne abholen.«

Ich lachte laut auf. »Wir werden dir einfach einen Sack über den Kopf werfen. Oder du schleichst dich eben wieder über die Baustelle.«

»Spätestens wenn sie hier betonieren, wird das schwierig. Die machen wahrscheinlich einen Zufahrtsweg für die Bagger, oder?«

Als er es aussprach, wusste ich, dass es stimmte. Vorher hatte ich einfach noch nie darüber nachgedacht, was da auf dem Weg gebaut wurde. Ich schluckte. Plötzlich rückte das Ganze viel zu nah.

»Sag mal: Wollen wir vielleicht bald mal ein Bier trinken gehen? Oder einen ... Kaffee?« Er brach ab und sah mich erwartungsvoll an. Überrumpelt schwieg ich einen Moment. Mein erster Impuls war abzulehnen. Schließlich hatte ich einen ... Ja, was eigentlich? Einen übervorsichtigen, kindheitsgeschädigten Singlevater, der mich zwar sehr mochte (und den auch ich sehr mochte), der aber alles tat, um mich aus seinem Privatleben herauszuhalten.

Den ich in der Öffentlichkeit nicht küssen durfte.

Von dem niemand wusste.

»Ähm, also, ich bin so halb vergeben ...«, stotterte ich. Wie bescheuert klang das. »Falls das Bier oder der Kaffee ein Date sein sollten«, fügte ich schnell hinzu. War das jetzt eine dämliche oder eine angebrachte Frage? Manchmal wusste ich es selber nicht.

»So halb?« Er zog eine Augenbraue hoch. »Und ja, das sollten sie. Ein Date, meine ich.«

»Ja, so halb. Es ist kompliziert.« Verunsichert trat ich von einem Fuß auf den anderen. Ich mochte Philipp, er war freundlich, er roch gut, und die Brille konnte ich auch verzeihen. Den aufgestellten Polokragen schon weniger, aber jeder hatte schließlich seine Fehler. Nur die Hände hätte ich wirklich gerne etwas erdiger gehabt.

»Ich gebe dir einfach mal meine Nummer. Und falls sich an dem *so halb* was ändert, ruf mich jederzeit an«, schlug er vor.

»Das mache ich«, erwiderte ich. Ich hatte nicht vor, ihn anzurufen, aber so stieß ich niemanden vor den Kopf.

»Und ich komme sowieso wieder, um Little Phil zu sehen. So was ist mir in meinem ganzen Leben noch nicht passiert, dass jemand ein Küken nach mir benennt. Und dann kackt es mir auch noch in die Hand.« Er lachte leise und betrachtete nachdenklich seine Handfläche, als läge Phils kleiner Kükenschiss noch immer dort. »Das war auf jeden Fall besser als jeder Bürotag.«

»Alle Tage im Garten sind besser als ein Bürotag«, sagte ich, und er nickte. »Leider kann ich mit Gurken und Radieschen aber nicht meine Miete zahlen. Und eigentlich mag ich meinen Job. Wenn ich nicht gerade armen Rentnern ihr Zuhause unterm Hintern wegreißen muss. Das tut mir übrigens wirklich leid, auch wenn du es vielleicht nicht glaubst.«

»Ich glaube es«, erwiderte ich, und das stimmte.

Er nickte, warf mir einen warmen Blick zu und drehte sich um.

Als er ging, stellte ich fest, dass ich in mich hineinlächelte.

21

»Weißt du, was ein Kloakenvorfall ist?«, fragte ich müde, als ich die Tür meiner Wohnung aufschloss und mich aufs Sofa fallen ließ, wo Mo mit dem Laptop saß und eine Doku auf Netflix schaute. Natürlich besaß er keinen Schlüssel zu meiner Wohnung – wir waren ja kein Paar. Aber ich hatte inzwischen immer einen Schlüssel bei Opa unter der Türmatte deponiert.

»Nein. Aber klingt ekelhaft«, sagte er gutgelaunt und rieb mir den Nacken.

»Ist es«, bestätigte ich und legte meine Beine auf seinen Bauch. »Das nennt man so, wenn bei einem Huhn ein Teil der Kloake … die Kloake, das ist … also, wie soll ich sagen, das Innere des Hinterns …«

Er hob die Hand als Zeichen, dass er verstand und ich nicht noch mehr ins Detail gehen musste.

»… wenn das Innere vom Hintern also beim Eierlegen mit rauskommt. Tja, das passiert anscheinend gar nicht so selten. Das muss man dann wieder in das Huhn reinschieben. Und das habe ich heute gemacht! Wo doch Inge neulich erst die Legenot hatte. Ich wusste nicht, dass Hühner so viele Darmprobleme haben.«

Er sah mich an, als hätte ich ihm gerade offenbart, dass ich mit einer Kreissäge eine Operation am offenen Herzen durchgeführt hatte. »Du?«, fragte er. »Du hast … Und äh … wie?« Unauffällig schielte er auf meine Hände.

»Ich habe sie danach gewaschen«, bemerkte ich trocken, und er grinste. »Ganz einfach, Finger desinfizieren und rein damit.« Ich nahm mir ein Brot vom Teller auf dem Tisch, betrachtete es einen Moment, um abzuwägen, ob ich nach diesem ekligen Nachmittag schon wieder etwas zu mir nehmen konnte oder ob mir der Geruch nach Hühnerdarm noch zu tief in der Nase saß. Dann biss ich hinein. »Natürlich mögen sie das überhaupt nicht. Hab fast ein Auge verloren. Und das hier …«, kauend schob ich meinen Ärmel hoch, unter dem sich zwei dicke rote Kratzer zeigten, »ist ein kleines Souvenir von Caroline.«

»Ganz ehrlich …« Er beugte sich vor und schnupperte an mir. »Du riechst auch ein bisschen seltsam. Irgendwie … Nach einer ganz komischen Kombination. Shampoo, Hühnerstall, Desinfektionsmittel und noch was anderes, das ich nicht richtig einordnen kann.«

»Kamillentee«, sagte ich und nahm mir ein weiteres Brot vom Teller. »Das kriegen sie immer zur Bauchberuhigung. Irgendwie ist mein Leben gerade richtig verrückt.« Erst als ich es aussprach, merkte ich, wie sehr es stimmte. »Ich lebe mit einem Riesenhasen zusammen, date einen Singlevater, esse Brot mit Tofu und Sprossen, habe heute Morgen meine Vampirzähne angepasst bekommen und mal wieder einem Huhn eine Analmassage verpasst.«

Mo lachte so sehr, dass er sich verschluckte und ich ihm auf den Rücken klopfen musste. »Wenn du es so beschreibst«, keuchte er, als er wieder sprechen konnte, »wirkt es wirklich sehr bunt. Und ein bisschen chaotisch!«

»Tatsächlich.« Verdutzt lehnte ich mich wieder zurück und dachte kauend darüber nach, was er eben gesagt hatte. Mein Leben war chaotisch. Meins, Maddie Wunderlichs Leben, das Leben der Listen-Queen, die nichts mehr hasste als Chaos, Unordnung und Unvorhersehbarkeiten. Es war bunt und ein bisschen chaotisch, und es hatte mir bisher nicht das Geringste ausgemacht.

»Das gab es tatsächlich noch nie«, sagte ich nachdenklich und aß noch ein Brot.

»Noch nie? Du hast doch studiert, oder nicht? Also, meine Unijahre waren ein einziges langes Chaos.«

Ich prustete. »Ja, du hast auch Soziale Arbeit studiert.«

»Ja und?«

»Ja und?« Ich lachte. »Das könnte gar nicht unterschiedlicher sein. Ich war jeden einzelnen Tag bis abends an der Uni, habe trainiert, und dann musste ich schlafen. Es gab kein Studentenleben. Zumindest nicht so, wie man sich das vorstellt, nächtelang um die Häuser ziehen, mittags aufstehen und durch die Reste der Party schlurfen, um sich einen Kaffee zu machen und dann zu lernen oder sich gleich wieder ins Bett zu legen.«

Er nickte. »Trifft es ziemlich gut.«

»Es gab nur Disziplin. Wenn du die nicht hattest, konntest du gleich einpacken. Die Vorstellungen müssen jeden Abend gleich gut sein. Du kannst nicht sagen: *Oh, ich habe aber meine Tage, und mein Unterleib fühlt sich an wie aus Beton, ich mache heute mal low*, oder: *Ich bin noch verkatert von gestern und bring's heute nicht*. Du musst immer alles geben. Immer. Eine Erkältung ist für jeden scheiße, aber für uns ist sie der pure Horror. Singen, Tanzen und Schauspiel, alles muss sich die Waage halten, man darf keine der drei Disziplinen vernachlässigen. Man muss jeden Tag mit seinen Grenzen kämpfen und sie eigentlich immer überwinden.« Ich war ganz aufgeregt geworden, während ich sprach.

Mo hatte sich aufgesetzt und sah mich an. »Ziemlich krasses Leben«, sagte er nur, und ich hatte das Gefühl, dass er noch etwas hinzufügen wollte.

»Ja, aber das war es wert«, sagte ich überzeugt.

»Hm ...«

»Was?«, fragte ich und sah ihn an.

Er schien zu überlegen, ob er sagen konnte, was er sagen wollte. »Ach, nichts!« Er schüttelte den Kopf.

Ich war zu müde, um nachzuhaken. »Gibt's noch mehr Brot?«, fragte ich.

»Nein. Aber ich kann dir noch was kochen.«

»Das wäre natürlich wahnsinnig heldenhaft.« Ich küsste ihn. »Ich habe gestern Tofu gekauft. Aber keine Ahnung, wie ich den genießbar mache.«

»Tofu?« Erstaunt klappte er den Laptop zu. »Das machst du aber nicht wegen uns, oder?«, fragte er stirnrunzelnd. »Du weißt, dass wir das niemals verlangen würden. Jeder muss das ganz frei für sich entscheiden, sonst hat es keinen Sinn.«

»Nein«, ich strich ihm über den Arm und schüttelte den Kopf. »So gern ich euch auch habe, ich mach das nicht für euch. Nicht mal für euch würde ich meine Currywurst opfern.« Ich grinste, aber dann wurde ich wieder ernst. »Ich mache das für Inge.«

Mo legte den Kopf schief und musterte mich. »Wer hätte gedacht, dass du mal eine solche Hühnerliebhaberin wirst.«

»Am allerwenigsten ich. Und soll ich dir mal was verraten? Ich hab immer noch Angst vor ihr.«

Er lachte leise und küsste mich. »Kann ich verstehen. Na, dann zaubere ich dir mal was. Aber vielleicht solltest du zuschauen, damit du nicht verhungerst, wenn ich mal nicht zur Stelle bin.«

»Nächstes Mal.« Ich ließ mich melodramatisch auf dem Sofa nach hinten kippen. »Heute bin ich zu schwach.«

Er grinste und ging in die Küche. Ich sah ihm nach und dachte, dass es eigentlich nicht ganz stimmte, was ich eben gesagt hatte. Ich machte es *wegen* Inge.

Aber für mich.

22

»Aber Fakt ist, dass unser Projekt wichtig ist für die Stadt, fürs Klima.« Ich nahm mir eine Pommes, zog sie einmal quer durch den Ketchup und biss hinein.

Philipp nickte und trank einen Schluck Bier. Es war kein Date, ich hatte ihn zufällig getroffen, als er nach Little Phil sah, aber irgendwie waren wir in einem benachbarten Biergarten gelandet.

»Das bestreitet ja auch niemand. Aber nebenan sieht es da schon ganz anders aus. Und außerdem haben fast alle Kolonien in Berlin ein Rassismusproblem«, fügte er hinzu und stopfte sich zwei Pommes auf einmal in den Mund.

Verdutzt riss ich die Augen auf. »Rassismus im Garten?«

Er nickte und wischte sich mit der Serviette Senf vom Kinn. »Rassismus gibt es überall. Und oft da, wo man ihn am wenigsten erwartet. Ich sag mal so ... Wenn du einen Garten haben willst, musst du nichts anderes tun, als dich auf eine Warteliste setzen zu lassen. Es ist egal, wie viel du verdienst, du musst nur warten, bis was frei wird. In der Theorie. Aber wenn du hier niemanden kennst, kannst du es vergessen, die regeln das alles unter sich. Und viele wollen nun mal keine Ausländer. Und wenn du jetzt offiziell erlaubst, dass man hier wohnen darf, dann muss auch viel genauer geschaut werden, wer eigentlich ein Recht auf diesen günstigen und schönen Wohnraum hat. Was man ohnehin tun sollte.« Die letzten Worte hatte er in sein Bier gemurmelt. »Es zieht einen Rattenschwanz nach sich.«

»Das wusste ich nicht.« Nachdenklich saugte ich ein wenig Schaum von meinem Bier. »Jürgi und Rainer sind nicht so.«

Philipp seufzte leise. »Das mag sein. Aber niemand muss in einer so teuren Stadt wie Berlin leben. Ich sag es nicht gerne, aber Cordula, Jürgen und Rainer können auch aufs Land ziehen, wo sie viel billiger viel besser wohnen würden.«

»Aber da kennen sie niemanden. Sie grillen doch im Sommer jeden Abend zusammen. Und zum Frühstück kommt Jürgen auch immer vorbei.«

»Ich bin da selber hin- und hergerissen. Schrebergärten sind für mich zu unsozial, es kann eben nicht jeder seinen Zierrasen, seinen Goldfischteich und sein Geranienbeet vor der Haustür haben, dafür ist nicht genug Platz. Aber natürlich ist es auch besser als ein Investor, der dort Luxusimmobilien hinbaut.«

»Ich hatte keine Ahnung, dass Gärtnern so politisch ist«, murmelte ich.

»Alles, was mit Natur zu tun hat, ist inzwischen politisch.« Philipp nickte. »Aus dem einfachen Grund, weil es immer weniger davon gibt.«

»Aber warum wollt ihr dann noch mehr zerstören?«, rief ich.

Er sah mich kopfschüttelnd an. »Meine Großeltern hatten auch eine Laube. Ich hab es dort geliebt. Hatte ein eigenes Baumhaus hinter dem Schuppen. *Philhausen* hieß es. Mein Opa und ich haben einen ganzen Sommer gebraucht, um es zusammenzuzimmern. Damals habe ich meine Liebe zum

Bauen entdeckt.« Er stockte, und es wirkte, als wollte er noch mehr sagen. »Aber ich bin nur der Architekt. Ich treffe nicht die Entscheidungen. Übrigens, du hast mir das mit dem Huhn und dem Pulli noch nicht erklärt.«

»Du lenkst ab«, lachte ich, doch ich ließ mich gerne darauf ein. »Wir haben zwei Hühner bekommen, die aus einer Legebatterie gerettet wurden. Sie hatten fast keine Federn mehr und haben gefroren, weil sie noch nie an der frischen Luft waren.« Ich nahm eine Pommes, tunkte sie in mein Bier und biss ab. »Und man kann ihnen dann so kleine Pullis nähen oder stricken. Klingt verrückt, aber wir sind tatsächlich nicht die Einzigen, die das machen.«

Philipp zog die Augenbrauen hoch. »Die waren nie an der frischen Luft?«, fragte er und warf einen Blick zur Nachbarbank, wo gerade zwei große Teller Brathähnchen mit Apfelmus verspeist wurden. Ich konnte sehen, wie er schauderte.

»Genau. Es ist scheußlich«, sagte ich.

Er fuhr sich mit beiden Händen über den Bart und schüttelte den Kopf. »Na, mit Chicken Nuggets ist es bei mir jedenfalls erst mal vorbei.«

Wir grinsten uns an, und ich konnte nicht anders, als zu bemerken, dass er wirklich gut aussah, wenn er lachte. Kurz blitzte der Gedanke durch mein Hirn, wie es wohl wäre, einen Freund zu haben, mit dem ich einfach am helllichten Tag Hand in Hand durch Berlin spazieren könnte, ohne Angst, von jemandem gesehen zu werden. Aber Philipp hatte nicht Mos nachdenkliches Lächeln, nicht seine ruhige, brummende Stimme und nicht seine großen erdigen Hände. Und keinen Elvis und keine Lila. Und wenn er mich ansah, lächelte er zwar meistens, aber es war kein Lächeln nur für mich.

»Bestellen wir noch ein Bier?« Philipp leerte sein Glas. »Oder einen Wein?«

Ich überlegte zwei sehr lange Sekunden. Dann schüttelte ich den Kopf. »Ich muss los.«

Er nickte, und es war klar, dass er verstand, was ich damit meinte. »Okay, schade.« Dann räusperte er sich. »Warte kurz. Eines noch. Ich bin in meinem Büro fest angestellt. Für mich macht es keinen Unterschied, ob sie das Projekt hier durchziehen oder nicht. Wenn es ausfällt, plane ich eben etwas anderes.«

Verdutzt hielt ich inne. »Aha«, sagte ich, weil ich keine Ahnung hatte, worauf er hinauswollte. »Äh. Schön ...«

Wieder räusperte er sich, blickte sich verstohlen um und schüttelte den Kopf. »Es gibt Dinge ...« Er hustete. »Dinge, die Baumaßnahmen verhindern können. Oder zumindest verzögern. Lange verzögern.« Er sah mich nicht an, sondern malte mit einem übrig gebliebenen Pommes ein Muster in den Ketchup.

Ich hatte mich schon halb von meiner Bierbank erhoben. Jetzt setzte ich mich wieder hin. »Okay?«

Er nickte. Dann seufzte er leise. »Und ich kann nicht glauben, dass ich dir das jetzt sage. Aber es gibt da ein paar Schlagwörter, die ihr vielleicht einmal googeln solltet.«

23

Rainer hielt einen Zollstock in der Hand und maß die Hecke aus. Als ich mich näherte, hielt er ein Auge zugekniffen, den Mund offen und schaute durch das andere Auge auf den Stock. »Madidda, lies doch mal die Zahl da ab. Dass die das auch so winzig klein da draufdrucken, wer soll denn diese Ameisenbuchstaben entziffern können!«

Ich ging leicht in die Knie. »Ein Meter einunddreißig.«

»Heidewitzka. Biste sicher?«

Ich ging wieder in die Knie und legte den Kopf schief. »Kommt drauf an, wie gerade du den Stock hältst. Wieso, welche Zahl brauchst du?«, fragte ich.

»Eins fünfundzwanzig, haargenau. Der Vorstand ist da exorbitant pingelich. Ein Luchs ist das. Wenn die zu hoch ist, steht der mir hier morjen auf der Matte und krakeelt rum. *Man muss die Gärten einsehen können. Kann nicht jeder einfach seine eigene Höhe bestimmen.* Bliblablubb. Ich bin ja immer für Regeln, aber man kann es auch übertreiben.«

Ich dachte, dass sich das wohl nur auf Regeln bezog, die ihm gerade nicht in den Kram passten. In diesem Moment bemerkte ich ein Grüppchen anderer Kleingärtner, die ein Stück entfernt im Gang standen und tuschelten. Mittendrin Pannecke, der mir jetzt überschwänglich zuwinkte. »Was machen die da alle?«, fragte ich und winkte zurück.

»Hm? Oh, drei weiter links wird ’ne Parzelle frei. Das ist immer ’ne heikle Angelegenheit. Man weiß nie, was kommt, sach ich mal«, erklärte Rainer. »Sie beobachten.«

Mit einem Mal hatte ich Philipps Worte im Ohr. »Und was könnte kommen?«, fragte ich misstrauisch. Ich mochte Rainer, Jürgen und Cordula wirklich gern, aber mit Rassismus wollte ich nichts zu tun haben.

Er wischte sich den Schweiß von der Stirn. »Vor allem hamse Sorje vor Kindergruppen«, erklärte er. »Ist ’ne ruhige Straße hier. Für Familien ist es schöner zwei weiter, da haben sich schon einige angesiedelt und sogar die Zäune wegjemacht, dass alles eine große Fläche ist, wo se rumtollen können. Und es ist doch besser, wenn sich Rentner und ganz Junge ein bisschen aus’m Weg gehen. Mir sind eben morjens wach und die abends, wenn de verstehst, was ich meine!« Er lachte schallend. »Und natürlich Hunde!«, sagte er dann und wurde wieder ernst. »Bei Hunden musste immer ganz vorsichtig sein. Ein Kläffer, und der Mittagsschlaf ist dahin. Pakko ist gerade noch so auszuhalten.«

Ich war mehr als froh, dass mein Eindruck von ihnen stimmte und ich weiter zu meinen – inzwischen sehr geschätzten – Edelkirschrunden würde kommen können. Obwohl ich Philipps Worte nicht anzweifelte (inzwischen war mir aufgefallen, wie viele Deutschlandflaggen in den Berliner Kleingärten wehten), trafen Vorurteile eben doch selten auf alle zu.

»Aber es wird doch sowieso bald abgerissen, dachte ich.«

Rainer nickte grimmig. »Na, wird schon noch ’ne Weile dauern. Ham’s ja gerade erst entschieden. Und die Wartelisten sind so lang, die Leute nehmen so was auch fürn paar

Wochen, ’n Fleckchen im Grünen will eben keiner missen. Bei dem Stadtmief.«

Das verstand ich inzwischen nur zu gut. »Vielleicht geschieht ja auch noch ein Wunder, vielleicht ist ja noch nicht alles aus.«

Er nickte. »Wir ham eine Tippjemeinschaft, Jürgi, Marion, Pannecke und wir. Lotto. Wir tippen seit fünf Jahren immer die Zahlen unserer Parzellen. Vielleicht wird’s ja noch was.«

»Also, ehrlich gesagt, ihr seid mir ein Rätsel! Ihr alle hier.« Ich lachte.

Rainer schmunzelte. »Lach nicht, es ist nicht so harmonisch, wie es sich anhört. Weil vom Pannecke die Superzahl kommt, meint er, er hätt ein Anrecht auf den Löwenanteil. Aber das kann er sich schön abschminken!« Den letzten Satz brüllte er über die Hecke, und ich sah, wie Pannecke verwundert guckte und dann als Antwort eine sehr eindeutige Geste mit der Hand zurückschickte.

Rainer klappte den Zollstock zusammen und seufzte. »Dass wir noch mal entwurzelt werden sollen … Weißt du, Madidda, es ist ja nicht nur, dass wir nicht nach Pankow auf den Friedhof wollen. Die Welt da draußen, wie soll ich sagen, die hat uns irgendwie überholt. Hier ist’s beschaulich. Hier ham wir unsere Beetbegrenzung und unseren englischen Rollrasen. Und das reicht uns. Aber da draußen, da ist es hektisch und laut. Da haben sie E-Roller und Zoom-Meetings. Wir kommen da nicht mehr mit. Woll’n wir auch nicht. Unsere Kinder haben uns Zoom aufs Handy gemacht, aber ich weiß eigentlich nicht mal, was das ist, ein Zoom.«

Zwar wusste ich, was ein Zoom war, aber ich verstand ihn nur zu gut. Auch ich hatte schon mit dem Gedanken gespielt, mein kleines Beet mit einer Rasenkante einzuzäunen. Die Welt *war* chaotisch, laut und unübersichtlich. Und ich konnte mehr als nachvollziehen, dass Cordula, Rainer und Jürgi sie bedrohlich fanden. Und dass sie ihre kleine Gartenlaube behalten wollten, ihre geschützte grüne Ecke in einer Welt, in der sie sich nicht wohlfühlten. Da unterschieden sie sich auch nicht groß von den Leuten aus der Grünen Freiheit.

24

Aus dem Schornstein des Küchenwagens quoll Rauch. Irgendwo unter einem Busch sang eine Amsel. Wie hatte ich nur nicht wissen können, wie Amseln singen, dachte ich, als ich im Dämmerlicht der blauen Stunde über die Wiese ging. Dabei untermalen sie doch jeden Sommerabend mit ihren Liedern.

Beinahe schüchtern steckte ich den Kopf in den Wagen. Mo stand am Herd und schwenkte eine Pfanne, Lila saß am Tisch, vor sich ein Glas Wein, und schnippelte Gemüse. Elvis kramte im Kühlschrank herum und sprang mir entgegen, als er mich sah. Ich drückte ihn an mich und drehte ihn einmal im Kreis, so dass er mit seinen Schuhen gegen ein Regal knallte und Mo gerade noch hinstürzen und es festhalten konnte, bevor es seinen Inhalt auf uns beide ergoss.

Lila hatte die Initiative für unseren gemeinsamen Kochabend ergriffen. Sie fand es seltsam, dass wir uns immer nur aufgeteilt sahen und dadurch oft so etwas wie Stille Post spielten. »Versuchen wir es einfach«, hatte sie gesagt. Und ich freute mich wirklich auf den Abend. Aber ich war auch nervös. Mo schien es ebenso zu gehen, er umarmte mich ein wenig steif zur Begrüßung und ließ mich dann ganz schnell wieder los. Wie immer hatte ich das Gefühl, dass Lila uns ganz genau beobachtete, auch wenn ich sie nie dabei erwischte. Aber ich wusste, dass ich es nicht anders machen würde.

»Ich kümmer mich ums Feuer.« Mo verschwand durch die Tür, durch die ich eben hereingekommen war.

»Wir machen Lagerfeuer?«, rief ich, und er antwortete von draußen: »Elvis hat es sich gewünscht.«

»Ich will Marshmallows machen!« Elvis stürmte hinter seinem Vater her.

Lila zog eine Grimasse und schenkte mir ein Glas Wein ein. »Wir müssen uns alle noch dran gewöhnen«, flüsterte ich. Sie nickte. »Scheint so«, erwiderte sie, und ihr Blick flackerte in Richtung Garten.

»Das habt ihr also gemeint, als ihr gesagt habt, dass ihr Burger liebt.« Misstrauisch beobachtete ich über Mos Schulter, wie er die Patties aus Bohnen und Pilzen auf den Grill legte.

Er lachte. »Ist ein bisschen anders als von McDonald's, aber es schmeckt, ich garantiere es.«

»Das glaube ich dir sogar.« Tatsächlich war er ein sehr guter Koch und hatte noch nie etwas zubereitet, das ich nicht heißhungrig hinunterschlang. Außer dem Chicoréesalat.

»Papa?« Elvis hatte den Mund voller gelatinefreier Marshmallows und musste angestrengt kauen, bevor er weitersprechen konnte.

Lächelnd sah Mo auf ihn hinunter. »Erst schlucken!«

Elvis tat, wie ihm geheißen, und wischte sich mit dem Ärmel über den Mund. »Papa, kann Maddie nicht bei uns wohnen, wenn Mama nicht da ist?«

Ich sah, wie Lilas Gesicht erstarrte.

Erschrocken krallte ich mich an meinem Weinglas fest.

Auch Mo brauchte eine Sekunde, um sich zu fassen, dann lachte er gekünstelt. »Wie kommst du denn darauf?«

Elvis steckte mit konzentrierter Miene einen weiteren Marshmallow auf einen Spieß. »Ich weiß nicht. Dann kann sie Opa mitbringen. Und wir können jeden Abend kochen und Spiele spielen. Wir haben doch Platz, wenn du woanders wohnst, Mama!«

Noch nie in meinem Leben war mir etwas so unangenehm gewesen. Ich wollte einen Witz machen, irgendwas sagen, das die Situation auflockerte. Aber mir fiel nichts ein. »Ich wohne doch bei Gabi und Opa«, sagte ich schließlich, als weder Mo noch Lila reagierten, und versuchte, meine Stimme betont lässig klingen zu lassen, als wäre mir gar nicht bewusst, was Elvis da gerade gesagt hatte. »Die würden mich schrecklich vermissen, wenn ich plötzlich einfach ausziehe.«

»Wir können Maddie und Opa ja bald mal wieder besuchen«, Lila räusperte sich. Ihre Stimme klang seltsam. Sie sah mich nicht an, sondern schien ganz auf Elvis fokussiert. Ich sah, wie ihre Wange zuckte. Mo sagte gar nichts, er starrte in die Glut.

Wir blieben noch eine Weile am Feuer, aber die Anspannung ließ sich nicht abschütteln. Als Elvis gähnte, ergriff Lila die Gelegenheit und löste die Runde auf. Und ich war froh, als wir kurz darauf Wasser auf die Kohlen kippten und zu unseren Fahrrädern gingen. Lila umarmte mich zum Abschied, aber ich hatte das Gefühl, dass auch sie mich viel zu schnell wieder losließ. Sie hatte mir kein einziges Mal mehr in die Augen gesehen.

Als ich zu Hause war, schrieb ich ihr eine Nachricht, dass mir das Ganze sehr leidtat und ich hoffte, dass es sie nicht verletzt hatte. Ich konnte mir nur schwer vorstellen, wie es sich für sie anfühlen musste. Sie antwortete erst am nächsten Morgen, und die ganze Nacht über sah ich immer wieder auf mein Handy.

Alles gut, wirklich. Du kannst ja nichts dafür!

Und obwohl es mich beruhigte, dass sie offensichtlich nicht sauer war, wusste ich, dass ganz und gar nicht alles gut war an der Situation.

25

Ulli, Hinnert, Hanni und einige der anderen standen im Kreis unter den Apfelbäumen und redeten aufgeregt aufeinander ein. Auch Lila, Mo und Sina waren dabei und winkten mir, als sie mich über die Wiese kommen sahen.

»Kann es losgehen?«, fragte ich und erntete dafür einige verdutzte Blicke. Nur Hinnert nickte mir zu.

»Wunderbar, dass du da bist. Ja, es geht los.« Er drehte sich zu den anderen um. »Leute, Maddie und ich haben einen Plan, wie wir den Garten vielleicht retten können. Aber es gibt einen Haken. Es geht nur, wenn wir alle mitmachen und an einem Strang ziehen.«

»Du sprichst ja Hochdeutsch!« Entgeistert starrte ich ihn an. »Ich wusste gar nicht, dass du das kannst.«

Er zog seinen Strohhut und verneigte sich vor mir. »Na, freili kann i des!«, sagte er. »Selbstverständlich spreche ich Hochdeutsch, Fräulein Wunderlich. Was haben Sie denn gedacht?« Er grinste mich unter seinen buschigen Augenbrauen hervor an. Dann wurde er wieder ernst. »Maddie, du verstehst dich doch so gut mit den Finken. Kannst du sie rüberholen? Ich sag's nicht gerne, aber das ist jetzt eine Zeit, in der wir alle zusammenhalten müssen.«

»Ich versuch es. Aber es wäre vielleicht besser, wenn ihr euch dann nicht sofort wieder über die Elstern streitet.«

»Wenn sie nicht damit anfangen«, brummte er, und ich zog die Augenbrauen hoch.

»Hätt ja nie gedacht, dass der Tag kommt, an dem wir mal die Philister da drüben brauchen würden«, grummelte Ulli.

»Jetzt seid eben nicht so engstirnig. Das sind doch alles Vorurteile. Ihr kennt sie ja gar nicht richtig!«, rief ich und erntete allgemeines abfälliges Brummen als Antwort.

»Jetzt seid eben nicht so verbohrt«, sagte ich eine Viertelstunde später auch zu Jürgen, Cordula und Rainer. »Das sind doch alles Vorurteile.«

Sie saßen mit verschränkten Armen vor mir auf dem Karomuster und schüttelten einstimmig die Köpfe.

»Det bringt doch nüscht!« Jürgi seufzte tief. »Also darauf hab ich nu wirklich jar keene Böcke. Ist doch eh alles verloren. Da können die mit ihrem Tofu und ihre Hühner auch nicht helfen.« Heute berlinerte er wieder. Man wusste bei ihm nie, was man kriegte.

»Du willst also einfach aufgeben? Oder weiter Plakate malen?«, rief ich wütend. »Nur, weil du kein Tofu magst?«

»Und keene Brombeerranken!«, warf Rainer ein.

Ich stöhnte. »Wir nehmen jetzt den Edelkirsch als Friedensangebot und gehen da rüber. Hört es euch einfach mal an, dann könnt ihr immer noch nein sagen. Und Pannecke holen wir auch dazu, der ist laut, so was braucht man immer, wenn es um Protest geht. Und Marion auch. Je mehr, desto besser.«

Die drei warfen sich Blicke zu. Dann stand Cordula auf. »Madita hat recht!«, entschied sie, und ich atmete erleichtert auf. »Aber lass sie doch zu uns kommen. Hier ists schön sauber. Ich setz Kaffee auf!«

Rainer und Jürgen befanden ebenfalls, dass das eine gute Idee war. »Richtig, solln se eben herkommen, wenn se was wollen«, brummte Jürgi.

Ich gab auf. »Schön. Dann hole ich sie. Und ihr ruft die anderen zusammen. Aber ich will kein Gestreite um die Elstern oder irgendwelches Brombeergeschiss. Das interessiert gerade niemanden, okay? Es geht jetzt wirklich um die Wurst.«

»Um die Vurst, meinst du wohl!«, sagte Jürgi, und plötzlich kicherten beide wie kleine Mädchen und hielten sich die Bierbäuche.

»Schön. Wir versprechen's!«, rief er, als er mein Gesicht sah.

»Junge, Junge, is ja jut! Dann zapf ich mal an, wa?«, seufzte Rainer. Und hob plötzlich alarmiert den Blick: »Oder trinken die etwa och keen Bier?«

Ich machte mir ziemlich Sorgen, wie das Ganze wohl ausgehen würde. Aber als ich die Grüne Freiheit erst mal überredet hatte, mit rüber in den Finkengrund zu kommen, lief eigentlich alles ganz harmonisch. Zwar betrachteten sie mit schmalen Augen die Gartenzwergarmee und die Geranienbeete, aber keiner sagte etwas. Inge war auch mitgetippelt und machte sich gleich über den Kompost her. Cordula begrüßte überschwänglich mit Edelkirsch und Kaffee, je nach Wahl, Rainer hatte ein paar Bierbänke aufgebaut, und Jürgi stand am Tisch und zapfte. Ich stellte die Runde vor, und alle nickten sehr höflich, begrüßten einander und musterten sich verstohlen. Pannecke machte eine große Show, tat so, als wäre das alles seine Idee gewesen, schüttelte Hände rechts und links und schäkerte mit Hanni.

Sogar Hinnert und Rainer schienen sich zusammenzureißen, auch wenn sie sich grummelige Blicke zuwarfen. Aber als Rainer ihm ein Bier zapfte und Hinnert nach dem ersten Schluck die Augen aufriss und verkündete: »Also, das nenn ich mal ein wahres Kühles!«, war das Eis endgültig gebrochen.

Wir bildeten einen Stuhl- und Bierbänkekreis, und Hinnert stellte sich mit seinem Glas in die Mitte. Mo, der sich trotz des ernsten Themas sichtlich über die Runde amüsierte, nahm von Cordula einen Edelkirsch entgegen und prostete mir mit funkelnden Augen zu.

»So. Dann fangen wir mal an. Liebe Grüne Freiheit, liebe Vertreter des Finkengrunds. Ihr alle wisst, warum wir hier sind. Es sind dunkle Zeiten für Naturliebhaber wie uns.« Hinnert war ganz in seinem Element. Ich kam noch immer nicht darüber hinweg, dass er fließend Hochdeutsch sprach.

»Na, von Natur seh ich hier nüscht viel!«, brummte Ulli leise neben mir, und ich verpasste ihm unter der Bierbank einen kleinen Tritt.

»Der Kapitalismus schlägt mal wieder zu, und zwar mitten dahin, wo es richtig weh tut, wenn ihr versteht, was ich meine!«

»Wo is'n eigentlich dein Akzent hin?«, fragte jetzt auch Jürgi.

Hinnert ignorierte ihn. »Ich weiß, dass ihr denkt, wir haben keine Chance. Und vielleicht stimmt das auch. Aber. Und dieses Aber ist wichtig. Wir haben einen anonymen Tipp bekommen. Von jemandem, der sich auskennt.« Er machte eine bedeutungsvolle Pause, nickte mir zu und blickte in die Runde. »Ihr habt doch bestimmt damals die ganze Scheiße mit dem Dannenröder Forst mitbekommen?«

»Der Danni? Ja klar!«

Alle nickten. Ich hatte keine Ahnung, wovon sie sprachen.

»Als sie die A 49 durch den Dannenröder Wald in Hessen gebaut haben und monatelang protestiert wurde«, erklärte Hinnert in meine Richtung, denn anscheinend sah man mir meine Verwirrung an. Dunkel klingelte es in meinem Hinterkopf. Es war durch alle Medien gegangen, und auch ich hatte Bilder der an die Bäume geketteten Protestler gesehen und mich gefragt, wer bitte Zeit und Energie hatte, monatelang für ein paar Bäume zu kämpfen und dafür im Wald zu leben. Jetzt sah ich das Ganze natürlich mit ein bisschen anderen Augen.

»Dort haben sie es leider nicht geschafft. Trotz der Proteste wurde alles abgeholzt und die Autobahn gebaut. Aber vorher sollte die Strecke durch einen Wald in der Nähe gehen, den Herrenwald bei Stadtallendorf. Und wisst ihr, warum das wieder verworfen wurde?«

Wir schüttelten die Köpfe. Er nickte mit einer Miene, als hätte er den Stein der Weisen ausgegraben, und machte erneut eine dramatische Pause. »Kammmolche«, sagte er dann.

»Kamm-was?«, fragte jemand.

»Kammmolche. Das sind die seltensten heimischen Molche Deutschlands. Und genau die wurden dort auf einem alten Truppenübungsplatz gefunden. Die haben da eine neue Population entdeckt. Und dann wurde die Streckenführung geändert. Später haben sie noch mehr gefunden. Dann wurde nicht mehr geändert, sondern umgesiedelt. Weil sie die Nase voll hatten. Aber die ursprüngliche Route wurde umgelegt. Und genau so was brauchen wir hier auch.«

»Im Weiher wohnt ja jetzt eine Ringelnatter!« Ulli kratzte sich unter der Mütze. »Kann die auch behilflich sein?«

»Aber die Autobahn wurde doch trotzdem gebaut!«, warf Lila ein. »Und dort leben ganz viele geschützte Arten. Sie haben einfach Biotope gebaut und *Ausgleichsmaßnahmen ergriffen.*« Sie malte spöttische Gänsefüßchen in die Luft. »Sogar durch ein Trinkwasserschutzgebiet geht die Trasse, das war denen scheißegal. Ein Jahr lang haben die Menschen dort gecampt und protestiert, und es hat nichts genützt. Naturschutz geht immer nur so weit, wie er nicht dem großen Geld im Weg steht.«

»Wir können es sicher nicht verhindern. Aber wir können es verlangsamen. Wenn sie hier was finden, oder besser *wir*, dann müssen erst Untersuchungskomitees eingerichtet werden, es müssen Petitionen und Berichte geschrieben werden. Und vielleicht ist ihnen das einfach zu viel Arbeit, und dann denken sie sich: Bauen wir die Schule eben dahin, wo kein seltenes Tier uns so viel Stunk macht.«

Wir alle schwiegen, und man konnte den Gesichtern ringsrum ansehen, dass sie den Vorschlag ernsthaft erwogen.

»Also, det klingt mir nicht ganz koscher alles!«, warf Pannecke ein, und viele in der Runde murmelten Zustimmung.

»Das dachte ich zuerst auch.« Hinnert nickte ihm lächelnd zu, und Pannecke verschränkte misstrauisch die Arme vor dem Pullunder.

Jetzt kam mein Einsatz. Ich stand auf und alle sahen mich verdutzt an. »Ich hab mich schlau gemacht. Es gibt verschiedene tierische Baustopper. Der Kammmolch ist nur einer von ihnen. Wir haben praktisch die freie Wahl: Wachtelkönig, Juchenkäfer, Löffelente, Tellerschnecke, Uhu, Gelbbauchunke, Feldhamster, Bachneunauge, Kiebitz ...«

Hinnert trat neben mich. »Ich würde ja sagen, wir setzen

auf die Schnecke. In Hamburg hat die den Bau eines ganzen Gewerbegebietes lahmgelegt. Allein die Untersuchung, ob man sie eventuell umsiedeln kann, hat dreihunderttausend Euro gekostet. 'Ne Viertelschule, würde ich mal schätzen. Sie ist vom Aussterben bedroht und so klein, dass man sie kaum sehen kann.«

»Ja wunderbar. Ich würde sagen, wir holen uns 'ne Handvoll, streuen sie über die Wiese, und schon haben wir ein paar Jahre Ruhe«, rief Jürgen aufgeregt.

Hinnert winkte ab. »Ganz so einfach wird es wohl nicht gehen. Aber wir müssen sie mit Beschwerden und Petitionen zuballern.«

»Man nennt das auch ›planungsrelevante Arten‹. Das heißt, die müssen in die Planung der Bebauung mit einbezogen werden«, sagte ich.

»Aber das ist doch illegal, wenn wir einfach lügen«, warf Sina ein.

»Was, wenn rauskommt, dass das gar nicht stimmt«, bemerkte Marion.

»Lügen wird hier niemand. Also, ich habe erst letztens hier eine ganze Handvoll von kleinen Schnecken beim Salat eingesammelt. Sahen mir verdammt ähnlich aus wie die Tellerschnecke. Hier, ich hab euch mal ein Foto mitgebracht. *Anisus vorticulus*. Winzig. Könnt ihr mir mit Sicherheit sagen, dass die nicht hier im Garten wohnen? Wenn es sie in Hamburg gibt, warum nicht auch hier?«

»Also, so was Ähnliches kriecht hier auf jeden Fall rum«, meinte Cordula, als sie das Foto sah. »Frisst mir ständig meinen Salat weg.«

Die anderen nickten zustimmend.

»Eben. Mehr sag ich ja gar nicht. Ich hab mich in meiner Kanzlei mal umgehört und einen Plan entwickelt.«

»Moment mal!« Jetzt verstand ich gar nichts mehr. »Deiner Kanzlei? Du bist *Anwalt*?«

Hinnert gluckste in seinen Bart. »Na, meinst du, ich bin im Hühnerstall geboren worden? Ich mache ein Sabbatjahr vor meiner Rente«, sagte er würdevoll.

Das machte mich sprachlos. Ich kannte ihn nur mit Strohhut und Hühnerkot an der Latzhose. »Das hättest du bei unseren Plänen ja mal erwähnen können«, brummte ich.

Er zwinkerte mir zu. »Fakt ist: Wo diese Schnecke kriecht, darf nicht gebaut werden. Und wir werden einfach erst mal behaupten, sie hier gesehen zu haben. Und zwar wir alle. Ich habe den Biologen aus Hamburg geschrieben, die damals beteiligt waren, und sie haben mir diese Fotos geschickt. Die werde ich meiner Beschwerde mal beilegen. Weiß ja keiner, dass sie nicht von hier sind. Und ich werde es auch mit keinem Wort behaupten. Ein kleiner Kniff, der große Wirkung haben kann. Was sie annehmen, ist schließlich ihre Sache. Ist nicht verboten, jemandem Schneckenfotos zu schicken. Falls sie uns ernst nehmen, müssen sie Gutachter beauftragen und einen Planungsstopp einlegen. Wir müssen Druck auf den Bezirk ausüben. Letztlich entscheidet der Senat, aber wenn's dem Bezirk zu bunt wird …«

»Also, ich finds 'ne jute Idee!« Rainer war aufgestanden. »Ick würde sagen, wir setzen auf dieses Tellervieh. Hat ja niemand 'ne andere Idee? Unsere Plakate sind denen da oben doch komplett wumpe.«

Alle nickten, mehr oder weniger überzeugt. »Solange wir nichts Illegales tun«, warf Hanni zögerlich ein.

»Da pass ich schon auf. Ist alles Grauzone, keine Sorge. Wir sind nur besorgte Naturschützer, die sich um gefährdete Arten kümmern wollen. Ihr müsst mir alle eure Briefe vorher zu lesen geben, damit keine verfänglichen Formulierungen drin sind. Wie gesagt, wir hoffen, dass sie gar nicht erst untersuchen, sondern schon vorher umlenken.«

»Und wenn es dann doch nicht klappt?«

»Dann streben wir einen Bürgerentscheid an. Das hat 2014 schon mal funktioniert. Damals haben sie alles mobilisiert, was nur ging, vierundachtzigtausend Leute haben unterschrieben. Der Bund plant ohnehin ein Volksbegehren zum Erhalt der Kleingärten. Wenn wir das hier publik machen und die Öffentlichkeit auf unsere Seite ziehen, haben wir eine Chance. Zusammen können wir das schaffen.«

»Gut, dann hebt jetzt die Hand, wer dafür ist und wer glaubt, hier schon mal eine Schnecke gesehen zu haben, die eventuell eine Tellerschnecke sein könnte!«, rief Jürgi.

Alle hoben die Hände. Allen voran ich. Hey, Schnecke war für mich Schnecke. Wer konnte schon sagen, ob die in meinem Salat unter Naturschutz standen oder nicht.

»Wunderbar.« Hinnert lächelte zufrieden. »Dann legen wir mal los. Ballern wir sie zu mit Briefen, dass sie ihnen zu den Ohren wieder rauskommen.« Er grinste in die Runde. »2011 war die Tellerschnecke übrigens Weichtier des Jahres.«

Wenig später, als die Runde sich zu zerstreuen begann, trat ich zu Hinnert, der sich gerade von Rainer nachzapfen ließ. Er zwinkerte mir zu. »Philipp war gestern da, um Little Phil zu besuchen. Wenn wir es schaffen und der Garten bleibt, will sein Büro eine Patenschaft übernehmen für Hubert, Little Phil und die anderen.« Hinnert grinste breit. »Aber das weißte nicht von mir. Er lässt dich übrigens schön grüßen!«

26

»Wusstest du, dass das Brandenburger Land der dunkelste Ort Deutschlands ist?«

Ich blickte in den Nachthimmel, der sich als glitzernde Kuppel über uns erstreckte. »So besonders dunkel kommt es mir gar nicht vor«, erwiderte ich und kuschelte mich an Mo. »Aber das ist wohl der Grund, warum die Sterne hier so aussehen, als würden sie gleich vom Himmel fallen.«

»Hm«, er brummte leise. »Bereust du es jetzt immer noch, dass wir hergekommen sind?«

»Ich habe es nie bereut! Ich habe nur ... Reiseanspannung.«

»Ah ja. So nennt man das also.«

Mo und ich hatten uns mit einer Carsharing-App ein Auto gemietet, es mit Wein, Bier, Vorräten aus dem Garten und Hannis Brot beladen und waren für eine Nacht aus der Stadt geflohen, in ein kleines Airbnb irgendwo zwischen Deutschland und Polen am Ufer der Oder. Wir übernachteten in einem alten Zugwaggon mit direktem Blick auf den Fluss. Es klang idyllisch und romantisch, und das war es auch. Nur waren spontane Ausflüge eben etwas, das ich nur bis zu einem gewissen Grad genießen konnte. Mo hatte einfach alles ins Auto geworfen und nicht mal daran gedacht, dass der nächste Tag ein Sonntag war und wir nicht würden einkaufen können. Ich war direkt von der Probe aus losgelaufen und würde auch direkt wieder zur Probe erscheinen müssen, wenn wir zurückkamen, ohne auch nur eine Minute dazwischen.

Meine Vorstellung von Entspannung sah anders aus, und so waren die Fahrt hierher und auch der Tag ein bisschen erhitzt verlaufen. Man konnte auch sagen: Wir hatten uns angezickt wie kleine Kinder. Kurz hatte ich sogar überlegt, ob ich den Zug zurück nehmen sollte. Aber noch etwas anderes hielt mich davon ab, mich vollkommen zu entspannen. Ich wurde das Gefühl nicht los, dass sich Lila seit neulich Abend verändert hatte. Sie war zwar immer noch freundlich, immer noch warm, aber irgendwie war da eine seltsame Distanz zwischen uns, die ich nicht benennen konnte. Sie hatte sehr kurz angebunden reagiert, als ich ihr von dem Spontanausflug erzählte. Und seitdem hatte ich nichts mehr von ihr gehört.

Irgendwann hatten wir uns wieder eingekriegt, und nun saßen wir am dunklen Wasser, um uns zirpten die Grillen, es roch nach Sommernacht, Lagerfeuer und Fluss, und ich hatte das Gefühl, auf einem anderen Planeten gelandet zu sein. Einem Planeten, auf dem es mir sehr gut gefiel.

Unser Feuer war schon runtergebrannt, und ich hatte meinen Campingstuhl verlassen und mich mit meiner Decke auf Mos Schoß eingekugelt. Wenn man den Kopf in den Nacken legte, wurde einem schwindelig, so hell und nah waren die Sterne.

»Es wundert mich auch nicht, so verlassen wie hier alles ist. Wo ist denn jetzt diese Milchstraße, wegen der du mich hier in die Einöde gelockt hast?«, neckte ich und trank einen Schluck Bier, ohne meinen Kopf von Mos Schulter zu heben, was damit endete, dass ich die Hälfte davon auf meinem Hals verteilte. Wenn ich ganz ehrlich war, ich wusste schon ungefähr, was die Milchstraße war – etwas Weißes am Himmel, nach dem ein sehr leckerer Snackriegel benannt worden war –, aber tatsächlich war ich mir nicht sicher, ob ich sie wirklich schon einmal bewusst *gesehen* hatte.

Er lachte leise. »Na, das da oben«, brummte er und machte eine Geste, die den halben Himmel umschloss.

»Wo führt sie eigentlich hin? Also, ich meine, geht sie einmal um die ganze Erde rum?«

Ich konnte spüren, dass er lachte, sein Bauch wippte auf und ab, und er grunzte leise.

»Was?« Auch ich musste grinsen. »Lach mich nicht aus!« Spielend kniff ich ihn ins Bein. »Der Stuhl kippt sonst um. Ich bin nun mal Hobbygärtnerin und keine Hobbyastrologin!«

»Ich liebe deine Fragen einfach. Die meisten Menschen tun immer so, als wüssten sie alles, aber dir ist es nicht zu peinlich zuzugeben, wenn du von etwas keine Ahnung hast.«

Ich beschloss, das als Kompliment zu verstehen und ihn nicht zu korrigieren. Mir war es nämlich sehr wohl oft peinlich.

Mo ließ seine Hände unter die Decke gleiten und streichelte meinen Bauch. »Sie führt nicht um die Erde rum. Wir sind in ihr drin. In der Milchstraße. Hast du das nicht gewusst? Die Milchstraße ist eine Galaxie. Du weißt, was eine Galaxie ist?«

»Natürlich«, sagte ich indigniert und schüttete noch ein bisschen mehr Bier in den Ausschnitt meines Shirts.

»So ungefähr jedenfalls.«

Mo drehte den Kopf und küsste mich auf die Stirn. »Wenn Elvis jetzt hier wäre, könnte er es viel besser erklären. Eine Galaxie ist eine riesige Ansammlung von Planeten, Sonnen, Gasnebeln, dunkler Materie und Staubwolken. Die dunkle Materie hält das Ganze zusammen, fast wie unsichtbare Fäden. Alle Galaxien haben ein Zentrum und einen Außenbereich, die Milchstraße hat verschiedene Arme. Man glaubt, dass es vier Spiralarme gibt, die sich um dieses Zentrum drehen, aber man weiß es nicht so genau. Und wir sind in einem dieser Arme. Also wir, das heißt unsere Erde und ihr Sonnensystem. Und wir blicken auf das Zentrum der Milchstraße. Es ist auch nur achtundzwanzigtausend Lichtjahre entfernt.«

Fasziniert beobachtete ich den schwarzen, glitzernden Himmel.

»Man guckt den Himmel ganz anders an, wenn man das weiß. Versuch es mal.«

Er hatte recht. Als ich den Kopf wieder auf seine Schulter kuschelte und erneut in das unendliche Sternengewimmel schaute, wirkte es plötzlich anders auf mich. Noch größer, noch geheimnisvoller, aber auch ein bisschen greifbarer.

»Warum heißt sie Milchstraße?« Ich fand es praktisch, ein wandelndes Sternenlexikon unter mir sitzen zu haben. Es war eine magische Mischung, die unendliche Weite über uns, der Sommergeruch, der murmelnde Fluss, das Bier auf meinem Hals und auf meiner Zunge, Mos Hände unter meinem T-Shirt. Mir wurde bewusst, dass ich schon ewig keinen Moment mehr so sehr genossen hatte.

»Das stammt aus der griechischen Mythologie. Man sagt, Zeus hatte einen Sohn mit einer Menschenfrau gezeugt und wollte, dass er an der Brust seiner Frau Hera trinkt. Die jedoch hat ihn weggestoßen und dabei ihre Milch über den Himmel verteilt.«

Ich verzog das Gesicht. »Na, damit kann man jedenfalls keinen Schokoriegel verkaufen.«

Er gluckste leise.

»Weißt du, das mag ich an euch am liebsten.« Ich drehte meinen Kopf, so dass ich ihn sanft in den Hals beißen konnte.

»Meinen Hals?«, fragte er und zwickte mich in den Bauch, damit ich aufhörte. »Vorsicht, ich bin kitzelig!«

»Ja genau, deinen Hals. Der steht an erster Stelle!« Ich lachte leise. »Nein, ich meine, dass euch alles so interessiert. Ihr findet alles spannend. Und ihr habt so viele kleine Miniinteressen.« Tatsächlich liebte ich es, wie Mo sich für alle möglichen Dinge begeisterte, waren es nun Spiralnebel, Nistquirle oder Tofu. Und Elvis war genauso. Wenn man mit ihnen zusammen die Welt erlebte, war sie bunter und voller. Ich wusste genau, dass ich mich im nächsten Frühling über die ersten Mauersegler freuen würde, dass ich nun, wann immer ich in den dunklen Himmel schaute, eine Galaxie sehen würde, an deren Rand die Erde in ihrem Sonnensystem herumkreiste. Ich würde nie wieder irgendwo einfach eine Distel ausrupfen und hörte jetzt überall in der Stadt Amseln singen, die ich vorher nicht einmal bemerkt hatte.

»Da treffen wir uns eigentlich ganz gut, oder?«, fragte Mo jetzt.

»Ach ja? Was steuere ich denn dazu bei?«, fragte ich, denn so faszinierend ich den Wissensdurst der beiden auch fand, so deutlich machte er mir klar, mit was für Scheuklappen ich bisher durch die Welt gelaufen war.

»Na, du bist doch genauso. Wenn du über das Theater und über künstliche Vampirzähne oder Kostüme sprichst, dann will man am liebsten sofort mitkommen und es sich ansehen. Ich habe selten erlebt, dass jemand seinen Beruf so liebt.« Er stockte kurz und trank einen Schluck Bier. »Eigentlich habe ich es noch nie erlebt. Bei mir ist das ganz anders. Ich mag meinen Job ... aber ich bin auch immer froh, wenn es vorbei ist.«

»Aber ich hab nur das! Mehr gibt es nicht. Das ist das Einzige, was mich interessiert«, widersprach ich und spürte, wie er ärgerlich den Kopf schüttelte. »So ein Quatsch. Das stimmt doch überhaupt nicht. Außer Hinnert kenne ich niemanden, der Hühner so spannend findet wie du, du machst Pullis, die man der Queen verkaufen könnte, du findest alles im Garten faszinierend ... Außerdem liebe ich es, wie sehr du Menschen magst. Mich nerven die meisten schon nach kurzer Zeit, ich könnte gut nur mit meinen Disteln und meinem Tofu in einer Höhle leben, und mir würde nichts fehlen. Außer Elvis natürlich.«

Ich hoffte ein bisschen, dass er sagte: *Und du.* Aber so weit waren wir wohl noch nicht.

»Du bist da ganz anders. Ein bisschen wie Lila, sie ist auch so eine Menschensammlerin. Egal, wer kommt, du freundest dich mit allen an, sogar Gabi hast du geknackt, und die ist eine harte Nuss. Und sie alle lieben dich zurück. Hinnert hat dich quasi adoptiert, Ulli fragt immer nach dir, wenn du nicht da bist, Hanni liebt dich ohnehin, und sogar meine Exfrau und mein Sohn sind verrückt nach dir. Und nicht nur die Grüne Freiheit, sogar die Kleingärtner von nebenan hast du um den Finger gewickelt.« Er lachte leise. »Und außerdem ist es nun einmal so: Wenn man diese eine große Leidenschaft hat, dann verschlingt sie eben viel. Viel Zeit und viel Energie. Es ist doch klar, dass du dann nicht nachts noch Bücher über die Milchstraße wälzt oder Tofu räucherst. Ich beneide das jedenfalls immer, wenn Menschen das haben, diese eine Sache, der sie all ihre Zeit und Liebe widmen wollen, die sie einfach magisch anzieht.«

Ich wusste nicht, was ich antworten sollte. Seine Worte fühlten sich falsch an. Als wären sie eine Hülle, die man mir überstülpte, die aber nicht richtig passte. Oder nicht mehr. Ich war genau darauf immer stolz gewesen. Und es gab sicherlich Menschen, für die das genau das richtige Leben war – eine große Sache, der man alles opferte, widmete, in der man seine Erfüllung fand. Aber ich fand die Milchstraße auch faszinierend. Ich wollte lernen, wie man Tofu räucherte, und hatte mir erst letzte Woche ein Buch über Hühnerhaltung gekauft.

Ich war mir nicht mehr sicher, ob ich tatsächlich einer dieser Menschen war.

Mo und ich blieben noch lange draußen in unserem Campingstuhl, eingewickelt in die Decke, aßen Chips und die Reste von Elvis' Marshmallows. Wir redeten über die Sterne, die Milchstraße, den Garten, das Theater, und neben uns murmelte der dunkle Fluss. Die Grillen verstummten irgendwann, und man hörte nur noch das leise Knacken des Feuers, das wir wieder entfachten, als es kalt wurde, wir aber nicht hineingehen wollten. Ab und an sprang ein Fisch aus dem Wasser, und es platschte leise. Wir sahen sieben Sternschnuppen in dieser Nacht. Ich wünschte mir nicht, dass ich Freunde fand. Auch nicht, dass ich in Berlin ankommen würde. Nicht, dass mit meinem Job alles glattging, und auch nicht, dass ich eine Traumkarriere am Theater hinlegte. Siebenmal wünschte ich mir genau das Gleiche: Dass ein Wunder die Grüne Freiheit und den Finkengrund retten würde.

27

»Aber wann kommt sie denn zurück?«

»Keine Ahnung!« Paula zog die Schultern hoch und warf ihr Handtuch in ihre Tasche. »Sie antwortet nicht auf meine Nachrichten. Ich weiß auch nicht, was los ist. Total seltsam, dass sie mich so ghostet.«

Wir standen im Umkleideraum neben unseren Schließfächern. Ich trank einen Schluck Sprudel aus meiner Flasche und runzelte die Stirn. »Es ist schon die zweite Probe, bei der sie fehlt, so kurz vor der Premiere. Hoffentlich ist nichts Schlimmes passiert. Aber es muss irgendwas sein, sonst würde sie niemals einfach wegbleiben.«

Annika war krank, und keiner wusste, was genau los war. Ich fand es ein starkes Stück, dass sie sich einfach bei niemandem meldete, besonders weil sie mir zuvor so die Hölle heißgemacht hatte, als ich eine einzige Probe verpasst hatte. Ich wollte genau das auch zu Paula sagen, als die Tür aufging und Nick den Kopf hereinsteckte. »Maddie, Lore will dich sehen, es ist wichtig, du sollst in den kleinen Ballettsaal kommen.«

Paula und ich sahen uns an und zogen beide gleichzeitig die Augenbrauen hoch. »Was gibt das jetzt?«, murmelte ich, aber natürlich hatte sie darauf genauso wenig eine Antwort wie ich.

Als ich eintrat, war der Saal ungewohnt leer, Lore und Michael standen am Fenster und unterhielten sich mit gedämpften Stimmen. An ihren Mienen sah ich sofort, dass es um etwas Ernstes ging, und die Wühlmaus meldete sich zurück. Auf sie konnte ich immer zählen. Ich versuchte, mir nichts anmerken zu lassen, und setzte ein Lächeln auf.

»Maddie, gut, dass du da bist. Wir müssen dringend reden.« Lore war immer ernst und verbissen, aber heute wirkte sie beinahe wütend.

Die Wühlmaus wurde zu einem mittelgroßen Maulwurf, der ziemlich heftig meine Eingeweide umbaggerte. Unwillkürlich presste ich mir eine Hand auf den Magen. »Worum geht es denn?«, fragte ich und war dankbar, dass man meiner Stimme nicht anmerkte, wie aufgeregt ich war.

Lore atmete einmal tief ein und aus. »Der Super-GAU ist eingetreten. Annika wird ein paar Wochen ausfallen. Ab sofort. Vielleicht auch ganz, das ist noch unsicher.«

»Ohhhh«, sagte ich, schlagfertig, wie ich nun einmal in solchen Situationen war. Die Nachricht schockierte mich bis ins Mark. »Aber ... warum?«

Michael schüttelte den Kopf, und man sah ihm an, dass auch ihn die Situation aufwühlte. »Burnout. Sie braucht eine Pause. Ärztliche Anordnung. Wir gehen davon aus, dass sie zurückkommt, zumindest hat sie uns das versichert. Aber bis dahin müsst ihr beide das stemmen. Ich habe heute Morgen bereits Ersatz aus der letzten Hamburg-Produktion angefragt, aber die Kollegin ist nicht eingearbeitet, und die Inszenierungen unterscheiden sich ja durchaus voneinander. Daher musst du die Premiere spielen.«

In meinem Kopf rauschte es. Der Maulwurf hörte auf zu

baggern. Wahrscheinlich war er genauso geschockt wie ich. »Was ist mit Paula?«, fragte ich, weil ich einfach nicht wusste, was ich sonst sagen sollte.

Michael zuckte die Achseln, als wäre das eine dumme Frage. »Du bist besser. Am Anfang hat es manchmal etwas gehapert, aber dann hast du dich voll reingehängt, immer alles gegeben. Was sagst du, geht das klar?«

»Ich, ja, natürlich«, stotterte ich nach zwei Sekunden, in denen ich einfach nur dastand und nicht reagierte. »Auf jeden Fall.«

Als ich zurückkam, sah ich an Paulas Gesicht, dass sie es bereits wusste. »Ich habe sie eben erreicht.« Sie lächelte ein wenig maskenhaft. »Darum ging es doch sicher in eurem Gespräch?«

Ich nickte. »Dann hat sie es dir erzählt? Mit der Premiere?«

»Ja. Glückwunsch! Wirklich, Maddie, das ist toll für dich.« Trotz ihrer Miene war ihre Stimme warm, und ich konnte ihr ansehen, dass sie es ernst meinte, auch wenn sie sicherlich enttäuscht war.

»Ist das okay für dich?« Zaghaft setzte ich mich neben sie auf die Bank. »Ich hatte nichts damit zu tun, sie haben mich eben gerade gefragt.«

»Natürlich. Ich meine, hey, es ist nicht so, dass ich mich nicht auch gefreut hätte. Aber es kann nun mal nur eine machen.« Sie umarmte mich. »Freu dich einfach, Maddie, okay? Du hast es verdient. Du hast dich ja fast zerrissen für den Job.« Als sie sich von mir löste und aufstand, sagte sie: »Ich gehe jetzt übrigens zu Annika. Kommst du mit?«

»Zu Annika? Nach Hause?«, beinahe hätte ich laut gelacht,

aber Paula nickte ernst. »Ja. Es geht ihr wirklich nicht gut. Komm, gib dir einen Ruck, was soll schon passieren. Und wir müssen doch alle zusammenhalten.«

Ich weiß nicht genau, ob es Pflichtgefühl war, Mitleid oder einfach nur Neugierde. Vielleicht auch eine Mischung aus allem. Aber ich ging mit.

Bereits an der Haustür bereute ich es zutiefst. Doch als wir die Treppe in den dritten Stock hochgestiegen waren und Annika uns öffnete, wusste ich, dass es die richtige Entscheidung gewesen war. Sie sah furchtbar aus. Wie ein kleiner verletzter Vogel.

»Kommt rein«, sagte sie leise, und ich erschrak, wie anders ihre Stimme klang. Da war nichts mehr von der kraftvollen, dominanten Person, die ich kannte. Ihre Haare waren strähnig und die Augen rot geädert. Sie trug Schlafshorts und ein ausgewaschenes T-Shirt mit einem Kaffeefleck am Saum. Paula umarmte sie lange und fest. Ich stand in der Tür, zuppelte nervös an meiner Jeansjacke herum und wünschte mich ganz weit fort. Doch dann lächelte mir Annika über Paulas Schulter hinweg zu. Zaghaft zwar, aber es war ein Lächeln.

Sie führte uns in die Küche und setzte Wasser auf. Es sah aus, als hätte eine Bombe eingeschlagen. Ich musste mich zwingen, nicht an meinen Labelmaker zu denken. Annika stellte Tassen auf den Tisch und schlurfte zum Schrank, um Teebeutel zu holen. »Wie geht es dir?«, fragte Paula vorsichtig. Wir hatten Erdbeeren und ein paar Sonnenblumen mitgebracht, und irgendwie schienen mir die Farben plötzlich viel zu grell.

Annika zog eine Grimasse und lehnte sich gegen die Spüle. Sie schlang die Arme um sich, als wäre ihr kalt. »Scheiße«, sagte sie nur, und das schien es mir ziemlich gut zusammenzufassen.

Paula warf mir einen hilfesuchenden Blick zu.

»Wie … ist das denn passiert?«, fragte ich. »Man hat dir gar nichts angemerkt.«

Annika zog leise die Nase hoch und nickte. Dann nahm sie den sprudelnden Wasserkocher und füllte die Tassen. »Genau das war das Problem. Ich hab einfach immer weitergemacht. Obwohl schon lange nichts mehr ging.« Sie setzte sich und nahm eine Strickjacke von der Stuhllehne, in die sie sich einkuschelte, als könnte die Wärme ihr Halt geben. »Ich hab alles ignoriert. Und letzten Mittwoch konnte ich plötzlich einfach nicht aufstehen. Ich konnte nicht!« Sie sah uns an, und ihre großen Augen sagten, dass sie selber noch nicht fassen konnte, was passiert war. »Es war … in letzter Zeit. Ich weiß nicht, wie ich es sagen soll, es war, als würde ich ständig am Rand eines Abgrunds balancieren. Aber ich dachte immer, ich schaffe das, wenn ich nur aufpasse, dass ich nicht reinfalle. Und dann bin ich aufgewacht und lag einfach schon mittendrin.«

Paula und ich tauschten einen beunruhigten Blick, aber Annika sprach weiter, die Stimme gleichzeitig aufgeregt und seltsam monoton. »Ich arbeite noch in einer Bar. Davon habe ich nichts erzählt, weil ich nicht wollte, dass die am Theater denken, ich nehme den Job nicht ernst. Ich brauche das Geld, die Ausbildung war teuer, die ganzen Gesangsstunden nebenher … Ich habe niemanden, der mich unterstützt. Es war zu viel, viel zu viel, aber ich habe gedacht, es geht schon.« Sie rieb sich jetzt mit beiden Händen übers Gesicht, und ich sah, dass sie weinte. »Ich war so scheiße dämlich. So eine Chance kriege ich nie wieder!«, schluchzte sie. Dann schluckte sie, wischte sich die Nase am Ärmel ab und sah mich an. »Danke, dass du die Premiere machst«, sagte sie leise.

Ich nickte überrumpelt. Nie hätte ich damit gerechnet, dass sie sich bedankte.

Annika setzte sich, und an Paula gewandt fügte sie hinzu: »Es tut mir echt so leid, dass ihr das jetzt zu zweit durchziehen müsst.«

»Mach dir deswegen keinen Kopf, wir kriegen das hin!« Paula strich ihr über den Arm. Annika sah so mitgenommen aus, dass ich sie am liebsten an mich gedrückt hätte, aber ich traute mich nicht.

»Was machst du jetzt?«, fragte Paula. »Wie geht es weiter?«

Sie zuckte die Achseln. »Ich fahre zu meiner Oma ins Rheingau«, sagte sie mit Grabesmiene, als wäre es ein Vorort der Hölle. »Und dann ... komme ich hoffentlich irgendwann zurück und habe nicht mehr das Gefühl, dass es sogar zu viel ist, morgens eine Jeans anzuziehen und mein Gesicht zu waschen. Und hoffentlich habe ich dann noch einen Job.«

»Natürlich hast du den«, sagte ich, aber sie schüttelte den Kopf. »Ich bin jetzt ein Risiko für die. Sie werden euch mehr Spielzeit anbieten und vielleicht noch den Ersatz aus Hamburg dazuholen, und sobald sie neu verhandeln für die Verlängerung, bin ich raus. Machen wir uns nichts vor. Ich kann es ja sogar verstehen.«

»Ich will gar nicht mehr Spielzeit!«

Es war einfach so aus mir herausgekommen, ohne dass ich darüber nachgedacht hätte. Die Worte verklangen im Raum, ich lauschte ihnen nach und spürte, wie mich eine seltsame

Ruhe überkam. Beinahe schien es, als wären sie aus dem Mund einer anderen Person gekommen. Aber es stimmte. Und tief in mir drin hatte ich es schon seit einiger Zeit gewusst. Ich wollte nicht mehr Spielzeit. Ich wollte Eidechsentage mit Elvis, ich wollte sehen, wie Mütze groß wurde, ich wollte mein Beet so ordentlich und schön gestalten wie nur möglich, wollte mit Mo nach Brandenburg fahren, um die Milchstraße anzuschauen, und mit Lila über die Flohmärkte streifen und Aperol trinken. Und ja: Ich wollte auf der Bühne stehen. Es würde immer mein Traumjob sein, meine Leidenschaft. Aber ich wollte mich nicht mehr zwischen Karriere und Privatleben entscheiden, ich wollte beides. Meine Prioritäten hatten sich verschoben. Und ich hatte in diesem Sommer verstanden, dass ich niemals wirklich glücklich werden würde, wenn ich dieser Leidenschaft alles andere opferte. Oder vielleicht hatte ich es auch gerade eben erst verstanden, als ich in Annikas gebrochene Augen sah.

Beide blickten mich ungläubig an, Annika trank einen Schluck Tee und zog die Augenbrauen hoch, als dächte sie: Das glaubst du ja wohl selber nicht.

»Doch, wirklich!« Ich nahm mir eine Erdbeere und biss hinein. Sie schmeckte sauer und wässrig, und ich verzog das Gesicht. In der Grünen Freiheit war die jedenfalls nicht gewachsen. »Ihr müsst mal mit in meinen Garten kommen und richtige Erdbeeren probieren«, murmelte ich und legte sie neben meine Tasse. »Jedenfalls ... Ich will wirklich nicht mehr Spielzeit. Ich will, dass es genau so bleibt, wie es geplant ist, drei Shows die Woche, mit euch als Kolleginnen, wir wechseln uns gleichberechtigt ab, und jede kann gut davon leben, ohne sich kaputt zu machen.«

Paula nickte. »Ich will ehrlich gesagt auch nicht mehr. Also, ich würde schon, aber ich lerne nebenbei für die Aufnahmeprüfung an der Kunsthochschule.« Jetzt war es an uns beiden, sie erstaunt anzugucken. Lächelnd hob sie die Achseln. »Das Musical wird schließlich nicht ewig weitergehen, man muss in die Zukunft denken. Vielleicht kriege ich danach noch mal ein Engagement, vielleicht aber auch nicht. Und meine Eltern wollen schon lange, dass ich noch was anderes mache, sie unterstützen mich. Ich liebe den Job, wirklich, aber wenn nur Maddie und ich spielen, das wird mir zu viel.«

Unsicher sah Annika zwischen uns beiden hin und her. »Und das sagt ihr auch nicht nur, weil es mir gerade so dreckig geht?«

Ich schüttelte den Kopf. »So gerne mag ich dich nun auch nicht, dass ich für dich auf eine Karrierechance verzichten würde«, murmelte ich grinsend in meine Tasse, und beide mussten lachen, wenn Annika dabei auch wieder die Tränen in die Augen schossen. »Und was ist mit der Neuen aus Hamburg?«

»Ach, die hat doch noch nicht mal zugesagt. Und auch wenn, wir gehen einfach zusammen zu Michael und Lore und sagen ihnen, dass du zurückkommen wirst und sie nicht mit uns alleine planen sollen. Wenn wir zusammenhalten, können sie uns gar nichts. Schließlich werden sie nicht für uns alle drei Ersatz finden. Was denkt ihr?«, fragte Paula und sah uns beide erwartungsvoll an.

»Guter Plan«, stimmte ich zu.

Annikas Kinn zitterte. Sie bedankte sich nicht, sie fiel uns nicht um den Hals, und sie entschuldigte sich auch nicht bei mir. Aber sie nickte zaghaft. »Wir können es ja versuchen.« Man sah ihr an, dass sie nicht wirklich an den Plan glaubte.

Danach saßen wir noch eine Weile ein bisschen steif vor unseren Tassen. »Was machst du denn, wenn die Produktion vorbei ist?«, fragte Paula mich. »Ich dachte, du wolltest dich in Hamburg bewerben?«

Ich schüttelte den Kopf. »Ich weiß noch nicht genau. Ich werde immer versuchen, auf der Bühne zu stehen. Aber nicht mehr nur für das ganz Große. Wenn es kommt, dann kommt es, und wenn es passt, werde ich alles dafür geben. Aber wenn es nicht kommt, dann reicht mir auch was Kleineres. Ich werde mich im Umland bewerben, in Berlin, in den Städten, in die ich pendeln kann.« Nachdenklich schaute ich in meine Tasse. »Und wenn das alles nicht klappt, dann kann ich immer noch weitersehen.«

Annika sagte nichts, sie blickte nur stumm auf ihre Knie, und ich war mir nicht sicher, ob sie uns überhaupt gehört hatte. Ich rutschte unruhig auf meinem Stuhl herum, und auch Paula wirkte, als wünschte sie sich woandershin. »Wir sollten dann langsam ...«, begann sie, doch im selben Moment sagte Annika: »Maddie, ich wollte ...«

Beide verstummten, und Paula bedeutete ihr weiterzusprechen: »Was wolltest du sagen?« Sie lächelte aufmunternd.

»Ich ...« Annika zögerte. Sie sah mich nicht an, sondern blickte auf ihre Hände, die die Teetasse umklammerten. »Maddie, ich wollte nur sagen, dass ... Du hast bestimmt gedacht, dass ich ... na ja.«

»Du meinst, dass du mich hasst?«, fragte ich und grinste unsicher. »Ja, habe ich gemerkt.«

Sie zog eine Grimasse. »Ich hasse dich nicht. Natürlich nicht. Es ist …« Sie seufzte.

Ungeduldig lehnte ich mich vor. »Was?«, fragte ich und versuchte, nicht zu drängeln. »Vom ersten Moment an warst du komisch zu mir. Da hatte ich noch gar keine Gelegenheit, irgendwas falsch zu machen.« Erst als ich es aussprach, wurde mir klar, wie lächerlich es gewesen war, Annikas Verhalten so sehr auf mich zu beziehen und mich davon verunsichern zu lassen. Es stimmte, sie hatte mir nie eine Chance gegeben, war schon ein Miststück gewesen, bevor ich auch nur ein Wort mit den beiden gewechselt hatte. Diese Erkenntnis war seltsam banal und seltsam befreiend. Trotzdem wollte ich wissen, was der Grund war für ihr Verhalten. Beinahe trotzig verschränkte sie jetzt die Arme vor der Brust. »Beim Casting … Ich bin damals noch mal rein, weil ich was vergessen hatte. Sie waren schon durch mit allen und haben sich gerade besprochen. Ich habe angeklopft, aber keiner hat mich gehört, und deshalb habe ich einfach die Tür geöffnet.« Sie schniefte leise und wischte sich mit dem Ärmel über die Nase. »Ich habe gehört, wie sie über uns geredet haben. Lore hat gesagt, dass ich die beste Stimme habe. Aber …« Sie brach ab, und ich konnte sehen, wie schwer es ihr fiel weiterzusprechen. »Aber sie meinte, dass man dir gerne zuschaut, du etwas hast, was die Menschen in deinen Bann zieht. Und dass mir das fehlt, auch wenn meine Stimme eine Ausnahme ist. Ich sei zu verbissen, meinte sie. Und das würde man sehen.« Ihre Wangen zuckten. Dann sah sie mich an. »Seitdem habe ich jeden Tag ihre Worte im Kopf. Immer, wenn ich dich sehe, denke ich, dass die Leute dir gerne zuschauen und mir nicht. Auch wenn du die hohen Töne verpatzt. Und egal, wie sehr ich es auch versuche, das macht mich nur noch verbissener. Ich weiß nicht, wie ich es richtig machen soll. Wie kriegt man das? Je mehr ich es versuche, desto mehr sehe ich in Lores Gesicht, dass ich alles falsch mache.«

Ich war wie erstarrt. Langsam sickerten ihre Worte in mich hinein und lösten etwas tief in mir, das so fest gesessen hatte, dass es sich anfühlte wie ein Teil meiner Seele. Ich hatte sie fragen wollen, ob sie mein Kleid versteckt hatte. Ob sie mir damals den Termin für die Probe verheimlicht hatte. Ob sie Lore erzählt hatte, dass ich private Probleme hatte.

Aber ich tat es nicht.

Es war mir plötzlich nicht mehr so wichtig.

Ich weiß nicht mehr so genau, was ich auf ihr Geständnis hin sagte, wie ich reagiert habe und was dann geschah, wahrscheinlich habe ich irgendwas Ausweichendes gemurmelt. Aber kurz danach standen wir auf und nahmen unsere Taschen. Im Flur umarmte Paula Annika und drückte sie fest. »Das wird wieder!«, versicherte sie, und Annika nickte an ihrer Schulter.

Sie entschuldigte sich immer noch nicht bei mir. Aber als Paula sich von ihr löste, trat sie zaghaft auf mich zu, und als ich nicht zurückwich, umarmte sie mich auch.

»Krass«, sagte Paula, als wir die Tür hinter uns zugemacht hatten und uns erstaunt ansahen.

»Ja«, erwiderte ich nur. »Wirklich krass.«

28

Ich hatte noch nie ein Erntefest gefeiert. Aber außer den Erdbeeren bei meiner Oma hatte ich vorher auch noch nie etwas geerntet. Die Sonne strahlte durch die Fenster und zeichnete Muster auf den Boden des Küchenwagens. Ich drapierte meine Kunstwerke auf verschiedenen Tellern und summte dabei leise vor mich hin. Na ja, Kunstwerke war vielleicht etwas hochgegriffen, dachte ich und legte den Kopf schief. Meine Stachelbeertörtchen sahen ein bisschen so aus, als hätte ich Shrek im Mixer zerkleinert. Aber nun gut, aus grünem Schleim konnte man eben nur ein bestimmtes Maß an Ästhetik herausholen.

Die Fenster standen offen, es war einer der wärmsten Tage des Jahres, und es roch nach Wiese, nach Grillfeuer, nach warmen Steinen und Blumen. Und, wenn man genau schnupperte, auch ein kleines bisschen nach Huhn. Ich atmete tief ein und aus und dachte zum sicher zweitausendsten Mal an diesem Tag, wie sehr ich das alles hier vermissen würde.

Und wie dankbar ich gleichzeitig war, es überhaupt kennengelernt zu haben.

Draußen war bereits alles geschmückt, in den Bäumen hingen Wimpel aus Altpapier, Mo hatte einen Kombuchadrink fermentiert, den man mit Gin mixen konnte, und begann bereits, Gläser zu verteilen, die Kinder liefen kreischend über die Wiese und bespritzten sich mit Wasserpistolen, und langsam trudelten die ersten Gäste ein.

Die Tür ging auf, und Hanni kam herein. Sie lächelte, als sie mich sah, und rückte ihren Turban zurecht. Inzwischen hatte sie sich die Haare abrasiert und trug bunte Seidenschals um den Kopf. Ich fand, dass es sie noch hübscher machte, und sagte ihr das bei jeder Gelegenheit.

»Das sieht ja köstlich aus!« Sie betrachtete mein Stachelbeergepansche und zog eine Grimasse. »Oder sagen wir, es sieht interessant aus.«

»Der Teig war gut, also habe ich Hoffnung. Aber vielleicht sollten wir vorkosten, bevor wir die Leute darauf loslassen?« Ich schnitt ein Törtchen in zwei Teile und reichte ihr die Hälfte.

Kauend lehnte sie sich gegen mich, und zusammen sahen wir aus dem Fenster auf das bunte Treiben. »Lecker«, urteilte sie und leckte sich die Finger ab. »Ob das wohl das letzte Erntefest ist, das ich hier erlebe?«, murmelte sie dann plötzlich, und trotz des sonnendurchfluteten Nachmittags und des Kinderlachens aus dem Garten überlief mich am ganzen Körper ein kalter Schauer.

»Natürlich nicht«, erwiderte ich leise. »Vielleicht ist es das letzte hier im Garten. Aber dann machen wir eben woanders weiter. Eine Grüne Freiheit kann es doch überall geben. Hauptsache, wir bleiben zusammen und lassen uns nicht unterkriegen.«

»Hm«, sie lächelte, als würde sie mir eigentlich zustimmen, aber nicht so richtig daran glauben. In diesem Moment kam Mo die Stufen herauf, eine Grillzange in der einen Hand, ein Bier in der anderen. »Esst ihr etwa schon?«, fragte er, schnappte mir den Rest meines Törtchens aus der Hand und stopfte ihn sich in den Mund.

»Hey!«, lachend schubste ich ihn, als er nach einem weiteren Törtchen angelte.

»Ich bin Grillmeister, das zehrt, da muss man viel essen«, protestierte er.

»Dann hol dir 'ne Vurst!«, sagte ich ungnädig und klopfte ihm auf die Finger.

»Ich sehe schon, man würdigt meinen Einsatz hier nicht.« Er zog einen Flunsch. »Könnt ihr Ketchup und Senf rausbringen?«

Hanni nahm ein Tablett vom Regal und ging zum Kühlschrank. Mo wollte sich schon wieder zur Tür drehen, aber sein Blick blieb an ihr hängen, und er runzelte die Stirn. »Ist alles in Ordnung? Du siehst so ernst aus.«

»Jaja«, sie lächelte etwas gezwungen. »Maddie und ich haben nur eben über den Garten gesprochen. Weißt du, ich dachte einfach immer, es gäbe noch mehr Zeit.«

Mo warf mir einen betroffenen Blick zu. »Es wird alles gut werden«, sagte er, ging zu ihr und nahm sie in die Arme. »Ganz sicher! Irgendwie geht es immer weiter.«

Hanni drückte ihn und lachte. »Ja. Das wird es bestimmt. Und bis dahin nutzen wir eben jede Minute, nicht wahr?« Sie strich sich mit den Händen über den Turban. »Das ist übrigens immer eine gute Idee.« Sie sah plötzlich streng zwischen uns beiden hin und her. »Das Leben ist nämlich kürzer, als man denkt. Und nicht nur, wenn man Krebs hat. Es gilt, keine Minute zu verschwenden. Worauf wartet ihr also?« Sie drehte sich um und ging hinaus. Mo und mich ließ sie ziemlich verdattert in der Küche stehen.

Ich trug ein grünes Kleid und lief barfuß über das Gras.

Gerade als ich die Törtchen auf den Tischen unter den Apfelbäumen verteilte, ging das Tor auf und drei Gesichter lugten vorsichtig zu uns herein. »Hier beißt keiner«, rief ich fröhlich. »Außer vielleicht die Hühner!«

Es war ein herrlicher Anblick. Cordula, Rainer und Jürgi sahen sich unsicher um, als fürchteten sie, sich Flöhe einzufangen. Sie hatten den Fässchenkühler auf einer Schubkarre dabei, und Ulli eilte ihnen sofort entgegen, um beim Stromanschluss zu helfen.

Hinter ihnen kam Pannecke, der sofort misstrauisch die Baumwipfel auf Elsternnester inspizierte, und auch Marion und einige andere Finkengrundler trudelten nach und nach ein. Sie alle wirkten eingeschüchtert, tauten aber schnell auf, als sie sahen, dass man hier keine FKK-Dreadlock-Orgien feierte, oder was auch immer sie befürchtet hatten, sondern eigentlich alle ziemlich normale Gärtnersleute waren. Wobei *normal* natürlich immer ein dehnbarer Begriff blieb.

Der Garten füllte sich schnell. Kinder mischten sich mit Hühnern, Mo stand am Grill, Lila flocht an einem Tisch Wildblumenkränze, und bald hatten die meisten der Frauen Blüten in den Haaren und die meisten der Männer ein kaltes Bier in den Händen. Rainer war sichtlich stolz, wie viel Bewunderung sein Fässchenkühler erntete, und sogar Jürgi taute auf und begutachtete Ullis Gemüse. Er hatte einen Blumenkranz auf der Halbglatze und drehte eine gelb gesprenkelte Gurke in den Händen. »Nicht, wie ich's kenn. Aber kann ja trotzdem was schmecken!«, bemerkte er. Und aus seinem Mund war das ein ziemliches Kompliment. »Übrigens toll mit deiner Ringelnatter«, fügte er hinzu.

Cordula tauschte sich mit Hanni über Strickmuster aus, ich lief rum und verteilte Kombuchadrinks, und Elvis führte die Gäste umher und erklärte die Beete. Wir hatten im Abholhäuschen Gemüse und Obst vorbereitet, das man heute gegen eine kleine solidarische Spende kostenlos mitnehmen konnte, und es fand reißenden Absatz.

Immer wieder fing ich Mos Blick auf. Er wirkte nicht unglücklich, scherzte mit Ulli und den anderen und verteilte Tofuwürste und Seitanspieße, aber ich sah genau, dass er nachdenklich war und nicht so unbeschwert wie sonst. Mit Sicherheit musste auch er die ganze Zeit daran denken, dass dies vielleicht das letzte Fest war, das wir hier feierten.

Ich nahm mir einen Drink und setzte mich zu Hanni und Cordula, ließ das Fest um mich her plätschern wie warmes Wasser und genoss das Gefühl, mittendrin zu sein, dazuzugehören.

Plötzlich sprang ich auf: »Gabi!«

Leicht hinkend, aber guter Dinge kam sie über die Wiese und schloss mich in die Arme. »Det lass ick mir natürlich nicht entgehen«, rief sie, und eine große Begrüßungsrunde begann. Hinter ihr schlenderte ein junges Pärchen herein. Die Frau hatte blonde Locken, trug Birkenstock und eine fransige Jeansshorts. Ihr Lachen wirkte so warm, dass ich mich sofort davon angezogen fühlte. Sie führte einen alten Mann am Arm, der etwas verwirrt in die Runde blinzelte. Als Hinnert die Gruppe sah, strahlte er. »Da seid ihr ja! Das ist mein Neffe Johannes.« Er umarmte den jungen Mann. »Und seine Frau Marie. Sie sind extra vom Ammersee gekommen!«, stellte er die beiden vor und umarmte erst sie und dann lange und fest den alten Mann. »Horst, du bist ja auch dabei, wie schön, dich zu sehen!«

Halb lauschte ich den Unterhaltungen, halb beobachtete ich das junge Pärchen. Johannes begann ein Gespräch mit Ulli und Hinnert, aber er ließ Marie dabei nicht aus den Augen. Man konnte sehen, wie verrückt er nach ihr war. Immer wieder lächelte er ihr zu. Wenn sie seinen Blick auffing, grinste sie ebenso verliebt zurück. Sie hatte sich einen riesigen Teller Essen aufgehäuft und plauderte jetzt mit Lila, als würden sie sich schon ewig kennen. Johannes trat hinter sie, legte seinen Arm um ihren Bauch, und sie schmiegte sich an ihn, ohne mit dem Reden aufzuhören. Sie wirkten so gelöst. Und glücklich.

Warum kann ich nicht auch einfach so sein?, dachte ich und spürte ein Brennen auf der Zunge. Warum muss es immer kompliziert sein? Warum kann ich nicht so dastehen und mich an Mo lehnen und ihn verliebt angrinsen und einfach auch so glücklich sein?

Der alte Mann, den Hinnert eben als Horst vorgestellt hatte, stand etwas verloren auf der Wiese und sah sich mit entrücktem Lächeln um. Es schien, als wüsste er nicht so genau, wo er sich eigentlich befand. Jürgi sah ihn im selben Moment wie ich, füllte ein Bierglas und reichte es ihm. »Was ist besser, Alzheimer oder Parkinson?«, fragte er und stupste ihm mit dem Ellbogen verschwörerisch in die Seite.

Horst trank einen Schluck und sah ihn verwundert an.

»Na, Alzheimer. Besser ein Bier vergessen als eins verschütten!« Jürgi brüllte vor Lachen, aber als der alte Mann nur weiter verwirrt lächelte, brummte er: »Na, ist auch nicht der beste. Meine Exfrau hat früher schon gesagt, dass ich den besser nicht erzählen soll. Unsensibel, meinte sie. Kommen

Se, Horst wars, richtig? Wir holen uns 'ne Wurst. Äh, ich meine, eine Vurst. Bin ja gespannt, ob ich's runterkrieg, das Wabbelzeug. Aber man soll ja aufgeschlossen sein.«

In diesem Moment hallte ein Schrei über die Wiese. Vor Schreck schüttete ich mir Kombucha über die Füße. Hinnert kam angestürmt, mit hochrotem Gesicht galoppierte er auf uns zu. »Wir ham's geschafft! Es ist unglaublich, Leute, wir haben gewonnen!« Atemlos blieb er vor dem Grill stehen. »Sie machen 'nen Baustopp. Es wird eine Untersuchung geben. Aber sie können erst im nächsten Sommer die Leute zusammenkriegen. Und im Winter wird nicht gebaut. Das bedeutet …« Atemlos stemmte er die Hände in die Knie und beugte sich vor, um besser Luft zu bekommen. »Das bedeutet, frühester Baubeginn: März in zwei Jahren!«

Zwei Sekunden lang war es vollkommen still im Garten. So still, dass man Inge gackern hörte, die unter dem Grill nach runtergefallenen Happen suchte. Dann brach ein ohrenbetäubender Jubel aus. Hanni und ich fielen uns in die Arme, Jürgi raste auf Hinnert zu und schmiss ihn beinahe um, als er sich an ihn klammerte und immer wieder brüllte: »Ich wusste es, ich wusste, wir schaffen das. Denen geben wir's, den verdammten Baulöwen!«

Ulli hatte Tränen in den Augen, er nahm seine Mütze ab und wischte sich immer wieder damit übers Gesicht. Und dann plötzlich schüttelte er den Kopf, zog Gabi in seine Arme und küsste sie.

Wir alle johlten überrascht auf, und Gabi schaute erst verdutzt, dann packte sie ihn im Nacken und presste ihren Mund so fest auf seinen, dass er nach hinten taumelte und umgekippt wäre, hätte Hinnert ihm nicht unterstützend eine Hand in den Rücken gestemmt.

Ich war so überwältigt, dass ich gar nicht richtig realisierte, was vor sich ging. Konnte es wirklich stimmen, dass wir zwei ganze Jahre gewonnen hatten? Ein ganzer langer Sommer in der Grünen Freiheit, ein Frühling, in dem alles keimte und blühte, ein Herbst, in dem sich das Laub in Gold verwandelte? Plötzlich spürte ich, wie mich jemand von hinten an sich zog. Mo wirbelte mich herum, und ehe ich wusste, was passierte, küssten auch wir uns. »Was ist denn jetzt los?«, fragte ich lachend und außer Atem, als wir uns voneinander lösten. Er strahlte übers ganze Gesicht. Um uns herum klatschte und johlte es noch lauter als eben bei Ulli und Gabi, aber ich nahm auch das gar nicht richtig wahr. »Ich weiß auch nicht, es tut mir leid, ich habe nicht nachgedacht. Die ganze Zeit habe ich dieses Pärchen beobachtet, Marie und Johannes. Sie wirken so glücklich«, sprudelte er hervor. »Und dann musste ich daran denken, was Hanni vorhin gesagt hat, darüber, wie schnell alles vergeht und dass man die Zeit nutzen muss, die man hat. Und dann hat Ulli Gabi geküsst, und ich dachte, er macht es richtig, warum sich so viele Sorgen machen.« Er zog mich an sich. »Elvis ist mit den Jungs beim Teich«, erklärte er.

Plötzlich war ich enttäuscht.

Mo strich mir mit den Daumen sanft über die Ohren. »Aber wenn du das auch möchtest, dann können wir es ihm später zusammen sagen!«, flüsterte er.

Ich konnte nur nicken, war zu überwältigt von all den Geschehnissen, die plötzlich alle auf einmal passierten. Dann zuckte ich zusammen. Ich drehte mich um und suchte nach

Lila. Sie stand bei dem Tisch mit den Wildblumen und beobachtete uns. Ich konnte ihren Gesichtsausdruck nicht deuten, sie hatte die Stirn gerunzelt und einen Mundwinkel nach oben gezogen. Eine Sekunde lang war ich sicher, dass sie gleich in Tränen ausbrechen oder weglaufen würde. Aber dann lächelte sie zaghaft. Und streckte einen Daumen in die Höhe.

Ich lehnte mich gegen Mo, und er schlang einen Arm um mich. »Wir besprechen später, wie es weitergeht, oder?«, fragte er. »In aller Ruhe.«

»Ja«, sagte ich, nahm seine Hand und küsste sie. »Später. In aller Ruhe.«

29

»Maddie, Gott sei Dank erreiche ich dich.« Mos keuchende Stimme drang aus meinem Handy.

Auf der Bühne wurde gerade umgebaut, wir mussten warten, und ich saß mit Nick, Paula und einigen anderen in der Cafeteria und trank meinen dritten Kaffee, als in meiner Tasche eine Amsel sang. »Was? Was ist denn los?«, fragte ich und stand auf.

»Elvis. Die Schule hat angerufen, Verdacht auf Blinddarm. Sie bringen ihn ins Krankenhaus.«

»O Gott!« Erschrocken presste ich die Hand vor den Mund. »Aber gestern auf dem Fest war doch noch alles gut!«

»So was kann ganz plötzlich kommen. Und einer von uns muss natürlich hin. Aber ich bin alleine mit den Kindern, weil meine Kollegin heute Morgen mit Migräne nach Hause gegangen ist. Ausgerechnet.« Er klang extrem angespannt, im Hintergrund hörte ich Kindergeschrei, und etwas fiel laut klirrend zu Boden.

»Kann man euch nicht mal eine Minute aus den Augen lassen!« Er brüllte so laut, dass ich zusammenzuckte. Offensichtlich lagen seine Nerven ziemlich blank.

»Tut mir leid, die bringen mich heute um den Verstand. Leute, das ist hier kein Schwimmbad!«, brüllte er gleich darauf wieder, und ich zuckte erneut zusammen.

»He, tief durchatmen«, sagte ich.

»Leichter gesagt als getan«, erwiderte er gereizt. »Niemand kann einspringen. Und Lila ist in einer Sitzung und nicht zu erreichen. Maddie, kannst du vielleicht hinfahren? Er hat totale Angst vor Ärzten und Krankenhäusern.« Erschrocken sah ich zu den anderen, die natürlich mitbekommen hatten, dass etwas nicht stimmte, und mich interessiert beobachteten. Paula formte mit dem Mund ein »Alles klar?«. Ich nickte und hob gleichzeitig die Schultern.

»Ich ...« ... *habe eigentlich Probe,* hätte ich sagen wollen. Aber ich sagte es nicht. In meinem Kopf ratterte es. Wenn ich jetzt ins Krankenhaus fuhr, war der Tag hinüber, das war sonnenklar. So was dauerte immer ewig.

»Maddie, ich weiß, du bist am Theater, aber ... Also ... Ich wusste nicht, wen ich sonst anrufen soll. Hanni bekommt heute Chemo, Ulli hat kein Handy, und, na ja ...«

»Natürlich fahre ich hin.«

»Wirklich? O Gott, danke!« Er klang so erleichtert, dass ich mich schämte, überhaupt gezögert zu haben.

»Überhaupt kein Problem, hier passiert heute eh nicht so viel«, log ich und lief schon zu meiner Tasche. »Schreib mir gleich, wo ich hinmuss, bin schon unterwegs, ja?«

»Du weißt echt nicht, wie erleichtert ich bin«, sagte er, aber dann ging im Hintergrund wieder Geschrei los, und er rief: »Ich muss hier kurz ... Scheiße, Leute, das ist nicht euer Ernst! Maddie, die zerlegen mir hier die Bude. Ich schreib dir gleich und komme nach, sobald ich hier wegkann.«

»Ich muss ins Krankenhaus«, verkündete ich und nahm meine Tasche. »Entschuldigt ihr mich? Es ist ein Notfall.«

Alle zeigten große Anteilnahme und versprachen, mein

Fehlen zu erklären. Ich raste die Eingangstreppen hinunter und sprang in die nächste U-Bahn, aber das Krankenhaus war so weit weg, dass ich beinahe fünfzig Minuten brauchte, bis ich keuchend und schwitzend die Tür zur Notaufnahme aufstieß. Dort musste ich mich erst mal in eine Schlange am Schalter anstellen, bis man mir erklärte, dass Elvis bereits im OP war. »Sind Sie die Mutter?«, fragte die Frau und sah von ihrem Papier auf.

Ich überlegte eine Sekunde. Wenn ich jetzt sagte, dass ich nicht mit Elvis verwandt war, ließen sie mich vielleicht nicht zu ihm. »Äh ... ja. Stiefmutter«, stammelte ich, lächelte gewinnend und wurde gleichzeitig knallrot.

Sie nickte. »Es wird eine ganze Weile dauern, bis er aus dem Aufwachraum kommt. Gehen Sie in den vierten Stock, Wartesaal B. Man wird Sie informieren, sobald Sie zu ihm können.«

Geknickt folgte ich ihren Anweisungen. Ich hatte mich so beeilt, und nun war er doch alleine gewesen, als es in den OP ging. Bestimmt hatte er schreckliche Angst.

Er wird operiert, Blinddarm war stark entzündet. OP läuft schon. Ich warte hier, schrieb ich an Mo. Sofort rief er an, um mich über Details auszufragen, aber ich wusste ja nichts. Die Wühlmaus zernagte meine Eingeweide, ich konnte nicht stillsitzen und tigerte auf und ab. Krankenhäuser waren immer schrecklich, und auch wenn eine Blinddarm-OP hier sicher Routine war, schnürte mir der Gedanke, dass Elvis ganz allein irgendwo dort drin hinter den vielen Türen lag, den Hals ab.

Die nächsten drei Stunden las ich jede Zeitschrift, die sie hatten, ohne ein einziges Wort in mich aufzunehmen, und trank vier scheußliche Warteraumkaffees. Es war kalt hier drin, ein Fernseher in der Ecke schallte ununterbrochen Nachrichten vor sich hin. Das kriegt auch nur Berlin hin, einen Raum, in dem es den Leuten ohnehin schon nicht gutgeht, so dermaßen ungemütlich zu gestalten, dachte ich gereizt.

Lange Zeit war ich mit zwei anderen wartenden Frauen alleine, die ebenso angespannt wirkten wie ich, dann kam eine türkische Großfamilie herein und bevölkerte die Stühle. Sie hatten anscheinend gewusst, was auf sie zukam, und jede Menge Essen mitgebracht. Als ich neidisch auf die vielen Dosen und Papiertüten schielte, boten sie mir etwas an und ließen nicht locker, bis ich akzeptierte. Ich lächelte dankbar. Aber als ich aß, merkte ich, wie angespannt ich immer noch war. Das leckere Essen wurde in meinem Mund zu Pappe, die Sorge um Elvis saß wie ein saurer Kloß in meinem Magen und schien Gift in meine Eingeweide zu pumpen.

Endlich wurde ich aufgerufen.

»Sie können zu ihm, er ist noch nicht richtig wach. Wahrscheinlich wird er desorientiert sein und Schmerzen haben. Wenn es zu schlimm ist, klingeln Sie. Und lassen Sie ihn am besten schlafen«, erklärte die Schwester, die mich zu ihm führte.

Er sah so klein und weiß aus in dem riesigen Krankenbett, dass mir sofort die Tränen kamen. Leise ging ich zu ihm und nahm seine Hand. Sie war ganz heiß und schien mir viel zarter als sonst.

Er atmete schwer und schien schlecht zu träumen, seine Stirn war zusammengezogen, und immer wieder stöhnte er leise. Ich blieb einfach sitzen und wartete, betrachtete sein kleines Gesicht und dachte darüber nach, wie schrecklich es war, wenn Kinder leiden mussten. Ich hätte alles getan, um an seiner Stelle hier zu liegen.

Eine Ewigkeit schien zu vergehen. Ab und an fielen mir selber die Augen zu, so müde hatte die Anspannung mich gemacht.

»Mama?«

Ruckartig setzte ich mich auf. Elvis blinzelte verwirrt und begann sofort zu weinen. »Es tut weh!«, rief er mit rauer Stimme, und als er sich bewegte, zuckte er zusammen und weinte noch lauter. »Scht, du musst still liegen bleiben, die Narbe muss noch heilen«, erklärte ich und versuchte, ihn zu beruhigen. Aber ich hatte keine Ahnung, wie ich das anstellen sollte.

»Wo ist meine Mama?«, rief er und schien überhaupt nicht glücklich, nur mich hier vorzufinden. Ich war heillos überfordert mit der Situation. Er konnte sich gar nicht beruhigen, war so durcheinander und außer sich, dass ich irgendwann wirklich mitweinte, weil er mir so leidtat und ich so schrecklich nutzlos war. Ich klingelte nach der Schwester, die zum Glück sofort kam und den Tropf neu einstellte. »Wir müssen nach einer OP immer erst mal warten, man kann nicht durchgehend sedieren«, erklärte sie mir. »Aber es wird gleich besser.« Sie strich Elvis über die Wange, der jetzt mit glasigen Augen dalag und immer wieder nach seiner Mutter wimmerte. Ich biss mir auf die Lippen und versuchte, meine eigenen Tränen zurückzuhalten. »Gut, dass Sie da sind.« Die Schwester lächelte mir aufmunternd zu.

Ich hatte nicht das Gefühl, dass Elvis es besonders schön fand. So gut wir uns sonst auch verstanden, in einer solchen Situation wollte man seine Eltern. »Bald kommen Mama und

Papa«, sagte ich. Dann lehnte ich mich vor, streichelte ihm sanft die Stirn und erzählte einfach ein bisschen vor mich hin, plapperte irgendeinen Unsinn vom Garten, bis er sich irgendwann tatsächlich zu entspannen schien und ihm die Augen zufielen.

Als er wieder eingeschlafen war, stand ich leise auf. Ich war schon ewig hier, und die vier Kaffee machten sich bemerkbar, ich musste dringend pinkeln und stahl mich auf die Toilette in der Zimmerecke.

»Maddie?«

Elvis' alarmierte Stimme drang ins Bad, als ich mir gerade die Hände wusch. »Maddie?«, rief er noch mal, diesmal so laut und panisch, dass ich sofort ins Zimmer und an sein Bett stürmte. »Ich dachte, du bist weg!«, rief er mit tränenüberströmten Wangen.

»Natürlich nicht, ich geh doch nicht weg«, sagte ich und rückte meinen Stuhl ganz nah an ihn ran. »Ich war nur auf dem Klo, siehst du?« Ich zeigte auf die Tür hinter mir, und er nickte. Dann nahm er meine Hand. Ich musste schlucken.

»Sind die Schmerzen besser?«

Er bejahte mit schwacher Stimme. Sein Blick war glasig und entrückt.

»Sehr gut«, flüsterte ich und lächelte. »Schlaf noch ein bisschen, dann heilt es besser. Ich bleibe hier, bis Mama und Papa kommen.«

Elvis schloss die Augen. »Erzählst du mir was von Opa?« Seine Stimme war so leise, dass ich ihn kaum verstand. Elvis hatte Opa von Anfang an wahnsinnig faszinierend gefunden und bettelte seither darum, ebenfalls einen riesigen Hasen zu bekommen, der bei ihm im Bett schlafen konnte.

»Natürlich. Er lässt übrigens schöne Grüße ausrichten und sagt, dass du schnell wieder gesund werden sollst, damit du ihn besuchen kommen kannst.«

Elvis' Mundwinkel zuckten.

»Habe ich dir erzählt, dass er in meine Schuhe gekackt hat?«

Er öffnete ein Auge und schüttelte den Kopf. Jetzt lächelte er.

»Ja, und zwar erst gestern, der Schlawiner. Er stellt doch jeden Tag was Neues an. Und ich hab es natürlich nicht gesehen und den Schuh angezogen. Das war eine schöne Schweinerei, das kannst du mir glauben. Und gestunken hat es.« Ich hielt mir die Nase zu und wedelte theatralisch mit der Hand.

Elvis kicherte leise. »Mein Bauch ist so hart«, sagte er dann, und sein Lächeln fiel in sich zusammen.

»Ja, die Schwester hat erklärt, dass sie deinen Bauch mit Gas aufpumpen mussten, damit sie bei der Operation besser sehen konnten. Ziemlich krass, oder? Das Gas ist aber ganz harmlos. Du pupst es einfach wieder aus.«

Jetzt musste er wirklich lachen. In diesem Moment ging hinter uns die Tür auf, und Mo und Lila stürmten ins Zimmer.

Es kostete mich alles, was ich an Überwindung aufbringen konnte, Mo nicht in die Arme zu fliegen. Die letzten Stunden hatten mich völlig überfordert, und ich hätte dringend jemanden gebraucht, der mich jetzt einfach ganz fest drückte.

Er warf mir einen flüchtigen Blick zu. Sofort stand ich auf, um ihnen Platz zu machen, und sie eilten ans Bett. »Na mein Großer, was machst du denn für Sachen?« Mo strich Elvis übers Gesicht, und Lila küsste ihm die Haare. Beide kämpften sichtlich mit ihrer Fassung. Ich stand etwas abseits und wusste nicht, ob ich vielleicht lieber einfach gehen sollte. In diesem Moment kam die Schwester ins Zimmer. Sofort bestürmten beide sie mit Fragen.

Sie erklärte, dass alles gutgegangen war, er jetzt ein paar Tage bleiben musste, dann aber alles schnell wieder beim Alten sein würde. »Die Narbe wird noch eine Weile empfindlich sein, und es wird sich so anfühlen, als hätte er starken Muskelkater. Der Eingriff war minimalinvasiv, trotzdem wird dabei im Bauchraum natürlich einiges kaputt gemacht. Beim Aufwachen sind alle erst mal groggy und haben Schmerzen.« Sie sah mich an und lächelte. »Aber er war ja nicht allein. Gut, wenn man zwei Mamas hat, was, kleiner Mann?«

Ich erstarrte.

Lila fiel alles aus dem Gesicht. Mo versteinerte, und Elvis runzelte verwirrt die Stirn. Ich wäre am liebsten im Erdboden versunken.

»Dann lasse ich Sie mal wieder allein. Aber er muss schlafen, am besten bleibt nur einer hier, die anderen sollten sich wieder verabschieden«, mahnte die Schwester und ging aus dem Zimmer.

Als sie die Tür hinter sich geschlossen hatte, herrschte eine dröhnende Stille im Raum. »Äh, ich habe behauptet, seine Stiefmutter zu sein.« Ich lachte unsicher. »Man hört doch immer, dass sie einen nicht reinlassen, wenn man nicht verwandt ist, und mir ist nichts Besseres eingefallen.«

Lila wirkte einen Moment noch wie erstarrt, dann nickte sie. Mo räusperte sich. »Ah, gute Idee«, sagte er, und ich merkte, dass er sich bemühte, normal zu klingen. Elvis sagte nichts, musterte uns aber weiter aufmerksam. Ich trat zum

Stuhl und nahm meine Tasche. »Ich geh dann mal, er muss ja schlafen. Werd ganz schnell wieder gesund, ok?«, flüsterte ich und gab ihm einen Kuss auf die Stirn.

»Okay«, sagte er leise.

»Versprochen?«, fragte ich streng, und er nickte ernst. »Versprochen.«

So schnell ich konnte, stahl ich mich aus dem Zimmer. Auf dem Flur atmete ich einmal tief ein und aus und schloss eine Sekunde die Augen.

Was für ein Tag!

Ich bog um die Ecke und lief den Gang entlang, als ich plötzlich hastige Schritte hinter mir hörte. »Maddie!« Mo eilte mir entgegen und schloss mich in die Arme. »Danke, dass du da warst. Das ist wirklich …« Er schüttelte den Kopf und küsste mich auf den Kopf.

Aufgewühlt zog ich ihn an mich, atmete seinen beruhigenden Geruch ein, den ich so liebte. »Schon gut, wirklich«, murmelte ich.

Er löste sich von mir und sah mich an. Seinem Gesicht war anzumerken, wie sehr ihn die letzten Stunden mitgenommen hatten. »Nein«, sagte er leise. »Wirklich. Danke, dass du da warst. Da bist!«

Ich lächelte traurig, und er musterte nachdenklich mein Gesicht, verschränkte die Hände in meinem Nacken und sah mich eine Weile einfach nur an. Dann zog er mich wieder an sich. »Die letzten Monate wären wirklich viel einfacher gewesen, wenn ich dich nicht so verdammt gernhätte, Madita Wunderlich!«, flüsterte er in mein Haar.

»Ach ja? Wem sagst du das?«, knurrte ich in sein T-Shirt, und er lachte leise. Ein paar Sekunden lang hielten wir uns einfach nur fest. Dann küsste er mich und ging wieder hinein, zu seiner Familie, die immer irgendwie seine Familie sein würde. Ich blieb alleine auf dem Flur stehen und sah ihm nach.

Aber auf eine seltsame Weise war das vollkommen okay.

30

Man konnte die Anspannung beinahe mit Händen greifen. Der Saal brodelte, Stimmen und Gelächter von Hunderten Menschen sammelten sich in der Luft, prallten gegen die Logen und die stuckverzierte Decke, kamen als pulsierende Welle bei mir an. Ich atmete einmal tief ein und aus: dieser Geruch nach Teppich, Popcorn und Träumen. Heute war er so intensiv, dass ich ihn auf der Zunge schmeckte.

Von meinem Posten seitlich auf der Bühne hinter der dunklen Abschirmung konnte ich den ganzen Saal überblicken – wenn ich mich auf die Zehenspitzen stellte und ein Auge zukniff. Das tat ich nun bereits seit zehn Minuten, und langsam schlief mir vom Auge-Zukneifen die Backe ein. Aber obwohl die Darsteller für die erste Szene bereits ihre Plätze einnahmen, konnte ich mich nicht lösen. Das Publikum strömte durch die verschiedenen Eingänge, einige mit Brezeln und Getränken in den Händen, andere mit dem Programmflyer oder einem T-Shirt aus dem Giftshop. Alle mit erwartungsvoll leuchtenden Augen. Das war schließlich das Wundervolle an unserem Job: Er diente einzig und allein dazu, glücklich zu machen.

Die Menschen suchten ihre Plätze, beugten sich neugierig über den Orchestergraben, in dem die Musiker ihre Instrumente stimmten und ihre Noten sortierten, oder huschten noch mal schnell aufs stille Örtchen. Ich liebte diese letzten Minuten vor einer Show, diese ganz bestimmte Mischung aus Anspannung und Vorfreude, die es nur im Theater gab. Beinahe hätte ich laut gequietscht, als ich Ella, Simmi und Kira sah, die aufgeregt redend die Stufen hinabkamen. Sie nahmen ihre Plätze ein und begrüßten meine Eltern, die bereits seit geraumer Zeit da waren. Meine Mutter hatte riesige glänzende Augen, und mein Vater trug ein T-Shirt mit meinem Gesicht drauf, was ich gleichzeitig unglaublich peinlich und unglaublich rührend fand. Väter durften so was. Wenn sie versprachen, es später unter der Jacke zu verstecken.

Mein Blick glitt wieder zum Haupteingang, und genau in diesem Moment schob sich Hinnerts große Gestalt zur Tür herein. Halb erwartete ich, ein Huhn auf seiner Schulter sitzen zu sehen, aber er war heute ohne gefiederten Anhang unterwegs – dafür führte er Hanni am Arm, die sichtlich mitgenommen von der Chemo aber guter Dinge neben ihm hertrippelte. Hinter ihnen kamen Gabi und Ulli herein, und dazwischen sprang Elvis wie ein Flummi auf und ab. Und dann kam Mo. Ich stieß die Luft aus, die ich die ganze Zeit angehalten hatte, ohne es zu merken.

Sie gingen nach unten in die erste Reihe und suchten die Plätze, die ich ihnen reserviert hatte. Elvis fiel beinahe in den Orchestergraben, Mo konnte ihn gerade noch an der Kapuze packen, aber Elvis merkte es nicht einmal. Mit leuchtenden Augen zeigte er auf das riesige Vampirgebiss, das auf die Leinwand projiziert war, die anstelle eines Vorhangs vor der Bühne hing. Sie nahmen ihre Plätze ein und winkten Cordula, Rainer und Jürgi zu, die schräg hinter ihnen saßen. Die drei schienen ein wenig erstarrt, sie waren sogar noch vor meinen Eltern hier gewesen und blickten sich seitdem mit ehrfürchtigen Mienen um. Man sah ihnen an, dass sie diese Art von Abendgestaltung nicht gewohnt waren. Neben Jürgi blätterte Philipp in einem Programmheft, und eins weiter saß Pannecke und schwatzte angeregt mit der Dame neben sich. Ich wechselte das Auge und zählte durch. Alle waren gekommen, wirklich alle.

Außer einer.

Der Platz neben Elvis war leer. Eine klaffende, rot gepolsterte Lücke in der ansonsten vollbesetzten ersten Reihe.

Weil sie auf meine Entschuldigungen und Anrufe nicht reagierte, hatte ich Lila gestern Abend noch eine letzte Nachricht geschrieben: *Es würde mir so viel bedeuten, wenn du morgen kommst!*

Sie hatte nicht geantwortet.

Trotzdem hatte ich bis zuletzt gehofft.

Der erste Gong ertönte, und ein Raunen ging durch die Menge. Aus den Lautsprechern drang eine dunkle, gruftige Stimme, die daran erinnerte, dass Vampire auf angeschaltete Handys fast so empfindlich reagieren wie auf Sonnenlicht, und die letzten Menschen huschten auf ihre Plätze.

Ich bekam Gänsehaut.

Die Türen wurden geschlossen, und das Licht blinkte dreimal als Warnung, dass es gleich ausgehen würde. In diesem Moment sah ich sie. Die Jacke über dem Arm kam Lila die Stufen hinabgehuscht und blickte sich unsicher im Saal um. Sie erspähte Elvis und Mo, winkte und drängelte sich rasch an den vielen Beinen vorbei zu ihrem Platz. Mo strahlte sie an, und Elvis fiel ihr um den Hals.

Und ich?

Ich drehte mich um und ging zu den anderen. Und dann spielte ich die verdammt beste Show meines Lebens.

Na ja, vielleicht nicht ganz. Bei einem der superhohen Töne versagte mir einmal ein bisschen die Stimme, und bei dem Duett mit dem Grafen sang ich eine Zeile zu früh, die eigentlich erst später dran gewesen wäre. Und ja, ich will nicht lügen, es ärgerte mich. Natürlich tat es das. Aber es nahm mir nicht die Freude an der Show.

Ich war nicht die Einzige, auch anderen passierten ein paar kleine Fehler, aber wir waren Profis, wir machten einfach weiter, zogen das Ding durch, gaben alles, was wir hatten. Und als der tosende Beifall einsetzte, wir wieder und wieder auf die Bühne rannten, um uns zu verbeugen, Simmi und Ella ein riesiges Plakat mit meinem Namen hochhielten und sich dabei heiser kreischten, ich durch den Nebel der Emotionen die strahlenden Gesichter meiner Eltern und das sichtlich gerührte von Mo sah, das Publikum mit den Füßen trampelte und fast eine Viertelstunde Standing Ovations gab – da hatte ich meine kleinen Patzer bereits vergessen.

*

»Wir haben dir eine Blutblume mitgebracht. Hast du die Vampire im Saal gesehen? Sie haben mich fast gebissen!« Elvis' Stimme war so hoch, dass sie sich beinahe überschlug. Er hüpfte schon wieder auf und ab und verzog dann das Gesicht.

»Du weißt doch, dass deine Narbe noch heilen muss.« Mo wuschelte ihm durchs Haar und umarmte mich. »Du. Warst. Unglaublich!«, flüsterte er in mein Ohr. Dann schüttelte er den Kopf und betrachtete mich, als sähe er mich mit ganz neuen Augen.

Wir standen auf der Galerie des Theaters, wo es nach der Show einen Empfang gab. Ich hatte soeben meinen Vater liebevoll, aber nachdrücklich gezwungen, seine Jacke anzuziehen, hatte Fotos mit Simmi, Ella, Kira und dem riesigen Plakat gemacht, meine Mutter getröstet, die nicht aufhören konnte zu weinen, mit Cordula, Rainer und Jürgi angestoßen und Pannecke ein T-Shirt signiert, das er nun stolz über seinem Pullunder trug. Um uns herum standen die anderen Darsteller mit ihren Familien und Freunden, das ganze Theater schien zu summen und zu vibrieren. Wir hatten es geschafft.

»Du hast mir umjehauen!« Ulli zog seine Mütze vor mir und schloss mich dann fest in die Arme. Auch Hanni drückte mich an sich und versicherte mir, wie beeindruckt sie war. Gabi und Hinnert erzählten mir aufgeregt, was ihnen am besten gefallen hatte – und dann gab es irgendwann nur noch einen Menschen, mit dem ich nicht gesprochen hatte.

Lila stand hinter einem Stehtisch, ein Sektglas in den Händen, und wirkte, als wäre sie lieber woanders. Ich trat auf sie zu und blieb dann stehen, weil ich nicht wusste, wie ich mich verhalten sollte. Dass sie es ebenfalls nicht zu wissen schien, überraschte mich. Einen Moment sahen wir uns an, dann mussten wir beide grinsen. Sie legte den Kopf schief und biss sich auf die Lippen. Gleichzeitig traten wir aufeinander zu und umarmten uns. »Ich kann nicht fassen, wie du denken kannst, du hast keine Ausstrahlung!«, sagte sie leise, und als wir uns voneinander lösten, sah ich, dass sie Tränen in den Augen hatte. »Ich habe immer noch Gänsehaut!«

Ich konnte ihr nicht sagen, wie sehr ich mich freute, dass sie da war, denn ich hatte einen Kloß im Hals. Es war einfach zu viel, zu viel Glück, zu viele Emotionen, zu viel Anspannung, zu viele Ängste und Erwartungen, die sich nun langsam lösten. Ein Kuddelmuddel in mir drin, das ich gerade nicht entwirren konnte, und mindestens zehn Wühlmäuse obendrauf. Aber ich glaube, sie verstand es auch so. Plötzlich traten meine Eltern an unseren Tisch und sahen uns erwartungsvoll an. »Ah, Mama, Papa. Das sind ... äh, meine Freunde aus dem Garten«, stotterte ich. Dann fing ich Lilas Blick auf. Sie hatte noch immer Tränen in den Augen, aber sie lächelte mir zu. »Ist okay!«, formte sie mit den Lippen. »Wirklich!« Sie nickte mit dem Kinn in Richtung meiner Eltern.

Ich sah sie noch einen Moment unsicher an, aber sie nickte noch einmal und schließlich holte ich tief Luft. Und dann stellte ich meinen Eltern meinen neuen Lebensgefährten vor. Und seinen Sohn.

Und seine Exfrau. Meine Freundin.

Wenig später löste sich die Gesellschaft langsam auf, und die ersten meiner Kollegen zogen mit ihren Familien ab in die Berliner Nacht. »Wir haben einen Tisch für alle im Schwarzen Café reserviert, du kommst doch auch mit?«, fragte ich Lila, als sich unsere kleine Gruppe versammelte. Sie schüttelte den Kopf. »Nein, geht ihr mal, ich muss morgen früh raus«, erwiderte sie lächelnd.

»Du musst aber mit«, rief ich. »Auf jeden Fall!«

»Ja, Mama, du musst doch mitkommen.« Elvis fasste sie am Arm. »Bitte!«

Sie schien einen Moment hin- und hergerissen und suchte Mos Blick. »Kommt nicht in Frage, dass du nicht dabei bist«, sagte er. »Leute, lasst sie nicht entwischen!«

Schnell packte ich Lilas anderen Arm, und Elvis und ich zogen sie zwischen uns die Stufen hinunter. »Okay, überredet, ihr müsst mich nicht entführen«, rief sie, aber auch sie lachte. Und in diesem Moment, als wir zusammen die Treppe hinunterstolperten, ein bisschen angeschwipst vom Sekt und ziemlich aufgewühlt von allem anderen, Elvis' Lachen und den Geruch nach Teppich, Popcorn und Träumen in der Nase, da wusste ich, dass wir es schaffen würden. Es würde nicht leicht werden. Und es würde auch nicht immer harmonisch sein. Aber wir konnten das hinkriegen.

»Äh, und ich nehme dann wohl die Jacken?«, rief Mo hinter uns her, und wir lachten und liefen noch schneller.

*

An diesem Abend ging ich nicht mit Elvis und Mo nach Hause. Die drei hatten beschlossen, für die Dauer von Elvis' Genesung wieder zusammenzuwohnen, und es hätte sich falsch angefühlt, in den Kreis der kleinen Familie einzudringen. Aber das fiel mir nicht schwer. Wir würden unsere Plätze in diesem seltsamen Gespann schon finden.

Nachdem ich meine Eltern und Freundinnen in ein Taxi Richtung Hotel gesetzt hatte, stieg ich in die U1 und dann in die M41, fuhr bis zur Sonnenallee und kletterte die knarzenden Stufen zu meiner kleinen Wohnung hinauf. Gabi würde erst in zwei Wochen endgültig wiederkommen, und ich freute mich schon auf unsere Krümelkaffeepläuschchen, aber bis dahin hatte ich Opa noch für mich alleine. Ich wusch mir das Gesicht, zog einen Schlafanzug an, machte mir die größte Schüssel Schokomüsli, die ich mir je gegönnt hatte, und warf mich zu ihm auf die Couch. Die ganze Zeit hörte ich noch den Beifall, spürte die Vibration der Musik, sah die leuchtenden Gesichter der Menge. Ich liebte, liebte, liebte diesen Job. Aber ich liebte auch noch andere Dinge. Und die Mischung aus allem war es, die mich an diesem Abend, in diesem Moment so glücklich machte. Durchs Fenster strahlte der Mond, der mal wieder ziemlich voll über den Dächern von Neukölln rumhing und sehr zufrieden mit sich schien. »Jaja, hast du gut gemacht«, murmelte ich, und diesmal war ich ganz sicher, dass er mir zuzwinkerte.

Mit der linken Hand fütterte ich Opa eine Knabberstange, mit der rechten aß ich mein Schokomüsli. Ich ließ die Emotionen dieses Abends noch einmal durch mich hindurchbranden. Irgendwie fühlte ich mich neu und alt zugleich. Wahnsinnig erschöpft und aufgekratzt, zufrieden und unruhig. Aber vielleicht war das mit Gefühlen und Emotionen einfach so, man konnte sie nicht sortieren und nacheinander fühlen, sie kamen alle zusammen, wie sie wollten, vermischten sich, trennten sich, überschlugen sich, wirbelten durcheinander. Und vielleicht war das auch ganz okay so.

Später, als wir bereits im Bett lagen und Opa sich auf meinen Füßen ausgestreckt hatte, holte ich mein kleines Heft heraus und blätterte darin. Man konnte sehen, wie sich in diesem Sommer mein Leben Woche für Woche, Liste für Liste langsam verändert hatte. Kurz nach meinem Umzug nach Berlin hatte ich die Dinge notiert, die mich zu diesem Zeitpunkt besonders glücklich gemacht hatten:

Strickpullis
Krümelkaffee
Singen, bis der Hals weh tut
Schokomüsli
Prinzenrolle
Ella-Telefonate
Labelmaker
Der Applaus nach einer guten Show
Currywurst
Der Geruch von Bühnen-Make-up

Ich mochte all diese Dinge immer noch. Aber jetzt würde ich die Liste um einige wichtige Punkte erweitern, die ich nicht mehr missen wollte:

Das leise Gackern von Hühnern beim Eierlegen
Der Geruch von sonnengewärmter Erde
Eidechsentage
Wildblumenwiesen
Kükenfüße
Erdnusstofu
Durchsichtige Setzlingswurzeln
Hängematten unter Apfelblüten
Edelkirschrunden
Amselgesang
Milchstraßensehnsucht
Gartenfamilien

Der letzte Punkt war der wichtigste, und ich unterstrich ihn zweimal. Denn eines hatte ich verstanden: Glück fand man nicht in der perfekten Erfüllung eines Jobs oder einer Aufgabe. Glück ließ sich nicht ordnen und lenken, nicht planen und nicht in Listen aufteilen. Glück lag im tosenden Beifall nach einer gelungenen Show genauso wie im Gesang einer Amsel, in einer durchsichtigen Setzlingswurzel, der perfekten Biertemperatur, einer gelb gepunkteten Zucchini, einem besonders kleinen Blumenkohl, einer wogenden Wiese voller Wildblumen, einem Milchstraßenmoment oder einem Hühnerkuss. Und auch in einer aufgeräumten Wohnung. Für mich zumindest.

Lila hatte recht, es gab keine hundertprozentige Erfüllung. Glück waren die kleinen, fliehenden Momente. Und sie überlagerten sich, kamen manchmal alle auf einmal, manchmal gar nicht, und manchmal erkannte man sie erst hinterher. Man konnte sie nicht ordnen, sondern nur genießen. Und dieser Sommer in der Grünen Freiheit hatte mich vor allem eines gelehrt: Es kam auch ziemlich stark darauf an, mit wem man sie teilte.

Du willst mehr von Lisa Kirsch lesen?
Dann kannst du hier direkt abtauchen:

1

Ich lief über die Wiese, nahm auf dem Holzsteg Anlauf und sprang kopfüber in den Ammersee.

Prustend kam ich hoch. Das Wasser war eisig, kleine Nadeln bohrten sich in meine Haut und einen Moment lang hatte ich das Gefühl, die Kälte würde mir das Herz zusammendrücken. Doch dann schwamm ich ein paar Züge und genoss, wie sich meine Haut langsam an die Temperatur gewöhnte. Es war 6 Uhr morgens und im See spiegelte sich der rosa Schleier, der noch am Himmel hing. Ich atmete tief ein. Es gibt doch nichts Schöneres als frische Nebelluft mit ein wenig Entengeruch als Würze.

Wie jeden Tag zwang ich mich zu drei Runden. An dem Graureiher vorbei, der auf dem umgefallenen Baum auf Fische lauerte, bis an die Grundstücksgrenze und zurück. Dabei beobachtete ich meinen kleinen Bauwagen. Wirklich klein war er eigentlich nicht. »Der Wohlwagen 2000, Größe M, mit viel Platz für Autarktechnik und Kellerkasten für Stauraum«, hatte der nette Verkäufer in Göttingen damals gesagt. »Genau richtig für einen Singlehaushalt!« Die Spitze mit dem Singlehaushalt hatte ich einfach mal ignoriert. Vielleicht war es auch keine Spitze gewesen, sondern der Versuch, meinen Beziehungsstatus zu erfragen, aber ich war empfindlich geworden bei dem Thema und hörte aus allem einen versteckten Vorwurf heraus. Das lag natürlich an meiner Mutter – wie so vieles in meinem Leben.

Aber die Autarktechnik hatte mir gefallen. Die hatte ich auch direkt eigenhändig eingebaut, sobald der Wagen an seinem Platz stand. Solarzellen auf dem Dach, ein Ofen im Wohnzimmer, Wasseraufbereitungsanlage, eine ausfahrbare Terrasse – sogar eine Wanne hatte ich.

Von außen wirkte mein Wohlwagen simpel. Niemand, der ihn da stehen sah, mit der Kapuzinerkresse, die sich die Treppe hinaufrankte, und den weißen Fensterrahmen, würde erwarten, was sich in seinem Inneren verbarg. So schlicht wie möglich und am besten mitten im Grünen, das war schon immer meine persönliche Version eines Traumzuhauses gewesen. Gegen technische Annehmlichkeiten hatte ich hingegen nichts einzuwenden. Mit meinem Peter hatte ich den perfekten Kompromiss zwischen Luxus und Naturnähe gefunden. Ich hatte die Holzpaneele blau angestrichen und den Wagen nach Peter Lustig benannt, dem freigeistigen Helden meiner Kindheit, dem ich die Idee für mein Zuhause verdankte. Auf dem Dach neben den Solarzellen gab es eine Sonnenterrasse, die man über eine winzige Wendeltreppe erreichte. Auch die hatte ich selber angebaut. Und links von der Eingangstür stand mein selbstgezimmertes Hochbeet. Die letzten Erdbeeren dieses Sommers schimmerten rot zwischen den Blättern hindurch. Da konnte ich gleich fürs Frühstück ernten gehen.

Als ich mich auf den Steg hievte und das Wasser von meinem Körper schüttelte, sah ich hinter den Sträuchern eine Bewegung. Es stimmt wohl, dass Rentner unter chronischer Schlaflosigkeit leiden, dachte ich grimmig, als ich mir die

Haare auswrang und den Blick über das Nachbargrundstück schweifen ließ. Anders ließ sich nicht erklären, dass der alte Kratzer jeden Morgen so früh schon im Garten rumwerkelte. Es sei denn, er stellte sich extra den Wecker für meinen Kopfsprung. Zuzutrauen wäre es ihm. Eigentlich tat er mir leid, er war Witwer, leidenschaftlicher Meckerer und geradezu krankhaft an meinem Leben interessiert, aber ich hatte das Gefühl, dass er irgendwo hinter seiner spießigen Vorstadtfassade ein gutes Herz verbarg. Nur versteckte es sich, ähnlich wie bei meiner Mutter, so gut hinter der Sorge um gesellschaftliche Regeln und Konventionen, dass es schwer zu finden war.

Vor der Haustür ließ ich das nasse Höschen fallen *(nimm das, alter Kratzer!)*, warf es über die Leine neben dem Küchenfenster und zog den Vorhang der Außendusche zur Seite. Einen Spalt ließ ich ihn offen stehen, so dass ich den See beobachten konnte, während das heiße Wasser meinen zitternden Körper zum Prickeln brachte. Der See: meine große Liebe, mein wahres Zuhause. Ich lächelte und nahm meine Zahnbürste aus dem Hängeregal. Während ich schrubbte und den weißen Schaum einfach aus dem Mund in den Abfluss tropfen ließ, dachte ich wie so oft, dass nichts mich glücklicher machte, als die glitzernde Ruhe des Ammersees und der majestätische Anblick der Alpen, die ihn bewachten. Den See in meiner Nähe zu wissen, dass ich mich abends, wenn ich in der Bahn saß, auf ihn freuen konnte, das wog alles auf: das frühe Aufstehen, das Pendeln nach München, die langen Arbeitstage. Heute war es so windstill, dass sich die Wolken im Wasser spiegelten und es fast aussah, als schwämmen die Enten im Himmel.

Wenn ich den Vorhang noch ein klein wenig mehr nach rechts zog, sah ich nicht nur den See, sondern auch das Haus. Wie immer bei seinem Anblick durchfluteten mich gemischte Gefühle. Als Erstes kam die Trauer, dunkel und schmerzhaft. Mein Vater war jetzt schon weit über ein Jahr tot, und doch war die Wunde in meinem Herzen noch so frisch, dass es mich immer wieder überraschte. Als würde mir jemand jeden Tag aufs Neue ein kleines Messer in die Brust stoßen. Dann kam die Sorge um meine Mutter. Dieses Gefühl war ein wenig ambivalenter, denn neben der Sorge schwang auch Gereiztheit mit. Gereiztheit und Überforderung. Außerdem war da noch die Beklemmung, die ich immer spürte, wenn ich an meine Kindheit dachte. Das Haus auf dem Hügel am See stand für alles, was ich eigentlich hinter mir gelassen hatte, mein altes Leben, die alte Marie. Hinter mir gelassen nicht nur im übertragenen, sondern auch im wahrsten Sinne des Wortes, denn ich hatte meinen Wohlwagen direkt davor geparkt. Sozusagen in erster Reihe am See.

Es war doch seltsam, dass ich wieder hier gelandet war, dachte ich, und spuckte Wasser in die Luft, während ich basisches Kräuter-Duschgel auf meinen Luffa drückte. Ich hatte meine Zwanziger damit verbracht, vor dem spießigen Kleinstadtleben hier davonzulaufen. Dann war mein Vater krank geworden, und ich war zurückgekommen. Um bei ihm zu sein, um meine Mutter zu unterstützen, um nicht die Tochter zu sein, die zuerst an sich und ihre Freiheit denkt. Aber ich hatte nicht mehr im Haus leben können. Wieder in mein altes Kinderzimmer zu ziehen war mir wie ein fataler Rückschritt in die Vergangenheit erschienen, den es unter allen Umständen zu vermeiden galt. Doch die Mieten in der Ge-

gend waren unerschwinglich. Meine Eltern hatten natürlich angeboten, mich zu unterstützen. Sie hätten mir alles bezahlt, um mich zurückzuholen. Aber mit 31 wieder von ihnen abhängig zu sein, nachdem ich zwölf Jahre damit verbracht hatte, mich freizustrampeln, konnte ich einfach nicht akzeptieren. Und dann war mir die perfekte Lösung eingefallen. Gut, wenn man es ganz genau nahm, war ich auch jetzt nicht wirklich unabhängig, denn der Grund und Boden, auf dem Peter parkte, gehörte meiner Mutter. Aber alles im Leben ist ein Kompromiss, sagt man das nicht so?

Als ich fertig war mit meiner Dusche, zog ich, noch ins Handtuch gewickelt, meine Rottweilerhündin Dexter unter viel Kraftaufwand nach draußen und zwang sie dazu, sich zu erleichtern. Die Hündin konnte den Wagen eigentlich jederzeit durch die Klappe verlassen, die ich ihr eingebaut hatte, aber momentan war sie hochschwanger. Ich fürchtete, dass sie vielleicht ohne mein Nachhelfen zu faul sein würde, und die Holzdielen waren frisch gestrichen.

Ein Blick auf die Uhr sagte mir, dass ich mich beeilen musste. Ich hatte zu oft den Snooze-Button gedrückt, föhnen war heute nicht drin. Schnell drehte ich die nassen Haare im Nacken zu einer Schnecke und stopfte die Entwürfe für die neue Küchenmaschine, die ich gestern im Home-Office noch perfektioniert hatte, in meine Aktentasche. Das Kostüm verstaute ich zusammen mit meinem Make-up-Täschchen und den hohen Schuhen in meinem wasserdichten Rucksack. Ich rollte ihn oben zusammen, schlüpfte in meine zerfetzte Lieblingsjeans, streifte die Birkenstocks über, und zwei Minuten später schob ich mein Fahrrad über die Wiese. Fröhlich winkte ich dem alten Kratzer zu, der gerade die Rosen wässerte und so tat, als würde er mich nicht bemerken. »Herrlicher Morgen zum Baden, was?«, rief ich, ein wenig extra enthusiastisch, und er hob empört die Hand zum Gruß. Er war vor zwei Jahren nebenan eingezogen, und wir waren noch nicht miteinander warm geworden. Ich hatte das Gefühl, dass er mir meine gute Laune generell übel nahm. Wie kommt diese Person nur dazu, immer so fröhlich zu sein in ihrem schäbigen Bauwagen, schien er jedes Mal zu denken, wenn ich mit ihm sprach. Manchmal drehte ich abends extra laut die Musik auf, wenn ich ihn auf der Terrasse sah.

2

Döner roch doch manchmal ein wenig nach Dixi-Klo. Das hatte er in den letzten Wochen schon öfter gedacht. Zumindest um 8 Uhr morgens, wenn man außer Kaffee noch nichts im Magen hat.

Johannes drehte den Kopf zur Seite, als er an der neonbeleuchteten Bude vorbeilief, wo Seyhan gerade mit etwas, das aussah wie eine kleine Heckenschere, an einem überdimensional großen, vor Fett triefenden Fleischklotz herumsäbelte, als gäbe es keine schönere Aufgabe auf der Welt.

»Morgen, Jo!« Er grinste fröhlich und entblößte eine halbgerauchte Zigarette, die zwischen seinen Zähnen hing.

»Na wenn die mal nicht im Essen landet!« Johannes winkte kurz in seine Richtung, rang sich ein Lächeln ab, denn er mochte Seyhan eigentlich sehr gerne, und betrat die Bäckerei nebenan. Wer braucht überhaupt so früh am Morgen schon Döner in Herrsching?, fragte er sich, während er in seiner Tasche nach dem Portemonnaie kramte. Hier kamen um diese Uhrzeit doch nur Pendler vorbei. Morgens in der Bahn die anderen Mitreisenden mit nahöstlichen Geruchsschwaden belästigen, war das nicht eine tolle Idee? Wahrscheinlich würde gleich einer direkt neben ihm sitzen und mit Knoblauchatem Smalltalk halten wollen.

Er merkte selber, dass er schlechte Laune hatte. Was hieß

schlecht. Miserabel. Geradezu unterirdisch. Wenn er abends hier ankam, machte er öfter mal einen Stopp bei Seyhan, der ihn immer nach seinem Tag fragte und ihm immer zwei extra Peperoni oben aufs Kraut legte, obwohl es eigentlich nur eine pro Kunde gab, weil sie beim Einkauf in der Metro preislich reinhauten, wie er ihm mal erklärt hatte. Aber Jo tat Seyhan leid, und deswegen bekam er extra Peperoni.

Abends roch der Döner auch nicht nach Pisse, sondern verführerisch nach einer schnellen, befriedigenden Mahlzeit, die er sich mit einer Portion Pommes rot-weiß reinziehen konnte, bevor er nach Hause radelte. Eine kleine, tröstliche Auszeit vor dem Chaos. Meist hörte er dazu Böhmermanns Podcast und stierte gedankenverloren auf die Gleise.

Wenn er dann daheim vor einem vollgehäuften Teller saß, mit der Gabel im Essen seines Vaters stocherte und versuchte herauszufinden, was er da vor sich hatte und ob es eventuell lebensgefährdende Bestandteile enthielt (einmal hatte er eine Schraube aus dem Blaukraut gezogen, und ein anderes Mal – das war bisher seine schlimmste Woche gewesen – hatte er erst gemerkt, dass das Fleisch verdorben war, nachdem er zwei große, wirklich große Stücke gegessen hatte und sich plötzlich so fühlte, als habe ihm jemand in den Magen geboxt), war er dankbar für den Puffer, den ihm der Döner verschafft hatte. Beinahe jeden Abend malte er eine halbe Stunde mit dem Besteck psychedelisch anmutende Muster ins Essen und kippte sein Kunstwerk anschließend ins Klo. Dann bestellte er gegen zehn noch eine Pizza, die er für zwei Euro Extratrinkgeld an der hinteren Gartenpforte entgegennahm, oder versuchte, sich aus den Vorräten im Kühlschrank was zusammenzubrutzeln, wenn es die Arbeit erlaubte. Meistens erlaubte sie es nicht, und der Abend endete mit einer großen Vesuvio und einer Cola. Mehr als einmal hatte er in einer Besprechung fettige Fingerabdrücke auf den Unterlagen gehabt, die von der Salami herrührten.

Aber das war momentan eben sein Leben.

Er stellte sich in die Schlange und trippelte ungeduldig vor sich hin. Was bestellte die vor ihm denn noch alles? Natürlich, einen Soja-Matcha-Latte. Normaler Kaffee ging ja nicht mehr, der machte auf Instagram nicht genug her. Er musterte die roten Haare der Frau, die gerade durch die News bei Focus Online scrollte. Den Bericht über den Anschlag in Tunesien schnickte sie mit dem Finger weg, aber die neuesten Gerüchte um die Trennung von Tom Kaulitz und Heidi Klum schienen sie zu interessieren. Sie hatte ihr Handy an einer goldenen Stoffkordel um den Oberkörper geschlungen, wie es jetzt alle machten. Damit man es noch schneller zücken konnte und ja keinen erinnerungswürdigen Moment verpasste. Er rollte hinter ihrem Rücken mit den Augen, während er die Bäckerin beobachtete, die mit rosa Krallennägeln quälend langsam die Dose mit dem Matchapulver öffnete. Nun musste die Milch noch heiß gemacht und geschäumt werden. Auch noch zwei Brezen? Alles klar, vielleicht noch eine frischgeschmierte Semmel mit Extrabelägen dazu? Er hatte schließlich den ganzen Tag Zeit!

Okay, jetzt wurde er gemein. Das passierte immer, wenn er zu wenig schlief und einfach alles zu viel war. Heute Nacht hatte er überhaupt nicht geschlafen. Und zu viel war ihm alles schon lange. Eigentlich von Anfang an. Aber fragte danach irgendjemand? Nein, alle schienen äußerst zufrieden mit der Situation. Alle außer ihm.

Endlich hatte die Rothaarige ihren Matcha und ihre Brezen und raffte die Tüte an sich. Sie drehte sich um, und er wollte schon vorrücken, da trafen sich ihre Blicke, und er blieb wie angewurzelt stehen.

Du warst gern mit Lisa Kirsch im Berliner Garten?
Du liebst solche Bücher – und wünschst dir mehr davon?
Dann reise auf den folgenden Seiten mit ihrer Kollegin
Lisa Keil ins idyllische Neuberg:

1

»**NEIN, NEIN UND** noch mal nein!« Ich wuchte eine Gabel voll Pferdemist auf die Karre. »Du weißt, ich würde fast alles für dich tun, Süße. Aber das geht so nicht.«

Milli schiebt die Hände tiefer in die Taschen ihres Anoraks und schaut mich mit großen blauen Augen an. »Aber Kaya, du bist meine letzte Rettung und außerdem meine Lieblingstante.«

»Und deine einzige, also komm mir nicht so!« Ich schiebe die Karre Richtung Misthaufen. Milli läuft neben mir her und sieht wirklich zerknirscht aus. Eine Strähne hat sich aus ihrem blonden Pferdeschwanz gelöst und fällt ihr ins Gesicht.

Milli, die eigentlich Milena heißt, ist im letzten Herbst dreizehn geworden. So alt war ich, als meine große Schwester damals mit ihrem ganz besonderen Andenken an ihr Auslandssemester aus Nantes wiederkam. Geplant war diese Schwangerschaft selbstverständlich nicht, und welcher Mann daran beteiligt war, ist bis heute ein großes Geheimnis. Ich habe Milli ein paarmal gefragt, ob es sie stört, dass Cordula nicht damit rausrückt. Ich kann mir einfach nicht vorstellen, dass sie nicht wissen will, was ihr Vater für einer war und wie das damals gewesen ist. Aber zu diesem Thema schweigt Milli so beharrlich und stur wie ihre Mutter. Die beiden tun so, als wäre ein biologischer Vater das Unwichtigste, was man sich vorstellen kann. Inzwischen schneide ich das Thema nicht mehr an.

Abgesehen davon können Milli und ich über alles sprechen. Wir sind uns irgendwie ähnlich und verstehen uns blendend. Wenn in ein paar Wochen die Osterferien beginnen, wird sie die freien Tage bei mir verbringen, und das wird eine tolle Zeit. Wenn ich ihr nur endlich diesen Unsinn ausgeredet habe.

»Ich gebe mich auf gar keinen Fall als deine Mutter aus und gehe zu diesem Termin mit deinem neuen Klassenlehrer. Vergiss es!« Betont schwungvoll kippe ich die Schubkarre aus. »Das kann Cordula mal schön selbst machen.«

»Mama darf auf gar keinen Fall dahin!« Sie blickt mich mit einem Trotz in den Augen an, den ich sehr gut kenne. Aus dem Spiegel.

Ich stelle die Karre beiseite, greife nach dem Besen, der an der Stallwand lehnt, und fange an, das Stroh zusammenzukehren. »Und warum, wenn ich fragen darf?«

»Sie redet doch sowieso schon die ganze Zeit vom Internat. Und wenn sie erfährt, was ich angestellt habe, dann ist das für sie genau das Argument, das ihr noch gefehlt hat, um mich dahin zu schicken.«

»Aha, wir kommen der Sache schon näher. Was hast du denn eigentlich angestellt? Auf der Schultoilette geraucht, oder was?«

Sie schiebt das Kinn vor. »Ich habe geklaut.«

»Geklaut?«, frage ich möglichst gelassen. »Wo denn? Was denn?«

»Beim Praktikum. Ratten.«

»Ratten?« Entgeistert halte ich beim Fegen inne. »Was für Ratten? Und wo sind die jetzt?« Unsinnigerweise schaue ich mich hektisch um, als könnte sie die Tiere hier im Pferdestall ausgesetzt haben.

Obwohl sie ehrlich verzweifelt ist, muss Milli grinsen. »Nicht hier. Mama wollte doch, dass ich das Praktikum bei dieser Pharmafirma mache. Am vierten Tag sollte ich die Käfige von den Versuchstieren saubermachen. In dem einen saßen zwei junge Ratten, die waren total zahm, sind sofort auf meine Hand gekommen und haben sich streicheln lassen. Da habe ich auf einer Liste gesehen, dass sie am nächsten Tag getötet werden sollen. Ich habe gar nicht mehr lange nachgedacht, sondern die beiden in einen Karton gepackt, und dann bin ich gegangen.«

»Ach du Scheiße! Und wenn die jetzt mit irgend so einem Todesvirus infiziert waren oder mutiert oder so was?«

»Kaya, ich bin nicht blöd. Die waren einfach nur in der Versuchsreihe überzählig. Ich weiß selbst, dass es falsch war, sie mitzunehmen, aber gleichzeitig war es auch richtig, denn sonst wären sie jetzt tot und ... ich weiß auch nicht ...« Sie lässt sich auf einen Strohballen fallen und schlägt die Hände vors Gesicht.

»Ach, Kleine.« Ich setze mich neben sie und nehme sie in den Arm. Ehrlich gesagt finde ich, dass das eher eine Heldentat war. Und das, obwohl ich wirklich nicht der größte Rattenfan bin. Was mich zu der Frage zurückbringt, wo die beiden Geretteten jetzt sind.

Sie nimmt die Hände von den Augen und starrt auf ihre Stiefeletten. »Bei Justus«, lautet ihre knappe Antwort, als wäre damit alles gesagt.

»Aha. Und wer ist dieser Justus?«

»Der ist eine Klasse über mir. Er hat schon zwei Ratten und hat gesagt, dass für Thelma und Louise auch noch Platz ist. Sie sind voll glücklich da.«

»Und die Pharmafuzzis vom Praktikum machen jetzt Stress, oder was?«

»Keine Ahnung. Ich bin da einfach nicht mehr hin. Und gestern kam der Brief von der Schule. Ich habe ihn abgefangen. Mama hatte noch irgendeine Professorenkonferenz und kam erst spät.«

»Mensch, Milli, warum bist du mit dem Problem nicht gleich gekommen? Einfach schwänzen. Das ist doch sonst nicht deine Art. Jetzt haben wir den Salat.«

Endlich sieht sie mich an. »Ich weiß das selbst. Ich wollte es aber nicht wahrhaben, und mit jedem Tag wurde es schwieriger, da wieder rauszukommen.«

Ich seufze. So was kenne ich. »Kommen wir denn

durch mit deiner Idee? Dein Lehrer kennt Cordula doch bestimmt.«

»Nee, Herr Fries ist ja neu an der Schule. Und meine Mama ist ja sowieso nicht so zu begeistern für Elternabende und Schulveranstaltungen. Hält sie für Zeitverschwendung.« Das passt zu meiner Schwester. Sie liebt Milli, was aber nichts daran ändert, dass ihr Umgang mit ihr dem mit einem Forschungsprojekt ähnelt: zielorientiert, sachlich und effizient. Deshalb ist das mit dem Internat leider nicht völlig aus der Luft gegriffen.

»Na gut.« Ich gebe mich geschlagen. Ich weiß nicht, ob man für Lehrertäuschung ins Gefängnis kommen kann, aber ich werde Milli den Gefallen tun. Dafür schuldet sie mir aber zehn Karren Pferdeäpfel aufsammeln.

Ich stehe vom Strohballen auf. »Bring mir eins von Cordulas Karrierefrau-Outfits aus ihrem Schrank mit. Und die Ersatzbrille. Ich sollte ihr so ähnlich wie möglich sehen, vielleicht hat der Typ sie gegoogelt.«

Milli umarmt mich. »Danke, danke, danke!«

Ich küsse sie auf den Scheitel. Sie ist schon so groß. War es nicht erst gestern, dass ich die Kleine zum ersten Mal im Arm gehalten habe?

*

Es ist Oktober, und durch die Zeitumstellung wird es spätnachmittags schon dunkel. Cordulas Baby ist da. Mein Vater hat mich von der Schule abgeholt und ist mit mir zur Stadtklinik gefahren. Ich finde Krankenhäuser ätzend, aber wer mag die schon? Mein Vater ganz bestimmt nicht, der hat schlimme Tage und Nächte dort verbracht, als Opa im Sterben lag. Das ist ewig her, ich war damals noch in der Grundschule, aber ich kann mich dran erinnern, weil er geweint hat, als er zum letzten Mal aus dem Krankenhaus kam. Väter weinen ja nicht so oft und meiner eigentlich nie. Aber da hat er richtig geschluchzt, und meine Mutter hat ihn stundenlang im Arm gehalten. Cordula hat mich am Ärmel gezupft und dann mit mir Tierkinder-Memory gespielt. Das war etwas Besonderes, denn meine große Schwester hat nicht oft mit mir gespielt und so einen Babykram sowieso nicht. Schach mochte sie ganz gern, aber da konnte schon damals nicht mal mehr ihr Mathelehrer gegen sie bestehen, und der hatte es ihr beigebracht. Als das mit Opa war, hat sie mich sogar gewinnen lassen. Wir haben nicht geredet, immer nur stumm die Kärtchen gewendet. Ich glaube, an diesem Nachmittag auf dem Wohnzimmerteppich waren wir ziemlich froh, dass wir uns hatten. Nach dem Abendessen ist Cordula wie immer in ihr Zimmer verschwunden und hat die Tür zugemacht. Mein Vater hatte noch rote Augen, aber ich habe ihn seitdem nicht mehr weinen sehen.

Vielleicht ist mein Vater so still, weil er an Opa denkt, als wir mit dem Aufzug in den zweiten Stock fahren und durch die endlosen sterilen Gänge laufen. Oder er schweigt, weil er jetzt selbst Opa ist. Und das ist bestimmt ziemlich krass, wenn man noch gar nicht damit gerechnet hat. Er hatte zwar ein paar Monate Zeit, sich an den Gedanken zu gewöhnen, aber seit gestern Nacht ist es eine Tatsache. Das kann einen bestimmt sprachlos machen. Wahrscheinlich ist er aber einfach still, weil er eben mein Vater ist, der nur das ausspricht, was es wert ist, gesagt zu werden. Für mehr bleibt ihm bei drei Frauen sowieso keine Redezeit. Sagt er. Resigniert, aber liebevoll. Beim Schreiben ist das anders. Da sprudeln die Worte nur so aus ihm heraus. Es wäre auch schlecht, wenn er als Journalist genauso wortkarg wäre, denn die Leute wollen von seinen Reisen lesen, als wären sie dabei gewesen.

Wir treten durch eine Glastür, die mit Störchen und Schnullern bemalt ist. Und dahinter ist alles anders. Überall hängen bunte Bilder und Babyfotos, es riecht nach Fencheltee und ist so warm, als würde man in Nizza aus dem Flugzeug steigen. Mein Vater klopft kurz an eine Zimmertür, öffnet sie und schiebt mich hindurch. Cordula sitzt in einem riesigen Krankenhausbett mit hochgestellter Lehne und sieht echt fertig aus. Sie hat blasse Haut, und die Haare, die sie sonst nie offen trägt, hängen ihr strähnig auf die Schultern. Mama dagegen ist energiegeladen wie immer. Sie strahlt uns mit geröteten Wangen an, schiebt mit Schwung den Stuhl zurück, auf dem sie an der Bettseite gesessen hat, stürzt zu uns und drückt erst mich, dann Papa an ihren weichen Oberkörper. Meine Mutter ist klein und dick, was ihr nichts ausmacht, und sie ist der herzlichste Mensch, den ich kenne. Nur wenn ich mal Mist gebaut habe, kann sie explodieren, dass man sie nicht wiedererkennt, aber das ist meistens schnell vorbei. Mit einem fetten Schmatz auf meine Wange entlässt sie mich aus ihren Armen, und ich trete zögernd zum Bett. »Herzlichen Glückwunsch zum Baby.« Ich weiß nicht, was ich sonst sagen soll oder ob ich meine Schwester umarmen kann.

Cordula lächelt matt, doch neben der Müdigkeit in ihrem Gesicht scheinen ihre Augen ungewohnt zu strahlen. Sie senkt den Blick. In ihrer Ellenbeuge liegt ein winziges Baby in einem riesigen Schlafsack. Sein Kopf ist rot und etwas zerknautscht. Trotz der Affenhitze hier drin hat es eine hellgelbe Wollmütze auf. Welpen sind niedlicher. Fohlen sowieso. Aber das sage ich natürlich nicht.

»Das ist also meine Nichte?« Das hört sich ziemlich erwachsen an, irgendwie cool.

Cordula nickt und hebt die Schultern dabei, als könnte sie es selbst nicht ganz glauben. »Möchtest du Milena mal halten?« Ohne eine Antwort abzuwarten, streckt sie mir den Schlafsack mit Inhalt entgegen. Meine Schwester, die vier Wochen ihre Zimmertür abgeschlossen hat, weil ich ein einziges Mal heimlich an ihrer Stereoanlage war, und die mir nicht mal einen Schminkspiegel leiht aus Sorge, einen Scherbenhaufen zurückzubekommen, drückt mir ihr neugeborenes Baby in den Arm.

Ich starre erst sie, dann das kleine Bündel fassungslos an. Es ist warm und atmet. Ich muss daran denken, wie mein bester Freund Rob und ich nach dem Kaiserschnitt bei einer Boxerhündin die Welpen halten durften. Robs Vater ist Tierarzt und Mama seine Tierarzthelferin. Mama hat die Nabelschnur durchgerissen und uns gezeigt, wie wir die beiden Welpen mit einem Handtuch trockenreiben sollen. Dann durften wir sie halten, bis die Erwachsenen mit Operieren fertig waren. Mein Welpe hatte einen weißen Fleck an der Pfote, weshalb ich ihn Flecki genannt habe. Ich hätte ihn zu gern behalten, aber meine Mutter war natürlich mal wieder dagegen. Jedenfalls war es mit Flecki ein ähnliches Gefühl, ganz viel Lebendigkeit im Arm zu halten und irgendwie Angst zu haben, dass man sie fallen lässt.

Das Baby öffnet die Augen. Einen Moment befürchte ich, dass es sofort anfängt zu schreien. Meine Nichte schaut mich eine Weile nachdenklich an. Sie runzelt die Stirn noch etwas mehr und formt mit den Lippen ein kleines O. Dann scheint sie mich als akzeptabel eingestuft zu haben, denn sie schließt die Augen und schläft weiter. Ich weiß, dass man mit siebzehn noch kein Kind kriegen sollte, obwohl man fast erwachsen ist. Ich weiß, dass Cordula ganz andere Pläne hatte und es für sie jetzt ziemlich schwierig wird. Das Baby hat alles verändert. Aber für mich ist in diesem Moment alles gut. »Willkommen, kleine Milli!« Ich spreche leise, um sie nicht zu wecken, und wiege sie ganz vorsichtig auf meinem Arm.

Dann schaue ich schuldbewusst zu Cordula. »Darf ich sie überhaupt so nennen?«

Meine Schwester grinst und streicht sich eine Haarsträhne hinter das Ohr. »Tante Kaya darf das.« Wir tauschen einen Blick, und plötzlich ist es, als würden wir wieder in stiller Einigkeit Memory-Kärtchen umdrehen. Als ich Milli zurück in Cordulas Arme lege, flüstere ich: »Danke.«

Irgendwie habe ich das Gefühl, dass meine Schwester mich versteht.

*

Milli ist das größte Geschenk, das Cordula mir machen konnte. Eigentlich ist es gar keine so schlechte Idee, dass ich meiner Schwester diesen Termin in der Schule abnehme. Sie hat sowieso nie Zeit, und Lust auf ein Lehrergespräch schon gar nicht. Sie darf nur auf keinen Fall davon erfahren, sonst sind wir geliefert. Ich schaue Milli eindringlich an.

»Ich mach das nur dieses eine Mal!«

Sie nickt eifrig, und ich drücke ihr den Besen in die Hand.

»Na komm, du kannst gleich anfangen, deine Schulden abzuarbeiten.«

*

Durch das Gespräch mit Milli bin ich spät dran. Als ich vom Stall zurückkomme, kann ich gerade noch schnell unter die Dusche springen, bevor ich den Laden öffnen muss. Mein Buch-Café am Kirchplatz ist eine Mischung aus Buchhandlung, modernem Antiquariat und Bücherei – und mein ganzer Stolz. Es ist inzwischen ein Geheimtipp für Büchernarren geworden, die die Atmosphäre zwischen alter und neuer Literatur genießen. Ich habe es selbst aufgebaut, jedes einzelne Regal ist von mir zusammengeschraubt worden, und die alten Truhen, Stühle und Lampen habe ich liebevoll auf Flohmärkten zusammengesucht. Ich kann mich noch genau erinnern, wie ich die Kisten öffnete und die ersten Bücher einräumte – erst ehrfurchtsvoll eins nach dem anderen, dann packte ich mutiger mehrere mit beiden Händen. Natürlich ist es inzwischen Routine geworden, aber nicht selten empfinde ich noch den alten Zauber, wenn mir der Duft von druckfrischen Neuerscheinungen entgegenschlägt oder ich in einem Nachlass eine alte Pferdebuchserie entdecke – vollständig und mit Motiven, die wie ein verblasster Traum vertrautes Herzklopfen auslösen.

Zum Föhnen reicht die Zeit nicht, und ich binde die feuchten Haare zum Pferdeschwanz. Zum Glück muss ich von meiner Wohnung ja nur die Treppe runterpoltern und stehe schon direkt im Laden. Eine Schiebetür mit der Aufschrift *Privat* ist das Einzige, was Arbeit und Freizeit trennt, aber mir gefällt es so. Wahrscheinlich weil es in der Tierarztpraxis nicht anders war, in der ich einen großen Teil meiner Kindheit verbracht habe und auch heute noch irgendwie zu Hause bin. Als ich aufschließe, steht vor der Ladentür bereits eine junge Frau. Sie tritt ein, und als sie sich überrascht umschaut, weiß ich, dass sie noch nicht hier gewesen ist. Weil das Haus von außen wie ein gewöhnliches Wohnhaus aussieht, sind viele erstaunt, wenn sie den Raum betreten, in dem die Wände bis obenhin mit Büchern bedeckt sind. Der Geruch der altmodischen Möbel vermischt sich mit dem Duft der Bücher, und jeder möchte am liebsten sofort anfangen zu schmökern. Das Erdgeschoss meines Elternhauses ist der wahrgewordene Traum eines Bücherwurms. Nach einem abgebrochenen Psychologiestudium stand ich mit zweiundzwanzig da und wusste nicht, was ich mit meinem Leben anfangen wollte. Ich kehrte also erst mal ohne Plan zurück zu meinen Eltern nach Neuberg. Die versuchten, sich nicht anmerken zu lassen, dass sie darüber nicht besonders glücklich waren. Sie wollten nämlich gerade ihr Leben als Weltenbummler wieder aufnehmen, das sie für uns Kinder unterbrochen hatten, als sie das Haus meiner Urgroßeltern erbten. Cordula war damals ein Kleinkind und meine Mutter mit mir schwanger. Ich war inzwischen anscheinend die Einzige in der Familie, die sich an Neuberg gebunden fühlte, und das spürten meine Eltern. Sie überließen mir das Haus, und mein Vater sagte: »Kaya, du bist kreativ und hartnäckig. Du musst einfach nur etwas finden, das dich selbst begeistert. Und dann leg los.«

Ich legte los. Reich werde ich mit meinem kleinen Laden bestimmt nicht, aber es ist genug für das Leben, das ich mir wünsche. Da Neuberg keine Bibliothek hat, fördert die Gemeinde großzügig meine kleine Kinderbücherei. Zudem schätzen die Leute meine gute Beratung und meine ansteckende Liebe zu Büchern, so dass ich immer neue Kunden gewinne.

Ich sehe der Frau einen Moment zu, wie sie schweigend die Buchreihen entlanggeht, ab und zu eins aus dem Regal zieht, es betrachtet und dann vorsichtig zurückstellt. Dann trete ich zu ihr.

»Kann ich Ihnen helfen?«

Sie dreht sich etwas unsicher zu mir. »Vielleicht. Ich suche ein Buch, aber ich weiß den Titel und den Autor nicht mehr. Eine Freundin hat gesagt, Sie würden es bestimmt finden.«

»Ich kann es versuchen«, antworte ich lächelnd. Solche Anfragen kommen häufiger. Es hat sich rumgesprochen, dass ich ziemlich erfolgreich bin, wenn es darum geht, ein bestimmtes Buch zu finden, das man nicht einfach im Onlineshop bestellen kann. Ein Kunde hat mich mal »Buchjägerin« genannt, was ich für eine wunderbare Berufsbezeichnung halte. Die gesuchten Bücher könnten unterschiedlicher nicht sein. Mal handelt es sich um ein vergriffenes Exemplar, mal um eine seltene Erstausgabe oder eine limitierte Auflage. Ich ziehe eine Karteikarte aus der Schublade des uralten Schreibtischs, der hinter der Theke steht.

»Erzählen Sie mir alles, was Sie über das Buch wissen.«

Wie sich herausstellt, ist das nicht sonderlich viel. Die Frau hat es vor zwei Jahren aus einem Hotelregal gezogen und als Urlaubslektüre verschlungen. Danach hat sie es zurückgestellt, aber die Geschichte hat sie nicht losgelassen. Trotzdem kann sie mir nicht viel mehr sagen, als dass es um eine Frau mit ungewöhnlichem Namen geht, der wahrscheinlich mit O beginnt. Am Anfang der Geschichte spielt sie als Kind im Garten, und dann folgt ihre ganze glücklich-traurige Lebensgeschichte.

»Fällt Ihnen noch etwas ein?«

Die Frau schüttelt bedauernd den Kopf. Wir vereinbaren einen Finderlohn, falls ich Erfolg habe, und ich notiere ihre Telefonnummer. An der Tür dreht sie sich noch einmal um.

»Ach ja, auf dem Cover waren gelbe Blumen.«

Ich notiere mir den Hinweis. Damit ist so manche Erstausgabe leichter zu finden. Ich liebe die Herausforderung, und oft braucht es nur ein bisschen Glück und die richtige Kontaktperson.

Wenig später wird es im Laden voll. Drei Schülerinnen wollen sich Bücher für ein Referat leihen, eine ältere Dame sucht einen Krimi für ihre Schwiegertochter, und Frau Schneider vom katholischen Frauenverein will für Karfreitag das Lesecafé reservieren. In diesem separaten Raum ist neben einer Anrichte mit großer Kaffeemaschine viel Platz für Leserunden und Buchclubs. Zu den Öffnungszeiten kann man sich an einen der Tische setzen, in einem eigenen Buch oder einem aus dem Lese- und Tauschregal blättern und Kaffee oder Sprudelwasser trinken. Jeder räumt benutzte Tassen und Gläser in die Spülmaschine und schmeißt was in die Getränkekasse.

Ich bin voll beschäftigt, als Amelie hereinkommt. Sie winkt mir nur kurz zu und nimmt dann mit einem Kaffee an einem der Tische Platz, bis ich Zeit für sie habe.

»Hi du, was machst du denn hier?« Ich ziehe mir einen Stuhl heran und setze mich so, dass ich die Ladentür im Auge behalten kann.

»Ich war in der Stadt shoppen und hab gedacht, ich könnte auf dem Rückweg vom Bahnhof doch mal meiner besten Freundin beim Arbeiten zuschauen.« Amelie war eine meiner ersten Stammkundinnen im Buch-Café, und ziemlich schnell hat sich eine enge Freundschaft entwickelt.

»Ganz schön frech! Warst du erfolgreich?«

Ich spähe neugierig in eine der drei Einkaufstüten.

Sie seufzt. »Viel zu erfolgreich. Und trotzdem habe ich das Gefühl, dass ich das perfekte Outfit für die Scheunenparty noch nicht gefunden habe.«

Es sind noch ein paar Wochen bis zur legendären Partynacht auf dem Bauernhof, aber Amelie plant ihr Styling gern langfristig. Ich tippe ihr mit dem Zeigefinger auf die Nasenspitze.

»Du brauchst doch nur feste Schuhe und eine regendichte Jacke. Und du wirst phantastisch aussehen!«

»Mag sein.« Sie legt ihren Kopf schief. »Was nichts

daran ändern wird, dass ich wahrscheinlich wieder keinen Mann kennenlernen werde.«

Ich muss lachen. Das alte Thema. Sie müsste sich einfach mal einen schnappen von denen, die ihr hinterhersabbern. Amelie sieht einfach gut aus. Sie hat eine Topmodelfigur, brünette lange Haare und mandelförmige Augen. Aber sie hat auch hohe Ansprüche, denen kaum ein Mann gerecht werden kann. Mal fünf gerade sein lassen für ein bisschen Spaß oder zumindest die Chance auf mehr gibt es bei ihr nicht. Ich sehe das nicht so eng.

Natürlich will ich irgendwann dem Mann fürs Leben begegnen, aber bis es so weit ist, muss ich mich eben mit den Männern für eine Nacht begnügen. Wir leben glücklicherweise nicht mehr in Zeiten, in denen ich sehnsuchtsvoll am Fenster sitzen muss und Blümchenmuster auf Tischdecken sticke, während ich auf einen Bräutigam warte.

Ich zwinkere Amelie zu. »Du weißt ja: Man muss viele Frösche küssen, bis man einen Prinzen findet. Und bis der auftaucht, kann man mit den Fröschen durchaus Spaß haben.«